El misterio de las cuatro cartas

T0023288

Biblioteca Agatha Christie

Sophie Hannah es una reconocida autora de *thrillers* psicológicos, publicados en más de treinta países y adaptados a la televisión. Su obra incluye también el cuento, los libros infantiles y la poesía. Miembro honorario de la junta del Lucy Cavendish College, en Cambridge, ha recibido numerosos premios y reconocimientos, entre ellos el Premio Daphne du Maurier, el IMPAC International Dublin Literary Award y el National Book Award en la categoría de *thriller*. Tras *Los crímenes del monograma*, *Ataúd cerrado* y *El misterio de las cuatro cartas*, todos ellos publicados en Editorial Espasa, ha publicado *Los asesinatos de Kingfisher Hill*, su cuarta incursión en el universo Poirot.

Agatha Christie es conocida en todo el mundo como la Dama del Crimen. Sus libros han vendido más de dos mil millones de ejemplares, siendo la autora más publicada de todos los tiempos, sólo superada por La Biblia y Shakespeare. Es autora de más de ochenta novelas de misterio, más de veinte obras de teatro y seis novelas escritas con el pseudónimo Mary Westmacott.

Sophie Hannah
El misterio de las cuatro cartas

Traducción de Claudia Conde

ESPASA

Obra editada en colaboración con Editorial Planeta – España

Título original: *The Mystery of Three Quarters*

The Mystery of Three Quarters™ es una marca de Agatha Christie Limited

© 2018, Agatha Christie Limited.
AGATHA CHRISTIE®, POIROT® y la firma de Agatha Christie son marcas
registradas en Reino Unido y en otros lugares del mundo.

Agatha Christie®

© 2019, Traducción: Claudia Conde Fisas

© 2021, Editorial Planeta S.A.– Barcelona, España

Derechos reservados

© 2023, Editorial Planeta Mexicana, S.A. de C.V.
Bajo el sello editorial BOOKET M.R.
Avenida Presidente Masarik núm. 111,
Piso 2, Polanco V Sección, Miguel Hidalgo
C.P. 11560, Ciudad de México
www.planetadelibros.com.mx

Adaptación de la cubierta: Booket Área Editorial Grupo Planeta a partir de la
idea original de Holly Macdonald © Harper Collins Publishers Ltd 2018
Ilustraciones de portada: © Lilac y Pola / Shutterstock

Primera edición impresa en España en Booket: febrero de 2021
ISBN: 978-84-670-6018-8

Primera edición impresa en México en Booket: julio de 2023
ISBN: 978-607-39-0192-5

Impreso en los talleres de Litográfica Ingramex, S.A. de C.V.
Centeno núm. 162-1, colonia Granjas Esmeralda, Ciudad de México
Impreso en México - *Printed in Mexico*

A Faith Tilleray,
que llegó mucho más lejos
y me enseñó tanto

EL PRIMER CUARTO

Capítulo 1

Acusan a Poirot

Hércules Poirot sonrió para sus adentros cuando el conductor detuvo el automóvil con satisfactoria simetría. Como buen amante del orden y la pulcritud, Poirot apreció la perfecta alineación con el portal de las Whitehaven Mansions, donde vivía. Habría sido posible trazar una línea recta desde la mitad del vehículo hasta el punto exacto donde las dos puertas se encontraban.

El almuerzo del que regresaba había sido *un très bon divertissement*: comida y compañía excelentes. Se apeó del coche, le dedicó una cordial frase de agradecimiento al conductor y, cuando ya se disponía a entrar, tuvo la peculiar sensación (él mismo se lo explicó así) de que algo a sus espaldas requería su atención.

Se volvió sin esperar nada fuera de lo corriente. Era un día apacible para ser febrero, pero era posible que una brisa ligera hubiera agitado el aire a su alrededor.

Pronto pudo ver que la causa de la perturbación no había sido el viento, aunque la hermosa mujer que se aproximaba a paso rápido sí que parecía —a pesar de su elegante abrigo azul claro con sombrero a juego— una fuerza de la naturaleza.

—Es el más feroz de los torbellinos —murmuró Poirot entre dientes.

No le gustó su sombrero. Ya había visto a otras mujeres en la ciudad con sombreros parecidos: mínimos, sin ningún adorno, ceñidos al cráneo como gorros de baño hechos de tela. Un sombrero, en opinión de Poirot, debía tener un ala o algún tipo de ornamento. Debía servir para algo más que para cubrir la cabeza. Sin duda, pronto se acostumbraría a los sombreros modernos, y entonces, cuando se hubiera habituado, la moda volvería a cambiar, como pasaba siempre.

Los labios de la mujer vestida de azul se crispaban y se retorcían, pero de su boca no salía ningún sonido. Era como si estuviera ensayando lo que iba a decir en cuanto alcanzara finalmente a Poirot. Era indudable que su objetivo era él. Parecía resuelta a hacerle algo desagradable en cuanto lo tuviera a su alcance. El detective retrocedió un paso, mientras la mujer marchaba hacia él como si formara parte de una estampida, consistente únicamente en su persona.

Tenía el pelo castaño, oscuro y lustroso. Cuando se detuvo abruptamente delante de él, Poirot observó que no era tan joven como le había parecido de lejos. Debía de tener más de cincuenta años, quizá sesenta. Una señora de cierta edad, experta en disimular las arrugas de la cara. Tenía los ojos de un azul sorprendente, ni claro ni oscuro.

—Usted es Hércules Poirot, ¿verdad? —le dijo en un susurro que en realidad resultó bastante sonoro.

El detective observó que la mujer deseaba expresar su

10

ira, pero cuidándose de que nadie más la oyera, aunque no había nadie cerca.

—*Oui*, madame. Lo soy.

—¿Cómo se ha atrevido? ¿Cómo ha tenido la desvergüenza de enviarme una carta semejante?

—Perdóneme, madame, pero creo que no nos conocemos.

—¡No se haga el inocente conmigo! Soy Norma Rule, como usted bien sabe.

—Ahora lo sé, porque acaba de decírmelo. Hasta hace un momento no lo sabía. Ha dicho algo de una carta...

—¿Me obligará a repetir sus calumnias en público? Muy bien. Si es lo que quiere, lo haré. Esta mañana he recibido una carta, una carta odiosa y ofensiva, firmada por *usted*.

La mujer acuchilló el aire con el dedo índice, que se habría hincado en el pecho de Poirot si éste no se hubiera apartado a tiempo para evitarlo.

—*Non*, madame... —trató de protestar el detective, pero sus intentos de objeción fueron rápidamente demolidos.

—En esa parodia de carta me acusa usted de asesinato. *¡De asesinato!* ¡A mí! ¡Norma Rule! Asegura que puede demostrar mi culpabilidad y me aconseja que acuda de inmediato a la policía para confesar mi crimen. ¿Cómo se atreve? No puede tener ninguna prueba en mi contra, por la sencilla razón de que soy inocente. Soy la persona menos propensa a la violencia de todas las que conozco. ¡Y ni siquiera sé quién es ese tal Barnabas Pandy!

—Barnabas...

—¡Es monstruoso que me acuse *a mí*, precisamente *a*

11

mí! ¡Monstruoso! No voy a permitirlo. Iría ahora mismo a ver a mi abogado, si no fuera porque me horroriza hacerle saber que he sido objeto de semejante calumnia. Tal vez debería acudir a la policía. ¡Qué ofensa! ¡Qué insulto! ¡A una mujer de mi posición social!

Norma Rule siguió así un buen rato. Había mucha efervescencia en su agitada manera de susurrar. A Poirot le recordaba las altas y turbulentas cascadas que había visto en el transcurso de sus viajes: impresionantes de observar, pero temibles solamente por su implacable perseverancia. La corriente no se detenía nunca.

En cuanto pudo hacerse oír, dijo:

—Le ruego acepte, madame, mis garantías de que yo no he escrito esa carta. Si la ha recibido, no he sido yo quien se la ha enviado. Tampoco he oído hablar de ese tal Barnabas Pandy. ¿Así se llama el hombre de cuyo asesinato la acusa quienquiera que haya escrito esa misiva?

—¡*Usted* la escribió! ¡Y no me provoque todavía más fingiendo que no lo ha hecho! Eustace lo convenció para que la escribiera, ¿verdad? Los dos saben que no he matado a nadie, ¡que soy completamente inocente! ¡Eustace y usted urdieron juntos un plan para sacarme de mis casillas! Es justo el tipo de cosa que haría ese hombre. ¡Y después dirá que todo ha sido una broma!

—No conozco a ningún Eustace, madame —prosiguió Poirot, haciendo todo lo posible para convencerla, aunque era evidente que nada que pudiera decir haría cambiar de idea a Norma Rule.

—¡Eustace se cree tan listo, el más listo de Inglaterra, con esa sonrisita desagradable que nunca se le borra de la cara! ¿Cuánto le pagó? Estoy segura de que ha sido idea suya. ¡Y usted se prestó a hacerle el trabajo sucio!

¡Usted, el famoso Hércules Poirot, que goza de la confianza de nuestro leal y diligente cuerpo de policía! ¡Farsante! ¿Cómo ha podido atreverse? ¿Cómo se atreve a calumniar a una mujer honesta como yo? Eustace haría cualquier cosa para acabar conmigo. ¡No se detendría ante nada! Sea lo que sea lo que le haya dicho de mí, ¡es mentira!

Si la mujer hubiera estado dispuesta a escucharlo, el detective podría haberle dicho que difícilmente él se habría prestado a colaborar con un hombre que se considerara a sí mismo el más listo de Inglaterra, mientras él, Hércules Poirot, estuviera residiendo en Londres.

—¿Podría enseñarme la carta que ha recibido, madame?

—¿Acaso cree que la conservo? ¡El solo hecho de tenerla en la mano ya me hacía daño! La he roto en una docena de trozos y la he arrojado al fuego. ¡Ojalá pudiera arrojar al fuego a Eustace! Por desgracia, sería un acto contrario a la ley, aunque estoy segura de que los legisladores no debían de conocer a Eustace. Si alguna vez vuelve a calumniarme de este modo, señor Poirot, le aseguro que iré directa a Scotland Yard, pero no para confesar nada, ya que soy del todo inocente, ¡sino para denunciarlo a usted!

Antes de que él pudiera formular una respuesta adecuada, Norma Rule dio media vuelta y se marchó.

Poirot no la llamó. Se quedó parado unos segundos, meneando lentamente la cabeza. Mientras subía la escalera de su finca, masculló entre dientes:

—Si esa mujer es la persona menos propensa a la violencia de todas las que conoce, no quisiera encontrarme con la más violenta.

Dentro del espacioso y bien amueblado apartamento, su ayuda de cámara lo estaba esperando. La sonrisa más bien acartonada de George se transformó en expresión de consternación cuando vio la cara de Poirot.

—¿Se siente bien, señor?

—*Non*. Estoy perplejo. Dime, Georges, tú que conoces los peldaños más altos de la sociedad inglesa, ¿sabes quién es Norma Rule?

—La conozco solamente de oídas, señor. Es la viuda de Clarence Rule. Una persona muy bien relacionada. Creo que forma parte de la junta directiva de varias sociedades filantrópicas.

—¿Y Barnabas Pandy?

George negó con la cabeza.

—No me suena ese nombre. Mi ámbito especial de conocimiento es la sociedad londinense, señor. Si el señor Pandy vive en otro sitio...

—No sé dónde vive. Ni siquiera sé *si vive* o ha sido asesinado. *Vraiment*, no podría saber menos de Barnabas Pandy de lo que sé en este instante, ¡sería imposible! Pero no intentes decírselo a Norma Rule, Georges, porque ella imagina que lo sé todo acerca de ese hombre. Está convencida de que le escribí una carta acusándola de haberlo asesinado, una carta que niego haber escrito. Yo no escribí esa carta. Nunca he enviado ninguna misiva ni mensaje alguno a madame Norma Rule.

Poirot se quitó el sombrero y el abrigo con menos cuidado del habitual y se los entregó a George.

—No es agradable que lo acusen a uno de algo que no ha hecho. Debería ser posible apartar de la mente las falsedades, pero de alguna manera se apoderan de nuestros pensamientos y producen una forma espectral de culpabilidad: ¡una especie de fantasma en la conciencia! Si alguien está convencido de que has hecho algo terrible, empiezas a sentirte culpable, como si lo hubieras hecho, aunque sepas que no es verdad. Comienzo a comprender, Georges, por qué la gente confiesa crímenes que no ha cometido.

El ayuda de cámara parecía dubitativo, como de costumbre. La discreción inglesa, como había podido observar Poirot, asumía a menudo la apariencia externa de la duda. Muchos de los hombres y de las mujeres más corteses y refinados que había conocido Poirot en Inglaterra a lo largo de los años se comportaban como si alguien les hubiera ordenado que pusieran en duda absolutamente todo lo que oyeran.

—¿Desea beber algo? ¿Un *sirop de menthe*, si me permite la sugerencia?

—*Oui.* Excelente idea.

—Debería decirle, señor, que tiene un visitante esperando para hablar con usted. ¿Quiere que le traiga la bebida ahora mismo y le pida al caballero que espere un poco más?

—¿Un visitante?

—Sí, señor.

—¿Cómo se llama? ¿Eustace?

—No, señor. Ha dicho llamarse John McCrodden.

—¡Ah! Es un alivio. No se llama Eustace. Al menos puedo albergar la esperanza de que la pesadilla de madame Rule y su Eustace se haya marchado y no vuelva a atormentarme nunca más. ¿Ha mencionado monsieur McCrodden por qué motivo quiere verme?

—No, señor. Pero debo advertirle que parecía... disgustado.

15

Poirot permitió que un leve suspiro escapara de sus labios. Después de un almuerzo más que satisfactorio, la tarde le estaba resultando francamente decepcionante. Aun así, era poco probable que John McCrodden llegara a ser tan irritante como Norma Rule.

—Pospondré el placer del *sirop de menthe* y veré primero a monsieur McCrodden —le indicó a George—. El nombre me resulta familiar.

—Quizá porque le recuerda al del abogado Rowland McCrodden.

—*Mais oui, bien sûr.* ¡Rowland *de la Soga*, el mejor amigo del verdugo! Eres demasiado amable, Georges, y por eso no lo llamas por ese apodo que le sienta tan bien. Si fuera por Rowland *de la Soga*, el patíbulo no estaría cerrado ni un minuto.

—En efecto. La firmeza del señor McCrodden ha sido determinante para ajusticiar a muchos criminales —convino George con su acostumbrado tacto.

—Quizá John McCrodden sea pariente suyo —dijo Poirot—. Deja que me acomode y después hazlo pasar.

Pero George no pudo hacer pasar al señor McCrodden, porque el propio McCrodden decidió entrar en el salón sin ayuda ni presentación. El visitante rebasó por un costado al ayuda de cámara y fue a situarse en medio de la alfombra, donde se detuvo, congelando los movimientos como si jugara a ser una estatua.

—Por favor, monsieur, tome asiento —le pidió Poirot con una sonrisa.

—No, gracias —replicó McCrodden. Su tono era de desdeñoso desapego.

Poirot le calculó unos cuarenta años. Tenía la clase de rostro agraciado que sólo suele verse en las obras de arte.

Sus facciones parecían cinceladas por un maestro en el arte de la escultura. No era fácil conciliar ese rostro con su ropa raída y cubierta de manchas de barro. ¿Tendría el visitante la costumbre de dormir en los bancos del parque? ¿Dispondría en su casa de las habituales comodidades? Poirot se dijo que quizá McCrodden intentaba compensar las ventajas que la naturaleza le había concedido —los grandes ojos verdes y la dorada cabellera— presentándose ante el mundo de la forma más repelente posible.

McCrodden contempló con furia al detective.

—He recibido su carta —le espetó—. Me ha llegado esta mañana.

—Me temo que debo contradecirlo, monsieur. Yo no le he enviado ninguna carta.

Se hizo un largo silencio incómodo. Poirot no quería sacar conclusiones precipitadas, pero tenía la sensación de conocer el rumbo que iba a tomar la conversación. ¡Pero no era posible! ¿Cómo podía serlo? Sólo en sueños había experimentado previamente esa sensación: el aciago convencimiento de estar atrapado en una situación sin pies ni cabeza, que nunca tendría sentido, con independencia de lo que él hiciera.

—¿Qué decía la carta que ha recibido? —preguntó.

—Debería usted saberlo, ya que la escribió —replicó John McCrodden—. Me acusa de asesinar a un hombre llamado Barnabas Pandy.

Capítulo 2

Provocación intolerable

—Debo decir que ha sido una gran decepción para mí —prosiguió McCrodden—. ¿Cómo es posible que el famoso Hércules Poirot se haya dejado utilizar para semejante frivolidad?

El detective aguardó un instante antes de contestar. ¿Podía ser atribuible su ineficacia a la hora de convencer a Norma Rule a las palabras concretas empleadas? De ser así, era preciso que hiciera un esfuerzo de claridad y persuasión para dirigirse a John McCrodden.

—Monsieur, *s'il vous plaît*, entiendo que alguien le ha enviado una carta y que en ella lo acusa a usted de asesinato, en concreto del asesinato de un tal Barnabas Pandy. Esa parte de la historia no se la discuto, pero...

—Usted no está en posición de discutir nada.

—Por favor, monsieur, créame cuando le digo que *yo no soy el autor de la carta que ha recibido*. Para Hércules Poirot, un asesinato no es ninguna frivolidad. Me gustaría...

—Ah, entonces seguramente no ha habido ningún asesinato —lo interrumpió una vez más McCrodden con una sonrisa amarga—. O, si lo ha habido, la policía debe de haber detenido ya al culpable. Y éste es otro de los pueriles jueguecitos de mi padre. —De repente frunció el ceño, como si acabara de concebir algo inquietante—. A menos que el carcamal sea más sádico de lo que yo creía y esté dispuesto a arriesgar mi cuello en un auténtico caso de asesinato sin resolver... Supongo que es posible. Con su implacable determinación... —McCrodden se mordió los labios y después masculló—: Sí, es posible. Debería haberlo pensado antes.

—¿Su padre es el abogado Rowland McCrodden? —preguntó Poirot.

—Ya sabe usted que sí.

John McCrodden declaró estar decepcionado y, por su tono de voz, pareció como si Poirot se estuviera hundiendo cada vez más en su estima con cada una de sus intervenciones.

—He oído hablar de su padre, evidentemente. Pero nunca lo he visto, ni he hablado con él.

—¡Claro! Tiene que seguir fingiendo —replicó John McCrodden—. Estoy seguro de que le ha pagado una buena suma para mantener su nombre al margen de todo esto. —Miró a su alrededor la habitación donde se encontraba, como si reparara en ella por primera vez. Después asintió con la cabeza, como confirmando para sí algo que ya sabía—. Los ricos como usted o como mi padre, que son quienes menos necesidad tienen de dinero, no se detienen ante nada para conseguir todavía más. Por eso nunca he confiado en la fortuna. Y no me he equivocado. El dinero corroe el carácter cuando uno se acostumbra a tenerlo, y usted, señor Poirot, es la viva prueba de ello.

Poirot no podía recordar la última vez que alguien le había hecho una observación tan ofensiva, injusta e hiriente. Con serenidad, respondió:

—Llevo toda la vida trabajando por el bien y la protección de los inocentes y, ¡sí!, también de los que han sido falsamente acusados. Ese grupo lo incluye a usted, señor. Y ahora incluye también a Hércules Poirot, porque a mí también se me ha acusado de forma injusta. Soy tan inocente de escribir o enviar la carta que usted ha recibido como lo es usted de haber asesinado a alguien. Yo tampoco conozco a ningún Barnabas Pandy. ¡No sé de ningún Barnabas Pandy, ni vivo ni muerto! Pero aquí terminan las semejanzas entre usted y yo, porque cuando usted declara su inocencia, yo lo escucho. Lo escucho y pienso: «Este hombre puede estar diciendo la verdad». Mientras que usted, cuando yo...

—Ahórreme sus discursos —volvió a interrumpirlo McCrodden—. Si cree que una retórica deslumbrante me impresionará más de lo que me impresiona el dinero, la fama o cualquiera de las otras cosas que para mi padre son tan importantes, se equivoca de medio a medio. Ahora bien, como Rowland *de la Soga* seguramente le habrá pedido que le transmita mi reacción a sus sórdidas maquinaciones, hágale saber, por favor, que yo no juego. Nunca he oído hablar de ese tal Barnabas Pandy, no he matado a nadie y, por tanto, no tengo nada que temer. Tengo la suficiente confianza en las leyes de este país como para esperar que no me ahorquen por un crimen que no he cometido.

—¿Piensa que es eso lo que quiere su padre?

—No lo sé. Es posible. Siempre he pensado que, el día que mi padre se quede sin culpables que enviar al patíbulo, buscará inocentes y los tomará por criminales, tanto en los tribunales como en su propio pensamiento. Cualquier cosa, con tal de alimentar sus ansias de sangre.

—Es una acusación muy grave, monsieur, y no es la primera que formula desde que ha llegado.

La manera de hablar de McCrodden, fluida y desapasionada, le helaba la sangre a Poirot, porque confería cierto aire de objetividad a sus palabras, como si se limitara a enunciar unos hechos incontrovertidos.

El Rowland *de la Soga* del que Poirot había oído hablar a lo largo de los años no se parecía en nada al hombre que estaba describiendo su hijo. Aquél era un firme defensor de la pena de muerte como castigo a los culpables —tal vez excesivamente firme para su gusto, ya que había circunstancias que requerían cierta flexibilidad—, pero Poirot sospechaba que McCrodden padre se habría horrorizado tanto como él ante la perspectiva de enviar a un inocente al patíbulo. Y si el inocente en cuestión era su propio hijo...

—Monsieur, en todos mis años no he conocido nunca a un padre que quiera ver a su hijo condenado a muerte por un crimen que no ha cometido.

—¡Sí que lo ha conocido! —se apresuró a responder John McCrodden—. Pese a sus protestas de inocencia, sé que se ha reunido con mi padre, o al menos que ha tenido contacto con él, y que los dos han conspirado para acusarme. Pues bien, puede ir a decirle a mi querido padre que ya no lo odio. Ahora que he visto hasta dónde es capaz de llegar, lo compadezco. No es mejor que un asesino. Ni usted tampoco, señor Poirot. Y lo mismo puede decirse de todos los partidarios de colgar a los malhechores de una soga hasta sofocarlos, como hace nuestro brutal sistema.

—¿Es ésa su opinión, monsieur?

—Toda mi vida he sido una fuente de incomodidad y frustración para mi padre, porque siempre me he negado a doblegarme, a hacer lo que él quiere, a pensar lo que él piensa y a trabajar en *su* profesión. Quería que fuera abogado. Nunca me ha perdonado que no haya querido ser como él.

—¿Puedo preguntarle cuál es su profesión?

—¿Profesión? —resopló McCrodden—. Yo trabajo para vivir. Nada deslumbrante. Nada grandioso que suponga jugar con las vidas de los demás. He trabajado en una mina, en varias granjas, en una fábrica... He fabricado baratijas para señoras y los he vendido. Soy un buen vendedor. Ahora tengo un puesto en el mercado, que me permite tener un techo sobre la cabeza. Pero nada de eso es suficiente para mi padre. Y Rowland McCrodden nunca admitirá la derrota. Jamás.

—¿Qué quiere decir con eso?

—Esperaba que se hubiera dado por vencido conmigo. Ahora veo que nunca se rendirá. Sabe que un hombre acusado de asesinato tendrá que defenderse. De hecho, su estrategia es bastante ingeniosa. Está tratando de espolearme, y supongo que alberga todo tipo de fantasías y que me imagina defendiéndome contra las acusaciones que se me imputen en los tribunales del Old Bailey. Para hacerlo, tendría que estudiar Derecho, ¿verdad?

Era evidente que Rowland McCrodden era para John McCrodden lo que Eustace para Norma Rule.

—Puede decirle de mi parte que su plan ha fracasado. Nunca seré la persona que quiere que sea. Y espero que nunca más vuelva a tratar de comunicarse conmigo, ya sea directamente, utilizándolo a usted de intermediario o por cualquier otro conducto.

Poirot se levantó del sillón.

—Por favor, espere aquí un momento —dijo, y abandonó la estancia, cuidándose de dejar la puerta abierta. Cuando regresó al salón, iba acompañado de su ayuda de cámara. Le sonrió a John McCrodden y le dijo:

—Ya conoce a Georges. Espero que me haya oído cuando le he pedido que viniese un momento al salón. He levantado la voz precisamente para que me oyera decírselo.

—Sí, lo he oído —respondió McCrodden en tono de aburrimiento.

—Si le hubiera dicho alguna otra cosa, también me habría oído. Pero no le he dicho nada más. Por tanto, lo que está a punto de decirle lo convencerá de que no soy su enemigo, o al menos eso espero. Por favor, Georges, ¡habla!

El ayuda de cámara pareció desconcertado. No estaba acostumbrado a recibir instrucciones tan imprecisas.

—¿De qué quiere que hable, señor?

Poirot se volvió hacia John McCrodden.

—¿Lo ve? No lo sabe. No lo he preparado para esto. Georges, cuando regresé hoy del almuerzo, te conté algo que acababa de sucederme, ¿no es así?

—Así es, señor.

—Repite, por favor, la historia que te conté.

—Muy bien, señor. Me dijo que lo había abordado una señora de nombre Norma Rule. La señora Rule creía erróneamente que usted le había escrito una carta en la cual la acusaba de asesinato.

—*Merci*, Georges. Dime, ¿quién era la supuesta víctima de ese asesinato?

—Un tal Barnabas Pandy, señor.

—¿Y qué más te dije?

—Que no conocía a ningún caballero con ese nombre, señor. Y que si existe, tampoco sabía si estaba vivo o muerto, y menos aún si había sido asesinado. Cuando intentó explicárselo a la señora Rule, ella no quiso escucharlo.

Poirot se volvió hacia John McCrodden con expresión triunfante.

—¿Será que su padre también quiere que Norma Rule

defienda su inocencia en los tribunales del Old Bailey? ¿O está usted dispuesto a reconocer por fin que se ha equivocado y ha calumniado injustamente a Hércules Poirot? Tal vez le interese saber que la señora Rule también me ha acusado de conspirar con uno de sus enemigos para atormentarla: un hombre llamado Eustace.

—Sigo insistiendo en que mi padre está detrás de todo esto —declaró John McCrodden tras una breve reflexión, aunque parecía bastante menos convencido que antes—. Nada le produce más placer que montar un complicado rompecabezas. Seguro que querrá que yo deduzca por qué ha recibido la señora Rule la misma carta.

—Cuando alguien tiene una gran preocupación (como la suya con su padre o la obsesión de Norma Rule con Eustace), acaba viendo el mundo a través de ese único cristal —comentó Poirot con un suspiro—. Supongo que no habrá traído la carta, ¿no?

—No. La he roto en mil pedazos y le he enviado los trozos a mi padre con una nota en la que le decía lo que opino de él. Y ahora le digo a usted, señor, que no lo voy a consentir. Ni siquiera el gran Hércules Poirot puede acusar a personas inocentes de asesinato y esperar que no pase nada.

Fue un alivio considerable que John McCrodden finalmente se marchara del salón. Poirot se acercó a la ventana para verlo alejarse por la calle.

—¿Está listo ya para su *sirop de menthe*, señor? —preguntó George.

—*Mon ami*, estoy listo para todo el *sirop de menthe* del mundo. —Al ver que su respuesta podía causar confusión, precisó—: Un vaso, por favor, Georges. Sólo un vaso.

Después volvió a su asiento, en estado de agitación.

¿Qué esperanza podía haber de que la paz o la justicia prevalecieran en el mundo si tres personas que deberían haber hecho causa común —tres personas falsamente acusadas: Norma Rule, John McCrodden y Hércules Poirot— ni siquiera habían sido capaces de mantener una conversación serena y racional que quizá las habría ayudado a comprender lo sucedido? Entre ellos no había habido más que cólera, un rechazo casi fanático a ver las cosas desde el punto de vista del otro y una interminable sucesión de insultos, aunque no por parte de Hércules Poirot, por supuesto. Él se había comportado con una impecable educación ante una provocación intolerable.

Cuando George le llevó su *sirop*, le preguntó:

—Dime, ¿alguien más espera para verme?

—No, señor.

—¿No ha llamado nadie para pedir que lo reciba?

—No, señor. ¿Espera a alguien?

—*Oui*. Espero a un desconocido furioso, o tal vez a más de uno.

—No estoy seguro de comprenderlo, señor.

En ese instante, sonó el teléfono. Poirot se permitió una sonrisita. Si bien la situación no le resultaba nada agradable —pensó—, al menos podía disfrutar de la sensación de haber acertado.

—Ahí está el desconocido, Georges, o la desconocida. La tercera persona. ¿Cuántas serán en total? ¿Tres, cuatro, cinco...? Podría ser cualquier número.

—¿A qué se refiere, señor?

—A las personas que han recibido una carta en la que se las acusa de haber asesinado a Barnabas Pandy..., ¡una carta falsamente firmada con el nombre de Hércules Poirot!

Capítulo 3

La tercera persona

A las tres de la tarde del día siguiente, Poirot recibió en su apartamento de las Whitehaven Mansions la visita de la señorita Annabel Treadway. Mientras esperaba a que George la hiciera pasar, descubrió que la perspectiva de recibirla lo entusiasmaba. Para quienes tuvieran un temperamento diferente del suyo, habría sido tedioso e irritante ser objeto de la misma acusación por parte de una sucesión de desconocidos, unidos por la determinación de no escuchar ni una sola palabra de lo que pudiera decirles el acusado. Pero no era así para Hércules Poirot. En esta tercera ocasión, estaba decidido a lograr su propósito. Convencería a Annabel Treadway de que decía la verdad. Tal vez entonces podría avanzar y hacerle algunas preguntas interesantes.

El dilema de por qué la mayoría de las personas, incluso las más inteligentes, eran tan irracionales y obstinadas había acaparado gran parte de la atención de Poirot mientras yacía despierto la noche anterior. Estaba ansioso por saber más de Barnabas Pandy, suponiendo por supuesto que fuera una persona real. De hecho, era posible que no existiera ni hubiera existido nunca y que fuera sólo un producto de la imaginación del autor o autora de las cartas.

Se abrió la puerta y George hizo pasar a una mujer delgada de estatura mediana, cabello claro y ojos tan oscuros como su ropa. Poirot se alarmó por su propia reacción al verla. Se sintió casi en la necesidad de inclinar la cabeza y decirle: «Mis más sinceras condolencias, mademoiselle». Sin embargo, como no tenía ningún motivo para pensar que hubiera sufrido una pérdida dolorosa, se contuvo. Una carta que la acusara de haber cometido un asesinato podía suscitar miedo o ira, pero difícilmente podía considerarse una tragedia. Era muy poco probable, en opinión de Poirot, que entristeciera al destinatario.

Del mismo modo que John McCrodden había impregnado con su frío desprecio el salón de Poirot, Annabel Treadway había traído consigo la tristeza. «Un corazón afligido», pensó Poirot. Sentía la congoja de la mujer con tanta claridad como si fuera la suya propia.

—Gracias, Georges —dijo—. Por favor, mademoiselle, tome asiento.

La visitante se dirigió precipitadamente a la butaca más próxima y se sentó de una manera que no podía resultarle cómoda. Poirot observó que su rasgo facial más destacado era un profundo surco vertical que le nacía entre las cejas: un pronunciado pliegue que parecía dividirle limpiamente la frente en dos mitades. Decidió no volver a fijarse, para que ella no se sintiera molesta.

—Gracias por recibirme —dijo la mujer en voz baja—. Pensaba que se negaría.

Mientras hablaba, levantó la vista unas cinco o seis

veces para mirar a Poirot, pero enseguida desviaba la cara, como si no quisiera que él la sorprendiera en el acto de observarlo.

—¿De dónde es usted, señorita?

—De un lugar que seguro que no conoce. No lo conoce nadie. Está en el campo.

—¿Por qué pensaba que me negaría a recibirla?

—La mayoría de la gente intentaría evitar por todos los medios que una presunta asesina entrara en su casa —respondió—. Señor Poirot, lo que he venido a decirle... Bueno, quizá no me crea, pero soy inocente. Sería incapaz de matar a una mosca. ¡Menos aún a una persona! Usted no puede saber...

Se interrumpió para sofocar un sollozo.

—Continúe, por favor —le pidió amablemente Poirot—. ¿Qué es lo que no puedo saber?

—Nunca le he hecho daño a nadie. Al contrario, ¡hasta he *salvado* vidas!

—Mademoiselle...

Annabel Treadway había sacado un pañuelo del bolsillo y se estaba enjugando las lágrimas.

—Por favor, discúlpeme si le he parecido engreída. No ha sido mi intención exagerar mi bondad, ni mis logros, pero es verdad que salvé una vida. Hace muchos años.

—¿Una vida? Ha dicho «vidas».

—Solamente he querido decir que, si tuviera la oportunidad de volver a hacerlo, salvaría todas las vidas que pudiera, incluso aunque eso significara poner la mía en peligro.

Le temblaba la voz.

—¿Lo haría porque es usted especialmente heroica o

porque piensa que las otras personas son más importantes que usted?

—No... no estoy segura de entender su pregunta. Debemos considerar al prójimo por encima de nosotros mismos. No pretendo ser más generosa que la mayoría de las personas y no soy nada valiente. De hecho, soy terriblemente cobarde. Venir aquí a hablar con usted ha requerido todo mi coraje. Mi hermana Lenore, ¡ella sí que es valiente! Estoy segura de que usted también lo es, señor Poirot. ¿No salvaría usted todas las vidas que pudiera? ¿Todas y cada una?

El detective frunció el entrecejo. Era una pregunta peculiar. La conversación se estaba saliendo bastante de los cauces habituales, incluso para los criterios de esa última etapa, que Poirot comenzaba a denominar mentalmente como «la nueva era de Barnabas Pandy».

—He oído hablar de su trabajo y lo admiro mucho —dijo Annabel Treadway—. Por eso me ha apenado tanto su carta. Sus sospechas son del todo infundadas, señor Poirot. Dice tener pruebas contra mí, pero no veo cómo puede ser esto posible, porque yo no he cometido ningún crimen.

—Y yo no le he enviado ninguna carta —replicó él—. No la he acusado ni la acuso del asesinato de Barnabas Pandy.

Annabel Treadway parpadeó aturdida.

—Pero... No lo entiendo.

—La carta que recibió no estaba escrita por el auténtico Hércules Poirot. ¡Yo también soy inocente! Un embaucador ha enviado esas acusaciones, todas ellas a mi nombre y con firma falsa.

—¿Todas ellas? ¿Quiere decir...?

—*Oui.* Es usted la tercera persona en dos días que viene a decirme lo mismo: que le he escrito una carta donde la acuso de asesinar a Barnabas Pandy. Ayer fueron madame Norma Rule y monsieur John McCrodden. Hoy es usted.

Poirot la observó atentamente, para ver si los nombres de los otros dos acusados suscitaban en ella alguna reacción visible. Pero no notó nada.

—Entonces, ¿usted no...? —La boca de la mujer siguió moviéndose unos instantes más, cuando ya había dejado de hablar. Finalmente, dijo—: Entonces ¿no me considera una asesina?

—Correcto. En este momento, no tengo motivo alguno para creer que haya cometido ningún asesinato. Ahora bien, si usted fuera la única persona que hubiera venido a verme como lo ha hecho y me hubiera hablado de esa carta acusadora, entonces yo me preguntaría si... —Prefirió no compartir el resto de su razonamiento y a continuación dijo, sonriendo—: Tiene que ser una broma cruel que nos ha hecho a los dos ese impostor, sea quien sea. ¿Le suenan los nombres de Norma Rule y John McCrodden?

—No los he oído nunca —respondió Annabel Treadway—. Y se supone que las bromas deben ser divertidas. Esto no tiene nada de jocoso. Es tremendo. ¿Quién ha podido hacerlo? Yo no soy importante, pero hacerle algo así a una persona de su prestigio, señor Poirot, es un escándalo.

—Para mí, usted es extremadamente importante —repuso él—. De las tres personas que han recibido la carta, usted es la única que ha escuchado a Hércules Poirot. Sólo usted me ha creído cuando le he dicho que no

31

escribí ni envié esa carta. A diferencia de lo que me ha pasado con los otros dos, usted no me hace sentir que me estoy volviendo loco. Y por ello le estoy muy agradecido.

Una opresiva sensación de tristeza flotaba aún en el ambiente. Si Poirot hubiera sido capaz de llevar una sonrisa al rostro de Annabel Treadway... ¡Ah, pero era peligroso pensar así! Cuando alguien permitía que otra persona afectara a sus emociones, su capacidad de juicio acababa resintiéndose. Siempre. Tras recordar que pese a su aspecto desolado la señorita Treadway podía ser la asesina de un hombre llamado Barnabas Pandy, Poirot prosiguió con menos efusividad.

—Madame Rule y monsieur McCrodden no me creyeron. No quisieron escuchar a Poirot.

—¿No lo habrán acusado de mentir?

—Por desgracia, eso hicieron.

—¡Pero usted es Hércules Poirot!

—Una verdad innegable —convino él—. ¿Puedo preguntarle si ha traído la carta?

—No. Me temo que la destruí nada más leerla. No... no podía soportar su existencia.

—*Dommage.* Me habría gustado verla. *Eh bien*, mademoiselle, pasemos al siguiente punto de nuestra investigación. ¿Quién podría jugarnos esta mala pasada a usted, a mí, a madame Rule y a monsieur McCrodden? A cuatro personas que no conocen a ese tal Barnabas Pandy, si es que realmente existe, porque hasta donde sabemos...

—¡Oh! —exclamó Annabel Treadway.

—¿Qué ocurre? —le preguntó Poirot—. Dígamelo. No tema.

La mujer parecía aterrorizada.

—No es cierto —susurró.

—¿Qué es lo que no es cierto?

—Que no exista.

—¿Existe monsieur Pandy? ¿Barnabas Pandy?

—Sí. Bueno, en realidad, *existió*. Porque ha muerto, ¿comprende? Pero no fue asesinado. Se quedó dormido y... Yo creía que... No he querido engañarlo, señor Poirot. Debería habérselo aclarado desde el comienzo... Sencillamente pensé que...

Sus ojos se movían con rapidez de un punto a otro del salón. Poirot supuso que su mente debía de ser un gran caos.

—No me ha engañado —la tranquilizó—. Madame Rule y monsieur McCrodden recalcaron que no conocían a ningún Barnabas Pandy, y yo tampoco conozco a nadie de ese nombre. Por eso supuse que usted estaría en la misma situación. Ahora, por favor, dígame todo lo que sepa de monsieur Pandy. ¿Ha dicho que ha muerto?

—Sí. Falleció en diciembre del año pasado. Hace tres meses.

—Y afirma que no fue asesinato, por lo que es probable que conozca la causa de su muerte.

—Claro que sí. Yo estaba presente. Vivíamos en la misma casa.

—¿Ustedes... vivían juntos?

Era algo que Poirot no se esperaba.

—Sí, desde que yo tenía siete años —contestó ella—. Barnabas Pandy era mi abuelo.

—Más que un abuelo, fue un padre para mí —le explicó Annabel Treadway a Poirot en cuanto éste consiguió convencerla de que no estaba enfadado con ella por la confusión creada—. Mis padres murieron cuando yo tenía siete años, y Bubu (así lo llamaba yo) nos acogió en su casa a Lenore y a mí. Lenore también ha sido como una madre para mí, en cierto modo. No sé qué habría hecho yo sin ella. Bubu era muy mayor. Cuando nos dejan es muy triste, pero los ancianos mueren, ¿no? Cuando les llega la hora, claro.

El contraste entre la naturalidad con que hablaba y el aire de tristeza que parecía impregnarla hizo pensar a Poirot que el motivo de su pesar, fuera cual fuese, no guardaba relación con la muerte de su abuelo.

De repente, su actitud cambió. Con un curioso destello en los ojos, afirmó con fiereza:

—La gente no parece preocuparse cuando muere una persona mayor, ¡y eso es tremendamente injusto! «Ya había vivido bastante», dicen, como si eso volviera tolerable la muerte, mientras que, cuando muere una criatura, todo el mundo está de acuerdo en que es la peor de las tragedias. ¡Yo creo que todas las muertes son una tragedia! ¿No lo encuentra injusto, señor Poirot?

La palabra «tragedia» se quedó flotando en el aire. Si a Poirot le hubieran pedido que eligiera un solo término para describir la esencia de la mujer que tenía delante, habría elegido justo esa palabra. Casi fue un alivio para él oír que la formulaba en voz alta.

Como Poirot no respondió de inmediato, Annabel Treadway se sonrojó y dijo:

—Cuando he dicho que los ancianos mueren y a nadie le importa demasiado... no he querido decir... Me refería a personas en verdad *muy* ancianas. Bubu tenía noventa y cuatro años. Estoy segura de que debía de ser *mucho más viejo* que... ¡Oh! Espero no haberlo ofendido.

Algunas disculpas —reflexionó Poirot— causan en la práctica más daño que el comentario original, supuestamente ofensivo. Sin excesiva sinceridad, le aseguró a su visitante que no se había ofendido.

—¿Cómo destruyó la carta? —preguntó.

La mujer bajó la vista.

—¿Prefiere no decírmelo?

—Ser acusada de asesinato (no necesariamente por usted, sino por cualquiera) hace que me vuelva un poco aprensiva a la hora de hacer revelaciones.

—Comprendo. En cualquier caso, me gustaría saber cómo se deshizo de la carta.

La visitante frunció el ceño.

«*Alors!*», pensó Poirot al notar que el surco entre las cejas de la mujer se marcaba más hondo todavía. Ése, al menos, era un misterio resuelto. Fruncir el ceño era una costumbre de Annabel Treadway y lo había sido durante muchos años. El surco en su frente así lo demostraba.

—Me creerá tonta y supersticiosa si se lo cuento —dijo mientras levantaba el pañuelo casi a la altura de la nariz. No estaba llorando, pero quizá preveía empezar en cualquier momento—. Cogí una pluma y taché cada palabra con rayas gruesas de tinta negra, para ocultar todo lo escrito. También taché su nombre, señor Poirot. ¡Todas y cada una de las palabras! Después rompí el papel y quemé los trozos.

—Tres métodos diferentes de destrucción —sonrió él—. Estoy impresionado. Madame Rule y monsieur McCrodden fueron mucho menos concienzudos que usted, mademoiselle. Hay algo más que me gustaría preguntarle. La noto triste. ¿Quizá también tiene miedo?

—No tengo nada que temer —respondió ella con presteza—. Ya le he dicho que soy inocente. ¡Ojalá me acusaran Lenore o Ivy, porque entonces sabría cómo convencerlas! Les diría simplemente: «Os lo juro por *Hoppy*», y no haría falta nada más para que supieran que les estaba diciendo la verdad. Pero, claro, ellas ya saben que yo no maté a Bubu.

—¿Quién es *Hoppy*? —preguntó Poirot.

—*Hopscotch*. Mi perro. Una verdadera monada. No podría jurar por él y mentir. A usted también le encantaría, señor Poirot. Es imposible verlo y no adorarlo. —Por primera vez desde su llegada, Annabel Treadway sonrió, y la espesa niebla de tristeza que había invadido el salón pareció despejarse un poco—. Tengo que volver con él. Le pareceré una tonta, pero lo echo tremendamente de menos. Y, de verdad, no tengo miedo. Si la persona que envió la carta no estaba dispuesta a firmar con su nombre, entonces no puede ser una acusación seria, ¿no cree? Es una broma de mal gusto y nada más. Me alegro mucho de haber podido hablar con usted para aclararlo. Ahora tengo que irme.

—Por favor, mademoiselle, no se vaya todavía. Tengo algunas preguntas más que me gustaría hacerle.

—Debo volver con *Hoppy* —insistió ella mientras se ponía de pie—. Necesita... Y nadie más sabe... Cuando yo no estoy... Lo siento. Espero que quien haya enviado esas cartas, sea quien sea, no le cause más problemas. Gracias por recibirme. Buenos días, señor Poirot.

—Buenos días, mademoiselle —le dijo él al aire de la habitación, que pronto se había quedado vacía, con la sola excepción de su propia persona y una persistente sensación de desolación.

Capítulo 4

¿La pieza que no encaja?

La mañana siguiente le pareció extraña a Hércules Poirot, porque a las diez en punto todavía no había recibido la llamada de ningún desconocido. Nadie se había presentado en las Whitehaven Mansions para acusarlo de haber escrito una carta en la que culpaba al destinatario de la muerte de Barnabas Pandy. Esperó hasta las doce menos veinte (uno nunca sabía si un potencial acusador podía quedarse dormido por culpa de un despertador defectuoso) y se puso en marcha hacia el Pleasant's Coffee House.

Al mando del café de Pleasant estaba una joven camarera cuyo nombre era Euphemia Spring, a quien todos llamaban Fee para abreviar. A Poirot le gustaba mucho esa joven. Hacía los comentarios más inesperados, y sus cabellos rebeldes desafiaban la gravedad y no se posaban nunca sobre su cabeza, aunque no había nada flotante ni veleidoso en su mente, siempre clara y centrada. Preparaba el mejor café de Londres, pero hacía todo cuanto estaba a su alcance para disuadir a los clientes de beberlo. Solía proclamar que el té era una bebida muy superior y beneficiosa para la salud, mientras que el café procuraba al consumidor largas noches en vela y precipitaba toda clase de desgracias.

Poirot seguía bebiendo el excelente café de Fee, pese a sus advertencias y sus súplicas, y había comprobado que, en numerosos ámbitos (fuera del mencionado anteriormente), la joven tenía mucha sabiduría que impartir. Entre las muchas áreas en las que podía considerarse una experta, figuraba un amigo y ocasional ayudante de Poirot, el inspector Edward Catchpool, y ésa era la razón por la que el detective había acudido a verla en esa ocasión.

El café empezaba a llenarse de gente. La humedad formaba regueros de condensación sobre la cara interior de las ventanas. Fee estaba atendiendo a un caballero en el otro extremo del salón cuando Poirot entró en el local, pero ella le hizo elocuentes señas con la mano izquierda para indicarle con precisión el lugar donde debía sentarse a esperarla.

Poirot se sentó. Corrigió la alineación de los cubiertos sobre la mesa, como hacía siempre, e intentó no prestar atención a la colección de teteras que ocupaba los estantes más altos en torno a las paredes. Mirarlas le resultaba insoportable, porque estaban colocadas sin ningún criterio, orientadas todas ellas en diferentes ángulos. Su disposición no respondía a ninguna lógica. ¿Cómo era posible que una persona aficionada a las teteras hasta el punto de coleccionarlas y exponerlas no fuera consciente de que todos los picos debían apuntar en la misma dirección? Poirot sospechaba desde hacía tiempo que Fee las colocaba de manera tan caótica adrede, con el único propósito de irritarlo. Puede que lo hiciera porque una vez, tiempo atrás, cuando las teteras todavía estaban relativamente alineadas, él le había comentado que una de ellas estaba algo torcida. Desde entonces, cada vez que visitaba el Pleasant, las encontraba dispuestas sin orden ni concierto. Fee Spring no sabía asimilar las críticas.

La joven apareció a su lado y dejó caer un plato sobre la mesa, entre el cuchillo y el tenedor. Sobre el plato había un trozo de tarta, que Poirot no había pedido.

—Voy a necesitar su ayuda —le dijo la camarera sin darle tiempo a preguntar por Catchpool—, pero antes tiene que comer.

Era su famosa «tarta vidriera», así llamada porque cada trozo constaba de dos cuadrados amarillos y dos rosas, que se suponía que evocaban la vidriera de una iglesia. Poirot encontraba irritante el nombre. Era cierto que las vidrieras de las iglesias tenían más de un color, pero además eran translúcidas y estaban hechas de cristal. La tarta podría haberse llamado, de manera más apropiada, «tarta damero» o «tarta ajedrezada». En eso había pensado Poirot la primera vez que la había visto: en un damero o un tablero de ajedrez, aunque demasiado pequeño y con colores diferentes de los habituales.

—Esta mañana he llamado a Scotland Yard —le comunicó a Fee—. Me han dicho que Catchpool está de vacaciones en la costa, con su madre. Me pareció poco probable.

—Coma la tarta —replicó ella.

—*Oui, mais...*

—Sí, ya sé. Antes quiere saber dónde está Edward. ¿Por qué? ¿Ha pasado algo?

Desde hacía unos meses —había notado Poirot—, la joven decía «Edward» para referirse a Catchpool, aunque no cuando su amigo estaba presente.

—¿Sabe dónde está? —le preguntó.

—Puede que sí —replicó Fee con una sonrisa—. Le contaré con mucho gusto todo lo que sé si me promete que me ayudará. Pero ahora, coma.

Poirot dejó escapar un suspiro.

—¿En qué puede ayudarla que yo coma un trozo de su tarta?

Fee se sentó a su lado y apoyó los codos sobre la mesa.

—No es mi tarta —le susurró, como si hablara de un tema vergonzoso—. Es igual que la mía, tiene el mismo sabor, pero no la he hecho yo. Ése es el problema.

—No la entiendo.

—¿Alguna vez lo atendió aquí Philippa, una chica que era toda huesos y dientes, como un caballo?

—*Non*. No me suena.

—No estuvo mucho tiempo con nosotros. La sorprendí robando comida y tuve que llamarla al orden. No niego que le hiciera falta comer, porque estaba muy flaca, pero no podía permitir que robara la comida de los clientes. Le dije que podía llevarse las sobras, si quería, pero se creía demasiado importante. No le gustó que le hablara como a una ladrona (a ningún ladrón le gusta) y no volvió nunca más después de aquel día. Ahora trabaja en otro café, el Kemble's Coffee HouseHo, cerca de la vinería de Oxford Street. Por mí, pueden quedársela. Les deseo toda la suerte del mundo. Pero hace poco los clientes empezaron a decirme que Philippa estaba sirviendo *mi* tarta. Al principio no los creí. ¿Cómo iba a saber la receta, si era de mi bisabuela? Ella se la pasó a mi abuela, que se la enseñó a mi madre, que me la enseñó a mí. Me cortaría la lengua antes de enseñársela a nadie que no fuera de la familia, y le aseguro que no lo he hecho, ¡y a ella menos que a nadie! Tampoco la tengo escrita. Sólo pudo averiguarla si me estuvo espiando mientras la preparaba. Y si me paro a pensarlo, sí..., es posible que me estuviera espiando. Si prestó suficiente atención, debió de bastarle verme solamente una vez, y no puedo asegurar que no lo hiciera. Pasamos bastante tiempo juntas en esa cocina diminuta...

Fee la señaló con un dedo acusador, como si la cocina del Pleasant tuviera la culpa de todo.

—Sólo tenía que aparentar que estaba haciendo otra cosa, la muy fisgona. En todo caso, tuve que ir a comprobarlo. ¿Qué otra cosa podía hacer? Y creo que tienen razón los que dicen que está sirviendo mi tarta. ¡Vaya si tienen razón!

Tenía la mirada encendida de indignación.

—¿Qué quiere que haga yo, mademoiselle?

—¿No se lo he dicho? ¿No se lo he estado diciendo? Coma esa tarta y dígame si estoy o no en lo cierto. La ha hecho ella. Me he guardado ese trozo en un bolsillo del abrigo, aprovechando un descuido suyo. Ni siquiera sabe que he estado en su café. ¡He tenido muchísimo cuidado! He ido disfrazada, ¡disfrazada de verdad!

A Poirot no le apetecía comer un trozo de tarta que hubiera estado en el bolsillo de un abrigo.

—Hace meses que no pruebo su tarta vidriera —le dijo a Fee—. No conservo un recuerdo suficientemente definido para poder juzgar. Además, los sabores no se recuerdan con precisión. Es imposible.

—¿Cree que no lo sé? —replicó ella con impaciencia—. También le daré un trozo de la mía, ¿o qué pensaba? Se lo traeré ahora mismo. —Se levantó de la silla—. Primero comerá un poco de una tarta y después de la otra. Seguirá así, probando un poco de cada una, hasta decirme con seguridad si los dos trozos podrían haber salido de la misma tarta.

—Si lo hago, ¿me dirá dónde está Catchpool?

—No.

—¿No?

—Le he dicho que lo informaré del paradero de Edward si me ayuda.

—Y yo he aceptado probar las...

—Probar las tartas no es la ayuda que necesito —lo interrumpió Fee con determinación—. Eso vendrá después.

Hércules Poirot rara vez se permitía doblegarse a la voluntad de los demás, pero sabía que era inútil resistirse a Fee Spring. Esperó a que la joven volviera con otro trozo de tarta vidriera, que en apariencia era idéntico al primero, y entonces, obedientemente, probó los dos. Para asegurarse, comió tres bocados de cada trozo.

Fee lo observaba con atención. Al final, ya no pudo controlarse y preguntó:

—¿Y bien? ¿Son iguales o no?

—No percibo ninguna diferencia —respondió Poirot—. Ninguna en absoluto. Pero me temo, mademoiselle, que no hay ninguna ley que impida a una persona hacer la misma tarta que otra, después de ver con sus propios ojos...

—¡Oh, no pienso usar la ley contra ella! Solamente quiero averiguar si es consciente de que me ha robado.

—Ya veo —dijo Poirot—. No le interesa la infracción jurídica, sino el aspecto moral.

—Quiero que vaya usted a su café, le pida su tarta y le pregunte cómo consiguió la receta.

—¿Qué hará si me responde: «Es la que usa Fee Spring en el Pleasant»?

—Entonces iré a verla y le diré lo que no sabe: que la receta es de la familia Spring y nadie más puede usarla. Es lo que haré si actúa de buena fe.

—¿Y qué hará si responde con evasivas? —preguntó Poirot—. ¿O si afirma sin más que encontró la receta de la tarta en cualquier otro sitio, y usted no la cree?

Fee sonrió, entornando los ojos.

—Entonces me ocuparé de que lo lamente —dijo, y se apresuró a añadir—: Pero no de una manera que a usted lo haga arrepentirse de haberme ayudado.

—Me alegra oírlo, mademoiselle. Si está dispuesta a recibir un consejo de Poirot, permítame decirle que la venganza no suele ser buena idea.

—No pienso quedarme sentada tranquilamente mientras veo cómo alguien se marcha con algo que me pertenece —declaró Fee—. De usted espero la ayuda que le he pedido, y no los consejos que no le he solicitado.

—*Je comprends* —asintió Poirot.

—Muy bien.

—Y ahora, por favor, ¿dónde está Catchpool?

Fee sonrió.

—En la costa, con su madre, como le han dicho en Scotland Yard.

La expresión de Poirot se volvió severa.

—Veo que he sido engañado —dijo.

—¡Nada de eso! No me ha creído cuando se lo he dicho. Ahora le estoy diciendo que es verdad, para su información. Está en el este, en Great Yarmouth.

—Como ya le he expresado, me parece poco probable.

—No quería ir, pero tuvo que hacerlo para que la buena señora lo dejara en paz. Le había encontrado otra candidata perfecta para esposa.

—¡Ah!

Poirot ya conocía la ambición de la señora Catchpool de ver a su hijo sentar cabeza con la joven adecuada.

—Y ésta tenía mucho a su favor: estaba de buen ver, según me ha contado el propio Edward, y era de familia respetable. Además, era amable y cultivada. Le resultó más difícil que de costumbre decirle que no.

—¿A su madre? ¿O a la *jolie femme*, cuando le propuso matrimonio?

Fee se echó a reír.

—¡No! Era sólo una idea de su madre. La pobre se vino abajo cuando le dijo que no estaba interesado. Debió de pensar: «Si ni siquiera ésta lo convence...». Entonces Edward pensó que debía hacer algo para levantarle el ánimo, y como a ella le encanta Great Yarmouth, allá se han ido.

—Estamos en febrero —comentó Poirot con expresión airada—. Ir a una playa inglesa en febrero es ir en busca de la desgracia, ¿no cree?

¡Qué mal debía de estar pasándolo Catchpool!, pensó Poirot. Era preciso que volviera de inmediato a Londres para poder hablar con él del asunto de Barnabas Pandy.

—Perdón, ¿es usted el señor Poirot? ¿Hércules Poirot?

Una voz insegura interrumpió el hilo de sus pensamientos. Se volvió y vio a un hombre bien vestido que lo miraba con una sonrisa radiante, como si resplandeciera de felicidad.

—Hércules Poirot, *c'est moi* —le confirmó.

El hombre le tendió la mano.

—¡Qué honor conocerlo! —exclamó—. Su prestigio es formidable. Es difícil encontrar palabras para dirigirse a un gran hombre como usted. Me llamo Dockerill. Hugo Dockerill.

Fee miró con suspicacia al recién llegado.

—Bueno, no los molesto más —dijo—. Y no olvide lo

que me ha prometido —le advirtió a Poirot antes de alejarse.

El detective le aseguró que no lo olvidaría y a continuación invitó al hombre sonriente a sentarse.

Hugo Dockerill estaba casi completamente calvo, pero Poirot no le calculó más de cincuenta años.

—Lamento mucho haberlo abordado de esta manera —dijo Dockerill en un tono jovial que contradecía sus palabras—. Su criado me indicó que lo encontraría aquí. Me propuso acordar una cita con usted para esta tarde, pero yo estaba muy impaciente por aclarar el malentendido. Entonces le dije que quería hablar con usted cuanto antes y, cuando le expliqué el motivo de mi visita, por lo visto pensó que usted también querría verme *a mí* con cierta urgencia. ¡Así que aquí me tiene!

Remató sus palabras con una sonora risotada, como si acabara de contar una anécdota hilarante.

—¿Malentendido? —inquirió Poirot, que empezaba a preguntarse si tal vez una cuarta carta...

Pero no, era imposible. Ninguna persona, por muy entusiasta y optimista que fuera, parecería radiante de felicidad en semejantes circunstancias.

—Sí. Recibí su carta hace dos días y..., en fin..., estoy seguro de que toda la culpa es mía. No querría que tomara mis palabras como una crítica. Nada más lejos de mi intención. —Hugo Dockerill era un torrente de palabras—. De hecho, soy un ferviente admirador de su trabajo, por lo que he oído al respecto, pero... No sé... Debo de haber cometido algún desliz involuntario que le ha hecho formarse una idea equivocada sobre mí. Si ha sido así, le ruego que acepte mis disculpas. A veces me embarullo un poco y no sé muy bien qué hago. Si se lo pregunta a Jane, mi esposa, ella se lo confirmará. Habría querido hablar con usted de inmediato, pero traspapelé la carta nada más leerla y...

—Monsieur —intervino Poirot con expresión severa—, ¿a qué carta se refiere?

—La que habla de... del viejo Barnabas Pandy —respondió Hugo Dockerill, resplandeciendo con renovada vitalidad tras haber mencionado por fin el nombre fatídico—. Normalmente no me atrevería a sugerir que el fabuloso Hércules Poirot haya podido equivocarse, pero en esta ocasión... me temo que no fui yo. He pensado que... Verá..., he pensado que quizá podría indicarme qué lo llevó a deducir que he sido yo... Tal vez podríamos resolver entre los dos este curioso enredo. Como ya le he dicho, estoy seguro de que el malentendido tiene que ser culpa mía.

—Dice que no ha sido usted. ¿A qué se refiere?

—A la muerte de Barnabas Pandy —contestó Hugo Dockerill.

Tras declararse inocente del delito de asesinato, Hugo Dockerill cogió un tenedor limpio que encontró sobre la mesa y se sirvió un trozo de la tarta vidriera de Fee Spring. O quizá de la tarta de Philippa, la ladrona de recetas. Poirot ya no recordaba cuál era cuál.

—No le importa, ¿verdad? —preguntó Dockerill—. Sería una pena que se desperdiciara. ¡No vaya a contárselo a mi esposa! Siempre se queja de que tengo los modales de un vagabundo en la mesa. Pero los hombres no tenemos tantos remilgos a la hora de llenarnos el buche, ¿verdad?

Espantado ante la idea de que alguien pudiera encontrar apetecible un trozo de tarta a medio comer, Poirot respondió con un gruñido inespecífico mientras se permitía reflexionar brevemente sobre las semejanzas y las diferencias. Cuando varias personas hacen o dicen justo lo mismo, el efecto es el opuesto al que cabría esperar. Hasta ese momento, dos hombres y dos mujeres habían ido a verlo para comunicarle el mismo mensaje: la recepción de una carta firmada con su nombre en la que se suponía que él, Hércules Poirot, los acusaba de haber asesinado a Barnabas Pandy. En lugar de prestar atención a las semejanzas entre los cuatro encuentros, Poirot se centró sobre todo en las diferencias, y llegó a la conclusión de que la manera más eficaz de descubrir las diferencias entre el carácter de dos personas era colocarlas en situaciones idénticas.

Norma Rule era egocéntrica y bullía de orgullosa ira. Al igual que John McCrodden, padecía una poderosa obsesión por una persona en concreto. Los dos creían que esa persona, ya fuera Rowland *de la Soga* McCrodden o el misterioso Eustace, había instigado a Poirot a escribirles la carta. La ira de John McCrodden, en opinión de Poirot, era comparable a la de Norma, pero distinta: menos explosiva y más constante. McCrodden no perdonaría nunca, mientras que Norma podría perdonar si se veía envuelta en un nuevo drama más urgente.

De los cuatro, Annabel Treadway era la más difícil de entender. No estaba enfadada ni indignada, pero ocultaba algo. Y había algo que la afligía.

Hugo Dockerill era el primero y único destinatario de las cartas que afrontaba la adversidad con alegría, y ciertamente el único en expresar su confianza en que todos los problemas del mundo podían arreglarse si la gente decente se sentaba a una mesa a buscar la solución. Si tenía alguna objeción a que lo acusaran de asesinato, lo disimulaba muy bien. Seguía haciendo todo lo posible para que una sonrisa radiante le iluminara la cara, y no dejaba de mascullar, entre bocados de tarta vidriera, lo mucho que lamentaba haber dado la impresión, de manera del todo involuntaria, de ser un asesino.

—No hace falta que se disculpe —le aseguró Poirot—. Hace un momento ha dicho «el viejo Barnabas Pandy». ¿Por qué lo ha llamado así?

—Tenía casi cien años cuando murió, ¿no?

—¿Usted conocía a monsieur Pandy?

—Personalmente, no; pero había oído hablar de él, por supuesto. A través de Timothy.

—¿Quién es Timothy? —preguntó Poirot—. Debo aclararle, monsieur, que yo no le envié la carta que recibió. No sabía nada de Barnabas Pandy, hasta que me visitaron tres personas para decirme que habían recibido la misma carta. Y ahora una cuarta: usted. Quienquiera que haya firmado esas cartas con el nombre de Hércules Poirot es un embaucador. Yo no las escribí, ni las envié. No he acusado a nadie de la muerte de Barnabas Pandy, que, además, por lo que sé, falleció por causas naturales.

—¡Córcholis! —La amplia sonrisa de Hugo Dockerill se desdibujó un poco, mientras los ojos se le llenaban de confusión—. ¡Vaya embrollo! Una broma estúpida, ¿no?

—¿Quién es Timothy? —volvió a preguntar Poirot.

—Timothy Lavington, bisnieto del viejo Pandy. Soy el tutor de la casa donde vive, en el colegio Turville. También estudiaron en el colegio el viejo Pandy y el padre de Timothy. Los dos eran exalumnos, lo mismo que yo, ¡con la única diferencia de que yo sigo en el colegio! —dijo Dockerill, riendo entre dientes.

—Comprendo. Entonces ¿usted conoce a la familia de Timothy Lavington?

—Sí; pero, como le he dicho, no conocía personalmente al viejo Pandy.

—¿Cuándo murió Barnabas Pandy?

—No sabría decirle la fecha exacta. El año pasado, creo. En noviembre o diciembre.

Su versión coincidía con la de Annabel Treadway.

—En su calidad de tutor de la casa, supongo que debieron de comunicarle el fallecimiento del bisabuelo de uno de los alumnos a su cargo, ¿no es así?

—Sí, en efecto. Nos dio mucha pena a todos. Por otro lado, el anciano ya había vivido mucho. ¡Ojalá todos tuviéramos la suerte de llegar a una edad tan avanzada! —Volvió a sonreír—. Además, supongo que morir ahogado no es la peor manera de irse de este mundo cuando a uno le llega la hora.

—¿Ahogado?

—Sí. El pobre Pandy se quedó dormido en la bañera y se deslizó hasta sumergirse por completo. Se ahogó. Un accidente horrible. No he oído que nadie dijera otra cosa.

Annabel Treadway había dicho que su abuelo se había quedado dormido, y Poirot había supuesto que su fallecimiento se había producido por causas naturales. La mujer no había mencionado la bañera, ni el ahogamiento. ¿Le habría ocultado de forma deliberada esa parte de la historia?

—Entonces, hasta el momento en que recibió una carta firmada con el nombre de Hércules Poirot, ¿usted creía que monsieur Pandy se había ahogado accidentalmente en su bañera?

—Es lo que supone todo el mundo —repuso Hugo Dockerill—. Hubo una investigación y el resultado fue: «Muerte accidental». Recuerdo que Jane, mi esposa, se compadeció del pequeño Timothy al enterarse. Puede que la investigación llegara a una conclusión errónea.

—¿Ha traído la carta? —le preguntó Poirot.

—No, lo siento, no la he traído. Como le he dicho, la traspapelé. De hecho, la perdí dos veces. La primera vez la encontré, y así fue cómo conseguí su dirección, pero volví a perderla. Estuve buscando la condenada carta antes de salir para Londres, pero no hubo manera de encontrarla. Espero que no haya caído en manos de ninguno de nuestros niños. Sería espantoso que alguien pudiera pensar que me acusan de asesinato..., ¡sobre todo cuando usted mismo acaba de asegurarme que en realidad no me ha acusado de nada!

—¿Tiene hijos?

—Todavía no. Mi esposa y yo pensamos tenerlos. ¡Ah, ya veo! Cuando he dicho «nuestros niños» me refería a nuestros alumnos. ¡Tenemos setenta y cinco pillastres en nuestra casa! Siempre digo que mi mujer tiene que ser una santa para aguantarlos, pero ella siempre me responde que *ellos* no son ningún problema y que solamente tiene que ser una santa para aguantarme *a mí*.

Una previsible carcajada siguió a esa última observación.

—Tal vez podría pedirle a su esposa que lo ayudara a buscar la carta en su casa —sugirió Poirot—. Hasta ahora, ninguno de ustedes me la ha traído. Me resultaría muy útil ver al menos una.

—¡Claro! ¿Cómo no se me habrá ocurrido antes? ¡Jane la encontrará! No me cabe la menor duda. ¡Es tremenda! Tiene un talento especial para encontrar las cosas, aunque ella lo niega. Siempre me dice: «Tú también lo encontrarías todo, Hugo, si abrieras un poco más los ojos y prestaras más atención». ¡Es maravillosa!

—¿Conoce usted a una mujer llamada Annabel Treadway?

La sonrisa de Hugo se ensanchó aún más.

—¡Annabel! Claro que sí. Es la tía de Timothy y..., a ver, déjeme pensar..., ¿qué parentesco tenía con Barnabas Pandy? La madre de Timothy, Lenore, es nieta de Pandy, de modo que... Sí, claro, en efecto. Si Annabel es hermana de Lenore, entonces también debía de ser nieta de Pandy.

Poirot empezaba a sospechar que Hugo Dockerill era una de las personas más estúpidas que había conocido en su vida.

—Cuando Lenore visita el colegio, suele venir con Annabel y con su hija Ivy, la hermana de Timothy. Por eso conozco a Annabel desde hace años. Y debo reconocer, señor Poirot, que el asunto *tiene más tela*, como suele decirse. Hace años, me declaré a Annabel. Le propuse matrimonio. Estaba perdidamente enamorado de ella. Entonces yo no estaba casado, ni tenía esposa —aclaró Dockerill.

—Me alegra saber que no se proponía ser bígamo, monsieur.

—¿Qué? ¡Córcholis, claro que no! Yo estaba soltero. Fue todo muy extraño. Todavía no acabo de comprenderlo. Annabel pareció encantada cuando le hice la proposición; pero poco después, casi enseguida, estalló en lágrimas y me rechazó. Como todo hombre sabe, las mujeres son muy cambiantes... Todas, excepto Jane, que es firme como una roca. En cualquier caso, al ver tan afligida a Annabel por haberme rechazado, le sugerí que quizá se sentiría más animada si cambiaba su «no» por un «sí».

—¿Y cuál fue su reacción?

—Un «no» tajante, por desgracia. Al final todo ha sido para bien, como suele decirse. Jane es maravillosa con nuestros niños. En cambio, Annabel me dijo, cuando me rechazó, que se veía *incapaz* de velar por los niños. No sé por qué lo dijo, sobre todo teniendo en cuenta su devoción por Ivy y por Timothy. Le aseguro que es una segunda madre para ellos. Más de una vez me he preguntado si no tendría miedo de tener hijos propios que pudieran debilitar el vínculo maternal con sus sobrinos. O quizá la desanimara la cantidad de niños que tenemos en el internado. A veces se comportan como una manada de fieras, y Annabel es una persona tranquila y apacible. Por otra parte, adora a Timothy, que no es un chico nada dócil. A lo largo de los años nos ha dado más de un problema.

—¿Qué tipo de problemas?

—Oh, nada grave. Estoy seguro de que lo superará. Como muchos de los alumnos de Turville, a veces es demasiado autocomplaciente, cuando debería ser más estricto consigo mismo. En ocasiones se comporta como si las normas del colegio no fueran con él y estuviera por encima de todo. Jane lo atribuye a... —Hugo Dockerill se interrumpió bruscamente—. ¡Vaya! —exclamó riendo—. He estado a punto de cometer una indiscreción.

—Nada de lo que me diga saldrá de aquí —le garantizó Poirot.

—Solamente iba a decir que, en opinión de su madre, Timothy nunca tiene la culpa de nada. Una vez me vi absolutamente obligado a castigarlo por insubordinación (¡Jane *insistió*!), y entonces Lenore Lavington me castigó a mí. ¡Estuvo casi seis meses sin dirigirme la palabra!

—¿Conoce a John McCrodden? —preguntó Poirot.

—No, me temo que no. ¿Debería?

52

—¿Y a Norma Rule?

—Sí, a Norma la conozco.

Hugo volvió a resplandecer de felicidad al haber podido responder afirmativamente.

Poirot estaba sorprendido. Había vuelto a equivocarse y nada le resultaba más desconcertante que fallar. Había supuesto que era posible ordenar a los cuatro receptores de las cartas en dos parejas, como los cuadrados rosas y amarillos de la tarta vidriera: por un lado, Norma Rule y John McCrodden, que no conocían a Barnabas Pandy y ni siquiera lo habían oído mencionar, y, por otro, Annabel Treadway y Hugo Dockerill.

Había supuesto que las dos parejas mantendrían una clara separación, como los cuadrados de distinto color de la tarta. Sin embargo, el panorama se había complicado: Hugo Dockerill conocía a Norma Rule.

—¿De qué la conoce?

—Su hijo Freddie es uno de nuestros estudiantes. Está en el mismo curso que Timothy Lavington.

—¿Qué edad tienen esos chicos?

—Doce años, creo. Los dos están en segundo curso y ambos se alojan en nuestra casa. Son muy diferentes. ¡Cielo santo, difícilmente podrían ser más distintos! Timothy es un chico sociable y extrovertido, y está rodeado siempre por una corte de admiradores, mientras que el pobre Freddie es un solitario. No parece que tenga amigos. De hecho, pasa mucho tiempo ayudando a Jane. Mi esposa es tremenda. «Ningún niño se sentirá solo en esta casa si yo puedo impedirlo», dice a menudo. ¡Y lo dice en serio!

Poirot se preguntaba si le habría mentido Norma Rule al decirle que no conocía a Pandy. Pero ¿debía conocer necesariamente el nombre del bisabuelo de un compañero de colegio de su hijo, sobre todo si los apellidos eran diferentes? Timothy no se apellidaba Pandy, sino Lavington.

—De modo que madame Rule tiene un hijo que comparte colegio e internado con el bisnieto de Barnabas Pandy... —murmuró Poirot, más para sí mismo que para Hugo Dockerill.

—¡Córcholis! ¿En serio?

—Acabamos de establecer que así es, monsieur.

Parecía que los parentescos eran el punto débil de Hugo Dockerill. Eso, y la capacidad de recordar dónde dejaba las cosas, como por ejemplo una carta importante.

La sonrisa de Dockerill se apagó un poco mientras se esforzaba por encontrarle sentido a la afirmación de Poirot.

—Un hijo que..., el bisnieto de... ¡Ah! ¡Ahora caigo! Tiene razón.

Eso significaba que la situación no era tan simple como la tarta vidriera de Poirot y sus cuadrados de color rosa y amarillo. No había parejas. Tres de los destinatarios de la carta tenían una clara vinculación con Barnabas Pandy, mientras que el cuarto no tenía ninguna. Al menos, *de momento*.

Dos preguntas intrigaban a Poirot. ¿Había sido asesinado Barnabas Pandy? ¿Y era John McCrodden la pieza que no encajaba? ¿O también tenía él una relación con el difunto, que aún no resultaba clara?

Capítulo 5

Una carta con un defecto

Estoy componiendo este relato de lo que más tarde Poirot decidiría llamar el «misterio de los tres cuartos» en una máquina de escribir con la letra «e» defectuosa. No sé si alguien querrá publicarlo alguna vez, pero si el lector tiene ante sí un texto impreso, todas las «e» que verá serán perfectas. Sin embargo, es interesante observar que en el manuscrito original hay (¿o debería decir «había», poniéndome en la piel de futuros lectores?) un pequeño espacio en blanco en medio de la barra horizontal de cada «e», un hueco minúsculo en la tinta negra.

¿Qué importancia puede tener ese detalle? Si respondiera de inmediato a la pregunta, me adelantaría a mi propia narrativa. Permítanme que me explique.

Me llamo Edward Catchpool y soy inspector de Scotland Yard. También soy la persona que cuenta esta historia; no sólo ahora, sino desde el principio, aunque varios testigos me han ayudado a narrar las partes de la acción en las que no estuve presente. Estoy especialmente agradecido a la aguda capacidad de observación y la locuacidad de Hércules Poirot, que nunca omite ningún detalle. Gracias a él, no tengo la sensación de haberme perdido ninguno de los acontecimientos narrados hasta aquí, todos los cuales se produjeron antes de mi regreso de Great Yarmouth.

Cuanto menos hable de mi estancia en la costa, aburrida hasta la exasperación, mejor será para todos. Lo único relevante es que me vi obligado a volver a Londres antes de lo previsto (¡imaginen mi alivio!), por la llegada de dos telegramas: uno de Hércules Poirot, que afirmaba necesitar con urgencia mi ayuda y me pedía que regresara de inmediato, y otro, imposible de ignorar, del comisario de Scotland Yard Nathaniel Bewes. Este segundo telegrama no era de Poirot, pero lo mencionaba. Por lo visto, estaba causando dificultades, y Bewes quería que yo hablara con él para hacerlo desistir.

Me conmovió la injustificada confianza del jefe en mi capacidad para modificar la conducta de mi amigo belga; por eso, cuando fui a verlo a su despacho, me limité a escucharlo en silencio y a asentir con amabilidad mientras me exponía la situación. En esencia, resultaba claro lo que estaba en juego. Poirot creía que el hijo de Rowland *de la Soga* McCrodden era culpable de asesinato. Lo afirmaba y aseguraba poder demostrarlo. Al jefe no le gustaba nada la idea, porque Rowland *de la Soga* era amigo suyo, y esperaba que yo pudiera persuadir a Poirot de que había cometido un error.

En lugar de prestar atención a las sonoras y variadas expresiones de disgusto del jefe, yo ensayaba mentalmente mi respuesta. ¿Debía decirle, por ejemplo: «Es inútil hablar con Poirot al respecto; si está convencido de algo, jamás me escuchará»? No, porque eso me habría hecho parecer a la vez hostil y derrotista. Además, como Poirot quería verme con urgencia, con toda probabilidad por el mismo asunto, decidí prometerle al jefe que haría todo lo posible para hacerlo entrar en razón. Después, me enteraría por boca del propio Poirot de los motivos por los que consideraba culpable al hijo de Rowland *de la Soga,* cuando al parecer nadie más lo creía, y le transmitiría al jefe sus argumentos. Todo eso me pareció manejable. No vi ninguna necesidad de complicarme la vida en la oficina, señalándole al jefe que la afirmación «Es el hijo de mi amigo» no constituía ninguna prueba de inocencia, y menos aún un argumento viable para ninguna defensa.

Nathaniel Bewes es un hombre tranquilo, sensato y ecuánime, excepto cuando acaba de sucederle algo particularmente irritante. En esos raros momentos, es incapaz de reconocer que está muy alterado y que su perspectiva se encuentra distorsionada por su estado emocional. Como en general es juicioso e imparcial, supone que siempre lo es, y en consecuencia, puede acabar defendiendo puntos de vista absurdos que en su estado de ánimo habitual consideraría auténticas tonterías. Una vez recuperado el buen juicio, después de uno de esos episodios, ya no vuelve a referirse al período durante el cual hizo una serie de afirmaciones ridículas, y, hasta donde yo sé, tampoco nadie se lo recuerda. Yo no, desde luego. Aunque parezca fantasioso lo que voy a decir, no estoy seguro de que el jefe en su estado normal sea consciente de la existencia de esa otra versión suya, que a veces lo suplanta.

Seguí asintiendo juiciosamente, mientras el otro yo del jefe despotricaba y resoplaba, iba y venía por el pequeño despacho, y se acomodaba las gafas con desconcertante frecuencia cada vez que se le volvían a deslizar por el tabique nasal.

—¿El hijo de Rowly, un asesino? ¡Qué ridículo! ¡El hijo de Rowland McCrodden...! Si fuera usted el hijo de un hombre como ése, Catchpool, ¿consideraría adoptar como pasatiempo el asesinato? ¡Por supuesto que no! ¡Sólo un idiota lo haría! Además, la muerte de Barnabas Pandy fue accidental. He consultado los registros oficiales del deceso, y allí está escrito, negro sobre blanco: «¡*accidente!*». El hombre se ahogó en su bañera. Tenía noventa y cuatro años. ¡Por favor, *noventa y cuatro años*! ¿Cuánto tiempo más podía vivir? ¿Arriesgaría usted el cuello para matar a un hombre de noventa y cuatro años, Catchpool? ¡Absurdo! Nadie lo haría. ¿Para qué? ¿Con qué propósito?

—Bueno...

—No, no puede haber ninguna razón —sentenció Bewes—. No sé qué se traerá entre manos ese belga amigo suyo, pero quiero que le haga saber con la mayor contundencia y claridad posibles que es preciso que escriba cuanto antes a Rowly McCrodden para expresarle sus más sentidas disculpas.

Bewes parecía haber olvidado que él también tenía una relación amistosa con Poirot.

Por supuesto, podía haber muchas razones para que alguien quisiera matar a un nonagenario: por ejemplo, que el anciano lo hubiera amenazado con hacer público ante el mundo, al día siguiente, un secreto vergonzoso. Y Bewes —el verdadero Bewes, no la versión alterada que lo suplantaba a veces— sabía tan bien como yo que algunos asesinatos podían pasar en un primer momento por accidentes. Además, cabía la posibilidad de que tener por padre a un hombre conocido por enviar malhechores al patíbulo pudiera deformar la mente de una persona hasta el extremo de empujarla al crimen.

Sabía que no tenía sentido decirle nada de eso al jefe en ese momento, aunque, en un estado más sereno, él mismo habría sostenido los mismos argumentos que yo. Decidí cuestionarle solamente un detalle de su planteamiento.

—¿No ha dicho que Poirot le envió la carta acusadora al hijo de Rowland *de la Soga*, y no al propio Rowland?

—¿Y qué si fue así? —preguntó Bewes, mirándome con expresión airada—. ¿Qué diferencia hay?

—¿Qué edad tiene John McCrodden?

—¿Edad? ¿Por qué lo pregunta? ¿Qué diablos puede importar la edad?

—¿Es un hombre o un niño? —insistí yo con mucha paciencia.

—¿Ha perdido el juicio, Catchpool? ¡John McCrodden es un hombre hecho y derecho!

—Entonces ¿no tendría más sentido pedirle a Poirot que escriba a John McCrodden para disculparse, y no a su padre? Eso suponiendo que se equivoque y que John McCrodden sea inocente. Si ha dejado atrás la minoría de...

—La ha dejado atrás, en efecto —me interrumpió Bewes—. Ya no se dedica a la minería. Antes trabajaba en una mina del noreste, pero ya no.

—Ah —dije yo, convencido de que si hablaba lo menos posible mi jefe tardaría menos tiempo en recuperar la capacidad de discernir si había oído bien o mal una palabra.

—Pero eso no tiene nada que ver con el asunto que nos ocupa, Catchpool. Debemos pensar en el pobre Rowly. Su hijo John lo acusa de estar detrás de todo. Es preciso que Poirot le escriba de inmediato a Rowly y le pida las más abyectas disculpas. ¡La acusación ha sido monstruosa! ¡Un auténtico exabrupto! Por favor, Catchpool, asegúrese de que lo haga.

—Haré lo posible, señor.

—Bien.

—¿Podría revelarme algún detalle más del caso? Imagino que Rowland *de la Soga* no le habrá indicado *por qué causa* Poirot podría haber pensado que...

—¿Cómo demonios quiere que lo sepa, Catchpool? El hombre debe de haber perdido el juicio. No imagino otra explicación. ¡Lea usted mismo la carta, si quiere!

—¿La tiene aquí?

—John la rompió y envió los trozos a Rowly con una nota acusadora. Rowly reconstruyó la carta con cinta adhesiva y me la envió a mí. No sé por qué piensa John que su padre está detrás de esa misiva. Mi amigo no tiene pelos en la lengua, ni los ha tenido nunca. Su hijo debería saberlo mejor que nadie. Si tuviera algo que decirle a John, se lo diría directamente.

—Me gustaría ver la carta, señor, si me lo permite.

Bewes se dirigió a su escritorio, abrió uno de los cajones e hizo un gesto de disgusto al extraer el ofensivo objeto.

—¡Es un disparate sin ni pies ni cabeza! —exclamó tendiéndome la carta, por si yo aún albergaba dudas sobre su opinión al respecto—. ¡Una basura malintencionada!

«¡Poirot nunca hace nada con malas intenciones!», estuve a punto de protestar, pero me contuve a tiempo.

Leí la carta. Era breve: solamente un párrafo. Aun así, para lo que buscaba comunicar, la mitad habría sido suficiente. Con un estilo embarullado y tosco, acusaba a John McCrodden del asesinato de Barnabas Pandy y proclamaba la existencia de pruebas que respaldaban la acusación. Si McCrodden no confesaba su crimen de inmediato, las pruebas llegarían a la policía.

Mis ojos se posaron sobre la firma al pie de la carta. Escrito con letras inclinadas, podía leerse el nombre de Hércules Poirot.

Me habría resultado útil recordar la firma de mi amigo, pero no conseguí visualizarla, pese a haberla visto una o dos veces. Quizá la persona que había enviado la carta, quienquiera que fuese, había copiado meticulosamente la caligrafía de Poirot. En cualquier caso, no había conseguido imitar la manera de expresarse del hombre al que pretendía suplantar, ni redactar el tipo de carta que habría escrito mi amigo.

Si Poirot hubiera creído que McCrodden era el asesino de ese tal Barnabas Pandy y el responsable de que su muerte pasara por un accidente, se habría presentado en su casa acompañado de la policía. Jamás le habría enviado esa carta, que le ofrecía la oportunidad de huir o de quitarse la vida antes de que Hércules Poirot pudiera mirarlo a los ojos para explicarle la cadena de errores que lo había delatado. Y ese tono mezquino e insinuante... Era imposible. No me cabía la menor duda.

No tenía tiempo de calibrar el efecto que mi revelación podía causarle al jefe, pero decidí decírselo de inmediato.

—Señor, me parece que la situación no es exactamente como yo... o como usted... No sé si una disculpa por parte de Poirot...

Me estaba enredando cada vez más.

—¿Qué intenta decirme, Catchpool?

—Esta carta es falsa, señor —respondí—. No sé quién la ha escrito, pero puedo asegurarle que no ha sido Hércules Poirot.

Capítulo 6

Rowland *de la Soga*

Las instrucciones del jefe eran claras. Tenía que encontrar de inmediato a Poirot y pedirle que me acompañara a las oficinas de Donaldson & McCrodden, el bufete de abogados de Rowland *de la Soga*. Una vez allí, tendríamos que explicar que Poirot no había escrito la carta enviada a John McCrodden y disculparnos profusamente por las molestias que ninguno de nosotros había causado.

Venía de perder muchos días en Great Yarmouth y tenía mucho trabajo pendiente que recuperar, por lo que me disgustaba en gran manera tener asignado ese encargo. ¿No habría bastado una simple llamada telefónica de Bewes a Rowland *de la Soga*? Después de todo, eran buenos amigos. Pero no, el jefe había insistido en que McCrodden padre era un hombre extraordinariamente prudente, que no se quedaría tranquilo si no oía de labios del propio Poirot que no había sido él quien había escrito la carta ofensiva. Y Bewes quería que yo estuviera presente, para que fuera a informarlo cuando el asunto quedara zanjado de forma satisfactoria.

«Todo esto debería quedar solucionado en un par de horas», pensé mientras me dirigía a las Whitehaven Mansions. Por desgracia, Poirot no estaba en casa. Su ayuda de cámara me indicó que con toda probabilidad estaría de camino a Scotland Yard. Por lo visto, Poirot estaba tan impaciente por localizarme a mí como yo por encontrarlo a él.

Volví a Scotland Yard y me enteré de que Poirot había pasado por allí un momento antes, había preguntado por mí e incluso esperado un rato, pero ya se había marchado. Tampoco había ni rastro del comisario Bewes, por lo que no pude preguntarle cómo debía proceder. Probé suerte en el Pleasant, pero tampoco allí encontré a Poirot. Al final, exasperado, decidí visitar solo las oficinas de Rowland McCrodden. Supuse que preferiría saber cuanto antes que Hércules Poirot no consideraba a su hijo un asesino, y pensé que la palabra de un inspector de Scotland Yard tenía que ser suficiente, incluso para Rowland *de la Soga*.

El bufete de abogados Donaldson & McCrodden ocupaba los dos pisos superiores de una de las tradicionales fincas señoriales de Henrietta Street, cerca del hotel Covent Garden. Me recibió una joven sonriente de cara sonrosada y melena corta castaña, de estilo rigurosamente geométrico. Vestía blusa blanca y una falda de cuadros que me hizo pensar en el mantel de una merienda campestre.

Dijo ser la señorita Mason y me hizo de inmediato una serie de preguntas que me impidieron exponerle el motivo de mi visita con la facilidad que me habría supuesto un simple: «¿Qué se le ofrece?». En lugar de eso, perdimos una cantidad absurda de tiempo con sus interminables: «¿Me permite que le pregunte su nombre, señor?», «¿Le importa comunicarme con quién desea hablar?», «¿Quiere indicarme si tiene una cita, señor?», «¿Podría mencionarme el motivo de su visita?»... Con su método de interrogatorio, no me dejó decir en ningún momento más de dos palabras seguidas, y durante todo ese tiempo mantuvo la vista fija con indisimulada curiosidad en el sobre que yo llevaba en la mano, que era la carta donde alguien acusaba a John McCrodden de haber cometido un asesinato.

Cuando la señorita Mason me pidió que la siguiera por un estrecho pasillo con las paredes por completo tapizadas de gruesos volúmenes jurídicos encuadernados en piel, sentí la tentación de huir en la dirección opuesta, en lugar de seguirla a cualquier sitio. Observé —era imposible no fijarse— que más que andar avanzaba a saltitos, con los pies más diminutos que yo hubiese visto hasta entonces.

Llegamos a una puerta pintada de negro, con el nombre ROWLAND McCRODDEN escrito en letras blancas. La señorita Mason llamó y una voz grave respondió:

—¡Adelante!

Entramos y nos recibió un hombre de cabellera gris rizada, una extensa frente que parecía ocuparle una parte desmesurada de la cara y unos ojillos negros, situados más cerca de la barbilla de lo que parecería conveniente.

Puesto que McCrodden había aceptado recibirme, yo esperaba poder iniciar la conversación e ir de inmediato al grano, pero no había tenido en cuenta la capacidad de la señorita Mason para obstaculizar cualquier avance. Nada más entrar, intentó en vano convencer a McCrodden de que le permitiera añadir mi nombre a su agenda del día.

—¿Con qué objeto? —preguntó él con manifiesta impaciencia. Tenía una voz atiplada que me hizo pensar en una flauta—. El inspector Catchpool ya está aquí.

—Pero, señor, tenemos la norma de no recibir a nadie si no tiene una cita registrada en su agenda.

—Ya hemos recibido al inspector Catchpool, señorita Mason. Ya está aquí. ¡Usted misma lo ha hecho pasar!

—Sí, señor, pero si va a reunirse con el inspector Catchpool, ¿no cree que deberíamos concertar una cita para... *ahora mismo*... y registrarla en su...?

—No. —Rowland McCrodden no permitió que acabara la pregunta—. Gracias, señorita Mason. Eso es todo. Siéntese, por favor, inspector... —Se interrumpió bruscamente, parpadeó un par de veces y se dirigió de nuevo a su secretaria—: ¿Ahora qué quiere, señorita Mason?

—Iba a preguntarle al inspector Catchpool si se le ofrece alguna cosa. Un té, o quizá un café. O tal vez un vaso de agua. O si usted desea algo, señor...

—Yo no —dijo McCrodden—. ¿Qué dice usted, inspector?

No fui capaz de responder de inmediato. Una taza de té era justo lo que me apetecía en ese instante, pero si la pedía, la señorita Mason tendría que regresar.

—¿Por qué no se lo piensa un momento, inspector Catchpool? Volveré dentro de unos minutos y...

—Estoy seguro de que el inspector ya lo tiene decidido —intervino enérgicamente McCrodden.

—Así es. No quiero nada, gracias —dije yo con una sonrisa.

Al final, y por fortuna, la señorita Mason se marchó. Yo había resuelto no perder más tiempo, de modo que extraje la carta del sobre, la deposité sobre la mesa de McCrodden y le dije que era del todo imposible que Hércules Poirot la hubiera escrito. Él me preguntó cómo podía estar tan seguro y yo le expliqué que tanto el contenido del mensaje como su tono excluían todo género de duda.

—Pero si Poirot no escribió la carta, ¿quién lo hizo? —planteó McCrodden.

—Me temo que no lo sé.

—¿Lo sabe Poirot?

—Todavía no he tenido la oportunidad de hablar con él.

—¿Y por qué se hace pasar por Hércules Poirot el autor del mensaje?

—No lo sé.

—Entonces usted se ha presentado aquí con unas premisas falsas.

—No estoy seguro de entender lo que quiere decirme —le confesé.

—Ha dicho que venía a aclarar un malentendido, y, por su manera de proceder, parece estar convencido de haberlo aclarado: Hércules Poirot no ha acusado a mi hijo de asesinato; por tanto, puedo quedarme tranquilo. ¿Es eso lo que piensa?

—Bueno... —Intenté dar con la respuesta adecuada—. Entiendo que la situación debe de haber sido molesta y alarmante para usted; pero si no ha sido más que una especie de broma de mal gusto, yo en su lugar no me preocuparía en exceso.

—Discrepo. Ahora estoy incluso más preocupado que antes. —McCrodden se levantó de la silla y se dirigió a la ventana. Contempló un momento la calle, antes de desplazarse dos pasos a la derecha y quedarse de cara la pared—. Cuando pensaba que Poirot había escrito la carta, confiaba en poder llegar a una solución. Creía que tarde o temprano reconocería su error. He oído decir que es un hombre orgulloso, pero también honorable y, más importante aún, dispuesto a razonar. Me han dicho que, para él, el carácter de las personas es un hecho tan objetivo como una prueba material. ¿Es así?

—Está convencido de que es preciso conocer el carácter de las personas para resolver un crimen —contesté—. Sin conocer el motivo, es imposible llegar a una solución, y sin comprender el carácter no se puede descubrir el motivo. También le he oído decir que ningún hombre actúa de manera contraria a su naturaleza.

—Entonces podría haberlo convencido de que John jamás cometería un asesinato, porque es algo por completo opuesto a sus principios. ¡La idea es ridícula! Pero ahora descubro que no tengo que convencer a Hércules Poirot, puesto que no fue él quien escribió la carta. Y me veo obligado a concluir que el verdadero autor de la misma es un mentiroso y un embaucador, la clase de persona que no se detendría ante nada en su empeño por destruir a mi hijo.

McCrodden volvió a su silla, como si la pared que había estado contemplando le hubiera ordenado en silencio que lo hiciera.

—Tengo que averiguar quién escribió y envió esa carta —dijo—. Es imperativo para garantizar la seguridad de John. Me gustaría contratar los servicios de Hércules Poirot. ¿Cree que aceptaría investigar para mí?

—Puede que sí, pero... No está claro que el autor de esa carta piense de verdad lo que afirma. ¿Y si no fuera más que una desagradable broma de mal gusto? Es posible que todo acabe aquí. Si su hijo no vuelve a recibir ningún mensaje...

—Si eso es lo que cree, es usted extremadamente ingenuo —replicó McCrodden, que enseguida cogió la carta y la arrojó en mi dirección. El sobre cayó delante de mis pies—. Alguien que envía algo así pretende hacer daño. No podemos arriesgarnos a ignorarlo.

—El comisario me ha dicho que la muerte de Barnabas Pandy fue accidental —comenté—. Se ahogó en la bañera.

—Ésa es la versión oficial, en efecto. En apariencia, no hay indicios de asesinato.

—Lo dice como si pensara lo contrario —observé.

—Una vez planteada la posibilidad, tenemos el deber de considerarla —repuso McCrodden.

—Pero todo indica que no fue asesinato, y usted acaba de decir que su hijo sería incapaz de matar a nadie, de modo que...

—Ya veo —dijo—. ¿Me considera culpable de ceguera paterna? Se equivoca. Nadie conoce a John mejor que yo. Mi hijo tiene muchos defectos, pero no es un asesino.

Me había malinterpretado. Yo simplemente había querido decirle que como nadie estaba buscando a un asesino en conexión con la muerte de Pandy, y puesto que él estaba convencido de la inocencia de su hijo, no había ningún motivo para preocuparse.

—Habrá oído comentar que soy un firme defensor de la pena de muerte —prosiguió—. Me llaman Rowland *de la Soga*. No me gusta el apodo y nadie se atreve a llamarme así en mi presencia. Sería más acertado que me llamaran «*Rowland el que Desea una Sociedad Justa y Civili-*

zada que Proteja a los Inocentes»... Por desgracia, no es tan fácil de decir como el otro. Convendrá conmigo, inspector, en que todos debemos responder por nuestros actos. Seguro que conocerá la leyenda del anillo de Giges, de la que habla Platón. Se la mencionaba a menudo a mi hijo John. Hice todo cuanto estaba a mi alcance para inculcarle unos valores, pero fracasé. Está tan apasionadamente en contra de quitarle la vida a cualquier ser humano que abomina de la pena de muerte, incluso para los monstruos más depravados. Sostiene que soy tan asesino como el criminal sediento de sangre que degüella a un desgraciado en un callejón para robarle unos pocos chelines. En su opinión, quitarle la vida a alguien siempre es un asesinato. Por eso jamás se permitiría matar a una persona. Sería dejar en ridículo todos sus argumentos, algo que él mismo consideraría intolerable.

Asentí, aunque sin convencimiento. Mi experiencia como inspector de policía me había enseñado que muchas personas son capaces de mantener una elevada opinión de sí mismas, incluso después de cometer los crímenes más espantosos. Sólo les preocupa lo que piensen los demás, y si pueden quedar impunes.

—Y, como usted dice, nadie aparte del infame autor de la carta parece considerar que la muerte de Pandy haya sido consecuencia de un hecho delictivo —prosiguió McCrodden—. Barnabas Pandy era un hombre sumamente adinerado, dueño de la finca de Combingham Hall y antiguo propietario de varias minas de pizarra en Gales. De ahí le viene su fortuna.

—¿Minas? —Recordé mi conversación con el jefe y el malentendido entre la minoría y la minería—. Su hijo trabajó en una mina, ¿verdad?

—Sí. En el norte, cerca de Guisborough.

—Pero no en Gales.

—No, nunca en Gales. Puede olvidarse de eso.

Me esforcé por aparentar que ya lo había olvidado.

—Pandy tenía noventa y cuatro años cuando se ahogó en su bañera —dijo McCrodden—. Era viudo desde hacía sesenta y cinco años. Con su esposa había tenido una sola hija, que con el tiempo se casó y tuvo a su vez dos hijas, antes de morir en el incendio de su casa, con su marido. Pandy recogió a las dos niñas huérfanas, Lenore y Annabel, que desde entonces han vivido en Combingham Hall. Annabel, la menor, está soltera. La hermana mayor, Lenore, se casó con un hombre llamado Cecil Lavington y tuvieron dos hijos: Ivy y Timothy, por ese orden. Cecil murió de una infección hace cuatro años. Es todo lo que he podido averiguar, y no hay nada interesante, ni nada que me indique cómo continuar. Espero que Poirot lo haga mejor que yo.

—Puede que no haya nada que descubrir —repuse—. Tal vez sean una familia corriente, en la que nunca se ha cometido un asesinato.

—Al contrario, hay mucho que descubrir —me corrigió McCrodden—. ¿Quién es la persona que ha escrito las cartas y por qué tiene a mi hijo en el punto de mira? Mientras no lo sepamos, los que hemos sido acusados seguiremos involucrados en este asunto.

—A usted no lo han acusado de nada —observé.

—¡No diría lo mismo si viera la nota que me ha enviado John con la carta! —Señaló el suelo, donde el sobre aún seguía junto a mis pies—. En esa nota me acusa de instigar a Poirot a escribir la carta, con el único propósito de ponerlo a él en una situación crítica que lo obligue a estudiar Derecho para defenderse.

—¿Por qué piensa que usted haría algo así?

—John cree que lo odio. Nada más lejos de la verdad, por supuesto. Es cierto que he criticado muchas veces su manera de gestionar sus asuntos, pero sólo porque quiero verlo prosperar. Yo deseo lo mejor para él, pero parece que él desee lo contrario. Ha desperdiciado todas las oportunidades que le he ofrecido. Una de las razones por las que sé que no pudo haber matado a Barnabas Pandy es que ya no puede odiar a nadie más. Todo su resentimiento está dirigido hacia mí..., sin motivo alguno.

Hice algún comentario cortés inespecífico, para expresarle mi simpatía.

—Cuanto antes hable con Hércules Poirot, mejor —dijo McCrodden—. Confío en su capacidad para llegar hasta el fondo de este desagradable asunto. Hace mucho tiempo que he renunciado a la esperanza de cambiar la opinión que mi hijo tiene de mí, pero me gustaría demostrarle, si es posible, que no he tenido nada que ver con esa carta.

Capítulo 7

Un viejo enemigo

Mientras yo me encontraba en las oficinas de Donaldson & McCrodden, en Henrietta Street, Poirot estaba en la sede de otro bufete de abogados: Fuller, Fuller & Vout, a escasa distancia del anterior, en Drury Lane. Por supuesto, en ese momento yo no lo sabía.

Exasperado por la inutilidad de sus esfuerzos para encontrarme, mi amigo belga había tomado la iniciativa de averiguar todo lo que pudiera acerca de Barnabas Pandy, y uno de sus primeros descubrimientos había sido que Peter Vout, el socio principal del bufete, había sido el representante de Pandy en todos sus asuntos jurídicos.

A diferencia de mí, Poirot había concertado una cita, o, mejor dicho, se la había conseguido George, su ayuda de cámara. Llegó puntual y una joven mucho menos irritante que la señorita Mason del bufete de Rowland McCrodden lo hizo pasar al despacho de Vout. Poirot tuvo que disimular su perplejidad cuando vio la oficina donde trabajaba el abogado.

—¡Bienvenido! ¡Adelante! —exclamó Vout, levantándose de la silla para estrecharle la mano. Tenía una sonrisa cautivadora y una cabellera blanca como la nieve que se proyectaba en picos y mechones sin orden aparente—. Usted debe de ser *Hegcul Puaggó*. ¿Correcto?

—*C'est parfait* —dijo Poirot con expresión aprobadora.

No era frecuente que un inglés pronunciara correctamente su nombre de pila y su apellido. Sin embargo, ¿era apropiado sentir admiración por un hombre capaz de trabajar en semejantes condiciones? El despacho era todo un espectáculo: espacioso, de unos tres metros por cinco, con techos altos. Contra la pared de la derecha había una enorme mesa de escritorio de caoba, con su silla de cuero verde, y dos butacas de respaldo recto, de piel marrón, para los visitantes. Ocupaban también el tercio derecho de la habitación una gran librería, una lámpara de pie y una chimenea. En la repisa de la chimenea, sobre el fuego, podía verse una invitación para una cena de la Sociedad Jurídica.

Los otros dos tercios del espacio disponible estaban atiborrados de destartaladas cajas de cartón, dispuestas en altísimas pilas que formaban un edificio enorme e irregular, impresionante por su aspecto grotesco. Habría sido imposible rodear las cajas caminando. De hecho, su presencia reducía las dimensiones de la habitación de una manera que cualquier persona en su sano juicio habría considerado intolerable. Muchas estaban abiertas y su contenido se derramaba por los lados: papeles amarillentos, marcos rotos de fotografías, trapos viejos con manchas de suciedad... Al otro lado de la gigantesca montaña de cajas había una ventana, delante de la cual colgaban tiras de un material pálido y amarillento, que jamás habría bastado para cubrir toda la superficie de los cristales.

—*C'est un cauchemar* —murmuró Poirot.

—Veo que se ha fijado en las cortinas —dijo Vout en tono de disculpa—. El despacho ganaría mucho si las cambiáramos. Son terriblemente viejas. Podría pedirle a alguna de las chicas de la oficina que las descolgase; pero, como puede ver, es imposible alcanzarlas.

—¿Por las cajas?

—Sí. Verá, mi madre murió hace tres años. Hay mucho por clasificar, y me temo que todavía no he podido avanzar nada. Pero no todas las cajas contienen las pertenencias de mi madre. En muchas guardo mi propia... parafernalia. —Parecía bastante satisfecho con la situación—. Por favor, tome asiento, señor Poirot. ¿En qué puedo ayudarlo?

El detective se sentó en una de las butacas disponibles.

—¿No le importa trabajar aquí, con toda... su parafernalia? —preguntó.

—Veo que lo fascinan mis cajas, señor Poirot. Espero que no sea uno de esos tipos que siempre han de tenerlo todo perfecto y reluciente...

—Le aseguro que lo soy. Soy un entusiasta de la perfección y la pulcritud. Necesito un entorno escrupulosamente ordenado para poder pensar con claridad y de forma productiva. ¿Usted no?

—No, no puedo dejar que unas cuantas cajas viejas interfieran con mi vida —respondió Vout con una risita—. No les presto atención, ni siquiera las veo. En algún momento me ocuparé de ellas. Pero hasta entonces... ¿para qué obsesionarse?

Con un ligero temblor de las cejas, Poirot abordó el tema que lo había llevado hasta allí. Vout expresó su pesar por la muerte de su viejo y querido amigo Barnabas Pandy, y le ofreció a Poirot la misma información que quizá en ese mismo instante me estaba brindando a mí Rowland McCrodden: las minas de pizarra de Gales, la finca de Combingham Hall, las dos nietas, Lenore y Annabel, y los dos bisnietos, Ivy y Timothy. Vout añadió además un detalle acerca de Barnabas Pandy que no figuraba en la explicación de Rowland *de la Soga*: mencionó al fiel Kingsbury, que había estado muchos años al servicio de Pandy.

—Era como un hermano menor para Barnabas. Más que un mayordomo, Kingsbury era parte de la familia, aunque no por ello dejaba de cumplir con todo rigor y gran esmero todas sus obligaciones. Como es natural, Barnabas se había asegurado de dejarle la vida solucionada. En su testamento...

—¡Ah, sí, el testamento! —dijo Poirot—. Me gustaría saber un poco más al respecto.

—Bueno, no veo ninguna razón para no complacerlo. A Barnabas no le habría importado. Su testamento era muy sencillo: el que todos esperaban. Pero... ¿puedo preguntarle por qué le interesa?

—Me ha llegado indirectamente la insinuación de que monsieur Pandy fue asesinado.

—Ya veo. —Vout soltó una carcajada y levantó la vista al cielo—. ¿Asesinado, eh? No, nada de eso. Barnabas se ahogó. Se quedó dormido cuando se estaba bañando, se deslizó en la bañera y, por desgracia...

Dejó sin expresar el obvio desenlace.

—Sí, ésa es la versión oficial. Sin embargo, se ha

planteado la posibilidad de que la muerte fuera accidental sólo en apariencia y que en realidad se tratara de un crimen.

Vout negaba con énfasis con la cabeza mientras escuchaba a Poirot.

—¡Cielo santo, no! —exclamó por fin—. Por lo que veo, alguien se ha estado empleando a fondo en la propagación de rumores infundados. Algún enemigo de la familia, o quizá una enemiga..., porque por lo general son las mujeres las que se encargan de difundir esa clase de habladurías. Los hombres somos demasiado sensatos para perder el tiempo enredando de esa forma.

—Entonces ¿está seguro de que la muerte de monsieur Pandy fue accidental? —preguntó Poirot.

—Del todo.

—¿Cómo puede saberlo? ¿Estaba usted presente en el baño cuando se produjo el deceso?

Vout pareció indignado.

—¡Por supuesto que no! ¡Ni siquiera estaba cerca! Sucedió el 7 de diciembre, ¿verdad? Casualmente, en esa fecha mi esposa y yo estábamos en Coventry, en la boda de un sobrino.

Poirot sonrió con cortesía. —Sólo pretendía sugerir que, si no estaba usted presente en el baño ni tampoco en Combingham Hall cuando monsieur Pandy falleció, entonces no está en condiciones de afirmar de forma categórica que su muerte fue accidental. Alguien pudo entrar a hurtadillas en el baño y hundirlo en el agua... ¿Cómo puede estar seguro de que no fue así, si en ese momento usted se encontraba en una boda en Coventry?

—Porque conozco a la familia —dijo Vout al cabo de

unos instantes, contrariado—. Todos sus miembros son buenos amigos míos. Sé quiénes estaban en la casa en el momento de la tragedia: Lenore, Annabel, Ivy y Kingsbury, y puedo asegurarle que ninguno de ellos habría levantado ni un solo dedo contra Barnabas. ¡Habría sido impensable! He sido testigo de su dolor después del triste suceso, señor Poirot.

«*C'est ça*», dijo él para sus adentros, enunciando la frase únicamente con los labios.

Su suposición había sido acertada. Vout era uno de esos individuos que sólo creen en los asesinatos, la maldad y las cosas desagradables de la vida cuando no les afectan en persona. Si leía en el periódico que un enajenado había hecho picadillo a cinco miembros de una misma familia, lo aceptaba sin cuestionárselo. Pero si alguien le sugería que un hombre al que consideraba amigo suyo podía haber sido asesinado, se negaba de plano a verlo como una posibilidad, por remota que fuera.

—Por favor, hábleme del testamento de monsieur Pandy —pidió Poirot.

—Como ya le he dicho, le ha dejado una bonita suma a Kingsbury, suficiente para que viva con comodidad el resto de su vida. La casa y la finca han quedado para Ivy y Timothy, con la condición de que Lenore y Annabel puedan seguir viviendo allí siempre que lo deseen. El dinero y otros activos, muy diversos y abundantes, han quedado en manos de Lenore y Annabel. Como resultado, podemos decir que las dos son ahora dos mujeres sumamente adineradas.

—Entonces la herencia podría ser un motivo —sugirió el detective.

Vout resopló con impaciencia.

—Señor Poirot, le ruego que preste atención a lo que intento decirle. Sencillamente, no hay ninguna circunstancia que...

—Le estoy prestando atención. La mayoría de la gente tendría en cuenta que un hombre de noventa y cuatro años ha de morir en un plazo razonablemente breve. Pero si alguien necesitara el dinero con urgencia... Si esperar un año pudiera tener consecuencias nefastas para esa persona...

—¡Le aseguro que se equivoca de medio a medio! —Había alarma en los ojos y en la voz de Vout—. Son una familia excelente.

—Usted es un buen amigo de todos ellos, monsieur —le recordó Poirot con amabilidad.

—¡Desde luego que lo soy! ¿Acaso piensa que mantendría la amistad con una familia entre cuyos miembros hubiera un asesino? Barnabas no fue asesinado y se lo puedo demostrar. Él estaba...

Se interrumpió bruscamente y un nuevo rubor le encendió las mejillas.

—Cualquier cosa que pueda decirme será de gran ayuda —le aseguró Poirot.

Vout pareció abatido.

—Bien, supongo que no perjudico a nadie si se lo digo. —Suspiró—. Barnabas sabía que su muerte era inminente. No puedo dejar de pensarlo. Estuve con él poco antes de la tragedia y... parecía saber que le quedaba poco tiempo.

—¿En qué lo notó?

—La última vez que lo vi parecía haberse quitado un gran peso de encima. Era como si estuviera en paz consigo mismo. Tenía una sonrisa extraña e hizo algunos comentarios indirectos sobre la necesidad de arreglar ciertos asuntos «*con urgencia*», antes de que fuera demasiado tarde. Tuve la sensación de que consideraba inminente su muerte y, por desgracia, no me equivoqué.

—*Dommage* —convino Poirot—. Aun así, es bueno ir al encuentro de lo inevitable habiendo alcanzado la paz espiritual, ¿no cree? ¿Qué tipo de asuntos quería arreglar monsieur Pandy?

—¿Eh? Ah, sí. Había un hombre que había sido su..., bueno, podría decirse que había sido su «*enemigo*», si la palabra no resultara demasiado teatral. Vincent Lobb. Así se llamaba. En nuestro último encuentro, Barnabas me anunció que deseaba enviarle una carta a ese hombre para proponerle quizá una reconciliación.

—Una repentina necesidad de perdonar a un viejo enemigo... —masculló Poirot—. Interesante. Si había alguien en contra de que esa reconciliación llegara a producirse, entonces... ¿Esa carta se llegó a enviar?

—Sí —respondió Vout—. Le dije a Barnabas que su iniciativa me parecía excelente y la envió ese mismo día. No sé si recibiría respuesta. Fue sólo unos días antes de su... deceso. Muy triste. Aunque también es verdad que, con noventa y cuatro años, ya había vivido bastante. Es posible que la respuesta llegara después de su muerte, aunque creo que Annabel o Lenore me lo habrían dicho.

—¿Qué causó la enemistad entre monsieur Pandy y monsieur Lobb?

—No sabría decírselo. Barnabas no me contó nunca los motivos del desencuentro.

—Le agradecería que me hablara un poco de la familia —dijo Poirot—. ¿Era una familia bien avenida la de Combingham Hall? ¿Lo es ahora?

—Sí, muy bien avenida. Lenore es un bastión de fuerza. Tanto Annabel como Ivy la admiran enormemente. Annabel adora a los hijos de Lenore... y a su querido perro *Hopscotch*, por supuesto. ¡Todo un personaje, ese animal! Una bestia enorme. ¡Le gusta saltar encima de la gente y lamerle la cara! Muy testarudo, pero muy cariñoso. En cuanto al pequeño Timothy, ¡ese chico llegará lejos! Tiene una inteligencia aguda y una gran fuerza de voluntad. ¡Algún día será primer ministro! Barnabas solía decirlo: «Ese chico conseguirá todo lo que se proponga en la vida, ¡absolutamente todo!». Barnabas los adoraba a todos, y todos le tenían un gran afecto.

—Lo cierto es que me está describiendo una familia perfecta —comentó Poirot—. Pero ninguna familia está exenta de preocupaciones. Tiene que haber algún detalle que enturbie un poco esa perfección.

—Bueno..., yo no diría... Como es obvio, siempre hay problemas en la vida, pero en su mayor parte... Como le he dicho antes, señor Poirot, sólo las mujeres disfrutan propagando habladurías. Barnabas adoraba a su familia (y también a Kingsbury) y todos lo adoraban a él. No diré nada más. Como la muerte fue sin ninguna duda accidental, no veo motivo alguno para hurgar en la vida privada de un buen hombre y de su familia en busca de detalles desagradables.

Ante la determinación de Vout de no revelar nada más, Poirot le agradeció su ayuda y se despidió.

—Pero hay algo más que descubrir —dijo en voz alta, sin dirigirse a nadie en particular, cuando ya estaba en la acera de Drury Lane—. Estoy completamente seguro de que hay algo más, y voy a averiguarlo. ¡Ningún detalle desagradable se le escapará a Hércules Poirot!

Capítulo 8

Poirot imparte instrucciones

Encontré a Poirot esperándome en mi oficina al regresar al edificio de Scotland Yard. Parecía perdido en sus pensamientos cuando entré en la habitación, y no dejaba de mascullar en voz baja. Estaba tan peripuesto como siempre, con sus notables bigotes particularmente cuidados.

—¡Poirot! ¡Por fin!

Sobresaltado, abandonó sus profundas reflexiones y enseguida se puso de pie.

—¡Catchpool, *mon ami*! ¿Dónde se había metido? Hay un asunto que me causa gran inquietud, y me urge tratarlo con usted.

—Déjeme adivinarlo —dije—: una carta firmada con su nombre, que sin embargo usted no ha escrito ni enviado, donde se acusa al hijo de Rowland McCrodden, John, de haber asesinado a Barnabas Pandy.

Poirot se quedó perplejo.

—*Mon cher*... De alguna manera lo ha averiguado usted, y estoy seguro de que me explicará cómo lo ha hecho. ¡Ah, pero ha dicho «carta» y no «cartas»! ¿Significa eso que no sabe nada de las otras?

—¿Las otras?

—*Oui, mon ami.* A Norma Rule, Annabel Treadway y Hugo Dockerill.

¿Annabel? Tenía la sensación de haber oído hacía poco ese nombre, pero no acababa de situarlo. Entonces lo recordé: Rowland McCrodden me había dicho que una de las nietas de Pandy se llamaba Annabel.

—En efecto —dijo Poirot cuando se lo pregunté—. La señorita Treadway es nieta del señor Pandy.

—Entonces ¿quiénes son los otros dos? ¿Cómo ha dicho que se llaman?

—Norma Rule y Hugo Dockerill. Son dos de las personas (Annabel Treadway es la tercera y John McCrodden el cuarto) que recibieron cartas firmadas con mi nombre, donde se las acusa de haber asesinado a Barnabas Pandy. ¡La mayoría de esas personas se presentaron en mi casa para reprocharme que les hubiera enviado esas cartas, y no quisieron escucharme cuando pretendí explicarles que no había sido yo! Una experiencia irritante y muy desalentadora, *mon ami.* Y ninguno de ellos pudo enseñarme la carta que había recibido.

—En ese aspecto puedo serle útil —le anuncié.

Abrió mucho los ojos.

—¿Tiene en su poder una de las cartas? ¡Sí! ¡La tiene! En ese caso, debe de ser la carta de John McCrodden, puesto que es el nombre que ha mencionado. ¡Ah, es un placer estar en su oficina, Catchpool! ¡Aquí no tengo que ver ninguna horrenda montaña de cajas!

—¿Cajas? ¿Por qué iba a haber cajas en mi oficina?

—Exacto, amigo mío. No tiene que haberlas. Pero, dígame, ¿cómo es posible que esté usted en posesión de la carta que recibió John McCrodden? Él mismo me contó que la había roto en mil pedazos y había enviado los trozos a su padre.

Le mencioné el telegrama del jefe y le referí mi reunión con Rowland *de la Soga*, tratando de no omitir ningún detalle que pudiera ser importante. Mientras yo hablaba, él asentía con entusiasmo.

Cuando terminé, exclamó:

—¡El azar nos ha favorecido! Sin saberlo, hemos actuado con gran eficiencia y, como usted suele decir, de manera coordinada el uno con el otro. Mientras usted hablaba con Rowland McCrodden, yo entrevistaba al abogado de Barnabas Pandy.—Entonces me expuso lo que había descubierto y lo que aún no había conseguido averiguar—. Hay algo más, o quizá mucho más, sobre la familia de Barnabas Pandy que Peter Vout no ha querido revelarme. Como tiene la absoluta certeza de que Pandy no fue asesinado, no se ve en la obligación de divulgar lo que sabe. Aun así, tengo una idea..., y quizá Rowland *de la Soga* pueda ayudarnos, si está dispuesto. Tengo que hablar con él en cuanto pueda. Pero antes enséñeme la carta de John McCrodden.

Se la di. Los ojos de Poirot se encendieron de ira al leerla.

—¡Hércules Poirot jamás habría escrito ni enviado una carta como ésta, Catchpool! ¡No podría estar peor formulada ni escrita con menos elegancia! ¡Me ofende pensar que alguien pueda atribuírmela!

Intenté consolarlo.

—Ninguno de los destinatarios lo conoce, Poirot. Si lo conocieran, habrían sabido de inmediato que usted no podía ser el autor de esa carta.

—Hay mucho que investigar. Haré una lista. ¡Tenemos que ponernos a trabajar, Catchpool!

—Me temo que soy *yo* el que debe ponerse a trabajar. Si quiere, vaya a ver a Rowland *de la Soga*. Está impaciente por hablar con usted. Pero si piensa hacer algo más en relación con Barnabas Pandy, siento decirle que tendrá que dejarme fuera de sus planes.

—¿Cómo voy a quedarme de brazos cruzados, *mon ami*? ¿Por qué razón cree que se han enviado esas cuatro cartas? ¡Alguien intenta hacerme pensar que Barnabas Pandy fue asesinado! ¿No es comprensible que sienta curiosidad? De momento, necesito que me haga un favor.

—Poirot...

—Sí, sí, ya sé que tiene que trabajar. *Je comprends*. Lo dejaré cuando me haya hecho el favor que le pido. Es una tarea menor, que a usted le resultará mucho más fácil que a mí. Se trata de averiguar dónde estaban esas cuatro personas el día que Barnabas Pandy murió: Norma Rule, Hugo Dockerill, Annabel Treadway y John Mc-Crodden. Vout, el abogado, me ha dicho que mademoiselle Treadway estaba en su casa de Combingham Hall cuando murió su abuelo. Averigüe si ella dice lo mismo. Es de vital importancia que los interrogue a todos y cada uno de ellos *exactamente de la misma manera*: las mismas preguntas y en el mismo orden. ¿Le queda claro? He descubierto que es el método más eficaz para que se ponga de manifiesto el carácter de las diferentes personas. También me interesa ese Eustace con el que madame Rule está tan obsesionada. Si usted pudiera...

Le indiqué con la mano que se detuviera, como lo habría hecho un guardavías ante una locomotora que avanzara descontrolada en su dirección.

—¡Poirot, por favor! ¿Quién es ese Eustace del que

habla? ¡No, no responda! Tengo mucho trabajo atrasado. La muerte de Barnabas Pandy ha quedado oficialmente registrada como accidental. Por tanto, no puedo ir por ahí preguntando a la gente si tiene una coartada.

—De forma directa no, por supuesto —convino Poirot, que se puso de pie y se alisó un par de arrugas imaginarias del traje—. Pero estoy seguro de que encontrará una manera ingeniosa de resolver el problema. Que tenga un buen día, *mon ami*. Venga a verme cuando haya reunido la información que necesito. Y, ¡sí, sí!, *después* podrá ocuparse de todo el trabajo que le ha asignado Scotland Yard.

Capítulo 9

Cuatro coartadas

Horas después, esa misma tarde, John McCrodden recibió una llamada telefónica en la casa donde vivía. Contestó su casera.

—¿Pregunta por John McCrodden? ¿No por John Webber? ¿Por McCrodden? De acuerdo, iré a buscarlo. Lo he visto hace un minuto. Probablemente estará arriba, en su cuarto. Necesita hablar con él, ¿verdad? Entonces iré a buscarlo. Espere ahí. Ahora vuelvo.

La persona que llamaba esperó casi cinco minutos, mientras se imaginaba a una mujer asombrosamente ineficaz, incapaz de localizar a una persona en la misma casa donde ella se encontraba.

Al cabo de una larga espera, una voz masculina resonó al otro lado de la línea.

—Aquí McCrodden. ¿Quién habla?

—Llamo de parte del inspector Edward Catchpool —dijo la otra persona—. De Scotland Yard.

Se hizo una pausa y al final John McCrodden repuso:

—¿De parte del inspector?

—Sí, así es.

—¿Y quién se supone que es usted? ¿Su esposa? —preguntó en tono sarcástico.

La persona que llamaba le habría revelado encantada su identidad, pero tenía instrucciones precisas de no hacerlo. Disponía de unas fichas con las palabras exactas que debía decir y no pensaba desviarse del guion.

—Tengo unas cuantas preguntas que me gustaría hacerle, para transmitir sus respuestas al inspector Catchpool. Si usted...

—¿Por qué no me llama él, entonces? ¿Quién es usted? Si no me dice ahora mismo su nombre, interrumpiré la comunicación.

—Si sus respuestas son satisfactorias, es probable que el inspector Catchpool no tenga que interrogarlo en la comisaría. Lo único que quiere saber es lo siguiente: ¿dónde estaba usted el día que murió Barnabas Pandy?

McCrodden se echó a reír.

—Hágame el favor de decirle a mi padre que no pienso tolerar esta campaña de acoso contra mi persona ni un segundo más. Si no renuncia a esta retorcida persecución, hará bien en tomar precauciones para garantizar su propia seguridad. Dígale que no tengo ni la más remota idea de la fecha en que murió Barnabas Pandy porque no conozco a ningún Barnabas Pandy. No sé si vive, si ha muerto o si se ha marchado con el circo a hacer de trapecista. Tampoco sé *cuándo* le sucedió ninguna de esas cosas, ni si alguna vez le sucedieron.

La persona que llamaba sabía, porque así se lo habían advertido, que era posible una respuesta poco colaborativa por parte de John McCrodden. Lo siguió escuchando con paciencia mientras el hombre se dirigía a ella con creciente disgusto.

—Dígale también que no soy tan estúpido como cree y que, si de verdad Scotland Yard tiene en nómina a un inspector llamado Edward Catchpool (algo que dudo mucho), estoy seguro de que el inspector no estará al corriente de esta llamada, y mucho menos la habrá autorizado a usted a hacerla en su nombre. ¡Por eso se niega a decirme quién es usted!

—Barnabas Pandy murió el 7 de diciembre del año pasado.

—¿Ah, sí? Me alegro mucho de saberlo.

—¿Dónde estaba usted aquel día? El inspector Catchpool cree que el señor Pandy murió en su casa de Combingham Hall...

—Primera noticia.

—Por tanto, si puede indicarme su paradero en aquella fecha, y si cuenta además con un testigo que pueda confirmarlo, entonces es muy probable que el inspector Catchpool no necesite...

—¿Mi paradero? ¡Por supuesto que se lo diré! Unos segundos antes de que Barnabas Pandy exhalara su último suspiro, yo estaba de pie ante su cuerpo indefenso, con un cuchillo de trinchar en la mano, dispuesto a clavárselo en el corazón. ¿Es eso lo que quiere mi padre que le diga?

Se oyó un golpe y la línea quedó muerta.

Al dorso de una de las fichas con las preguntas del interrogatorio, la persona que había hecho la llamada anotó los aspectos que le parecieron esenciales, es decir, que John McCrodden veía la mano de su padre detrás de todo el asunto, que había cuestionado la existencia de Edward Catchpool y —lo más importante de todo, en opinión de la interrogadora— que no conocía o aseguraba no conocer la fecha de la muerte de Barnabas Pandy.

«No ofrece ninguna coartada —escribió—. Asegura que estaba ante el cuerpo indefenso de Pandy con un cuchillo en la mano poco antes de que éste muriera, pero, por el tono, no parece decirlo en serio.»

Después de releer dos veces lo que había escrito, y tras reflexionar unos instantes, la interrogadora empuñó otra vez el lápiz y añadió: «No obstante, puede que haya dicho la verdad y que la mentira resida en el tono de voz empleado».

—¿La señora Rule? ¿Norma Rule?

—Sí, soy yo. ¿Con quién hablo?

—Buenas tardes, señora Rule. La llamo de parte del inspector Edward Catchpool, de Scotland Yard.

—¿De Scotland Yard? —Norma Rule pareció sumirse al instante en el pánico—. ¿Ha ocurrido algo? ¿Está bien Mildred? ¿Le ha pasado alguna desgracia?

—Que yo sepa, no. No la llamo en referencia a ninguna Mildred, señora.

—Ya debería haber llegado a casa. Estaba empezando a preocuparme y de repente... Scotland Yard. ¡Dios mío!

—Esto es algo completamente diferente. No hay motivo para pensar que le haya ocurrido nada malo a Mildred.

—¡Espere! —exclamó Norma Rule, causando en la interrogadora un sobresalto que la hizo apartar bruscamente la cabeza del auricular—. Creo que es ella. ¡Gracias al cielo! Permítame que... —Unos gruñidos y resoplidos más tarde, la señora Rule dijo—: Sí, era Mildred. Está en casa, sana y salva. ¿Usted tiene hijos, inspectora?

—Le he dicho que la llamo *de parte* del inspector Catch-pool. Yo no soy Catchpool, ni tampoco soy inspectora de Scotland Yard.

¡Vaya idiota! ¿No sabía la señora Rule que las mujeres no podían ser inspectoras de policía, por mucho que lo anhelaran y por muy grande que fuera su talento para la investigación policial? La interrogadora no pudo evitar la irritación al verse obligada a recordar una vez más una realidad tan desagradable como injusta. Albergaba desde hacía tiempo la secreta convicción de que ella habría sido mejor policía que cualquiera de las personas que conocía.

—Ah, sí. Claro, claro —dijo Norma Rule, como si no la estuviera escuchando del todo—. Si tiene hijos, sabrá tan bien como yo que, cualquiera que sea su edad, nunca dejan de preocuparnos. Cuando no están en casa, pueden estar en cualquier parte. ¡Y en compañía de los peores depravados! ¿Tiene usted hijos?

—No.

—Seguramente los tendrá algún día. Espero y deseo que nunca tenga que padecer lo que estoy sufriendo yo estos últimos tiempos. Mi hija Mildred se ha prometido con un hombre despreciable y...

La persona que hacía la llamada consultó las notas de que disponía y dedujo que de forma inminente oiría el nombre de Eustace.

—... y ahora han fijado fecha para la boda. En junio del año que viene, o al menos eso dicen. No me extrañaría que Eustace la convenciera para que se case con él en secreto antes de la fecha acordada. ¡Ya sabe que pienso dedicar hasta el último minuto de vigilia, desde ahora hasta el mes de junio, a tratar de instilar un poco de sentido común en la cabeza de esa niña tonta! No tengo muchas esperanzas de conseguirlo, porque ¿qué jovencita escucha a su madre? Pero creo que ese hombre ha aprovechado la oportunidad para engañarme cruelmente.

—Señora Rule, tengo una pregunta...

—Quiere hacerme creer que dispongo de dieciséis meses completos para convencer a Mildred de que no se case con él y evitar de esa forma que me dé prisa. ¡Sé muy bien cómo funciona esa repulsiva mente suya! No me extrañaría que Mildred y él aparecieran casados de aquí a un mes y dijeran: «¡Sorpresa! ¡Ya hemos pasado por la vicaría!». Por eso soy un manojo de nervios cada vez que mi pequeña sale de casa. Eustace puede convencerla de cualquier cosa. ¡No entiendo por qué es tan incapaz de pensar por sí misma esa niña tonta!

La persona que llamaba tenía una o dos ideas al respecto.

—Señora Rule, necesito hacerle una pregunta. Es sobre la muerte de Barnabas Pandy. Si me proporciona una respuesta satisfactoria, es posible que el inspector Catchpool no tenga que interrogarla en la comisaría.

—¿Barnabas Pandy? ¿Quién? ¡Ah, sí, ya recuerdo! ¡La carta que me envió ese horrible detective belga, instigado por Eustace! ¡Qué alimaña tan rastrera ha resultado ser ese hombre! Yo solía tener una elevada opinión de Hércules Poirot, pero cualquiera que se deje manipular de esa manera por alguien como Eustace... En fin, prefiero no pensarlo.

—Si me proporciona una respuesta satisfactoria, es posible que el inspector Catchpool no tenga que interrogarla en la comisaría —repitió con paciencia la persona que hacía la llamada—. ¿Dónde estaba usted el día que murió Barnabas Pandy?

Al otro lado de la línea se oyó una exclamación sofocada.

—¿Dónde estaba yo? ¿Me está preguntando dónde estaba?

—Sí.

—Y dice que el inspector..., ¿qué nombre ha dicho?

—Edward Catchpool.

La persona que llamaba tuvo la impresión de que Norma Rule tomaba nota del nombre.

—¿Y dice que el inspector Edward Catchpool, de Scotland Yard, desea saberlo?

—Así es.

—¿Por qué? ¿No sabe que Eustace y ese extranjero se han puesto de acuerdo para inventarse ese disparate?

—Si pudiera decirme sólo dónde estaba usted aquel día...

—¿Qué día? ¿El día que fue asesinado un hombre llamado Barnabas Pandy, al que yo no conocía y del que jamás había oído hablar hasta que recibí esa odiosa carta? ¿Cómo puedo saber dónde estaba yo cuando lo mataron si ni siquiera sé cuándo murió?

La interrogadora tomó nota de tres cosas: primero, Norma Rule parecía aceptar la idea de que Pandy había sido asesinado; segundo, tal cosa era comprensible, si pensaba que la llamada telefónica procedía de Scotland Yard, y, tercero, decía ignorar la fecha de la muerte de Barnabas Pandy, lo que podía indicar que no lo había asesinado.

—El señor Pandy murió el 7 de diciembre —dijo.

—Si espera un momento, iré a consultar mi agenda del año pasado —contestó la señora Rule—. Por cierto, aunque el inspector... —Hubo una pausa, durante la cual la persona que llamaba imaginó a la señora Rule consultando sus notas—. Aunque el inspector Catchpool no considere necesario entrevistarme, me gustaría mucho hablar con él. Quiero que quede claro que no he asesinado a nadie y que no soy el tipo de persona que haría algo semejante. En cuanto le exponga la situación con Eustace, estoy segura de que verá todo este desagradable asunto como lo que es: un intento de culparme de un crimen que no he cometido. No me cabe la menor duda de que le resultará tan increíble como a mí. ¿A quién se le puede ocurrir acusar a una señora de mi posición? De hecho, en el fondo me alegro de que haya pasado esto, porque será la ruina de Eustace. Obstaculizar el curso normal de una investigación de asesinato con acusaciones difamatorias es un delito, ¿verdad?

—Yo diría que sí —respondió su interlocutora.

—Es lo que yo creía. Iré a consultar mi agenda. ¿Ha dicho el 7 de diciembre del año pasado?

—Sí.

La interrogadora esperó, escuchando los sonidos de la casa de Norma Rule. Resonaron pasos, puertas que se abrían y se cerraban, y el ruido de alguien que subía o bajaba una escalera. Cuando la señora Rule regresó, dijo triunfante:

—El 7 de diciembre estuve todo el día en el colegio Turville, desde las diez de la mañana hasta la hora de la cena. Mi hijo Freddie es alumno de ese colegio, y aquel día era el festival de Navidad. Me marché pasadas las ocho. Y, lo que es más, había *cientos* de personas (padres, profesores, alumnos...) y *todos ellos* podrán confirmarle lo que acabo de decirle. ¡Qué maravilla! —suspiró Norma Rule—. El plan de Eustace está condenado al fraca-

so. ¿No sería sencillamente espléndido que lo sentencia-
ran a la horca por sus mentiras y calumnias..., que
sufriera el mismo destino que quería para mí?

Después de John McCrodden y Norma Rule, la conversación con Annabel Treadway fue un auténtico placer.
No tenía ningún resentimiento aparente, ni hablaba con
insidia y sin límites de ninguna persona que no revistie-
ra el menor interés para la interrogadora. Además, tenía
información relevante que ofrecer.

—Yo estaba en casa el 7 de diciembre —dijo—. Todos
estábamos en casa, todos los que vivimos en Combingham Hall. Kingsbury acababa de regresar tras pasar
unos días fuera. Preparó el baño, como hacía siempre, y
fue él quien... quien encontró al abuelo sumergido en el
agua poco después. Fue muy triste para todos nosotros,
pero debió de ser especialmente horrible para Kingsbury. Ser la persona que *descubre* una tragedia semejante... Cuando Lenore, Ivy y yo entramos en el baño, ya sabíamos que había ocurrido algo espantoso. No digo que
estuviéramos preparadas (¿quién podría estarlo para
algo tan terrible?), pero por el modo en que gritó Kingsbury comprendimos que... ¡Pobre Kingsbury! Nunca olvidaré cómo se le quebró la voz cuando nos llamó.

Por un momento pareció como si Annabel Treadway
se esforzara por sofocar el llanto.

—Kingsbury no es joven ni fuerte —prosiguió—, y
desde que falleció el abuelo está muy envejecido y parece más débil. No es que tenga más edad, por supuesto,
pero parece diez años mayor. Llevaba toda una vida con
Bubu, como llamábamos al abuelo.

—¿Quién es Kingsbury?

La pregunta no figuraba en las fichas de la interrogadora, pero le pareció una negligencia no formularla.

—Es nuestro mayordomo y el ayuda de cámara de Bubu. O, mejor dicho, lo era. ¡Un hombre tan amable y bondadoso! Lo conozco desde que era niña. En realidad, es un miembro más de la familia. Estamos muy preocupadas por él. No sabemos cómo se las arreglará ahora que Bubu ya no está entre nosotros.

—¿Vive en Combingham Hall?

—Tiene una casita en los terrenos de la finca. Antes pasaba la mayor parte del tiempo aquí, en la casa grande, pero desde que Bubu murió lo vemos mucho menos. En cuanto termina su trabajo, se retira a su casa.

—Aparte de Kingsbury, ¿vive alguien más en los terrenos de Combingham Hall?

—No. Tenemos una cocinera, una ayudante de cocina y dos doncellas, pero las cuatro viven en el pueblo.

—¿Y quién vive en la casa grande?

—Antes éramos cuatro. Y mi perro *Hopscotch*. Ahora, desde que murió el abuelo, somos solamente mi hermana Lenore, mi sobrina Ivy, *Hopscotch* y yo. ¡Ah, y también Timothy, durante las fiestas y las vacaciones escolares, por supuesto! Aunque a veces prefiere quedarse en casa de un amigo.

La interrogadora estudió las notas que tenía delante. Había dispuesto todo el material en orden sobre la mesa para poder ver al mismo tiempo, y sin necesidad de mover los papeles, toda la información potencialmente útil y también las preguntas que debía formular a cada sospechoso, si es que sus interlocutores podían considerarse «sospechosos».

—Timothy es sobrino suyo, ¿no es así, señorita Treadway? —preguntó.

—Sí. Es hijo de mi hermana Lenore, y el hermano pequeño de Ivy.

—¿Estaba Timothy en Combingham Hall cuando murió su abuelo?

—No. Estaba en la fiesta navideña del colegio.

La interrogadora asintió con satisfacción mientras anotaba la última respuesta. Según sus notas, Timothy Lavington era alumno del colegio Turville. Todo parecía indicar que Norma Rule le había dicho la verdad acerca del festival de Navidad de la escuela, celebrado el 7 de diciembre.

—¿Había alguien más en Combingham Hall cuando murió el señor Pandy, además de su hermana Lenore, su sobrina Ivy, Kingsbury y usted?

—No, nadie más —respondió Annabel Treadway—. Normalmente nuestra cocinera habría estado en casa, y también una doncella, pero les habíamos dado el día libre. Lenore, Ivy y yo teníamos previsto ir al festival de Navidad, ¿comprende? Pensábamos almorzar y cenar en Turville, pero al final no fuimos.

La interrogadora intentó disimular su curiosidad cuando preguntó por qué habían renunciado al plan de asistir a la fiesta navideña.

—Me temo que no lo recuerdo —se apresuró a contestar Annabel, pero la persona que había hecho la llamada no la creyó.

—Tengo entendido que Kingsbury encontró al señor Pandy muerto en la bañera a las cinco y veinte de la tarde y gritó para pedir ayuda. ¿Dónde se encontraba usted cuando lo oyó?

—¡Justo por eso sé que el abuelo no pudo ser asesinado! —Annabel pareció alegrarse de que la interrogadora le hubiera hecho esa pregunta—. Estaba en la habitación de mi sobrina, con Ivy, Lenore y *Hopscotch*. Allí estuvimos todo el tiempo, cuando Bubu aún vivía y en el momento de su muerte. Entre esos dos instantes, nadie salió de la habitación, ni siquiera un segundo.

—¿Entre qué dos instantes, señorita Treadway?

—Lo siento, no me he expresado bien. Poco después de que Lenore y yo entráramos en la habitación de Ivy para hablar con ella, oímos al abuelo. Sabíamos que estaba tomando un baño. Yo había pasado por delante del lavabo de camino a la habitación de Ivy y había visto a Kingsbury preparándolo. Los grifos de la bañera estaban abiertos. Poco después, cuando Lenore y yo llevábamos unos diez minutos en el cuarto de Ivy, oímos gritar a Bubu, por lo que a esa hora estaba vivo.

—¿Lo oyeron gritar? —preguntó la interrogadora—. ¿Pidiendo auxilio?

—¡Oh, no, nada de eso! Parecía más bien enfadado. «¿Será posible que no pueda bañarme en paz? ¿Es necesaria esta cacofonía?», dijo a gritos. Estoy completamente segura de que usó esa palabra: *«cacofonía»*. Me temo que se refería a nosotras: Lenore, Ivy y yo. Es probable que estuviéramos hablando las tres a la vez y en un tono muy alto, como solemos hacer a veces. Cuando alborotamos de ese modo, *Hoppy* suele sumarse a la fiesta con sus ladridos o gemidos. ¡Le sorprendería oír la variedad de voces que es capaz de producir ese animalito! A veces no parece un perro. Pero me temo que todo su repertorio irritaba al abuelo, y en aquel momento más que nunca. Cuando oímos sus protestas, cerramos la

puerta de la habitación de Ivy y allí nos quedamos, ence-
rradas, hasta que oímos los gritos desesperados de
Kingsbury.

—¿Cuánto tiempo pasó hasta entonces?

—Es difícil recordarlo, después de tantas semanas,
pero yo diría que fue una media hora.

—¿De qué estaban hablando con tanta animación su
hermana, su sobrina y usted durante todo ese rato?
—preguntó la interrogadora, que para entonces había
decidido olvidar que no era inspectora de Scotland Yard.

—¡Oh, no podría decírselo, después de tanto tiempo!
—contestó Annabel Treadway. Una vez más, su respuesta fue algo más rápida de lo normal—. No creo que fuera
nada importante.

La persona que había hecho la llamada pensó que
probablemente lo era. «No sabe mentir», escribió en sus
notas, y subrayó dos veces el comentario.

—Pero es la prueba de que nadie pudo matar a Bubu,
¿verdad? —prosiguió la señorita Treadway—. Se quedó
dormido y se ahogó en la bañera, como podría haberle
pasado a cualquier persona tan anciana y débil como él.

—Kingsbury podría haberlo hundido bajo el agua
—observó la interrogadora, sin poder contenerse—.
Tuvo la oportunidad de hacerlo.

—¿Qué?

—¿Dónde estaba Kingsbury mientras ustedes tres hablaban en la habitación de su sobrina, con la puerta cerrada?

—No lo sé, pero... nadie honestamente podría pensar
que... Después de todo, él fue quien *encontró* a Bubu
muerto. No estará insinuando...

La interrogadora guardó silencio.

—Es imposible pensar que Kingsbury hubiera podido matar a mi abuelo —dijo Annabel Treadway en cuanto recuperó la calma—. Completamente imposible.

—¿Cómo puede afirmarlo, si no sabe dónde estaba ni qué estaba haciendo cuando el señor Pandy murió?

—Kingsbury es un amigo muy querido de la familia. No puede ser un asesino. ¡Jamás mataría a nadie! —La interrogadora tuvo la impresión de que Annabel Treadway estaba llorando—. Tengo que poner fin a esta conversación. Hoy he descuidado mucho a *Hoppy*, ¡mi pobre bebé! Dígale, por favor, al inspector Catchpool...

Se interrumpió y suspiró ruidosamente.

—¿Qué? —preguntó la interrogadora.

—Nada —dijo Annabel Treadway—. Solo... me gustaría que me prometiera que no sospechará de Kingsbury. Ojalá no hubiera contestado a ninguna de sus preguntas. Pero ahora es demasiado tarde, ¿verdad? ¡*Siempre* es demasiado tarde!

—El 7 de diciembre, ¿eh? —dijo Hugo Dockerill—. No sabría decirle dónde estaba, lo siento. Lo más probable es que estuviera haciendo alguna cosa aquí en casa.

—Entonces ¿no asistió al festival navideño del colegio Turville? —preguntó la persona que lo había llamado.

—¿Al festival navideño? ¡Claro que sí! ¡No me lo perdería por nada del mundo! Pero fue mucho después.

—¿Ah, sí? ¿En qué fecha fue el festival de Navidad?

—No lo recuerdo. Me temo que no tengo cabeza para esas cosas. Pero puedo decirle cuándo es Navidad: el 25 de diciembre, ¡la misma fecha, año tras año! —Dockerill soltó una risita divertida—. Supongo que la fiesta del colegio sería en torno al 23... ¿Qué has dicho, querida?

Acababa de oírse al fondo una voz de mujer, enérgica y con un leve tono de hastío.

—Ajá... ¡Oh..., un momento! —dijo Hugo Dockerill—. Jane, mi esposa, me ha recordado que el colegio cierra por vacaciones navideñas mucho antes del 23. Tiene razón, por supuesto. Siempre tienes razón, Jane, querida mía. Así que... ¡Ah, muy bien! Si es usted tan amable de esperar un momento, Jane irá a consultar el calendario del año pasado y podré decirle la fecha exacta de la fiesta navideña. ¿Qué dices, querida mía...? Sí, sí, claro que sí. Totalmente de acuerdo... Mi esposa tiene razón. El festival de Navidad del colegio no pudo ser la víspera de Nochebuena. ¡Qué idea tan absurda!

La persona que había hecho la llamada oyó una voz de mujer que decía:

—¡El 7 de diciembre!

—Puedo confirmarle que el festival de Navidad del año pasado se celebró en nuestro colegio el 7 de diciembre. ¿Qué fecha le interesaba a usted? ¿Por cuál me preguntaba? Ahora estoy un poco confuso.

—El 7 de diciembre. ¿Asistió usted al festival de Navidad en esa fecha, señor Dockerill?

—¡Por supuesto que sí! Y fue muy divertido, como siempre. Si hay algo que sabemos hacer en Turville... —Se interrumpió con brusquedad y, al cabo de un momento, prosiguió—: Jane dice que a usted no le interesan mis historias y que debo limitarme a responder a sus preguntas.

—¿Desde qué hora hasta qué hora estuvo usted en la fiesta?

—De principio a fin, diría yo. Lo último era la cena, que por lo general acaba... ¡Jane!, ¿a qué hora...? Gracias, querida mía... Hacia las ocho de la noche, dice Jane. Quizá sería más fácil que usted hablara directamente con Jane, ¿no cree?

—Yo estaría encantada —respondió la interrogadora.

En el espacio de un minuto, la persona que había hecho la llamada recabó toda la información que necesitaba: según Jane Dockerill, Hugo y ella habían asistido al festival de Navidad, el 7 de diciembre, y habían estado allí desde el comienzo, a las once de la mañana, hasta el final de la cena, a las ocho. Sí, Timothy Lavington había estado presente, pero no su madre, ni su tía, ni su hermana, que habían anunciado que acudirían, pero habían cancelado su asistencia en el último momento. Freddie Rule también estaba en la fiesta, con su madre Norma y su hermana Mildred, acompañada de Eustace, su prometido.

La interrogadora le agradeció la información, y estaba a punto de despedirse cuando la señora Dockerill dijo:

—Un segundo. No se deshará con tanta facilidad de mí.

—¿Hay algo más que quiera decirme, señora?

—Sí, desde luego. Hugo perdió dos veces seguidas la carta en que lo acusan de asesinato, y comprendo que sin ella es difícil hacer algo al respecto. Pero me complace anunciarle que la he encontrado. Se la llevaré al inspector Catchpool, en Scotland Yard, en cuanto tenga un momento para desplazarme a Londres. Verá, yo no sé si Barnabas Pandy fue asesinado o no, aunque me inclino a pensar que no lo fue, ya que culpar a cuatro personas diferentes de cometer el mismo crimen parece más un juego de salón que una acusación seria, sobre todo teniendo en cuenta que las cartas están falsamente firmadas por Hércules Poirot. Pero, en el caso de que el señor Pandy de verdad fuera asesinado y ésta fuese una investigación seria, y no una broma concebida por una mente enfermiza, hay dos cosas que debo decirle ahora mismo.

—Adelante —pidió la interrogadora, con el lápiz listo para tomar notas.

—Norma Rule y su futuro yerno se detestan. Y la pobre Mildred, atrapada entre los dos, está comprensiblemente perpleja y consternada. Es preciso hacer algo para prevenir consecuencias que podrían ser nefastas para la familia. El pequeño Freddie ya está sufriendo bastante. No sé si esto guarda relación con la muerte de Barnabas Pandy, pero como ha preguntado usted por la familia Rule, he pensado que debía contárselo, por si fuera relevante.

—Gracias.

—También quiero decirle algo acerca de los Lavington: la familia de Timothy y también de Barnabas Pandy. Yo cogí la llamada telefónica de Annabel la mañana de la fiesta navideña. Annabel es la tía de Timothy. Me mintió.

—¿Sobre qué?

—Me dijo que no podría venir a la fiesta con su hermana y su sobrina por un problema con el automóvil que se suponía que iba a traerlas. No creo que fuera cierto. Por su tono de voz, me pareció alterada... y esquiva. No era la Annabel de siempre. Mucho después, Lenore Lavington, la madre de Timothy, comentó que se había perdido la fiesta porque aquel día estaba muy cansada. No era lo que había dicho Annabel. No sé qué puede significar todo esto, ni cómo ha acabado mi marido involucrado en esta historia, pero yo no soy inspectora de policía, ni es mi trabajo averiguarlo. Es el suyo —dijo Jane Dockerill.

—Así es, señora —respondió la interrogadora, que para entonces había olvidado por completo que su trabajo era otro muy distinto, sin ninguna relación con la investigación de crímenes, tanto si se habían cometido como si no.

EL SEGUNDO CUARTO

Capítulo 10

Algunas preguntas importantes

—¿Qué clase de demonio lo ha poseído, Catchpool? —me gritó al oído el comisario Nathaniel Bewes.

—¿A qué se refiere, señor?

Llevaba un rato recriminándome a gritos mis muchos defectos, pero todas sus críticas estaban siendo más bien abstractas.

—A lo ocurrido anoche. A la llamada telefónica que hizo usted o, mejor dicho, la que hizo en su nombre una mujer desconocida.

¡Ah, entonces era eso!

—Me aseguró que Poirot no había escrito la carta recibida por John McCrodden, ¡y yo lo creí! Pues bien, no volveré a creer ninguna de sus fantasías, por lo que puede abstenerse de contarme ninguna más. ¿Lo ha entendido? Lo envié a hablar con Rowly McCrodden para aclarar las cosas, ¿y qué ha hecho? ¡Confabularse con Poirot para seguir acosando a su hijo! ¡No, no pretenda decirme que no tiene nada que ver con eso! Sé que Poirot estuvo aquí para verlo...

—Pero eso fue porque...

—... y sé que la mujer que llamó a John McCrodden y le preguntó si tenía una coartada para el día de la muerte de ese tal Pandy dijo que lo llamaba «de parte del inspector Edward Catchpool de Scotland Yard». ¿Me toma por imbécil? Esa mujer no estaba actuando en su nombre, ¿verdad? ¡Actuaba por orden de Hércules Poirot! No es más que un engranaje en la maquinaria de Poirot, lo mismo que usted. ¡Pero yo no lo pienso tolerar! ¿Me oye? Explíqueme, por favor, por qué Poirot y usted pretenden acusar a un hombre inocente de un asesinato que ni siquiera se cometió. ¿Usted conoce el significado de la palabra «*coartada*», Catchpool?

—Sí, señor, yo...

—No es el lugar donde se encontraba una persona en un momento determinado. Yo ahora estoy en mi despacho hablando con usted, para mi desgracia, pero éste es mi *paradero*, no mi *coartada*. ¿Sabe por qué? ¡Porque *no se ha cometido ningún asesinato* mientras nosotros hablamos en esta oficina! ¡No debería tener que explicárselo!

Pensé que con toda probabilidad no estaría en lo cierto. Seguro que en algún lugar del mundo se estaría cometiendo un asesinato, o se habría cometido en los veinte minutos transcurridos desde que el jefe había empezado a gritarme. Incluso era muy posible que se hubiera perpetrado más de uno, y el hecho de que el jefe no figurara en ese grupo internacional y potencialmente numeroso de víctimas se debía a su buena suerte. Si yo hubiera sido una de esas personas propensas a cruzar el límite y a cometer un acto de violencia, el momento decisivo se habría producido más o menos unos diez minutos atrás. Pero, en lugar de eso, para mi decepción, soy más bien de los que mantienen un precario equilibrio, a caballo sobre ese límite, durante todo el tiempo necesario para que la otra persona me apabulle con sus recriminaciones.

—¿Por qué habría de tener una coartada John McCrodden, si *la muerte de Barnabas Pandy no fue un hecho delictivo*? ¿Por qué? —quiso saber Bewes.

—Señor, si me permite que le conteste...

Dejé la frase en suspenso y se hizo un silencio incómodo. Esperaba que me interrumpiera el jefe.

—Yo no tengo nada que ver con ninguna llamada recibida por John McCrodden anoche —proseguí al final—. Nada que ver. Si alguien ha usado mi nombre para averiguar dónde estaba John McCrodden el día que murió Barnabas Pandy, sólo puedo suponer... que la persona en cuestión confiaba en que la autoridad de Scotland Yard haría hablar a John McCrodden.

—Poirot tiene que estar detrás de todo esto —dijo el jefe—. Poirot y algún ayudante suyo.

—Señor, la carta de John McCrodden no ha sido la única. Hay cuatro. Otras tres personas recibieron una carta firmada con el nombre de Hércules Poirot (que en realidad no había enviado él), en la que se los acusaba de haber asesinado a Barnabas Pandy.

—¡No sea absurdo, Catchpool!

Le revelé los nombres de los otros tres destinatarios y le dije que entre ellos figuraba la nieta de Pandy, que estaba en la casa cuando murió su abuelo.

—Ayer hablé con Rowland McCrodden, como usted me pidió, y estaba ansioso por averiguar todo lo posible acerca del autor de las cartas. Quiere que Poirot investigue. Por tanto, en caso de que Poirot realmente le haya pedido a una ayudante suya que interrogue a John Mc-Crodden y le pregunte si tiene una coartada, podría ser..., ejem..., podría ser que la información le resulte útil, a la larga, a Rowland McCrodden. Si sirve para arrojar alguna luz sobre los últimos sucesos...

El jefe soltó un gruñido.

—Catchpool, ¿por quién cree que me he enterado de la llamada a John McCrodden?

Empezaba a sentir alivio de que hubiera bajado el tono de voz, hasta que aulló justo al lado de mi oído:

—¡Por Rowly, como es obvio! Quería saber por qué he permitido que alguien de Scotland Yard llame a su hijo para preguntarle por su coartada, en lugar de hacer lo que le había prometido: ¡poner fin a este asunto infernal! Por cierto, puede ir a decirle a Poirot que probablemente John McCrodden estaba en España cuando Pandy murió. ¡En España! ¡Nadie puede cometer un asesinato en Inglaterra, si está en España!

Hice una inspiración profunda y repuse:

—Rowland McCrodden quiere saber qué está pasando. Puede que se haya enfadado al enterarse de que alguien llamó a su hijo para preguntarle por su coartada, pero estoy seguro de que desea investigar de alguna manera, hasta dar con la respuesta que busca. Sólo hay un modo de acabar con todo esto: averiguar quién envió las cuatro cartas y por qué. Si es verdad que Barnabas Pandy fue asesinado...

—¡Si repite una sola vez más ese disparate, Catchpool, no respondo de mis actos!

—Ya sé que su muerte quedó registrada como un accidente, señor, pero si alguien cree que no lo fue...

—¡Entonces ese alguien se equivoca!

En un estado de ánimo más proclive al raciocinio, y en una circunstancia que no resultara indignante para su Rowly *de la Soga*, el jefe habría reconocido la posibilidad de que se hubiera cometido un error y de que un asesinato hubiera quedado registrado como muerte accidental. Pero en esas condiciones, no tenía sentido tratar de persuadirlo de nada.

—En una cosa tiene razón, Catchpool —dijo—. Rowly *quiere respuestas*, ¡y las quiere ya! Por tanto, hasta que este asunto se resuelva, queda relevado de todas sus obligaciones oficiales. Ayudará a Poirot a llevar este asunto a una conclusión satisfactoria.

No sé muy bien qué sentí al oír esas palabras. En otra época me preocupaba no saber cómo reaccionar, ni qué sentir en determinadas situaciones, pero desde hacía cierto tiempo había decidido tratarlas como convenientes oportunidades para no sentir nada en absoluto. El jefe había tomado una decisión y no había réplica posible.

No tardé en descubrir, cuando siguió hablando, que no sólo había tomado una decisión, sino también medidas concretas:

—Encontrará a Poirot esperándolo en su oficina. —Consultó su reloj de pulsera—. Sí, seguro que ya está allí. Los esperan en el despacho de Rowly dentro de cincuenta minutos. Tienen tiempo suficiente para llegar hasta allí. ¡Ya pueden ponerse en marcha! Cuanto antes se solucione este extraño asunto, más contento estaré.

Sonrió inesperadamente, como para animarme con un atisbo del aspecto que tendría su felicidad futura.

Poirot me estaba esperando en mi despacho, tal como me había anunciado el jefe.

—*Mon pauvre ami!* —exclamó nada más verme—. ¿Ha recibido un rapapolvo del comisario?

Le brillaban los ojos.

—¿Cómo lo ha adivinado? —pregunté.

—Estaba dispuesto a descargar toda su furia sobre mí, hasta que le insinué que, si no se contenía, me marcharía sin demora y no le ofrecería ninguna ayuda a su buen amigo Rowland *de la Soga*.

—Entiendo —respondí en tono malhumorado—. Pero no se preocupe. Al final ha podido desahogarse. Supongo que no le ha dicho nada de España, ¿verdad?

—¿España?

—Puede que John McCrodden sea demasiado obstinado para ofrecer una coartada por voluntad propia, pero su padre le ha dicho al comisario que era probable que estuviera en España cuando Pandy murió.

—¿«Probable»? ¡Ninguna coartada razonable contiene esa palabra!

—Lo sé. Sólo le estoy contando lo que me dijo el comisario.

Mientras salíamos del edificio, Poirot dijo:

—Es otra pregunta que añadir a la lista: ¿estaba John McCrodden en España el 7 de diciembre o no?

Supuse que iríamos andando al bufete de Donaldson & McCrodden, pero Poirot había pedido un coche, que nos estaba esperando para llevarnos. Mientras nos poníamos en marcha, sacó un papel del bolsillo.

—Aquí está la lista, ¿lo ve? —dijo—. Deme un lápiz, Catchpool, por favor.

Le di uno que llevaba encima, y lo usó para escribir la última pregunta al pie de las demás.

La lista llevaba por título «Preguntas importantes», y era tan propia de Poirot, tan esencialmente acorde con su carácter y su manera de ser, que al final consiguió que se disipara mi malhumor.

Decía lo siguiente:

Preguntas importantes

1. ¿Fue asesinado Barnabas Pandy?
2. De ser así, ¿por quién y por qué?
3. ¿Quién escribió las cuatro cartas?
4. ¿Sospecha sinceramente el autor de las cartas de los cuatro destinatarios? ¿O sólo sospecha de uno de ellos? ¿O de ninguno?
5. Si el autor de las cartas no sospecha de ninguno de los cuatro, ¿con qué propósito las envió?
6. ¿Por qué estaban firmadas con el nombre de Hércules Poirot?
7. ¿Qué información oculta Peter Vout?
8. ¿Por qué eran enemigos Barnabas Pandy y Vincent Lobb?
9. ¿Dónde está la máquina de escribir con la que se mecanografiaron las cuatro cartas?
10. ¿Sabía Barnabas Pandy que su muerte era inminente?
11. ¿Por qué parece tan triste Annabel Treadway? ¿Qué secreto oculta?
12. ¿Mató Kingsbury, el mayordomo de Barnabas Pandy, a su patrón? De ser así, ¿por qué lo hizo?
13. ¿Por qué razón decidieron Annabel Treadway, Le-

nore Lavington y su hija Ivy que no irían al festival de Navidad del colegio Turville?

14. ¿Estaba John McCrodden en España cuando Barnabas Pandy murió?

—¿Por qué sospecha de Kingsbury? —pregunté a Poirot—. ¿Y por qué es tan importante la máquina de escribir? ¿No es lo mismo una que otra?

—¡Ajá, la máquina de escribir! —Sonrió, y enseguida, como si con eso hubiera respondido a mi segunda pregunta, volvió a la primera—. Me interesa Kingsbury por lo que dijo anoche Annabel Treadway, *mon ami*. Si ella estaba en la habitación de Ivy Lavington con Lenore y con su sobrina Ivy cuando monsieur Pandy murió, entonces Kingsbury era el único que estaba en la casa sin testigos en el momento oportuno. Si la muerte fue un asesinato, el asesino más probable es él, *non*?

—Supongo que sí. Pero, en ese caso, ¿no es extraño que no haya recibido ninguna carta? Es la única persona que tuvo la oportunidad de cometer el crimen, y en cambio reciben una carta acusadora cuatro personas que no la tuvieron.

—Todo lo sucedido es sumamente extraño —replicó Poirot—. Empiezo a pensar que fue un error por mi parte precipitarme y pensar en coartadas...

Meneó despacio la cabeza.

—¡Ha elegido un buen momento para decírmelo, después de la reprimenda que he tenido que oír!

Todavía me resonaban en la cabeza los gritos de furia del jefe.

—Sí, ha sido una pena —asintió Poirot—. No debemos lamentar lo que hemos descubierto, porque al final todo nos resultará útil. No me cabe ninguna duda. Pero ahora... ahora es el momento de pensar más detenidamente. Por ejemplo, si Kingsbury es el asesino que buscamos, entonces no tiene por qué sorprendernos que no haya recibido la carta acusadora que han recibido cuatro personas *inocentes*.

Le pregunté qué quería decir, pero se limitó a proferir unos gruñidos enigmáticos y no dijo nada más.

Mientras subíamos la escalera de la sede de Donaldson & McCrodden, me preparé para mi segundo encuentro con la señorita Mason.

No le había hecho ninguna advertencia a Poirot al respecto, pero esperaba que nuestro paso por la recepción fuera más sencillo esta vez, ya que Rowland McCrodden nos estaba esperando.

Me llevé una decepción. Nada más verme, la joven de mejillas sonrosadas estuvo a punto de lanzarse a mis brazos.

—¡Inspector Catchpool! ¡Gracias al cielo que ha venido! ¡No sé qué hacer!

—¿Qué sucede, señorita Mason? ¿Ha ocurrido algo?

—El señor McCrodden no me abre la puerta. No puedo entrar. Debe de haber echado el cerrojo por dentro, aunque *nunca* lo hace. No coge el teléfono, y cuando golpeo la puerta y lo llamo por su nombre no contesta. Tiene que estar dentro. Lo vi con mis propios ojos entrar en su despacho y cerrar la puerta hace menos de treinta minutos.

La señorita Mason se volvió hacia Poirot.

—Y ahora ustedes están aquí. El señor McCrodden

sabe que tiene una cita y, aun así, ¡sigue sin abrir la puerta! ¿No le habrá dado un ataque o algo?

—Catchpool, ¿podría usted derribar la puerta del señor McCrodden? —me preguntó Poirot.

Estiré la mano para tocar la puerta, dispuesto a evaluar la dificultad para echarla abajo, pero en ese momento se abrió la puerta y apareció Rowland McCrodden. Tenía un aspecto saludable, muy diferente del que habría tenido alguien que acabara de sufrir un repentino ataque cardíaco o algo similar.

—¡Gracias al cielo! —exclamó la señorita Mason.

—Tengo que irme ahora mismo —anunció McCrodden—. Lo siento, caballeros.

Sin decir ni una palabra más, pasó por nuestro lado y salió de la oficina. A continuación oímos sus pasos que bajaban varios tramos de escalera, seguidos de un sonoro portazo.

La señorita Mason salió corriendo tras él:

—¡Señor McCrodden, esto es sumamente irregular! ¡No puede irse! ¡Estos dos señores han venido a verlo!

—Ya se ha ido, mademoiselle.

Sin prestar atención a Poirot, la señorita Mason siguió gritando en la escalera, que para entonces estaba vacía:

—¡Señor McCrodden! *¡Estos señores tienen una cita!*

Capítulo 11

Verde esmeralda

Cuando llegué a Scotland Yard a la mañana siguiente, el comisario me anunció que Rowland McCrodden estaba ansioso por reunirse cuanto antes con Poirot y conmigo, aunque con una condición: no podía ser en la sede de Donaldson & McCrodden. Aceptamos y acordamos reunirnos los tres en el café de Pleasant, a las dos en punto.

Por una vez, reinaba en el café una temperatura adecuada —cálida, pero no sofocante— y flotaba en el aire un agradable aroma a canela y a limón. Nuestra amiga Fee Spring salió veloz a nuestro encuentro. Yo esperaba ser como siempre el centro de su atención, pero esta vez sólo tenía ojos para Poirot... y no se los quitaba de encima. Lo empujó hasta su silla, sin dejar de interrogarlo:

—¿Y bien? ¿Ha hecho ya lo que me prometió?

—*Oui, mademoiselle.* Pero tendremos que posponer por el momento nuestra conversación sobre la tarta vidriera. Catchpool y yo tenemos una reunión importante.

—Una reunión con alguien que todavía no se ha presentado —replicó Fee—. Hay tiempo de sobra.

—¿Tienen pendiente una conversación sobre la tarta vidriera? —pregunté yo, perplejo.

Ninguno de los dos me prestó atención.

—¿Y si empezamos y nos interrumpe el caballero que esperamos? —dijo Poirot—. Prefiero hacer las cosas una a una, de forma más ordenada.

—Mire las teteras —advirtió Fee—. Les he quitado el polvo especialmente para usted y las he colocado con todos los picos apuntando en la misma dirección. Pero no me costaría nada ponerlas otra vez como antes...

—No, por favor, se lo ruego. —Poirot levantó la vista hacia los estantes donde estaban expuestas las teteras—. *C'est magnifique!* —exclamó—. Ni yo mismo lo habría hecho mejor. Muy bien, mademoiselle, la complaceré. Fui al Kemble's Coffee House, tal como me pidió. Allí encontré a la camarera Philippa y le pedí una porción de tarta vidriera. Le hice unas preguntas al respecto y admitió haberla hecho ella misma.

—¿Lo ve? —exclamó Fee—. Aunque lo hubiera negado, yo jamás creería ni una sola palabra que saliera de su boca.

—Le pregunté de dónde había sacado la receta y me dijo que de una amiga suya.

—¡No es amiga mía, ni lo ha sido nunca! Trabajar con alguien no te convierte en su amiga.

—¿De qué hablan? —pregunté.

Tampoco esta vez me prestaron atención Poirot y Fee. Mientras tanto, Rowland *de la Soga* se estaba retrasando.

—Le pregunté cómo se llamaba la amiga que le había dado la receta —prosiguió Poirot—. Pareció incómoda, me respondió con evasivas y enseguida dirigió su atención a otro cliente.

—¡Es la prueba que necesitaba! —dijo Fee—. Sabe que me ha robado la receta. ¡Seguro que lo sabe! ¡Ya me encargaré yo de ella! Ahora le serviré un trozo de *mi* tarta vidriera, cortesía de la casa.

Eché un vistazo al reloj. Al notarlo, Fee me informó:

—Ese caballero suyo de la frente ancha vendrá dentro de cinco minutos, más o menos. Le dije que regresara hacia las dos y cuarto.

Sonrió y se marchó a la cocina, antes de que ninguno de nosotros pudiéramos regañarla.

—A veces me pregunto si no estará un poco trastornada —le comenté a Poirot—. ¿Cómo ha hecho usted para llevar a cabo esa investigación sobre el robo de recetas de pastelería? ¿De dónde ha sacado el tiempo?

—Soy un hombre afortunado, *mon ami*. Tanto cuando estoy trabajando como cuando cultivo mis aficiones, lo único que necesito es un ambiente propicio para pensar. Estar sentado entre desconocidos y comer despacio un trozo de tarta... son condiciones ideales para poner a trabajar las pequeñas células grises. ¡Ah, Rowland McCrodden *est arrivé*!

En efecto, había llegado.

—Monsieur McCrodden. —El detective le estrechó la mano—. Soy Hércules Poirot. Ayer me vio fugazmente, pero no tuve ocasión de presentarme.

McCrodden pareció contrito, como correspondía.

—Fueron unas circunstancias desafortunadas —repuso—. Espero que esta tarde podamos avanzar en la solución de este asunto, para compensar el tiempo perdido.

Fee trajo café y un trozo de tarta vidriera para Poirot, té para mí y agua para Rowland McCrodden, que no se anduvo con rodeos y fue directo al grano.

—La persona que envió esa carta a John, sea quien sea, ha dado un paso más en su campaña de acoso contra mi hijo —declaró—. Ayer, una mujer lo llamó por teléfono y dijo representarlo a usted, Catchpool, y a Scotland Yard. También lo informó de la fecha en que murió Barnabas Pandy y le preguntó si tenía una coartada.

—Eso no es del todo exacto —repliqué. Poirot y yo habíamos acordado de antemano que diríamos la verdad, o al menos la mayor parte—. La mujer dijo que llamaba *«de parte del inspector Catchpool»* de Scotland Yard. Y era cierto, aunque sin conexión con ningún asunto de Scotland Yard. Tampoco dijo ser funcionaria de la policía.

—¿Qué diablos...? —McCrodden me fulminó con la mirada desde el otro lado de la mesa—. ¿Me está diciendo que *usted* es el responsable de la llamada? ¿Usted envió a esa mujer? ¿Quién es?

Me esforcé por no mirar en dirección de Fee Spring y supongo que Poirot debió de hacer lo mismo. Podría haberme ocupado en persona de las cuatro llamadas telefónicas, pero quería añadir un nivel de protección. Teniendo en cuenta la elevada probabilidad de que el jefe quisiera despellejarme vivo si se enteraba, había llegado a la conclusión de que me sería mucho más fácil negar cualquier implicación en el asunto si una voz femenina hacía las llamadas. Como soy un cobarde, me convencí de que bastaría con que Fee le hiciera el trabajo a Poirot —así me lo pareció entonces— para que yo quedara al margen de todo y pudiera considerarme por completo inocente. Fee no tenía ninguno de mis escrúpulos acerca de la escasa ortodoxia del plan, e incluso pude comprobar que se alegraba enormemente de poder hacerme ese favor.

—Soy yo quien debe asumir toda la responsabilidad, monsieur —le dijo Poirot a Rowland McCrodden—. No se alarme. A partir de ahora, los tres trabajaremos juntos para resolver el misterio.

—¿Trabajar juntos? —exclamó McCrodden, escéptico—. ¿Tiene idea de lo que ha hecho, Poirot? John vino a verme a mi casa después de recibir esa condenada llamada telefónica y me dijo que ya no se consideraba hijo mío y que yo ya no era su padre. Quiere cortar todos los lazos conmigo.

—Cambiará de idea en cuanto salga a la luz la verdadera identidad del autor de las cartas. No se mortifique, monsieur. En lugar de preocuparse, confíe en Hércules Poirot. ¿Puedo preguntarle, si me lo permite, por qué ha insistido en reunirse hoy con nosotros en un lugar diferente? ¿Qué hay en sus oficinas que no quiere que yo vea?

McCrodden emitió un ruido extraño.

—Es demasiado tarde para eso —dijo.

—¿Qué quiere decir?

—Nada.

Poirot insistió:

—¿Por qué se encerró un largo rato en su despacho y de pronto abrió la puerta y se marchó precipitadamente?

Se hizo un prolongado silencio mientras nuestro interlocutor consideraba la pregunta.

—¿Le importaría responder, monsieur?

—El motivo no tiene nada que ver con el asunto que nos ocupa —dijo por fin McCrodden secamente—. ¿Satisfecho?

—*Pas du tout.* Si no me lo cuenta, no me quedará más remedio que especular. ¿No será que tiene miedo de que encontremos una máquina de escribir?

—¿Una máquina de escribir? —El tono de McCrodden era contrariado y un poco hastiado—. ¿Qué quiere decir?

—«E» —fue la críptica respuesta de Poirot.

McCrodden se volvió hacia mí.

—¿Me lo explica usted, Catchpool?

—No podría, pero no sé si habrá notado que ahora los ojos de Poirot se han vuelto de un intenso color verde esmeralda. Es lo que suele suceder cuando descubre alguna cosa interesante.

—¿Esmeralda? —gruñó McCrodden, empujando hacia atrás su silla y apartándose de la mesa—. Lo saben, ¿verdad? Los dos lo saben. Y se están burlando de mí. Pero ¿cómo es posible que se hayan enterado? No se lo he dicho a nadie.

—¿Qué piensa que sabemos, monsieur? ¿Algo referente a la máquina de escribir?

—¡Me importa un rábano la maldita máquina de escribir! Estoy hablando del motivo de que ayer no pudiera permanecer ni un segundo más en mi oficina y hoy me haya negado a recibirlos en mi despacho. Estoy hablando de Esmeralda, como bien saben. Por eso ha dicho «verde esmeralda», ¿no?

Poirot y yo intercambiamos una mirada de profundo desconcierto.

—Monsieur..., ¿qué esmeralda es ésa?

—No *qué*, sino *¡quién!* Es la razón de que no pueda estar ahora mismo en mi lugar de trabajo..., para mi gran incomodidad. La señorita Esmeralda Mason.

—¿La señorita Mason? —pregunté—. ¿Su empleada?

—Supongo que ahora tendré que contárselo, aunque no es asunto suyo. El nombre de pila de la señorita Mason es Esmeralda. Creía que lo sabían. Cuando Catchpool ha dicho «verde esmeralda»...

—*Non, monsieur.* No lo sabíamos. ¿Por qué la presencia de esa mujer lo hace irse de su despacho?

—Ella no ha hecho nada malo —replicó McCrodden

abatido—. Es diligente, pulcra..., la empleada modelo en todos los aspectos. Los asuntos del bufete le importan tanto como a Donaldson o a mí. No tengo nada que reprocharle.

—¿Y sin embargo? —preguntó Poirot.

—Me resulta cada vez más insufrible. Ayer llegué al punto de no poder tolerarla. Le había dicho que no acababa de decidir si debía invitar o no a un determinado cliente a la próxima cena de gala de la Sociedad Jurídica; había motivos a favor y en contra de hacerlo, que la señorita Mason conocía. Pues bien, en el transcurso de la siguiente hora me recordó *tres veces* que debía decidirlo con urgencia. Conozco la fecha de la cena de la Sociedad Jurídica tan bien como ella y, lo que es más importante, ella sabe que yo la sé. ¡Si hubiera podido obligarme a tomar una decisión allí mismo, estoy seguro de que lo habría hecho! La tercera vez que le dije que todavía no lo había decidido, me contestó... —le rechinaron los dientes con sólo recordarlo—, me contestó: «Bueno, a ver si ya lo vamos pensando, ¿eh?». Me habló como lo habría hecho con una criatura de cinco años. Fue la gota que colmó el vaso. Cerré la puerta de mi despacho con cerrojo y, cuando me llamó, fingí que no la oía.

Poirot rio entre dientes.

—Y entonces llegamos Catchpool y yo...

—Sí. Pero ya era demasiado tarde. El malhumor que se había apoderado de mí..., no sé cómo explicarlo..., era bastante irracional.

—Si le resulta tan irritante la señorita Mason, ¿por qué no le dice que a partir de ahora prescinde de sus servicios? —le sugirió Poirot—. Se quitaría ese peso de encima y podría volver a trabajar con normalidad.

La idea pareció disgustar a McCrodden.

—No tengo ninguna intención de ponerla en la calle.

Es trabajadora, meticulosa y no ha hecho nada malo. Además, Stanley Donaldson, el otro socio del bufete, no tiene nada contra ella, hasta donde yo sé. Tengo que superar la aversión que me produce. No puedo permitirme la satisfacción de..., no sé cómo llamarla...

—¿Satisfacción? —repitió Poirot pensativo—. Es una curiosa manera de describir su estado.

—Porque en cierto modo es satisfactorio —replicó McCrodden—. Eludir el despacho y evitar a la señorita Mason me resulta gratificante de una manera que no puedo permitirme, porque sé que le estoy causando a ella una gran angustia.

—Es fascinante, de verdad —comentó Poirot.

—No, nada de eso —repuso McCrodden—. Es infantil por mi parte. Pero no hemos venido a hablar de ese asunto. Quiero saber, Poirot, cómo piensa averiguar quién le envió esa carta a mi hijo.

—Tengo varias ideas. La primera tiene que ver con la cena de su Sociedad Jurídica. ¿En qué fecha será? Me pregunto si es la misma a la que está invitado Peter Vout, el abogado de Barnabas Pandy.

—Seguramente lo es —respondió McCrodden—. Hay una sola cena de gala en los próximos días. ¿Ha dicho que Peter Vout era el abogado de ese tal Pandy? Vaya, vaya.

—¿Lo conoce? —preguntó Poirot.

—Un poco, sí.

—Excelente. Entonces se encuentra en una posición inmejorable.

—¿Para qué? —preguntó McCrodden con suspicacia.

Poirot se frotó las manos.

—Como suele decirse, *mon ami*..., ¡para ser nuestro agente secreto!

Capítulo 12

Muchas coartadas arruinadas

—¡Es la idea más atroz que he oído en mi vida! —dijo Rowland McCrodden en cuanto conoció los detalles del plan que proponía Poirot—. ¡Ni hablar!

—Quizá lo piense ahora, monsieur, pero a medida que se acerque la fecha de la cena de la Sociedad Jurídica, comprenderá que se trata de una gran oportunidad y que usted es capaz de desempeñar el papel a la perfección.

—No participaré en un engaño, sea cual sea su finalidad.

—No discutamos, *mon ami*. Si no desea hacer lo que le propongo, no lo hará. Yo no puedo insistir.

—Ni yo pienso hacerlo —le aseguró enérgicamente McCrodden.

—Ya lo veremos. Pero, antes, ¿permitirá que Catchpool inspeccione todas las máquinas de escribir que se utilizan en su bufete?

McCrodden apretó los labios.

—¿Por qué vuelve una y otra vez sobre el tema de las dichosas máquinas de escribir?

Poirot sacó de un bolsillo la carta que había recibido John McCrodden y se la tendió a su padre a través de la mesa.

—¿Nota alguna particularidad en las letras? —preguntó.

—No, no veo nada que me llame la atención.

—Obsérvelas más de cerca.

—No creo... ¡Ah! La letra «e» está incompleta.

—*Précisément.*

—La barra horizontal se interrumpe. Hay un hueco blanco en la línea de tinta. —McCrodden dejó la carta sobre la mesa—. Ya entiendo. Si localiza la máquina de escribir, encontrará al remitente de la carta. Y, como acaba de pedirme permiso para registrar mis oficinas, sólo puedo concluir que sospecha de mí. Cree que yo podría ser el autor.

—Nada de eso, amigo mío. Es una mera formalidad. Investigaremos a todas las personas relacionadas con este caso que tengan acceso a una máquina de escribir. Registraremos la casa de Norma Rule; la de Barnabas Pandy, por supuesto; el colegio Turville, donde estudian Timothy Lavington y Freddie Rule, y donde Hugo Dockerill es profesor y tutor de una de las casas del internado...

—¿Quiénes son esas personas que ha nombrado? —preguntó Rowland McCrodden—. Es la primera vez que las oigo mencionar.

Aproveché la oportunidad para explicarle que su hijo no había sido el único en recibir una carta acusadora, y vi que le costaba un esfuerzo asimilar la información. No dijo nada durante un rato. Al final, preguntó:

—Pero entonces ¿por qué no le dijeron a John que no

era el único? ¿Por qué permitieron que creyera que no había ningún otro acusado?

—Yo no permití nada de eso, monsieur. De hecho, informé a su hijo de que no era el único destinatario de la carta. Mi ayuda de cámara se lo confirmó. Georges dio su testimonio de que yo decía la verdad, pero su hijo se negó a escuchar. Estaba absolutamente convencido de que el culpable era usted.

—¡Es un tonto terco y un obstinado! —exclamó Mc-Crodden, golpeando la mesa con el puño—. Siempre lo ha sido, desde el día que nació. Lo que no entiendo es *por qué*. ¿Qué sentido tiene escribir cartas a cuatro personas diferentes, acusarlas a todas del mismo asesinato y firmar con el nombre de Poirot y no con el propio?

—Es un interesante enigma —convino el detective.

—¿Es todo lo que tiene que decir? ¿Me permite sugerir que usemos nuestros cerebros para tratar de resolver el problema, en lugar de quedarnos sentados esperando a que la respuesta nos caiga del cielo?

Poirot sonrió con refinada cortesía.

—No me he quedado de brazos cruzados, *mon ami*. De hecho, ya he empezado a utilizar las pequeñas células grises del cerebro. Le agradeceré que usted también lo haga.

—Se me ocurren dos razones para actuar como el autor de esas cartas —terció—. Primera razón: al firmar las misivas con el nombre de Poirot, ha conseguido aterrorizar a los desafortunados que las han recibido, ya que la policía suele tomar muy en serio las acusaciones de asesinato que pueda formular Hércules Poirot. Por tanto, si el autor de las cartas se proponía aterrorizar a sus destinatarios, firmar con su nombre era la manera de lograrlo. Incluso un inocente se echaría a temblar si usted lo acusara de asesinato.

—Estoy de acuerdo —convino Poirot—. ¿Cuál es la segunda razón?

—El autor o autora de las misivas quiere que usted tome cartas en el asunto —dije—. Cree que Barnabas Pandy fue asesinado, pero no lo sabe con certeza. O está seguro de que fue asesinado, pero no sabe quién lo mató. Por eso ha urdido un plan para espolear su curiosidad y conseguir que investigue. Acudir a la policía no le serviría de nada, porque la muerte de Barnabas Pandy ya ha quedado oficialmente registrada como accidental.

—Muy bien —asintió Poirot—. Ya había considerado esas dos razones. Pero dígame una cosa, Catchpool, *¿por qué causa ha elegido el autor de las cartas a esas cuatro personas?*

—Al no haberlas escrito yo, me temo que no puedo responder a su pregunta.

Poirot se volvió hacia McCrodden:

—Según Annabel Treadway, nieta de monsieur Pandy, había cinco personas en Combingham Hall el 7 de diciembre: ella misma; Barnabas Pandy; su otra nieta, Lenore Lavington; la hija de esta última, Ivy, y el mayordomo de monsieur Pandy, Kingsbury. Supongamos por un momento que fue en efecto un asesinato. Las personas que obviamente deberían haber recibido esas cartas acusadoras eran las cuatro presentes aquel día en Combingham Hall y que aún continúan con vida: Annabel Treadway, Lenore Lavington, Ivy Lavington y Kingsbury. De ellas, sólo una recibió una carta. Las otras tres misivas se enviaron a dos personas que, si hemos de creerlas, pasaron todo el día en la fiesta navideña del colegio Turville (Norma Rule y Hugo Dockerill), y a John McCrodden, que de momento no parece tener ninguna vinculación con la víctima.

—Es probable que John estuviera en España cuando Pandy murió —dijo su padre—. Estoy seguro de que fue a principios de diciembre, el año pasado, cuando intenté localizarlo en el mercado donde trabaja y me dijeron que había viajado a España y que no volvería en varias semanas.

—No parece estar seguro —comentó Poirot.

—Bueno... —titubeó McCrodden—, estoy seguro de que fue en diciembre. Todos los puestos del mercado tenían adornos navideños: baratijas brillantes e inútiles. Supongo que sería más bien hacia finales de diciembre. —Meneó la cabeza disgustado, como si se hubiera sorprendido a sí mismo en el acto de mentir para proteger a su hijo—. Tiene razón —reconoció—. No sé dónde estaba John cuando Pandy murió. *Nunca* sé dónde está. Pero, créame, Poirot, jamás permitiría que los sentimientos me nublaran el juicio. Aunque es mi único hijo, si John cometiera un asesinato, yo sería el primero en denunciarlo a la policía y en pedir para él la pena máxima, como la pido para todos los asesinos.

—¿Lo haría, monsieur?

—Le aseguro que sí. Hemos de atenernos a nuestros principios, porque de lo contrario la estructura misma de la sociedad se derrumbaría. Si un hijo mío lo mereciera, yo mismo le pondría la soga al cuello. Pero, como ya le he dicho a Catchpool, John jamás mataría a nadie. Lo sé con absoluta certeza. Por tanto, su paradero exacto el día en cuestión es irrelevante. Es inocente, y no hay nada más que hablar.

—Esas palabras, «no hay nada más que hablar», suelen utilizarse precisamente cuando queda mucho que decir —replicó Poirot para disgusto de Rowland McCrodden.

—¿Por qué habría viajado John a España? —pregunté.

Una mirada desaprobadora fue la primera reacción de McCrodden.

—Viaja con frecuencia. Su abuela materna vivió allí durante un tiempo y, a su muerte, John heredó su casa. Está cerca del mar y allí el clima es mucho más agradable que el nuestro. John está más a gusto en España que en cualquier lugar de Inglaterra. Siempre lo dice. Además, desde hace poco hay una mujer... De mala reputación, por supuesto. Muy distinta del tipo de señorita que yo habría elegido para él.

—Son asuntos muy personales y cada uno debería poder decidir con libertad —dije yo, sin poder contenerme, pensando en la «futura esposa ideal» que había encontrado mi madre para mí y cuya presencia había intentado imponerme. Probablemente era una mujer maravillosa, pero yo la culparía siempre en mi fuero interno de aquella estancia en Great Yarmouth que me vi obligado a ofrecerle a mi madre como compensación.

McCrodden prorrumpió en una sombría carcajada.

—¿Se refiere a los asuntos del corazón? ¡A John le importa un rábano esa mujer de España! La utiliza y nada más. Su comportamiento es despreciable e inmoral. Le hice saber lo que pienso y le dije que su madre debía de estar llorando en su tumba, ¿y sabe cuál fue su respuesta? ¡Echarse a reír!

—Me pregunto... —dijo Poirot en voz baja.

—¿Qué? —repuse.

—Me pregunto si, al hacerse pasar por mí, el autor de las cartas no estará ocultando una identidad más importante.

—¿La identidad del asesino, quiere usted decir? —preguntó McCrodden—. ¿El asesino de Barnabas Pandy?

Algo en la manera de decirlo con su voz aflautada me produjo un escalofrío. No era fácil sentir simpatía por un hombre capaz de anunciar con orgullo que llevaría en persona a la horca a su propio hijo.

—No, amigo mío —respondió Poirot—. No es eso lo que quiero decir. Es otra posibilidad que se me ha ocurrido..., una posibilidad muy interesante.

Yo sabía que al menos por un tiempo no diría nada más al respecto, por lo que le pregunté a McCrodden por su paradero el día 7 de diciembre.

Sin dudarlo, contestó:

—Estuve todo el día en mi club, el Ateneo, con Stanley Donaldson. Y por la noche, fui con él a ver *Querida mía* en el teatro Palace. Puede llamar a Stanley para confirmarlo.

Al notar mi sorpresa por la rapidez con que había respondido, aclaró:

—En cuanto supe la fecha de la muerte de Pandy, le pedí... —se interrumpió un momento, hizo una mueca y continuó—: le pedí a la señorita Mason que me trajera la agenda del año pasado. Pensé que si recordaba dónde estaba yo en esa fecha, me resultaría más fácil saber dónde se encontraba John. Si, por ejemplo, hubiera sido un día en que yo hubiera intentado comunicarme con él sin éxito... —La voz aguda se le quebró y procuró disimularlo, tosiendo—. En cualquier caso, tengo la suerte de contar con una coartada mucho más firme que cualquiera de los otros actores de esta pequeña tragedia. ¡Un festival navideño en un colegio! ¿Cómo pretenden convencer a nadie con eso? —resopló con desprecio.

—¿No le entusiasma la Navidad, monsieur? ¿Cómo ha llamado antes a los adornos navideños? Ah, sí. Baratijas inútiles. Así se ha referido a los adornos del mercado. Y ahora habla de esa forma del festival del colegio Turville.

—No tengo nada que objetar a los festivales navideños, aunque yo jamás asistiría a ninguno si pudiera evitarlo —dijo McCrodden—. Pero, con franqueza, Poirot, la idea de que la presencia de alguien en la fiesta de Navidad de un gran colegio pueda constituir una coartada me parece ridícula.

—¿Por qué lo dice, amigo mío?

—Ha pasado mucho tiempo desde la última vez que asistí a una celebración similar, pero recuerdo claramente las de mi infancia y mi juventud. Trataba de pasar todo el tiempo sin cruzar ni una sola palabra con nadie. Todavía lo hago en las grandes recepciones, que detesto. Sin duda, lo intentaré una vez más en la cena de gala de la Sociedad Jurídica. El secreto consiste en pasar de largo con una sonrisa amable, cada vez que me encuentro con algún conocido, y fingir que me dirijo hacia un pequeño grupo que me está esperando, un poco más allá. Nadie se fija si de verdad acabo uniéndome al grupo al que me dirijo con tanta urgencia, en apariencia. Una vez que la persona conocida ha quedado atrás, ya no mira adónde voy ni qué hago.

Poirot frunció el ceño. Su mirada se movía rápidamente de arriba abajo.

—Acaba de decir algo muy interesante, monsieur. ¿No cree usted lo mismo, Catchpool? Yo también he asistido a ese tipo de grandes reuniones, donde resulta lo más fácil del mundo desaparecer y reaparecer más adelante sin que nadie lo note, porque todos están muy ocupados hablando entre sí. *Je suis imbécile!* ¿Sabe qué ha hecho, monsieur McCrodden? ¡Ha echado por tierra las coartadas de muchas personas! ¡Y ahora sabemos menos de lo que sabíamos antes de comenzar!

—¡Vamos, Poirot —dije—, no exagere! ¿Quiénes son esas «muchas personas» que se han quedado sin coartada? Annabel Treadway aún conserva la suya: estaba con Ivy y Lenore Lavington en el dormitorio de Ivy, aunque todavía hay que comprobarlo. John McCrodden estaba probablemente en España, algo que también será preciso determinar. Este problema del festival navideño que tanto le preocupa afecta como mucho a dos personas: Norma Rule y Hugo Dockerill.

—Se equivoca, *mon ami*. En el festival de Navidad del colegio Turville, el 7 de diciembre, también estaban Jane Dockerill, esposa de Hugo, y Timothy Lavington, bisnieto de Barnabas Pandy. ¡Ah!, y también el joven Freddie Rule, *n'est-ce pas?*

—¿Por qué hemos de tenerlos en cuenta? —preguntó Rowland McCrodden—. Nadie los ha acusado de nada.

—Tampoco ha acusado nadie a Kingsbury, el mayordomo —replicó Poirot—. Pero eso no lo vuelve irrelevante para nuestra investigación. Nadie ha acusado a Vincent Lobb, el viejo enemigo de Barnabas Pandy. Y no debemos olvidar al aborrecido Eustace de Norma Rule, que también podría ser importante. Prefiero pensar que todas las personas cuyos nombres han aparecido en conexión con este enigmático suceso son relevantes para el caso, hasta que yo demuestre lo contrario.

—¿Insinúa que una de las personas presentes en la fiesta navideña de aquel día abandonó el colegio Turville, se desplazó a Combingham Hall y allí mató a Barnabas Pandy? —dije—. Si así fue, tuvo que ir en coche, ya que la distancia es al menos de una hora por carretera. ¿Y después qué? ¿Ahogó a Barnabas Pandy en la bañera y volvió enseguida a la fiesta del colegio, donde se aseguró de que muchas personas notaran su presencia?

—Sí, así pudo pasar —respondió Poirot con gesto sombrío—. Muy fácilmente podría haber sucedido así.

—No debemos olvidar que con toda probabilidad la muerte de Barnabas Pandy fue accidental —repliqué.

—Pero si fue un asesinato... —dijo Poirot con expresión distante—. Si lo fue, entonces el asesino tiene un poderoso incentivo para proyectar la sombra de la duda sobre otra persona, ¿no es así?

—No tiene ningún incentivo, si nadie sospecha de él, porque todos piensan que la muerte fue accidental —argumenté.

—¡Ah, pero quizá no todos lo piensan! —replicó Poirot—. El asesino podría haber descubierto que al menos una persona sabe la verdad y está a punto de revelarla. Entonces... ¡siembra la sospecha! Y es tan ingenioso que proyecta la duda sobre cuatro personas inocentes al mismo tiempo, algo mucho más eficaz que acusar simplemente a un solo inocente.

—¿Por qué? —preguntamos a la vez McCrodden y yo.

—Si hay un solo acusado, el asunto puede quedar zanjado enseguida. El acusado presenta su coartada, o no se encuentra ninguna prueba que lo relacione con el crimen, ¡y caso concluido! En cambio, si los acusados son cuatro y las cartas acusadoras llevan la firma de Hércules Poirot, ¿qué sucede? ¡El caos! ¡La confusión! ¡Argumentos y réplicas desde muchos frentes distintos! Es la situación en que nos encontramos en este momento y constituye sin duda una excelente cortina de humo, ¿no creen? No sabemos nada. ¡Nada!

—Tiene razón —dijo Rowland McCrodden—. La forma de comportarse del autor o autora de las cartas... ha sido bastante ingeniosa. Ha formulado una pregunta: ¿cuál de los cuatro es el culpable? Y sin duda espera que Poirot investigue. Una pregunta que en apariencia sólo puede tener cuatro respuestas posibles establece unos límites ilusorios. En realidad, podría haber muchas más respuestas, y el culpable podría ser una persona por completo diferente.

McCrodden se inclinó sobre la mesa y dijo en tono apremiante:

—¿Cree usted como yo, Poirot, que el autor de las cartas es muy probablemente el asesino de Barnabas Pandy?

—Intento no hacer conjeturas. Como ha dicho Catchpool, todavía no sabemos si monsieur Pandy fue asesinado. Lo que comienzo a temer, *mes amis*, es que quizá nunca lo sabremos con certeza. No sé cómo continuar la... —Dejó la frase inconclusa y se acercó al plato, susurrando algo en francés. Cogió el tenedor, lo sostuvo en el aire sobre su trozo de tarta vidriera y levantó la vista hacia Rowland McCrodden—. Su hijo John es quien me interesa —le dijo.

—¿Qué? —reaccionó McCrodden con claro disgusto—. ¿No le he dicho que...?

—Me malinterpreta usted. No le estoy diciendo que

lo crea culpable. Sólo afirmo que su posición en toda la estructura me resulta fascinante.

—¿Qué posición? ¿Qué estructura?

Poirot dejó el tenedor sobre la mesa y cogió un cuchillo.

—¿Ve los cuatro cuadrados de la tarta? —dijo—. En la mitad superior, un cuadrado amarillo y otro rosa, uno al lado del otro, y en la mitad inferior, otros dos. Para los fines de este ejercicio, estos cuatro cuadrados, estos cuatro cuartos de un trozo de tarta, representan a las cuatro personas que han recibido la carta acusadora.

»Al principio pensé que podía clasificarlas en dos grupos de dos. —Cortó el trozo de tarta por la mitad, para ilustrar lo que acababa de decir—. Annabel Treadway y Hugo Dockerill, ambos conectados con Barnabas Pandy, formaban uno de estos grupos; Norma Rule y John McCrodden, el otro. Los dos me dijeron que no habían oído hablar de monsieur Pandy en toda su vida. Pero entonces... —Poirot cortó en dos una de las mitades y empujó el cuadrado rosa resultante hacia la mitad intacta, dejando un cuadrado amarillo solitario, aislado al borde del plato—. Entonces descubrí que el hijo de Norma Rule, Freddie, era compañero de colegio de Timothy Lavington, bisnieto de Barnabas Pandy. Por tanto, ahora tenemos a *tres* personas que presentan una clara vinculación con monsieur Pandy y están relacionadas entre sí. Annabel Treadway rechazó la proposición de matrimonio que le hizo Hugo Dockerill. Hugo Dockerill es tutor de la casa del colegio donde vive el hijo de Norma Rule, que es compañero del sobrino de Annabel Treadway. Sólo John McCrodden carece de toda vinculación, al menos hasta donde sabemos, con cualquiera de las otras personas acusadas, o con Barnabas Pandy.

—Pero *podría* tener alguna conexión con Pandy que todavía no conocemos —dije yo.

—Así es, pero todas las otras conexiones son claras y manifiestas —replicó Poirot—. Están a la vista. Resultaría imposible pasarlas por alto.

—Es cierto —reconocí—. John McCrodden parece ser el único que no encaja.

Rowland McCrodden parecía impresionado, pero no dijo nada.

Poirot empujó fuera del plato el cuadrado amarillo solitario y lo dejó caer sobre el mantel.

—Me pregunto si será esto lo que quiere que piense el autor o la autora de las cartas —dijo—. Me pregunto si espera que considere, por encima de todo, la culpabilidad de monsieur John McCrodden.

Capítulo 13

Los anzuelos

Esa noche, Poirot y yo nos reunimos delante de un crepitante fuego de leña, en el recargado y excesivamente decorado salón de mi casera, Blanche Unsworth. Habíamos pasado muchos ratos juntos en ese ambiente y ya no prestábamos atención a los chillones tonos de rosa y morado, ni a los innecesarios flecos y borlas que colgaban de los vértices y los bordes de cada lámpara, sillón y cortina.

Los dos teníamos una copa en la mano. Hacía un buen rato que no decíamos nada. Poirot llevaba casi una hora contemplando las cambiantes llamas, asintiendo o negando con la cabeza de vez en cuando. Yo acababa de resolver la última pista de mi crucigrama cuando mi amigo dijo en voz baja:

—Norma Rule quemó la carta que recibió.

Me quedé esperando.

—John McCrodden la rompió y envió los trozos a su padre —prosiguió Poirot—. Annabel Treadway tachó primero las palabras de su carta y a continuación la rompió y la quemó, y Hugo Dockerill perdió la suya, aunque su esposa Jane la encontró más tarde.

—¿Tiene importancia alguno de esos hechos? —pregunté.

—No sé qué cosas tienen importancia o carecen de ella, amigo mío. Estoy pensando más intensa y concienzudamente que nunca *y no soy capaz de encontrar la respuesta al enigma más importante de todos.*

—¿Si realmente fue asesinado Pandy? ¿A eso se refiere?

—No. Hay una cuestión todavía más importante que ésa: *¿por qué debemos ocuparnos de este asunto?* No es la primera vez que intento descubrir si una muerte considerada accidental ha sido en realidad un asesinato. *Pas du tout.* Lo he hecho muchas veces, pero sólo cuando una persona en la que confío ha venido a decirme que quizá las apariencias son engañosas, o cuando mis propias observaciones me han hecho sospechar. Ninguna de esas condiciones se cumple en nuestro actual dilema.

—No —convine, perfectamente consciente de que, mientras satisfacía los caprichos de Poirot, Rowland Mc-Crodden y mi jefe, el trabajo debía de estar acumulándose en mi escritorio de Scotland Yard.

—Por el contrario, la sugerencia de que monsieur Pandy pudo ser asesinado procede de un personaje de quien sabemos que no merece nuestra confianza: una persona que escribe cartas y las firma con un nombre que no es el suyo. Sabemos más allá de toda duda razonable que el autor de esas cartas es un mentiroso y un embaucador. Si yo decidiera ahora mismo abandonar esta pesquisa y dirigir mi atención a otros asuntos, nadie podría criticar mi decisión.

—Yo no lo haría, desde luego —dije.

—Y, sin embargo..., la mente de Hércules Poirot ha

mordido los anzuelos que le han lanzado. Hay muchas cosas que me gustaría averiguar. ¿Por qué está tan triste mademoiselle Annabel Treadway? ¿Quién envió las cartas y con qué motivo? ¿Por qué escribió cuatro? ¿Y por qué las envió a esos cuatro destinatarios en particular? ¿De verdad cree el autor o autora de esas misivas que Barnabas Pandy fue asesinado o las ha escrito para confundir? ¿Son el asesino y el autor de las cartas la misma persona? ¿Debo descubrir a un culpable o a dos?

—Si el autor de esas cartas también es culpable del asesinato, entonces debe de ser la persona más estúpida del mundo. «Estimado Hércules Poirot: Me gustaría atraer su atención sobre el hecho de que perpetré un asesinato en diciembre del año pasado y no me han descubierto.» ¡Nadie cometería un error tan tonto!

—Quizá. Pero es posible, Catchpool, que alguien no tan idiota esté intentando manipularme, con unos fines que desconozco.

—¿Por qué no intenta manipular usted a su vez a esa persona? No haga nada en absoluto. Tal vez de esa forma el culpable se sienta obligado a enviar más cartas. Quizá la próxima vez le escriba directamente a usted.

—Si tuviera la paciencia necesaria..., pero no es propio de mi naturaleza actuar de ese modo. De manera que... —Poirot entrechocó las palmas—. Empezará usted de inmediato a comprobar todas las coartadas y a inspeccionar todas las máquinas de escribir.

—¿Todas las del mundo? ¿O sólo las de Londres?

—Muy divertido, *mon ami*. No; no sólo las de Londres. También las del colegio Turville y Combingham Hall. Quiero que examine todas las máquinas de escribir que hayan podido ser utilizadas por cualquiera de las personas involucradas en este asunto, ¡incluido Eustace!

—Pero, Poirot...

—Además, tiene que encontrar a Vincent Lobb. Pregúntele por qué monsieur Pandy y él fueron enemigos durante tanto tiempo. Y, por último, como no quiero sobrecargarlo con demasiadas tareas, le pediré solamente una cosa más: convenza a Rowland McCrodden para que actúe como le hemos propuesto en la cena de la Sociedad Jurídica.

—¿No puede ocuparse usted de McCrodden? —repliqué—. Es más probable que lo escuche a usted antes que a mí.

—¿Qué opinión tiene de él? —preguntó Poirot.

—Con franqueza, no me cae muy bien desde que lo oí decir que estaría encantado de ponerle la soga al cuello a su propio hijo.

—*En caso* de que John fuera un asesino..., pero Rowland McCrodden está convencido de que no lo es. Además, cuando dice que él mismo lo ahorcaría, no se refiere a su hijo de carne y hueso, sino a una versión hipotética de John. Por eso es capaz de decirlo y de pensar que habla en serio. Créame, *mon ami*, si alguna vez John McCrodden cometiera un asesinato, su padre haría todo cuanto estuviera a su alcance para salvarlo del castigo. Se enredaría en un complicado razonamiento para convencerse de que su hijo es inocente.

—Puede que tenga razón —asentí—. Quizá fue él quien envió las cuatro cartas. Mírelo de esta manera: coloca de forma deliberada a su hijo en una situación comprometida, para luego acudir al rescate y obligarlo a reconocer que es un padre devoto y no un ogro aborrecible, como John pretende. Si en algún momento puede decirle: «He puesto a trabajar a Hércules Poirot para salvarte», y su hijo comprueba que no le está mintiendo, entonces las relaciones entre ellos podrán mejorar sensiblemente.

—Y envió cartas a otras tres personas, para disimular que todos sus esfuerzos van dirigidos a John, ¿no es eso? —dijo Poirot—. Es posible. Hasta ahora había considerado a Annabel Treadway como la más probable autora de las cartas, pero bien podría ser Rowland McCrodden.

—¿Por qué Annabel Treadway? —pregunté.

—¿Recuerda que hablé de una identidad que el remitente de las cartas podía estar tratando de ocultar? Rowland McCrodden me preguntó si me refería a la identidad del asesino de Barnabas Pandy.

—Sí, lo recuerdo.

—Pero no era eso, *mon ami*. Me refería a la identidad de *la persona que sospecha*. He desarrollado esa teoría pensando en Annabel Treadway.

Bebí un sorbo de mi copa, a la espera de que ampliara su explicación.

—Creo que, si alguien mató a monsieur Pandy, el principal sospechoso es su mayordomo, Kingsbury —prosiguió Poirot—. Por lo que sabemos, tuvo la oportunidad de hacerlo. Las tres mujeres de la casa estaban juntas en una habitación, con la puerta cerrada, hablando probablemente de manera animada. No debieron de ver ni oír nada.

»Supongamos que mademoiselle Annabel (que no me pareció una mujer particularmente valiente ni segura de sí misma) sospecha que Kingsbury mató a su abuelo. No puede demostrarlo, pero decide arriesgarse. Confía en que Hércules Poirot podrá demostrar que sus sospechas son fundadas. En ese caso, ¿por qué no vino a verme directamente para pedir ayuda?

—No se me ocurre ninguna razón para que no lo hiciera —respondí.

—¿Quizá temía que Kingsbury descubriera que había acudido a mí? Es probable que se diera cuenta de la enorme dificultad de aportar pruebas de que alguien ha ahogado a un anciano en el agua de una bañera ¿Cómo demostrarlo, si en aquel momento no había nadie más en el cuarto de baño, aparte de Kingsbury y monsieur Pandy?

—Entiendo. ¿Piensa que Annabel Treadway consideraría muy probable que Kingsbury quedara impune?

—Exacto. La ley no podría castigarlo, por falta de pruebas. Pero para entonces Kingsbury (un asesino) sabría que Annabel Treadway había venido a verme para revelarme sus sospechas. ¿Qué le impediría matarla a ella a continuación?

La teoría no me convenció en absoluto y así se lo hice saber a Poirot.

—Si era eso lo que temía, entonces disponía de un plan de acción mucho más sencillo. Podría haber acusado a Kingsbury en una carta anónima dirigida *a usted*, en lugar de acusarse a sí misma y a otras tres personas en cartas que se supone escritas *por usted*. Habría sido mucho más directo.

—Seguramente —convino él—. Para sus fines, habría sido *demasiado* directo. Kingsbury podía sospechar de ella como la autora de esa carta, ya que estaba en Combingham Hall cuando monsieur Pandy murió. Habría sido una de las tres principales sospechosas. Las otras

146

dos habrían sido su hermana y su sobrina, a quienes por lo visto adora y cuyas vidas tampoco estaría dispuesta a arriesgar. No, Catchpool. Mi teoría es mejor. Una vez recibidas las cuatro cartas por ese inverosímil grupo de personas, incluida la propia Annabel Treadway, ella misma aparece como acusada del asesinato de su abuelo. De ese modo, Kingsbury no pensará que ella sospechaba de él. ¿Lo ve?

—Sí, pero...

—Firma las cuatro cartas con el nombre de Hércules Poirot y, de ese modo, se asegura mi participación. Una vez captada mi atención, y tras convencerse de que he mordido el anzuelo, no tiene más que recoger el sedal con la presa apetecida y sentarse a esperar que sus esfuerzos no hayan sido vanos y yo pueda investigar y descubrir la culpabilidad de Kingsbury y la manera de demostrarla.

—Muy bien, de acuerdo, pero ¿por qué acusar a los otros tres? Podría haber enviado *una sola carta*, firmada con su nombre, acusándose a sí misma y a nadie más del asesinato de su abuelo.

—Es una mujer extremadamente precavida y temerosa —dijo Poirot.

—¿De verdad lo es? —repuse yo, estallando en una carcajada—. ¡Entonces acaba de desmentir su pintoresca teoría! Ninguna persona de naturaleza prudente pondría en práctica un plan como el que usted ha descrito.

—Ah, pero también debe tener en cuenta su desesperación.

—Me temo que hemos entrado en los dominios de la pura fantasía —le dije.

—Puede que sí, pero también puede que no. Espero

averiguarlo pronto. En todo caso, nuestro próximo paso resulta evidente.

—Para mí, no.

—Sí, Catchpool. Se lo he dicho con claridad: Vincent Lobb, coartadas y máquinas de escribir.

Fue un alivio para mí observar que la tarea de convencer a Rowland McCrodden para que convirtiera la cena de la Sociedad Jurídica en una pantomima orquestada por Poirot había quedado aparentemente fuera de la lista.

—¿Y qué hará usted mientras yo busco esa «e» defectuosa?

—¿No es obvio? —replicó Poirot—. Mañana a primera hora saldré para Combingham Hall. Veremos si encuentro alguna respuesta.

—Ya que va, inspeccione las máquinas de escribir que vea por allí —le dije con una sonrisa irónica.

—Por supuesto, *mon ami*. Poirot le hará ese favor.

Capítulo 14

En Combingham Hall

Había muchas razones por las que Combingham Hall debería haber parecido acogedor. Así lo pensó Poirot al día siguiente, mientras contemplaba la fachada. El sol brillaba en un cielo invernal despejado y la temperatura era benigna para ser febrero. En una aparente invitación a todos los visitantes, la puerta principal estaba entreabierta. Nadie podía negar que el edificio era hermoso y elegante, y estaba rodeado además por todo lo que cualquier persona podría desear: magníficos jardines perfectamente cuidados y, a cierta distancia de la casa, un lago, una pista de tenis, dos casas de campo más pequeñas, un huerto y una considerable extensión boscosa, todo lo cual había visto Poirot a través de las ventanillas del automóvil que lo había llevado allí desde la estación de trenes más cercana.

Aun así, el detective se demoraba delante de la casa, sin decidirse a entrar. Era evidente que los habitantes de la mansión podían sentirse orgullosos de vivir allí, pero ¿les gustaría la casa? ¿Le tendrían afecto? La puerta entreabierta parecía más el resultado de un descuido que de una activa hospitalidad. En lugar de dar la impresión de estar cómodamente asentada en su ambiente natural, como deberían parecer todas las construcciones, ésta sobresalía con torpeza —casi se cernía sobre su entorno—, como si un espíritu malvado hubiera bajado desde lo alto para colocarla en su sitio con el único propósito de engañar a la gente y hacerle creer que era allí donde debía estar.

«O puede que yo sea un viejo tonto que imagina cosas», se dijo Poirot.

Una mujer de cuarenta y tantos años que lucía un vestido amarillo con cinturón fino se asomó a la puerta y se lo quedó mirando fijamente, sin sonreír.

«Más rarezas», pensó Poirot. La mujer tenía algo en común con la casa. Era sin duda bella, con su cabellera dorada y sus rasgos perfectos y proporcionados, y sin embargo parecía...

—Poco acogedora —masculló para sí.

Después compuso su mejor sonrisa y se dirigió hacia ella a paso rápido.

—Buenas tardes, madame —dijo, y a continuación se presentó.

La mujer le tendió la mano para que él se la estrechara.

—Es un placer conocerlo —repuso, aunque su expresión permaneció impasible—. Soy Lenore Lavington. Pase, por favor. Estamos preparadas para su visita.

A Poirot le pareció extraña su afirmación, como si él fuera una dura prueba que fuera preciso superar. La siguió y entró con ella en un amplio vestíbulo desierto, con una escalera de madera oscura a la izquierda y una hilera de tres arcos al frente. Bajo los arcos había un pasillo abovedado y, a continuación, otros tres arcos que daban paso a un comedor con una mesa de madera larga y estrecha, con muchas sillas alrededor.

Poirot se estremeció. Hacía más frío dentro de la casa que fuera. La razón era evidente. ¿Dónde estaban las paredes, dónde las puertas para separar una habitación de otra? Desde el lugar donde se encontraba, no veía nada de eso. Pensó que no era apropiado entrar en una casa y poder ver, a lo lejos, la mesa del comedor.

Experimentó un gran alivio cuando Lenore Lavington lo condujo a un pequeño salón mucho más cálido, con las paredes tapizadas de papel pintado verde claro, un fuego encendido en la chimenea y una puerta que era posible cerrar. Allí lo estaban esperando otras dos personas: Annabel Treadway y una joven de hombros anchos, cabello oscuro, mirada inteligente y una enmarañada filigrana de cicatrices que le recorría la parte izquierda de la cara y continuaba por el cuello y por debajo de la oreja. Poirot pensó que debía de ser Ivy Lavington. Podría haber disimulado gran parte de las cicatrices con sólo peinarse de otra manera, pero era evidente que prefería no hacerlo.

Un perro grande con una masa de tupido pelo marrón, rizado en algunas zonas, estaba sentado a los pies de Annabel Treadway, con la cabeza apoyada sobre la falda de su ama. Cuando apareció Poirot, el animal se levantó y atravesó trotando la habitación para ir al encuentro del visitante. Poirot le dio unas palmadas en la cabeza, a lo que el perro respondió palmoteándolo a su vez con la pata delantera.

—¡Ah! ¡Me está saludando!

—*Hoppy* es el perrito más sociable del mundo —comentó Annabel Treadway—. ¡Mira, *Hopscotch*, este señor es Hércules Poirot!

—Ésta es mi hija Ivy —dijo Lenore Lavington.

No había en su tono ningún indicio de sarcasmo ni de reproche hacia su hermana.

—¡Sí, claro! Ésta es Ivy —repitió Annabel.

—Encantada, señor Poirot. Es un honor conocerlo —dijo la más joven de las tres mujeres. Su voz era cálida y profunda.

Hopscotch, que seguía sentado delante de Poirot y no le quitaba la vista de encima, levantó una de las patas delanteras y la movió en el aire, como si no se atreviera a tocar por segunda vez al gran detective.

—¡Qué dulce es mi pequeño! —exclamó Annabel—. Quiere jugar con usted. Dentro de un momento se echará en el suelo panza arriba para que le acaricie la barriga.

—Estoy segura de que el señor Poirot tiene otras cosas mucho más importantes que hacer —replicó su hermana.

—Sí, claro. Lo siento.

—No hay motivo para disculparse —respondió Poirot.

Para entonces, el perro estaba echado en el suelo panza arriba. Poirot lo rodeó y aceptó la invitación de Lenore Lavington de ir a sentarse en uno de los sillones. Pensó que la estancia donde se encontraban no debía de ser el salón principal de Combingham Hall. Era demasiado pequeña, aunque también era posible que fuera la única parte de la casa lo bastante caldeada para permitir la ocupación humana.

Le ofrecieron un refrigerio, que no aceptó. Aun así, Lenore Lavington envió a Ivy a buscar a Kingsbury para pedirle que preparara algo de comer y de beber, «por si el señor Poirot cambia de idea». En cuanto su hija abandonó la habitación, la anfitriona dijo:

—No es necesario esperar a que Ivy regrese. ¿Podría exponernos el motivo de su visita?

—No le importa explicarlo, ¿verdad? —se apresuró a intervenir Annabel—. Usted lo hará mucho mejor que yo.

—¿Insinúa, mademoiselle, que todavía no le ha dicho nada a madame Lavington acerca de la carta que ha recibido? —preguntó Poirot.

«C'est vraiment incroyable», añadió para sí. La rareza de la gente no tenía límites. ¿Cómo era posible que una hermana le anunciara a otra que iban a recibir en casa al famoso detective Hércules Poirot sin revelarle el motivo de la visita? ¿Y cómo era posible que la otra hermana no exigiera saberlo, antes de la llegada del detective?

—Annabel no me ha dicho nada. Me gustaría saber de qué se trata.

Con tanta eficiencia como pudo, Poirot le explicó la situación. Lenore Lavington lo escuchó con atención, asintiendo de vez en cuando. Si la historia la sorprendió de algún modo, no lo demostró.

Tras oír toda la explicación, dijo:

—Ya veo. —Y a continuación añadió—: Un asunto desagradable, aunque sería todavía más desagradable, supongo, si hubiera alguna probabilidad de que las acusaciones fueran ciertas.

—¿Está diciendo que no existe tal probabilidad?

—Ninguna en absoluto. Mi abuelo no fue asesinado, ni por mi hermana, ni por nadie. No había nadie en casa cuando murió, aparte de Annabel, Ivy, Kingsbury y yo,

como usted ya sabe, porque acaba de decírmelo. Annabel tiene razón: Ivy, ella y yo estábamos juntas en el dormitorio de Ivy cuando el abuelo gritó y también cuando
nos llamó Kingsbury para que corriéramos al baño, donde había encontrado muerto al abuelo. Ninguna de las
tres salimos de la habitación entre un momento y otro.

Poirot tomó nota de que decía «el abuelo» para referirse a Barnabas Pandy, y no «Bubu», como lo llamaba su
hermana.

—¿Y qué me dice de Kingsbury? —preguntó.

—¿Kingsbury? Bueno, es verdad que no estaba en la
habitación con nosotras..., pero ¿matar al abuelo?
¿Kingsbury? ¡Es impensable! Imagino que querrá hablar
con él antes de marcharse...

—*Oui*, madame.

—Entonces usted mismo podrá comprobar que la
idea es absurda. ¿Puedo preguntarle por qué ha decidido investigar este asunto, señor Poirot, cuando ninguna
fuerza policial ni ningún tribunal alberga la más mínima
sospecha de que la muerte de mi abuelo no fuera accidental? ¿Lo ha enviado alguien? ¿O ha venido simplemente para satisfacer su propia curiosidad?

—Reconozco que siento curiosidad. Siempre he sido
y seré un hombre curioso. Además, el padre de monsieur John McCrodden, destinatario de una de las cuatro
cartas, me ha pedido que lo ayude a limpiar el buen
nombre de su hijo.

Lenore Lavington meneó la cabeza.

—Esto ha llegado demasiado lejos —dijo—. ¿Limpiar
su buen nombre? ¡Es ridículo! Cuando mi abuelo murió,
ese señor no estaba en esta casa. Ya está. Su buen nombre ha quedado limpio y reluciente. Ni usted ni el padre

de ese tal señor McCrodden necesitan seguir perdiendo el tiempo con este asunto.

—Pero estaremos encantadas de responder a todas sus preguntas, por supuesto —intervino Annabel, acariciando al perro por debajo de la barbilla.

El animal había vuelto con su ama y estaba apoyado contra sus piernas.

—¿Me permiten que haga una pregunta? Cuando he llegado, la puerta delantera estaba abierta.

—Sí, siempre está abierta —respondió Lenore.

—Es por *Hopscotch* —explicó Annabel—. Le gusta ir y venir con libertad por la casa y el jardín, ¿sabe? Preferiríamos... Lenore preferiría... dejarlo salir o entrar, y después cerrar la puerta, pero..., bueno, sus ladridos son bastante ruidosos, por desgracia.

—Exige que dejemos la puerta abierta y Annabel insiste en complacerlo.

—*Hoppy* tiene una inteligencia extraordinaria, monsieur Poirot —dijo Annabel—. Prefiere que la puerta esté siempre abierta, porque de ese modo puede salir siempre que quiera, sin necesidad de llamar antes a uno de nosotros.

—Si habitualmente la puerta queda abierta, ¿no existe la posibilidad de que alguien se colara en la casa mientras su abuelo se estaba bañando el 7 de diciembre del año pasado? —preguntó Poirot.

—No, no existe esa posibilidad.

—No —confirmó Annabel—. La habitación de Ivy está sobre la fachada de la casa. Alguna de las tres habría visto a cualquiera que subiera por el sendero, ya fuera que viniera en automóvil, en bicicleta o a pie. Es imposible que no lo hubiéramos visto.

—¿Y si alguien se hubiera acercado a la casa por detrás? —sugirió Poirot.

—¿Para qué iba a venir por detrás? —preguntó Annabel—. Es mucho más fácil venir por el frente. ¡Ah, claro...! Supongo que si esa persona no quería que la vieran...

—*Précisément*.

—La puerta trasera también suele quedar abierta la mayor parte del tiempo, aunque *Hoppy* prefiere entrar y salir por la principal.

—El perro habría echado la casa abajo con sus ladridos si alguien hubiese estado merodeando por los alrededores —dijo Lenore—. Habría olfateado a un desconocido.

—Sin embargo, no ha ladrado cuando yo he entrado en esta habitación —observó Poirot.

—Porque venía acompañado de Lenore —contestó Annabel—. Ha visto que era bienvenido en esta casa.

Lenore Lavington arqueó un poco las cejas al oírlo.

—Continuemos —dijo—. ¿Tiene más preguntas, monsieur Poirot, o se da por satisfecho?

—Por desgracia, todavía no —respondió Poirot—. ¿Hay en la casa una máquina de escribir?

—¿Una máquina de escribir? Sí. ¿Por qué lo pregunta?

—¿Podría utilizarla antes de marcharme?

—Si así lo desea, sí, por supuesto.

—Gracias, madame. Ahora me gustaría preguntarle por Vincent Lobb. Era un conocido de su abuelo.

—Sabemos quién era —dijo Lenore—. Mi abuelo y él se conocieron hace mucho tiempo. Eran muy buenos amigos, hasta que ocurrió algo entre ellos que los enemistó.

—Antes de que lo pregunte, le diré que no sabemos qué sucedió —intervino Annabel—. Bubu no nos lo contó nunca.

—Probablemente sabrán que, poco antes de morir, monsieur Pandy escribió una carta a monsieur Lobb en la que expresaba su deseo de poner fin a la *froideur* existente entre ellos.

Las hermanas intercambiaron una mirada y, a continuación, Lenore intervino:

—No, no lo sabíamos. ¿Quién se lo dijo?

—El abogado de su abuelo, monsieur Peter Vout.

—Entiendo.

—Me alegra saber que Bubu tuvo ese gesto —suspiró Annabel—. Y no me sorprende averiguarlo. Era un hombre amable y ecuánime, siempre dispuesto a perdonar.

—Dices unas cosas muy extrañas, Annabel —comentó su hermana.

—¿Eso crees, Lenore?

—Sí, Annabel, eso creo. ¿Dispuesto a perdonar, dices? No sé qué debió de hacer Vincent Lobb, pero lo hizo hace cincuenta años. ¡El abuelo alimentó ese resentimiento durante medio siglo! No digo que fuera un error o una crueldad por su parte mantener ese rencor. La mayoría de las personas son rencorosas, aunque tú no lo seas, Annabel.

—Tú sí lo eres, Lenore.

—Así es —convino su hermana—. Y tú eres una persona ecuánime y dispuesta a perdonar. El abuelo no.

—¡No es verdad! —Annabel pareció afligida por la afirmación de su hermana—. ¿Quién soy yo para perdonar a nadie? Yo... —parpadeó, porque los ojos se le estaban llenando de lágrimas, y a continuación dijo—: Es cierto, perdoné a Bubu por no prestar atención a *Hoppy*, ni tampoco antes a *Skittle*, y por preferir a Lenore antes que a mí. Lo perdoné porque él me había perdonado a mí. Lo decepcioné terriblemente, pero él hacía todo lo posible para ocultarlo. Yo sabía lo que pensaba de mí, pero apreciaba sus esfuerzos diarios para disimularlo.

—Mi hermana está un poco alterada —le dijo Lenore Lavington a Poirot con una sonrisa serena—. Tiene cierta tendencia a exagerar. Me pregunto dónde se habrá metido Ivy. Espero que no se esté comiendo el refrigerio preparado para usted, señor.

—¿Por qué motivo estaba decepcionado su abuelo? —le preguntó Poirot a Annabel.

—Porque mi hermana mayor me superaba en todo —contestó ella.

—¡Annabel, por favor!

—No, Lenore, es verdad. Tú *eres* superior a mí. Yo lo creo y Bubu también lo creía. Lenore siempre fue su favorita, señor Poirot, y con toda la razón. Mi hermana es eficiente, fuerte, decidida..., lo mismo que el abuelo. Se casó y le dio nietos, para perpetuar la familia. En cambio, yo no hago más que ocuparme de mis perros y, lo que es peor, estoy soltera y no tengo hijos.

—Annabel recibió muchas proposiciones de matrimonio —le dijo Lenore a Poirot—. No le faltaron ofertas.

—Bubu pensaba que me escondía entre los animales porque no sabía desenvolverme entre la gente. Puede que tuviera razón. Es cierto que los animales me parecen mucho menos irritantes que las personas, y desde luego son mucho más fieles. Te quieren a pesar de tus defectos. ¡Ah, pero no vaya a pensar que me estoy quejando del abuelo ni de cualquier otra persona! El pobre hizo todo lo que pudo y yo lo defraudé terriblemente, lo decepcioné... —Se interrumpió con brusquedad e hizo una inspiración profunda—. Ya viene Ivy —dijo en un claro intento de cambiar de tema.

—¿Qué quiere decir, mademoiselle? —preguntó Poirot, sin entender por qué parecía tan asustada, como si el fantasma de Barnabas Pandy hubiera irrumpido de repente en la habitación.

La puerta se abrió y entró Ivy Lavington, que al ver la cara de su tía pareció alarmarse.

—¿Qué ha pasado? —preguntó.

—Nada —contestó Lenore.

Teniendo en cuenta que Ivy aún no había oído la explicación de Poirot sobre los motivos que lo habían llevado a Combingham Hall, era evidente que la respuesta no había sido del todo adecuada.

—¿En qué sentido defraudó usted a su abuelo? —volvió a preguntarle Poirot a Annabel Treadway.

—Ya se lo he dicho —dijo ella con voz ahogada—. Le habría gustado que me casara y tuviera hijos.

Poirot pensó que le estaba ocultando alguna cosa, pero prefirió no insistir. Esperaba poder preguntárselo en otra ocasión, con la esperanza de que hablara con más libertad cuando su hermana y su sobrina no estuvieran presentes.

Se volvió hacia Lenore Lavington.

—Si no es demasiado doloroso para usted, madame, ¿podría enseñarme el baño donde se ahogó su abuelo?

—Es bastante morboso su deseo, ¿no? —comentó Ivy, pero su madre fingió no haberla oído.

—Sí, por supuesto —le dijo a Poirot—. Si lo considera necesario.

Annabel se puso de pie para seguirlos.

—No —le indicó Lenore.

Entonces Annabel volvió a sentarse, sin oponerse a la orden de su hermana.

—¿Por qué no le cuentas a Ivy lo que ha ocurrido? —le sugirió Lenore—. Por favor, señor Poirot, venga conmigo.

Capítulo 15

La escena del posible crimen

El trayecto hasta el baño donde había muerto Barnabas Pandy era relativamente largo. Poirot había visitado numerosas mansiones campestres de grandes dimensiones, pero ninguna con pasillos en apariencia tan interminables como los de Combingham Hall. Cuando notó que Lenore Lavington no tenía ninguna intención de darle conversación mientras caminaban, aprovechó la oportunidad para repasar mentalmente todo lo sucedido en el salón del piso de abajo.

Poirot había notado de inmediato, nada más ver a Annabel Treadway, que su aire de infelicidad era menos pronunciado que en su encuentro anterior. Sin embargo, no podía decir que pareciera *más feliz* que antes, ya que no parecía ni remotamente feliz, pese a la presencia del perro que adoraba. Era más bien como si...

Meneó la cabeza. No podría haber expresado con exactitud qué notaba en ella, y eso lo sacaba de quicio. Sus pensamientos se desplazaron entonces hacia Lenore Lavington. Se dijo que era una de esas raras personas con las que era posible hablar durante horas, sin llegar a saber nada de su verdadero carácter. En su opinión, lo único que había averiguado de su anfitriona era su afición a controlar el desarrollo de los acontecimientos. La mujer parecía estar siempre trabajando, como si no se relajara nunca. Poirot se preguntaba si tendría miedo de lo que su hermana se había esforzado por no revelarle.

—¡Ah! —exclamó mientras Lenore lo guiaba por delante de otra hilera de puertas.

La mujer se detuvo.

—¿Ha dicho algo? —le preguntó con una sonrisa amable.

—*Non. Pardon, madame.*

No había sido su intención hacer ningún ruido, pero no había podido contener una exclamación de alivio al comprender qué era con exactitud lo que había notado en Annabel Treadway. Si bien seguía percibiendo en ella cierto aire de melancolía, era evidente que la mujer estaba reprimiendo sus propias emociones para concentrarse en las de su hermana.

«Sí, eso es», se dijo con satisfacción.

Las dos hermanas parecían estar constantemente pendientes de cada palabra, expresión y gesto de la otra. Poirot se preguntaba por qué. Era como si cada una de ellas tuviera a la otra bajo una intensiva vigilancia secreta. Las dos sabían que la otra estaba en la habitación, prestando atención a cada una de sus palabras, pero ambas fingían escuchar de manera relajada y sin excesivo interés, cuando en realidad estaban obsesivamente concentradas en la otra.

«Tienen un secreto —pensó Poirot—. Las dos hermanas comparten un secreto y cada una de ellas teme que la otra pueda revelárselo a Hércules Poirot, un desconocido que ha venido a inmiscuirse en sus asuntos privados.»

—¿Señor Poirot?

Absorto en sus teorías, no había notado que Lenore Lavington se había detenido.

—Éste es el cuarto de baño donde ocurrió la tragedia. Pase, por favor.

—Gracias, madame.

Cuando entraron, las tablas del suelo crujieron con un ruido contenido que a Poirot le sonó como si alguien presa de terribles dolores intentara quejarse sin llamar la atención. El cuarto de baño estaba escasamente equipado: sólo una bañera en medio de la habitación, una silla, una repisa con los bordes descascarados y, en una esquina, una cajonera baja con elaborada ornamentación alrededor de los cajones. Poirot había oído llamar «cómodas» a esos muebles, pero pensó que en este caso debía tratarse de una «incómoda», porque era demasiado baja para abrir los cajones sin tener que doblar la espalda. La madera debía de haber sido lustrosa, pero presentaba el aspecto mate de los muebles olvidados durante años.

Sobre la repisa destacaba un objeto solitario: un frasco de cristal violáceo.

—¿Qué es eso? —preguntó.

—¿El frasco? Aceite de oliva —contestó Lenore Lavington.

—¿En el baño y no en la cocina?

—El abuelo... —Se interrumpió. Después, bajando la voz, volvió a empezar—: El abuelo nunca se bañaba sin su aceite de oliva.

—¿En el agua del baño?

—Sí. Decía que era bueno para la piel, y le gustaba el

olor, Dios sabe por qué. —Desvió la cara y se dirigió hacia la ventana—. Tendrá que disculparme, señor Poirot. Es sorprendente: puedo hablar de la muerte del abuelo sin problemas, pero ese frasco...

—*Je comprends*. Le resulta difícil hablar del aceite, porque era una afición de su abuelo cuando vivía. Recordarlo la entristece.

—Así es. Quería mucho a mi abuelo —dijo, como si fuera preciso especificarlo y no pudiera darse por supuesto.

—¿Está segura, madame, de que oyó a monsieur Pandy aquel día? ¿Tiene la certeza de que oyó su voz cuando aún estaba vivo y de que sólo podía ser él? ¿Y usted permaneció junto a su hermana y su hija desde aquel momento hasta que Kingsbury gritó? ¿Ninguna se separó de las otras dos, ni siquiera por un breve instante?

—Estoy segura —respondió Lenore Lavington—. Annabel, Ivy y yo estábamos charlando animadamente y él levantó la voz para decirnos que lo estábamos molestando. Le gustaba que la casa estuviera en silencio.

—¿El dormitorio de mademoiselle Ivy está cerca de este cuarto de baño?

—Sí, al otro lado del pasillo, a la derecha. Teníamos la puerta cerrada, pero eso importa poco en esta casa. Seguro que oyó con claridad todo lo que estábamos diciendo.

—Gracias, madame.

—Le agradeceré que sea amable cuando hable con Kingsbury —pidió—. Ha estado bastante encerrado en sí mismo desde que murió el abuelo. Le ruego que no lo moleste mucho tiempo.

—Seré tan breve como pueda —prometió Poirot.

—Mi abuelo no fue asesinado, pero aun cuando hubiera sido así, Kingsbury no podría ser el asesino. Para empezar, su ropa debería haber estado mojada, y no lo estaba. Annabel, Ivy y yo lo oímos gritar cuando encontró al..., cuando descubrió lo que había ocurrido y, en pocos segundos, las tres estábamos aquí. Tenía la ropa completamente seca.

—¿No intentaron sacar a su abuelo del agua?

—No. Vimos que ya era demasiado tarde para salvarlo.

—Entonces ¿la ropa de su hermana también estaba seca?

La pregunta pareció irritar a Lenore.

—*Todos* teníamos la ropa seca. También Annabel. Llevaba puesto un vestido azul con flores blancas y amarillas. De manga larga. Estaba de pie a mi lado, aquí mismo. ¡Si hubiera tenido las mangas mojadas, lo habría notado! Soy una persona observadora.

—No lo dudo —repuso Poirot.

—No se tomará en serio esa acusación contra mi hermana, ¿verdad, señor Poirot? ¡Cuatro personas han recibido la misma carta! ¿Y si hubieran sido cien? ¿También consideraría que cada destinatario es un posible culpable, aunque la policía no sospechase nada y la muerte fuera declarada accidental por un médico forense?

Poirot se dispuso a responder a la pregunta, pero Lenore Lavington todavía no había terminado.

—Además —prosiguió la mujer—, la idea de que Annabel pueda asesinar a alguien es ridícula. No está en la naturaleza de mi hermana hacer nada ilegal. Si cometiera cualquier infracción, por mínima que fuera, viviría en un perpetuo tormento. Jamás se arriesgaría a cometer un asesinato. ¡Si ni siquiera se arriesga a cambiar de raza de perro!

Ivy Lavington entró en ese momento en el cuarto de baño.

—Hay mucha gente que elige siempre la misma raza —dijo la joven—. *Hopscotch* es un airedale terrier, lo mismo que *Skittle*, el perro que tenía antes la tía Annabel —le explicó a Poirot.

—¿Estabas escuchando la conversación al otro lado de la puerta? —preguntó su madre.

—No —respondió Ivy—. ¿Estabas hablando de algo que no querías que yo oyera?

—Mi hermana es como una segunda madre para Ivy y para mi hijo Timothy, señor Poirot. Los dos suelen saltar en su defensa cuando imaginan que la estoy atacando, aunque no sea cierto.

—¡Mamá, por favor, deja de compadecerte a ti misma! —terció Ivy con bienhumorada impaciencia—. A quien acusan de asesinato es a la tía Annabel, no a ti. Es absolutamente imposible que mi tía matara al abuelo, señor Poirot.

Poirot decidió que Ivy Lavington le caía bien. Desprendía energía juvenil y daba la impresión de ser el único miembro normal de la familia, aunque aún no conocía a Kingsbury.

—¿Estaba *Hopscotch* con ustedes en su dormitorio, mademoiselle Ivy, mientras su abuelo se estaba bañando?

—Por supuesto que sí —respondió Lenore Lavington en lugar de su hija—. El perro va siempre a donde va Annabel. Él puede ir de aquí para allá por su cuenta, pero a ella no se lo permite. El día que mi hermana fue a Londres a verlo a usted, el animal estuvo casi una hora aullando. Fue una molestia espantosa.

—Madame, ¿me permite que le diga los nombres de las otras tres personas que recibieron cartas donde se las acusaba de asesinar a monsieur Pandy?

—Sí, adelante.

—John McCrodden. Hugo Dockerill. Norma Rule. ¿Reconoce alguno de esos nombres?

—Hugo Dockerill es el tutor del internado de Timothy en el colegio. En cuanto a los otros dos nombres, no los había oído nunca, al menos, hasta hace un rato, cuando mencionó usted al señor McCrodden.

—No seas tonta, mamá —intervino Ivy riendo—. ¡Por supuesto que sabes quién es Norma Rule!

—No es verdad. —Lenore Lavington parecía confusa—. ¿Tú sí la conoces? —le preguntó a su hija—. ¿Quién es?

Era como si la perspectiva de que su hija supiera algo que ella ignoraba le resultara intolerable.

—Es la madre de Freddie Rule, que está en la misma casa que Timmy en el colegio. Empezó en Turville hace seis meses. En su anterior colegio, los otros niños le hacían la vida imposible.

Poirot observó con interés cómo empalidecía el rostro de Lenore Lavington.

—¿F... Freddie? —tartamudeó—. ¿Freddie, el chico raro? ¿El solitario? ¿Se apellida Rule?

—Sí. Y su madre se llama Norma. ¡*Tienes* que saberlo! ¿Por qué pones esa cara?

—Fred... die —repitió más despacio su madre, con una mirada remota en los ojos vidriosos.

Sólo por la manera de decirlo, el nombre pareció impregnado de una peculiar forma de horror.

—¿Por qué te molesta tanto el pobre Freddie, mamá? ¿Qué daño te ha hecho?

La enérgica pregunta de Ivy desgarró la tensa atmósfera.

—No me ha hecho nada —respondió secamente Lenore Lavington, que parecía haber recuperado su habitual compostura—. No sabía cuál era su apellido, eso es todo. Me sorprende que tú lo sepas.

—Hablé con él una vez que fui a visitar a Timmy al colegio. Me fijé en un chico que estaba solo y parecía triste. Tuvimos una conversación larga y bastante interesante. Me dijo que se llamaba Freddie Rule, y en algún momento debió de mencionar a su madre, Norma. Supongo que por eso sé su nombre.

—Ese horrible niño ermitaño no es amigo de Timothy —le dijo Lenore Lavington a Poirot—. De hecho, le he aconsejado a mi hijo que se aleje de él. Creo que está mal de la cabeza... Es la clase de niño capaz de hacer cualquier cosa.

—¡Mamá! —exclamó Ivy entre risas—. ¿De verdad? ¿Te has vuelto loca? ¡Freddie es el niño más inofensivo del mundo!

—El día de la muerte de su abuelo —intervino Poirot—, ustedes dos y mademoiselle Annabel tenían previsto asistir al festival de Navidad del colegio de Timothy. ¿Es así?

—Sí —respondió Lenore.

—Pero al final no asistieron.

—No.

—¿Por qué no?

—No lo recuerdo.

Poirot se volvió hacia Ivy.

—¿Recuerda usted el motivo, mademoiselle?

—¿No sería que mamá quería evitar a Freddie Rule, y por eso cambió de idea respecto a la fiesta?

—No seas absurda, Ivy —replicó Lenore.

—¡Deberías haber visto tu cara cuando he mencionado su nombre, mamá! ¿Por qué te has puesto así? Ya sé que no vas a decírmelo, pero me gustaría mucho saberlo.

También a Hércules Poirot le habría gustado mucho saber por qué se había alterado tanto.

Capítulo 16

El hombre de la oportunidad

La vivienda de Kingsbury se encontraba a escasa distancia de la casa principal. Tenía al frente un pequeño huerto, con setos de lavanda, romero e hisopo plantados en los bordes.

Poirot se dirigió a la puerta delantera, ansioso por conocer al «hombre de la oportunidad», como había empezado a llamar a Kingsbury en su fuero interno. Si las mujeres de Combingham Hall decían la verdad, él era la única persona que había podido matar a Barnabas Pandy. ¿Podía ser tan sencilla la solución? El detective se lo preguntaba. ¿Sería capaz de arrancarle una confesión al sirviente ese mismo día y resolver así el misterio?

Llamó a la puerta. Al cabo de un momento, oyó detrás unos pies que se arrastraban. La puerta se abrió y apareció un hombre esquelético, de piel cuarteada y apergaminada, y ojos de un peculiar tono verde manchado de amarillo. Aparentaba por lo menos setenta años. Poirot sospechó que debía de creerse elegantemente vestido, aunque los bajos de sus pantalones estaban cubiertos de polvo. El escaso cabello que aún conservaba le colgaba en mechones blancos aislados, como si se le hubieran quedado adheridos al cuero cabelludo los restos de una peluca que se hubiera puesto en otro tiempo.

Se presentó al anciano y le explicó su presencia en Combingham Hall, empezando por la visita de Annabel Treadway. Kingsbury entornó los ojos e inclinó la cabeza hacia delante, como si necesitara esforzarse para verlo y oírlo. Sólo cuando Poirot se refirió a su conversación con Lenore Lavington y le dijo que había sido ella quien lo había enviado a su casa, el hombre cambió de actitud. Su mirada se despejó y pareció enderezar la espalda. Enseguida lo invitó a entrar.

Una vez incómodamente instalado en una dura silla, en una habitación que era evidente que servía a la vez de cocina y cuarto de estar, Poirot le preguntó si consideraba posible que Barnabas Pandy hubiera sido asesinado.

El viejo negó con la cabeza y el movimiento le reordenó los mechones blancos a los lados de la cabeza.

—Imposible —contestó—. Las señoras estaban en la habitación de la señorita Ivy, hablando en voz muy alta, y el único que estaba en la casa aparte de ellas era yo.

—Y usted, como es natural, no tenía ninguna razón para desear la muerte de monsieur Pandy...

—La *suya* no —respondió Kingsbury, con particular énfasis en el posesivo.

—Entonces ¿hay alguien a quien sí le gustaría matar?

—A mí no me gustaría matar a nadie. Pero no le mentiré, señor Porrott. Desde que el señor Pandy nos dejó, he deseado muchas veces que Dios se acuerde de mí y me lleve también.

—Era un buen amigo suyo, además de su patrón, *n'est-ce pas?*

—El mejor amigo que se pueda tener. Era muy buena persona. Ahora que se ha ido, ya no trabajo tanto como antes. Me parece que no tiene sentido. Cumplo con mis obligaciones, por supuesto —se apresuró a añadir—. Pero nunca voy a la casa grande cuando no me necesitan, ahora que el señor Pandy nos ha dejado.

Viendo revolotear por el aire las manos de Kingsbury mientras hablaba, con movimientos de pájaro, Poirot se dijo que difícilmente tendrían fuerza para ahogar a nadie. ¿Cómo se las habría arreglado el sirviente para ayudar a entrar y salir de la bañera a un hombre todavía más anciano que él? Quizá Pandy, aunque más viejo, fuera físicamente más fuerte y pudiera entrar y salir del baño sin ayuda.

Kingsbury se inclinó hacia él y dijo en tono de confidencia:

—Señor Porrott, le garantizo que el señor Pandy no fue asesinado. Si ha venido a Combingham Hall sólo por eso..., podría haberse ahorrado el viaje.

—Espero que sea así. ¿Me permitirá de todos modos que le haga unas preguntas...?

—Adelante. Pero no puedo decirle más de lo que ya le he dicho. No hay nada más que decir.

—¿Dónde se encontraba usted mientras monsieur Pandy se bañaba y las señoras de la casa estaban en el dormitorio de mademoiselle Ivy, causando un alboroto?

—Aquí, deshaciendo la maleta tras una breve ausencia. Le preparé el baño al señor Pandy; eché un chorro de aceite de oliva en el agua, como hacía siempre, y después, como sabía que al señor le gustaba quedarse sus buenos cuarenta y cinco minutos en remojo, me dije: «Ya sé lo que haré. Iré a deshacer la maleta». Y eso fue lo que hice. Al cabo de un rato, volví a la casa grande, calculando que para entonces el señor Pandy querría secarse y vestirse. Entonces lo encontré. —Le tembló la barbilla al recordarlo—. Estaba sumergido en el agua. Muerto. Un espectáculo horroroso, señor Porrott. Tenía los ojos y la boca abiertos. Me costará mucho olvidarlo.

—Me han dicho que la puerta delantera de la casa suele quedar abierta —señaló Poirot.

—Así es. El perro no soporta verla cerrada, al menos hasta las nueve de la noche, que es su hora de irse a dormir, y también la de la señorita Annabel. A partir de entonces, ya no le importa que la cerremos.

—¿Es posible que un extraño entrara en la casa y ahogara a monsieur Pandy mientras las señoras estaban en la habitación de Ivy Lavington y usted se encontraba aquí, deshaciendo la maleta?

Kingsbury negó con la cabeza.

—¿Por qué no? —inquirió Poirot.

—Por el perro —dijo el anciano—. Se habría puesto como una fiera. Lo habría oído desde aquí. ¿Un extraño en Combingham Hall? Si hubiera sido por *Hopscotch*, no habría salido vivo.

—He visto a *Hopscotch* —replicó Poirot—. Me ha parecido un animal muy tranquilo y cariñoso.

—Sí, claro. Con los amigos de la familia o los invitados. Pero se alarma con facilidad, y si hubiese olido a un extraño merodeando por los alrededores, habría reaccionado enseguida.

—Tengo entendido que monsieur Pandy le dejó a usted una importante suma de dinero...

—Me dejó dinero en herencia, es cierto, pero no pienso gastarlo. Ni un chelín. Puede que lo done a una de esas casas del doctor Barnardo para niños pobres. La señora Lavington me prometió que me ayudaría a hacer la donación. ¿Para qué quiero yo el dinero? El dinero no nos devolverá al señor Pandy. Si no hubiera muerto, ahora no tendría que preocuparme por ese asunto. Pero pronto ya no tendré esa preocupación, porque pienso donar hasta el último penique.

Kingsbury hablaba con aparente sinceridad y convicción, pero a lo largo de los años Poirot había conocido a muchos mentirosos de gran talento. Decidió que lo más prudente sería comprobar, a su debido tiempo, si la suma destinada a la obra filantrópica del doctor Barnardo había llegado, en efecto, a su destino, sin perderse por el camino.

—*Alors*, cuando volvió al cuarto de baño, se encontró con una escena desoladora. Tengo entendido que sus gritos atrajeron enseguida a las tres mujeres. ¿Recuerda si tenían la ropa seca o mojada?

—Seca. ¿Por qué iban a tenerla mojada? Ninguna de ellas se había metido en la bañera, ¿no?

—¿Está seguro de que lo habría notado si, por ejemplo, alguna de ellas hubiera tenido las mangas o el delantero del vestido mojado?

El anciano negó con la cabeza.

—Si en ese momento hubiera entrado una bandada de ocas en el baño, yo no habría notado nada. ¿Cómo iba a notarlo, si tenía delante al señor Pandy mirándome desde debajo del agua con los ojos desorbitados?

—Entonces... —Poirot suspiró—. No..., olvídelo. Hay otra pregunta más importante que debo hacerle. El alboroto que estaban armando las tres mujeres mientras el señor Pandy se bañaba...

—Hacía daño a los oídos, no me importa decírselo —confesó Kingsbury—. La señora Lavington y la señorita Ivy discutían a gritos, y la señorita Annabel les chillaba con todas sus fuerzas para que dejaran de discutir. En un momento dado, la señora Lavington le echó en cara a su hermana que ella no era la madre de Ivy y que haría bien en recordarlo. Fue un altercado tremendo. El señor Pandy estaba muy disgustado, y con toda la razón. Tuvo que gritarles para que se callaran.

—¿Usted todavía estaba en la casa principal, cuando oyó todo eso? —preguntó Poirot.

—No, estaba aquí fuera, a punto de entrar en mi casa. Pero la ventana del baño estaba abierta. El señor siempre se bañaba con la ventana abierta. Le gustaba que el agua estuviera bien caliente y el aire de la habitación, bien frío. Decía que las dos cosas se contrarrestaban. Le aseguro que lo oí todo con claridad.

—Después de la intervención de monsieur Pandy para restablecer la paz, ¿tuvo ocasión de comprobar que la discusión había terminado?

—Me temo que no. El dormitorio de la señorita Ivy está en la parte delantera de la casa. Pero no creo que acabara la disputa. De hecho, estoy seguro de que no acabó. O quizá sí, pero volvió a empezar después de un rato, porque aún seguían discutiendo cuando volví a la casa grande. La muerte del señor Pandy fue lo que le puso punto final. Cuando lo vieron debajo del agua, se acabó todo.

—Si el perro estaba en una habitación llena de gente que hablaba a gritos y observó que su ama estaba muy afligida, ¿no es posible que al menos por esa vez no notara que un desconocido había entrado en la casa? —preguntó Poirot—. Según la señora Lavington, la puerta del dormitorio de Ivy estaba cerrada. Quizá *Hopscotch* no oyó ni olió al intruso, inquieto como debía de estar por el estado alterado de su ama...

Kingsbury consideró por un momento esa posibilidad y al final dijo:

—Reconozco que no lo había pensado hasta ahora. Tiene razón, señor Porrott. Con la puerta de la habitación de la señorita Ivy cerrada, *es posible* que un extraño entrara en la casa sin que el animal lo notara. Seguramente estaría muy inquieto por el estado de la señorita Annabel y no querría apartarse de ella ni un momento. Aun así, sigo pensando que con toda probabilidad habría detectado a un intruso, pero no puedo asegurarlo.

Guardaron silencio, mientras las preguntas seguían flotando en el aire. En lugar de encontrar satisfactoria la respuesta del mayordomo, Poirot se sentía derrotado. Las posibilidades volvían a ser ilimitadas. Era posible que Barnabas Pandy no hubiera sido asesinado, o que lo hubiera matado Kingsbury, o tal vez algún intruso que hubiera entrado en Combingham Hall aquel día: Norma Rule, Hugo Dockerill, Jane Dockerill, Freddie Rule, John McCrodden... Podría haber sido cualquiera.

Desesperado, se dijo que al enigma le faltaban parámetros. Abundaban los sospechosos para un hecho que quizá ni siquiera había sido un crimen. ¿Y si Rowland McCrodden hubiera convencido a Stanley Donaldson para que le proporcionara una coartada falsa en relación con el 7 de diciembre? ¿Y si Ivy, Lenore Lavington y Annabel Treadway estuvieran mintiendo y no fuera cierto que habían permanecido las tres juntas en el dormitorio de la primera? En ese caso, el número de potenciales sospechosos aumentaba todavía más.

—El móvil —murmuró Poirot—. Si demasiadas personas tuvieron la oportunidad, el *móvil* del crimen me conducirá a la respuesta.

—¿Qué ha dicho? —preguntó Kingsbury, saliendo de su ensimismamiento, y Poirot se dispuso a empezar de nuevo.

—¿Qué puede decirme acerca de Vincent Lobb? —preguntó.

—El señor Pandy no quería ni oír hablar de él. Hacía cincuenta años que estaban enemistados. El señor Lobb lo había defraudado de mala manera.

—¿En qué sentido?

—No sabría decírselo. El señor no me lo contó nunca. Se refería a menudo a la traición, pero no mencionaba los pormenores del caso. «Tú no irás a traicionarme, ¿eh, Kingsbury?», me decía, y yo le contestaba que no, que nunca lo traicionaría. No podría haberlo traicionado y, de hecho, nunca lo hice —declaró el viejo con orgullo.

—¿Por qué motivo estaban discutiendo Annabel Treadway, Ivy y Lenore Lavington? —preguntó Poirot.

—¡Ah, no! La señorita Annabel no era parte de la disputa. Las que discutían eran la señora Lavington y la señorita Ivy. La señorita Annabel sólo intentaba tranquilizarlas.

—¿Cuál era el problema? ¿Consiguió oírlo?

—No tengo la costumbre de escuchar las conversaciones ajenas, si es eso lo que insinúa. Cualquiera que no fuera sordo las habría oído, pero yo hice lo posible por no escuchar. Y no estoy seguro de que la señora Lavington apruebe que yo le cuente a usted lo que se dijeron su hija y ella.

—¡Pero si ha sido la propia señora Lavington quien me ha dicho que hablara con usted! Además, ya me ha contado bastante, ¿no?

—No, no le he contado los detalles —respondió Kingsbury—. Y si quería que usted lo supiera, ella misma podría habérselo dicho.

—Amigo mío, le quedaría profundamente agradecido si pudiera ayudarme en este asunto. Ahora que hemos establecido que pudo entrar un intruso en la casa sin que el perro lo oyera, la posibilidad de que Barnabas Pandy fuera asesinado... no se puede descartar. Y si es verdad que lo mataron, no podemos permitir que el asesino eluda la justicia.

—En eso estoy de acuerdo con usted —dijo Kingsbury con expresión sombría—. Le retorcería el cuello con mis propias manos a ese canalla.

—No, por favor, no lo haga. Mejor, ayúdeme contándome el motivo de la discusión que no tuvo más remedio que oír.

—Pero si un desconocido mató al señor Pandy, ¿qué importancia puede tener una pequeña reyerta familiar? —objetó el mayordomo.

—Confíe en mí —dijo Poirot—. He resuelto muchos casos de asesinato.

—Yo no —repuso Kingsbury abatido—. Nunca he resuelto ninguno.

—Uno nunca sabe qué elementos son vitales, ni cómo se relacionan, hasta que la solución salta a la vista. El detalle en apariencia más irrelevante puede ser el más importante.

—Bueno, si usted cree que puede servir de algo, aunque yo no acabo de ver cómo, se lo diré. Por lo visto, la señora Lavington había hecho algún comentario que había molestado a la señorita Ivy. Entonces la señorita Ivy acusó a su madre de habérselo dicho con mala intención, ¿entiende? La culpó de habérselo dicho adrede para herirla, pero la señora Lavington le juró que no era cierto y le dijo que no exagerara la importancia de un comentario inocente. No obstante, yo creo que había algo más detrás de esa discusión.

—¿Por qué lo dice?

—Las cosas se habían torcido en la casa desde aquella cena, unos días antes.

—¿Qué cena?

—Voy a decepcionarlo, señor Porrott, porque en aquella ocasión no oí nada de lo que se habló, pero fue entonces cuando empezaron los problemas. Los dejé a todos sentados a la mesa y me fui a terminar las tareas que tenía pendientes. Cuando volví para dar las buenas noches a la familia y despedirme hasta el día siguiente, no llegué al comedor, porque vi que la señorita Ivy venía corriendo hacia mí. Me alcanzó y pasó de largo, llorando como una loca. Después apareció la señorita Annabel, sollozando igual que su sobrina, y al final la señora Lavington, que pasó rápidamente por mi lado, con una cara como si... No sé cómo describirla, pero me impresionó. Tenía una mirada que no le había visto nunca. Intenté hablar con ella, pero parecía que no me veía ni me oía, señor Porrott. Fue muy extraño. Pensé que debía de haber ocurrido algo espantoso.

—¿Y dice que eso sucedió sólo unos días antes de que Barnabas Pandy muriera?

—Así es. No recuerdo con exactitud cuántos días, lamento decirlo, pero debieron de ser tres o cuatro. Cinco, como mucho.

—¿Qué hizo, si pensó que había ocurrido algo horrible?

—Corrí hacia la mesa del comedor, esperando encontrar al señor Pandy y sin atreverme a pensar en qué estado lo encontraría. Cuando llegué, lo hallé sentado a la cabecera, como siempre, y... —Kingsbury se interrumpió—. Señor Porrott, no crea que no he escuchado todo lo que ha comentado sobre los pequeños detalles y lo mucho que pueden importar, pero hay ciertas cosas que el señor Pandy no habría querido que yo le revelara a nadie.

—¿Habría querido el señor Pandy que su asesino recibiera su justo castigo? —preguntó Poirot.

El anciano meneó la cabeza.

—Espero que no sea un grave error contarle estas cosas, porque, si lo es, el señor Pandy me molerá a palos cuando nos encontremos en el otro mundo. —Parpadeó un par de veces y al final dijo—: Prométame que no le contará a nadie lo que voy a decirle.

—Si no guarda relación con ningún acto delictivo, no saldrá de aquí. Se lo prometo.

—Como le he dicho, encontré al señor Pandy sentado solo a la mesa el comedor, pero estaba... —Bajando la voz, Kingsbury añadió—: Estaba *llorando*, señor Porrott. ¡Llorando! Nunca lo había visto llorar en todos los años que llevaba a su servicio. Era sólo una lágrima, pero la vi con claridad a la luz de las velas encendidas sobre la mesa. El señor Pandy me vio y me hizo un gesto para que me marchara. No quería que me acercara y lo viera en ese estado, así que me volví a mi casa. Y aquí es donde lo decepcionaré todavía más, señor Porrott, porque nunca llegué a saber la razón por la que había derramado esa lágrima, ni por qué motivo las mujeres de la familia se habían levantado de la mesa. Sabía que el señor no querría hablar al respecto, de modo que no se lo pregunté. No me correspondía a mí preguntar.

A su regreso a Combingham Hall, Poirot volvió a encontrarse con Lenore Lavington, Annabel Treadway y *Hopscotch*, el perro, que traía en la boca una pelota naranja de goma.

—Espero que la conversación con Kingsbury le haya sido útil —dijo Lenore.

—He vuelto a oír la mayor parte de lo que ya me habían contado ustedes —replicó Poirot, que no estaba dispuesto a revelar todo lo que había averiguado en la casa del sirviente.

Tenía más preguntas que hacer a las dos hermanas, pero era preciso encontrar una manera ingeniosa de formularlas sin poner en peligro al viejo mayordomo.

¿Significaba eso que había pasado a considerar como principal sospechosa del asesinato a una de las dos mujeres que tenía delante?, se preguntó. Si una de ellas había matado a Pandy, entonces la otra (y también Ivy Lavington) estaba mintiendo acerca de la reunión de las tres en el dormitorio de Ivy. Dejándose guiar por su intuición, Poirot confiaba en la muchacha. ¿Significaba eso que desconfiaba de Lenore Lavington y de Annabel Treadway, o simplemente que no acababa de formarse una opinión acerca de ninguna las dos? Para no tener que contestar esas difíciles preguntas, hizo en voz alta otra más sencilla:

—¿Podría usar su máquina de escribir antes de marcharme, madame?

Lenore Lavington asintió con la cabeza y el detective supuso que iba a darle su permiso, pero la mujer dijo de repente:

—Señor Poirot, mientras usted estaba hablando con Kingsbury, Annabel y yo hemos estado considerando la situación ridícula y más bien sórdida en que nos encontramos y en la que usted también está involucrado, y a las dos nos parece necesario ponerle fin. No ha habido ningún asesinato, ni hay nadie que lo crea. La historia es pura fantasía y ni siquiera sabemos quién la ha inventado ni con qué propósito, aunque suponemos que lo habrá hecho por simple maldad.

—Todo eso es cierto, madame, pero la carta que me gustaría mecanografiar antes de irme no tiene nada que ver con esto. Es... un asunto privado.

—¿Lo es? ¿No será que quiere comprobar si nuestra máquina de escribir es la que se utilizó para escribir esas cuatro cartas?

Poirot hizo una ligera reverencia y le dedicó a su interlocutora la más encantadora de sus sonrisas.

—Es usted muy sagaz, madame. Acepte mis más rendidas disculpas por haber intentado ese pequeño truco. Sin embargo, si tuviera usted la amabilidad de...

—Tendría la amabilidad si estuviera segura de que hacerlo es lo correcto.

—Lenore tiene razón, señor Poirot —terció Annabel en tono de súplica—. No debería haber ido a verlo. En cuanto recibí esa carta, debería haber acudido directamente a la policía. Allí me habrían dicho que no puedo ser sospechosa de ningún asesinato, porque no se ha cometido ninguno.

Su hermana intervino:

—Comprendemos que debe de ser muy desagradable para usted, señor Poirot, saber que su nombre ha sido utilizado de manera tan ruin por una persona perversa, que sólo desea causarle problemas *a usted*, lo mismo que a todos los demás. Pero cuando ocurre algo así, lo más sensato es hacer como si no hubiera pasado nada y seguir adelante con nuestras vidas, ¿no cree?

—No puedo hacer como si no hubiera pasado nada, madame, mientras no sepa por qué razón fueron enviadas esas cartas.

—Entonces el autor de esas cartas ha ganado —replicó Lenore Lavington—. Le ha ganado a usted. Pero yo no pienso dejarme vencer. Por este motivo, lamentándolo mucho, voy a tener que pedirle que se retire.

—Pero, madame...

—Lo siento, señor Poirot. He tomado una decisión.

Nada de lo que dijo Poirot la hizo cambiar de idea, y sus intentos por convencerla parecieron causarle un dolor casi físico a Annabel Treadway. Treinta minutos después, Poirot salía de Combingham Hall sin haber podido echar siquiera un vistazo a la máquina de escribir.

Capítulo 17

El truco de Poirot

Siempre que podía, Rowland McCrodden declinaba las invitaciones sociales que recibía. De vez en cuando, sin embargo, se veía en la obligación de asistir a actos que desde el principio sabía que no serían de su agrado, y la cena de la Sociedad Jurídica era uno de ellos. El alboroto por sí solo le habría bastado para dar media vuelta y marcharse antes de entrar en la sala. ¡Todas esas bocas abiertas, llenando el aire a su alrededor de cháchara sin sentido! Parecía como si todos hablaran a la vez y ninguno escuchara, como pasaba siempre en esas reuniones, extenuantes para McCrodden.

La cena era en el hotel Bloxham, un establecimiento elegante, famoso por su salón de té. McCrodden había decidido no comportarse como era su costumbre, que consistía en desplazarse de un extremo a otro del salón atestado de gente, intentando no entablar conversación con nadie. Esa noche pensaba ceder, en lugar de resistir. Se quedaría quieto y dejaría que los demás se le acercaran, uno a uno. Al menos, de esa forma tendría que esforzarse menos.

—¡Caramba! ¿A quién tenemos aquí? ¡Al bueno de Rowly *de la Soga*! —dijo una voz estentórea.

McCrodden se volvió y se encontró cara a cara con una persona cuyo nombre supuestamente debía recordar, pero había olvidado por completo. Aun así, estaba seguro de no haberle dado jamás su permiso para llamarlo Rowly. ¡Ni siquiera lo había autorizado a utilizar su nombre de pila!

—¿Todavía no te han servido una copa? Aquí no puedes despistarte. ¡Si no te das prisa, te quedarás si nada!

Por el modo en que el hombre arrastraba las palabras, McCrodden tuvo la sensación de que vastas cantidades de licor le habían entrado ya por la boca y estarían para entonces arremolinándose en el interior de su cuerpo en forma de tonel.

—Cuéntame cómo está la adorable señora De la Soga. Hace siglos que no la veo en una de estas juergas. ¡Todo un espectáculo! ¡Una mujer preciosa!

McCrodden, cuya esposa había fallecido muchos años atrás, se indignó.

—Me confunde con otra persona. —En ese momento, divisó a Peter Vout a unas ocho arañas de cristal de distancia, en el otro extremo del vasto salón—. ¿Querrá disculparme? —le dijo al tonel, que para entonces movía de forma extraña la cabeza, como preparándose para lanzar otro ataque.

McCrodden se apartó con paso firme de su interlocutor. Había decidido que después de todo no se quedaría quieto en un sitio, especialmente si eso significaba pasar toda la velada al lado de la persona más grosera de la sala.

Le había dicho a Poirot que no pensaba engañar a Peter Vout; pero en ese instante, con Vout a su alcance, comenzó a preguntarse si no tendría razón el detective. ¿Se dejaría enredar Vout en una artimaña tan obvia? McCrodden estaba convencido de que jamás mordería el anzuelo..., o quizá lo pensara únicamente porque conocía su objetivo. Es fácil creer que algo es evidente, cuando uno está al tanto de todo. Pero Peter Vout ni siquiera sabía que Rowland McCrodden y Hércules Poirot se conocían. Además, las dos copas vacías de champán que Vout tenía en la mano y su cara enrojecida permitían suponer que estaría menos alerta que de costumbre.

McCrodden se había detenido a escasa distancia del lugar donde se encontraba Vout. No podía negar que se sentía tentado de actuar. Era un hombre intelectualmente curioso y quería saber si sería capaz de lograr su propósito. Sólo le preocupaba que su acción pudiera interpretarse como una capitulación ante la voluntad de Poirot. Entonces el destino pareció tomar cartas en el asunto, porque Peter Vout se volvió y lo descubrió entre la gente.

—¡Rowland McCrodden! —exclamó mientras avanzaba hacia él a grandes zancadas—. ¿Qué haces sin una copa? ¡Camarero! —llamó—. ¡Champán para este caballero, por favor! ¡Y también para mí!

—Para mí no, gracias —le dijo McCrodden al joven camarero—. Beberé agua.

—¿Agua? Demasiado aburrido, ¿no?

—El champán debería reservarse para las celebraciones —replicó McCrodden—, y yo no estoy con ánimo de celebrar nada esta noche.

Lo dijo con claro énfasis, como para sugerir que había una historia detrás y estaba dispuesto a contarla. Hasta ese momento, nada de lo que había dicho era mentira. La parte siguiente, sin embargo, sería más difícil.

—¡Oh, pobre amigo! ¡Qué mala suerte! —se compadeció Vout—. Siento mucho oírlo. De verdad que lo siento. Camarero, sirva de todos modos dos copas. ¿Quién sabe? Puede que consiga levantarle el ánimo a mi amigo, y si no... Bueno, si no lo consigo, la segunda copa tampoco se quedará huérfana, ¿no cree? ¡Ja, ja, ja!

Le dio una palmada en la espalda al camarero, que se escabulló con rapidez.

—Y ahora, McCrodden, cuéntame cómo es posible que te encuentres en un estado tan desconsolado. Sea cual sea el problema, estoy seguro de que no es tan malo como crees. En general, nada es tan malo como parece.

Rowland McCrodden hizo un esfuerzo para imaginar qué fortuitas y extrañas experiencias vitales, tan radicalmente opuestas a las suyas, podían inducir a una persona a hacer semejante afirmación y a creer además que fuera cierta.

—No es tanto un problema como una circunstancia en particular molesta —dijo—. No hay nada que hacer al respecto; o, mejor dicho, ya he hecho lo único que podía hacer: mandar al impertinente a freír espárragos, aunque me temo que utilicé otra expresión menos amable. Aun así, algunas cosas dejan muy mal sabor de boca, un regusto que no se puede lavar con champán.

Rowland McCrodden no había vuelto a actuar desde sus tiempos de estudiante. Sólo recordaba que aborrecía las funciones estudiantiles y que carecía de talento para el teatro. Su actuación solamente podía salir bien si utilizaba sus verdaderos sentimientos de indignación y disgusto para apuntalar las falsedades que estaba a punto de decir. Pensó en su hijo, acusado de asesinato por un cobarde que ni siquiera se había atrevido a firmar con su propio nombre, y también en el convencimiento de John de que su padre lo odiaba, cuando la realidad era todo lo contrario.

—Hoy vino a verme un detective —le dijo a Vout—. Me bombardeó con preguntas sobre la vida privada de uno de mis principales clientes, un hombre de cuyos asuntos me ocupo desde hace años. Más que un cliente, es un viejo amigo. Y ese entrometido, ese miserable hombrecito, ni siquiera era policía. Era una especie de investigador mercenario, incapaz de ofrecerme una sola razón para que yo le respondiera a la serie de preguntas que me formulaba, a cuál más indiscreta. Lo eché de mi despacho con cajas destempladas, como te he dicho antes, pero... me pregunto cómo duerme por la noche alguien como él. ¿Lo dejará dormir su conciencia?

McCrodden observó que Vout parecía interesado y prosiguió:

—Mi cliente se vio involucrado hace poco, sin ninguna culpa por su parte, en una situación delicada que prefiere tratar con la más absoluta discreción. Había una señorita implicada (una joven encantadora), una propiedad de la que era preciso deshacerse y una familia con una sensibilidad... especial. Se trata de un asunto complejo que, de hecho, me gustaría analizar con alguien imparcial y sin ninguna relación con mi cliente, pero jamás se me habría ocurrido tratar ni uno solo de los detalles con un individuo tan desagradable como ese detective.

A continuación, Rowland McCrodden fingió que se le acababa de ocurrir una idea.

—De hecho, quizá podría consultarlo contigo, Vout. Esta noche, no, por supuesto, pero quizá en algún momento de la semana que viene, si tienes un hueco en tu agenda. No veo ninguna objeción para no contarte todo al respecto, si no te digo el nombre de la persona en cuestión.

Una expresión de deleite se dibujó en la cara de Vout.

—¡Claro que sí! Estaré encantado de poder ayudarte.

—Gracias, es muy generoso por tu parte. Lamento cargarte con mis preocupaciones.

—Me alegro muchísimo de que lo hayas hecho, amigo mío. Te resultará difícil creer lo que te voy a contar, pero... las coincidencias existen, ¿verdad? Recientemente tuve una experiencia muy similar a la que acabas de describir.

—¿Ah, sí?

—Sí. Un detective (uno bastante conocido, cuyo nombre no mencionaré por discreción) vino a verme y me preguntó si era posible que uno de mis clientes, que además era un viejo amigo mío, hubiera sido *asesinado*. ¡Por supuesto que no! Mi cliente murió ahoga... ¡Ejem! —Vout se aclaró la garganta, para disimular su desliz—. Su muerte fue un trágico accidente. No hubo en su deceso nada intencionado ni delictivo, y nadie (ningún investigador de la policía, ni ningún tribunal de este país), aparte de ese detective, ha pensado ni por un momento que pudiera haberlo. Le dije que no había ni la más remota sospecha de que hubiese sido un asesinato, ¡ni la más remota! Estamos hablando de una familia respetable. ¡La idea era ridícula! Pero el detective siguió insistiendo. Quería saber si podía darle más información. Y al final le dije algo más, por pura cortesía.

—Fue muy amable por tu parte, mucho más de lo que ese hombre merecía —señaló Rowland McCrodden.

—Claro que no lo merecía, pero pensé que no podía hacer ningún daño. El anciano (mi cliente y viejo amigo) parecía intuir que no le quedaba mucho tiempo en este mundo. Aunque toda su vida había mantenido una actitud bastante beligerante, de repente lo invadió el deseo de hacer las paces con un tipo que había sido su enemigo durante años. Me pareció que podía contárselo al detective. ¿A quién podía perjudicar? Pero ¿crees que se dio por satisfecho con eso? ¡No! Volvió a hacerme la misma pregunta: si podía darle más información sobre la familia y sus relaciones. ¡Claro que podría haberle contado otras cosas! Pero ¿por qué motivo iba a revelarle una historia que ni siquiera yo mismo entiendo del todo y que ya no importa, ahora que mi cliente ha muerto? Si la verdad llegara a saberse, podría causar gran infelicidad en un miembro de la familia. ¿Cómo podía estar seguro de que ese hombre no iba a correr a contarlo todo?

—Por supuesto no podías estar seguro —convino Rowland McCrodden—. Has hecho bien en no decirle nada. Y, por supuesto, tampoco debes sentirte obligado a revelarme más de lo que ya me has dicho. Sólo porque me propongo hacerte una consulta sobre los asuntos de uno de *mis* clientes, no tengo derecho a esperar que tú hagas lo mismo con uno de los tuyos. Después de todo, tu cliente ha muerto y, como no ha dejado ningún problema pendiente de resolver, no hace falta que te esfuerces por entender los aspectos que hayan quedado sin aclarar.

Vout frunció el ceño.

—Aun así, me gustaría entender los motivos de mi

cliente. Pero tienes razón: no hay nada que resolver, porque no estamos hablando de algo que sucedió, sino de algo que *no llegó a ocurrir*. Si hubiera confiado en ese detective, le habría revelado un acontecimiento que no llegó a producirse. Pero ¿qué sentido habría tenido decírselo?

El camarero regresó con dos copas de champán y una de agua. McCrodden aceptó la última y Vout recogió las otras dos de la bandeja, como si le pertenecieran. No se le ocurrió preguntarle a McCrodden si había cambiado de idea y quería la suya.

—Has despertado mi curiosidad —dijo McCrodden, mientras Vout bebía en rápida sucesión el contenido de las dos copas—. Pero, a diferencia de ese detective maleducado, yo jamás le pediría a nadie que fuera indiscreto...

—No veo qué mal puede hacer que te lo cuente, si no menciono ningún nombre —replicó Vout—. ¿Quieres oír la historia?

Rowland McCrodden indicó que sí con un gesto, reprimiendo un sentimiento tan vulgar como el entusiasmo. ¿Sería posible que esa velada estuviera destinada a ser la primera y única cena de la Sociedad Jurídica a la que se alegraba de haber asistido?

—Es poco probable que coincidas con la familia —señaló Peter Vout—. No viven en Londres. En todo caso, tú no eres un desconocido para mí como ese tipo, el detective. Puedo confiar en ti. Sé que serás discreto.

—Por supuesto.

—Muy bien, te lo contaré. El suceso que no llegó a producirse fue la modificación de un testamento.

—Ya veo.

—Mi cliente era un hombre mayor y había dispuesto que sus dos nietas heredaran cantidades exactamente iguales de su considerable fortuna. No tenía ningún hijo vivo y había sido como un padre para sus nietas, que habían perdido a los suyos a una edad muy temprana.

—¡Qué tragedia! —comentó Rowland McCrodden, como creyó que correspondía hacer en ese instante.

—Una semana antes de su muerte, mi cliente me invitó a su casa para hablar de algo que describió como «un asunto delicado». Por primera vez en nuestra larga amistad, lo noté particularmente... reservado. Bajaba la voz y no dejaba de echar miradas furtivas a la puerta del salón. «¿Has oído algo?», decía. «¿Eso han sido pasos en la escalera?»

—¿Le preocupaba que alguien oyera la conversación?

—Exacto. Y me extrañó, porque normalmente expresaba sin tapujos sus opiniones e intenciones. Pero en esa ocasión quería otorgar un nuevo testamento, que habría afectado de forma adversamente a una de sus nietas.

—¿Sólo a una? —preguntó McCrodden.

—Así es —respondió Vout—. La otra se habría hecho espectacularmente rica a la muerte de su abuelo si su testamento se hubiera modificado; pero, como ya te he dicho, no fue así. Barn..., ¡ejem!, mi cliente murió en un trágico accidente, antes de la redacción y firma del nuevo testamento. Y, aunque ella no lo sabe, la menor de sus dos nietas no tendría la fortuna que tiene en la actualidad si su abuelo hubiera vivido un poco más, porque mi cliente pensaba desheredarla por completo. ¡Iba a dejarla sin un solo penique!

—Cielo santo.

Rowland McCrodden olvidó que se suponía que tenía que interpretar un papel. Su asombro era auténtico. Sólo esperaba que Vout no notara su creciente interés.

«La menor de sus nietas...» Se refería a Annabel Treadway. ¿Sería capaz esa mujer de asesinar a sangre fría? McCrodden no lo sabía; pero, como no la conocía, le resultaba fácil imaginarla como una criminal. Había conocido a muchos asesinos a lo largo de su carrera. Pese a la discreción de Barnabas Pandy, era posible que la señorita Treadway hubiera averiguado sus intenciones y hubiera decidido tomar medidas drásticas para proteger su herencia.

—Procuré que mi cliente entrara en razón, pero era un viejo testarudo —continuó Peter Vout—. No quiso escucharme. Recurrió a su truco habitual de presentarme un argumento tras otro, hasta que yo renunciaba a todo intento de persuadirlo. ¡Siempre le funcionaba! No he conocido a ningún hombre tan seguro de lo que pensaba y lo que quería como Barn..., ¡ejem!, ni a nadie que defendiera su punto de vista con tanta energía como él, por muy equivocado que estuviera.

—¿Debo suponer entonces que tú no estabas de acuerdo con su decisión? ¿Pensabas que estaba siendo injusto con la menor de sus nietas?

—Así es.

—En tu opinión, ¿la nieta menor no había hecho nada para merecer ese trato?

—Si había hecho algo, mi cliente no me lo dijo. Dio muchos rodeos y me contó lo menos posible. Pero no tenía sentido que fuera tan reservado, porque tarde o temprano habría tenido que revelarme todos los detalles, para que yo preparara el nuevo testamento. Quizá le preocupara que lo oyeran, o tal vez solamente estaba considerando hacer el cambio y aún no había tomado una decisión definitiva.

—¿Tenía tu cliente por costumbre castigar atrozmente a personas que no lo merecían? —preguntó McCrodden.

—No, por regla general, no. Pero tenía un enemigo desde hacía muchísimos años, como ya te he dicho, y ese mismo día, el día que mencionó la necesidad de modificar su testamento, me anunció que quería dar los pasos necesarios para reconciliarse con ese hombre. Le pedí que tomara como ejemplo ese deseo de hacer las paces con su antiguo enemigo y lo aplicara al problema con su nieta. ¿Sabes qué hizo? Se echó a reír. Y después dijo algo que nunca podré olvidar.

—¿Qué? —preguntó Rowland McCrodden.

—Dijo: «Hay una diferencia entre *hacer* algo imperdonable y *ser* una persona imperdonable. Lo verdaderamente importante no es lo que haces, Peter, sino quién eres. Una persona puede haber vivido toda su vida sin romper un plato, ni hacer nada que escandalice al mundo, y aun así estar podrida por dentro».

—¿Cuál era la causa de la larga enemistad entre tu cliente y ese otro hombre?

—Me temo que no lo sé. Pero bueno..., supongo que nada de eso importa ahora que el pobre hombre nos ha dejado. Y, por fortuna, su muerte impidió que modificara el testamento, con el resultado de que las dos nietas han quedado en muy buena posición. Es un alivio que ninguna de ellas llegara a sospechar lo que se estaba preparando.

—¿Les tienes aprecio a las dos? —preguntó McCrodden.

—Sí —contestó Vout bajando la voz—. De hecho, siempre me ha dado un poco de pena la pobre Annab..., ¡ejem!, la nieta menor. La mayor era la favorita de mi cliente, que no hacía el menor esfuerzo por disimularlo. La mayor se casó, tuvo dos hijos... La menor es... diferente. A mi amigo le costaba entenderla y se exasperaba cuando ella se negaba a darle explicaciones.

—¿Había algo en particular que requiriera una explicación? —inquirió McCrodden.

—Para empezar, rechazó numerosas proposiciones de matrimonio de una serie de pretendientes irreprochables —respondió Vout—. Mi cliente creía que los rechazaba por miedo. ¡Y la timidez lo enfurecía! Más de una vez lo oí llamar cobarde a Annabel en mi presencia y, en cada ocasión, ella se echaba a llorar. Lo peor de todo era que *le daba la razón*. Era muy desagradable. Nunca pude entender cómo podía regañarla de aquella manera, cuando ella sollozaba y se reconocía culpable de todos los defectos que él le achacaba.

McCrodden esperó a que Vout cayera en la cuenta de que había dicho en voz alta el nombre de la nieta de su cliente, pero el hombre no dio indicios de haber notado su indiscreción. ¿Cuántas copas de champán habría bebido? Probablemente, para entonces, una botella entera.

—También el perro era un tema frecuente de discusión —prosiguió—. O, mejor dicho, los perros: primero *Skittle* y después *Hopscotch*.

Por lo visto, tampoco los miembros caninos de la familia tenían garantizado el anonimato.

—La nieta menor los adoraba, al de antes y al de ahora. Los quería como si formaran parte de la familia —dijo Vout—. Mi cliente se burlaba de ella sin piedad. Consideraba repulsivo que dejara dormir a los animales en su cama, y se lo decía, pero ella trata a los perros como si fueran niños, como si fueran *sus hijos*. Una vez mi cliente cerró la puerta y dejó a *Skittle* fuera toda la noche. No hacía mucho frío, pero el animal estaba acostumbrado a acurrucarse en la cama con su dueña, y ella sufrió mucho pensando que se sentiría abandonado. La pobre estaba horrorizada, y mi cliente se rio de ella, en lugar de escuchar sus súplicas. A decir verdad, *Skittle* no pareció preocuparse particularmente por el ostracismo. En defensa de mi cliente debo decir que ese día *Skittle* había...

Vout se interrumpió de forma abrupta, dejando la frase inconclusa.

—¿Qué ibas a decir? —preguntó McCrodden.

Vout suspiró.

—Es curioso, pero tengo la sensación de que contarte *esta historia* sería hablar mal de un muerto. Un *perro* muerto, claro... El pobre *Skittle* era un animal noble y tenía las mejores intenciones. Pero el viejo no se lo perdonó nunca.

McCrodden esperó la explicación.

Vout cogió al vuelo una copa más de champán —una sola esta vez— de una bandeja que pasaba por allí.

—Ivy, la bisnieta de mi cliente —prosiguió—, estuvo a punto de ahogarse cuando era pequeña. ¡Cielos! Acabo de revelarte su nombre. No importa. Jamás podrías identificarla solamente por su nombre de pila. En cualquier caso..., se llama Ivy. Es hija de la nieta mayor de mi cliente.

Ivy, *Skittle*, *Hopscotch*, una tal «Annabel» mencionada en un descuido y sin que el propio Vout lo notara, y un anciano cuyo nombre empezaba por «Barn...». Rowland

McCrodden supuso que los retazos de información habrían sido suficientes para identificar a la familia si hubiera tenido interés en profundizar en el asunto, y si no hubiera sabido ya desde el principio de qué familia estaba hablando Vout.

—Creo que Ivy tenía tres o cuatro años cuando ocurrió —dijo Vout—. Había salido a pasear con su tía y con el perro junto al río, y cayó al agua. Su tía saltó al agua tras ella y la rescató, poniendo en riesgo su propia vida. La corriente era muy fuerte y estuvieron a punto de morir las dos.

—Cuando dices «su tía», ¿te refieres a la menor de las nietas? —preguntó McCrodden, pensando que la historia desmentía la supuesta cobardía de Annabel Treadway.

—Sí. Se había adelantado un poco y no tenía motivos para pensar que la pequeña Ivy estuviera en peligro. De hecho, la situación no era peligrosa, de no haber sido porque la niña, traviesa como era, se puso a rodar por la pendiente de la ribera. No sé por qué, pero los niños no pueden resistirse a la tentación de bajar rodando por las pendientes cubiertas de hierba. Yo hacía lo mismo a esa edad.

—A menos que me haya perdido una parte de la historia, creo que todavía no has dicho nada malo de *Skittle* —observó Rowland McCrodden.

—Ni lo haré —repuso Vout—. No fue culpa suya. Era un perro y nada más. No se le puede pedir responsabilidad a un perro... y, sin embargo, mi cliente lo hacía. De hecho, la tía (la nieta menor de mi cliente) no fue la única en tratar de salvarle la vida a Ivy. *Skittle* también lo intentó, pero los esfuerzos del pobre animal fueron más un estorbo que una ayuda, y le desfiguró la cara a la pobre niña tratando de salvarla. Por desgracia, le hizo *mucho daño*. Por lo que he oído, en un momento dado, el animal sintió pánico y la pequeña Ivy resultó herida. Su cara... Fue una gran desgracia. De hecho, sigue siendo una gran desgracia. Sé que a su madre le preocupa que ningún hombre quiera casarse con ella, aunque estoy seguro de que no será así. Pero es lógico que se preocupe.

—¿Y tu cliente culpaba a *Skittle* por la cara desfigurada de Ivy?

Vout consideró un instante la pregunta.

—Creo que era lo bastante racional para saber que el perro no lo había hecho por maldad. Era algo más que eso. Culpaba a *Skittle* sencillamente por el hecho de *existir*. Y culpaba a Annabel... ¡Caramba, he dicho su nombre! Pero confío en tu discreción, mi viejo amigo... Como te iba diciendo, culpaba a Annabel *aunque le hubiera salvado la vida a Ivy*, porque, de no haber sido por ella, no habría habido ningún *Skittle*. A nadie más en la familia le gustaban los perros. Lo curioso es que cuando visité por última vez a mi cliente en su casa, fui testigo de algo que no había visto nunca...

McCrodden esperó.

—Lo vi acariciar a *Hopscotch*, el actual perro de Annabel. Pensé que me engañaban los ojos. Hasta ese momento sólo lo había visto rechazar a los perros y dedicarles comentarios crueles. Solía decir que eran como ratas grandes. A la pobre Annabel se le llenaban los ojos de lágrimas cada vez que lo decía, pero él se reía todavía más. «A ver si creces de una vez y dejas de ser una niña», le decía. Supongo que pretendía templarle el carácter. Estoy seguro de que la quería tanto como a su nieta ma-

yor, pero no le gustaba su manera de ser. Sin embargo...,
en algún momento debió de suceder algo para que dejara de quererla —añadió Vout en tono abatido.

—¿Y entonces decidió modificar el testamento?

—Sí. Por la manera de referirse a ella cuando hablamos del tema..., era evidente que ya no la quería. Por alguna causa, el cariño había desaparecido.

—Sin embargo, ese mismo día, ¿lo viste acariciar al
perro de manera afectuosa?

—Así es. Fue muy extraño. No sólo le dio una palmada en la cabeza, sino que lo acarició por debajo de la barbilla y estoy seguro de que lo llamó «buen chico». Fue
algo insólito en él, como ya te he dicho. Pero bueno,
¿dónde se habrá metido el camarero con las copas?

Capítulo 18

El descubrimiento de la señora Dockerill

—**M**e desconcierta usted, monsieur —le dijo Poirot a Rowland McCrodden—. Se niega una y mil veces a hacerle ese pequeño favor a su amigo Poirot...

—No tenía nada de pequeño —protestó McCrodden.

—... asegura que no utilizará jamás el método que le propuse para extraerle a Peter Vout la información que ocultaba, y, a continuación, tras haberse negado, ¡hace justo lo que le pedí y desempeña su papel a la perfección! ¡Ni el más aclamado de los actores lo habría hecho mejor!

Nos encontrábamos los tres en Whitehaven Mansions. Yo había propuesto una reunión en el bufete de McCrodden, pero éste se había negado rotundamente. Supuse que estaría intentando eludir una vez más a la señorita Mason.

—Estoy bastante avergonzado por mi proceder —dijo McCrodden—. No me gusta actuar de forma deshonesta.

—Lo ha hecho por una buena causa, *mon ami*.

—Sí, tal vez... Esa nueva información sobre el testamento de Pandy lo cambia todo, ¿verdad?

—Yo diría que sí —convine.

—Se equivocan los dos —replicó Poirot—. Es cierto que cada nuevo dato es potencialmente útil; pero éste, como tantos otros que hemos descubierto, no parece que nos lleve a ninguna parte.

—¡No hablará en serio! —exclamó McCrodden—. Annabel Treadway tenía una razón de peso para deshacerse de su abuelo. El motivo no podría ser más claro: el anciano estaba a punto de modificar su testamento para no dejarle ni un penique.

—Pero tanto Lenore como Ivy Lavington me han asegurado que mademoiselle Annabel no pudo haberlo matado.

—Le habrán mentido.

Yo me inclinaba a darle la razón a McCrodden.

—Por mucho que quisieran a Pandy, es posible que hayan mentido para proteger a Annabel —sugerí.

—Estoy de acuerdo —dijo Poirot—. Que las dos mintieran para salvarle la vida a mademoiselle Annabel y que ésta cometiera un asesinato para asegurarse el bienestar material, dada su naturaleza temerosa, son dos posibilidades. Pero hay un problema: mademoiselle Annabel ignoraba que su abuelo se proponía modificar su testamento. No pudo ser un motivo, si no lo sabía.

—Quizá Vout no conoce toda la verdad al respecto —repuse.

—Nuestro razonamiento no puede depender de un «quizá», Catchpool. *Quizá* mademoiselle Annabel oyó la conversación sobre la modificación prevista del testamento, y *quizá* su hermana y su sobrina mintieron para salvarla. Pero no podemos fundamentar ciertas conclusiones en ese tipo de «quizás».

Tenía razón. Cuando uno busca con desesperación una pista para llegar a una conclusión y de repente averigua que una enorme fortuna ha estado a punto de perderse a causa de una modificación de un testamento que no llegó a realizarse, es demasiado tentador considerar que ése debió de ser el motivo.

—Me gustaría saber qué hizo Annabel Treadway poco antes de la muerte de Pandy —dijo Rowland McCrodden—. Debió de ser algo realmente espantoso e impresionante, si lo indujo a él a buscar la reconciliación con un enemigo que odiaba desde hacía décadas.

—Pero no nos consta que los dos hechos estén relacionados —objetó Poirot.

—Tienen que estarlo —repuso McCrodden—. Cuando la antipatía hacia una persona ocupa toda nuestra atención, puede suceder que..., bueno, que decidamos superar el resto de nuestros rencores y resentimientos. A nadie le gusta considerarse una persona proclive al odio y a la amargura.

—Una idea interesante —comentó Poirot—. Continúe, por favor, amigo mío.

—Si notamos que crece con rapidez en nuestro interior un impulso cruel hacia otra persona, es natural que sintamos la necesidad de compensarlo con una especie de... de benevolencia ostentosa. Si tuviera que arriesgar una hipótesis, diría que, cuando Pandy decidió desheredar a la señorita Treadway, trató de compensar su impulso con una serie de acciones claramente amables: la reconciliación con su viejo enemigo Vincent Lobb, el comportamiento afectuoso hacia un perro que por lo general despreciaba...

—¿Para convencerse a sí mismo de ser una persona

buena y caritativa? —dijo Poirot—. *Oui, je comprends.* Entonces... debemos suponer que, cuando tomó esa decisión, el disgusto de monsieur Pandy con mademoiselle Annabel debía de ser muy grande.

McCrodden asintió.

—Sí, tenía que serlo, para que mi teoría sea correcta.

—¿Ha llegado a esa conclusión a raíz de su experiencia con la señorita Esmeralda Mason? —le preguntó Poirot.

—Así es. Cuando comprendí el alcance del odio irracional que me inspira, sentí la necesidad de..., bueno, de superar algunas de mis enemistades menos importantes.

—¿Tiene muchas? —le pregunté.

—Algunas. ¿Acaso no las tenemos todos?

—Yo no —respondí—. No recuerdo que me haya enemistado con nadie. ¿Y usted, Poirot?

Unos golpes en la puerta le impidieron responder. Enseguida entró George, su ayuda de cámara.

—Una señora pregunta por usted, señor. Le he dicho que estaba ocupado, pero ha insistido. Dice que es urgente.

—Si es urgente, tengo que verla. ¿Te ha dicho quién es?

—Sí, señor. Me lo ha dicho de todas las maneras posibles. Se ha presentado como Jane Dockerill, como la señora de Hugo Dockerill y también como la esposa del tutor de Timothy Lavington y de Frederick Rule en el colegio Turville.

—Hazla pasar, por favor, Georges.

Jane Dockerill era una persona diminuta, de rizada cabellera castaña, gafas de sobria montura negra y un gran bolso marrón, más ancho que ella, que sujetaba con las dos manos. Se movía y hablaba con rapidez. Cuando Poirot se puso de pie y se presentó, ella le estrechó la mano y se apresuró a preguntarle:

—¿Y quiénes son estos otros dos caballeros?

—Rowland McCrodden, abogado, y Edward Catchpool, inspector de Scotland Yard.

—Entiendo —dijo Jane Dockerill—. Supongo que han estado hablando del asunto que nos afecta a todos...

Los tres asentimos. Ni siquiera se nos pasó por la imaginación ocultarle nada. Jane Dockerill era la persona con más autoridad natural que yo recordaba haber conocido. Incluso el jefe Bewes la habría obedecido sin rechistar.

—Bien —dijo, y a continuación, sin hacer una pausa ni siquiera para respirar, añadió—: He venido a entregarle dos cosas: una que ya se imaginará y otra que no se espera. La primera es la carta que recibió Hugo, con la acusación de asesinato. He pensado que probablemente le servirá para su investigación.

—Así es, madame. Me será muy útil. Muchas gracias.

Era la primera vez que oía hablar a Poirot en tono de escolar obediente.

Jane Dockerill sacó la carta del bolso y se la entregó. Mi amigo la leyó y me la pasó. Aparte del nombre del destinatario, la dirección y el encabezamiento, que mencionaba al señor Dockerill, era idéntica a la carta recibida por John McCrodden, hasta en el detalle del pequeño hueco en blanco en la barra horizontal de cada una de las letras «e». Le di la carta a Rowland McCrodden.

—Ahora pasemos a lo que no se espera —dijo Jane Dockerill—. Tampoco yo me lo esperaba. Me sorprendió mucho descubrirlo donde lo descubrí, y sinceramente espero que no signifique lo que creo que significa.

Extrajo del bolso un objeto que no reconocí de inmediato. Era azul, o, mejor dicho, tenía algo azul en su interior: azul, con pequeñas motitas blancas y amarillas. Fuera lo que fuese, estaba envuelto en celofán y era un paquete de aspecto extraño.

—¿Qué hay dentro de ese paquete, madame? —preguntó Poirot.

—Un vestido. Envuelto cuando aún estaba mojado. Lo encontré pegado con cinta adhesiva a la parte inferior de la cama de Timothy Lavington. Me gusta que los dormitorios estén inmaculados, lo que supone (si quiero hacer un buen trabajo) mirar periódicamente debajo de todas las camas para ver si hay suciedad acumulada u objetos prohibidos escondidos.

—Una costumbre encomiable, madame.

Jane Dockerill prosiguió en tono enérgico.

—La última vez que miré debajo de las camas del dormitorio de Timothy, antes de la inspección de ayer, fue hace cuatro semanas. Recuerdo la fecha con exactitud porque fue la primera revisión después de las vacaciones. Hace cuatro semanas, el paquete no estaba. En cambio, ayer sí, pegado con cinta adhesiva, como ya le he dicho, a los bajos de la cama de Timothy Lavington. Abrí el paquete delante de él, para comprobar si sabía algo al respecto. Enseguida reconoció el vestido, como perteneciente a su tía, pero pareció extrañado por su presencia en el dormitorio. —A continuación, con particular énfasis, Jane Dockerill añadió—: Un vestido acartonado, guardado sin secar y todavía húmedo en algunos puntos. Perteneciente a su tía, Annabel Treadway.

—¿Y eso la lleva a sospechar algo? —le preguntó Poirot—. ¿Podría decirme qué?

—¿No es evidente? Sospecho (aunque espero que no sea cierto) que Annabel Treadway mató a Barnabas Pandy ahogándolo en el agua del baño, ya que fue así como murió. Al hacerlo, se le mojó el vestido, y, por miedo a que pudiera ser una prueba incriminatoria, lo escondió en Turville, debajo de la cama de Timothy.

—Por lo que sabemos, la muerte del señor Pandy fue accidental —me sentí obligado a aclarar—. Según los registros oficiales...

—Eso no quiere decir nada —replicó Jane Dockerill—. Ahora estoy convencida de que el señor Pandy fue asesinado, digan lo que digan los registros.

—¿En qué fundamenta su convicción? —preguntó Poirot.

—Sentido común y probabilidades —respondió ella—. Después de una muerte accidental, no suele haber acusaciones múltiples de asesinato, ni extraños paquetes pegados a los bajos de las camas. En ésta, sí. Por tanto, creo que es muy probable que fuera un asesinato.

Poirot asintió brevemente. El razonamiento de la mujer no pareció convencerlo del todo.

—¿No va a abrir el paquete? —preguntó la señora Dockerill.

—*Oui, bien sûr*. Catchpool, por favor...

Me resultó bastante fácil desatar la cinta y abrir el celofán. Todos contemplamos la tela azul claro mientras salía de su envoltorio. Las motitas blancas y amarillas resultaron ser flores diminutas. Parte de la tela, privada de aire durante semanas, había adquirido una consistencia viscosa.

—¿Perciben ustedes el olor? —dijo Jane Dockerill.

—Aceite de oliva —respondió Poirot—. Se distingue con claridad. Es el vestido que Annabel Treadway llevaba puesto el día que Barnabas Pandy murió. Lenore Lavington me lo describió: azul, con flores blancas y amarillas. Sólo en un detalle se diferencia este vestido del que me describió madame Lavington.

—¡Por el amor de Dios, no nos tenga en vilo! —exclamó Jane Dockerill—. ¿En qué se diferencia?

—En que éste estaba mojado cuando lo envolvieron —arriesgué.

—*Précisément*, Catchpool. Lenore Lavington me dijo que el vestido de su hermana estaba seco cuando las dos entraron al baño, el 7 de diciembre. Lo mencionó como prueba de que su hermana no podía haber matado a su abuelo. Según Lenore Lavington, el vestido de Annabel Treadway (el vestido azul con flores blancas y amarillas) *estaba completamente seco*.

Capítulo 19

Cuatro cartas más

—Este paquete es una novedad importante, ¿no es así? —dijo Jane Dockerill.

—Así es —convino Poirot.

—Hace muchos años que conozco a la madre de Timothy. Estoy segura de que mentiría para proteger a un miembro de la familia. No me cabe la menor duda. Hugo y yo no podemos regañar nunca a Timothy sin que ella caiga sobre nosotros como una bruma de silenciosa furia, para cubrirnos de exageradas amenazas: que hará lo posible para que despidan a Hugo, que se llevará a Timothy a otro colegio, que dejará de hacer las generosas donaciones de las que tanto depende nuestra institución...

Jane Dockerill descruzó las piernas y volvió a cruzarlas en el sentido opuesto.

—Los colegios son lugares terriblemente injustos. Algunos chicos (aquellos cuyos padres respetan la autoridad) reciben constantes admoniciones para que se metan la camisa en el pantalón, se enderecen la corbata y se suban los calcetines, y nosotros los regañamos con la tranquilidad de saber que ningún miembro de su familia se presentará en el colegio para hacernos la vida imposible. Otros, en cambio (y me temo que Timothy Lavington y Freddie Rule pertenecen a esa categoría), pueden ir por ahí con las chaquetas deshilachadas y las corbatas torcidas, y nosotros fingiremos no verlos. ¡Cualquier cosa antes que provocar un conflicto evitable con un padre o una madre del estilo de Lenore Lavington!

—Madame, ¿quién podría haber pegado a los bajos de la cama de Timothy Lavington el paquete con el vestido? —preguntó Poirot.

—Prácticamente cualquiera. El propio Timothy, aunque creo que no fue él: cuando lo vio, pareció sorprenderse tanto como yo. Pudieron hacerlo su madre, su hermana o su tía en alguna de sus visitas. O mi marido o yo. Aunque yo no he sido, desde luego, y menos aún Hugo. —Dejó escapar una carcajada—. ¡La sola idea es ridícula! Hugo no habría encontrado la cinta adhesiva ni en un millón de años, aunque se le hubiese ocurrido la peregrina idea de pegar un vestido al marco de una cama.

—¿Alguien más? —preguntó Poirot.

—Sí, claro —respondió Jane Dockerill—. Como le he dicho, prácticamente cualquiera. Cualquiera de los chicos de nuestra casa, o también cualquier chico de otra casa que se hubiera colado en el dormitorio de Timothy cuando no había nadie. Cualquier profesor... Cualquiera de los padres o las madres...

Suspiré y Poirot murmuró:

—No tenemos ningún parámetro.

—Le alegrará saber que podemos reducir un poco las posibilidades —dijo Jane Dockerill con una sonrisa—. Ningún desconocido podría haber entrado en el colegio

Turville sin que lo detuvieran y le hicieran un pormenorizado interrogatorio. Como ocurre en todas las comunidades, creemos que todos los extraños traman nuestra destrucción y por eso los expulsamos nada más verlos.

—Pareció irritada al comprobar que no reaccionábamos—. Era una broma.

Obedientemente, aunque demasiado tarde para complacerla, Poirot, McCrodden y yo reímos.

—Entonces ¿podría haber sido cualquier persona perteneciente a la comunidad del colegio, incluidos los padres de los alumnos? —preguntó Poirot.

—Me temo que sí.

—¿Ha conocido alguna vez, dentro de esa comunidad escolar o en relación con ella, a un hombre llamado John McCrodden?

Al oír que mencionaban el nombre de su hijo, el rostro de Rowland McCrodden se crispó un poco.

—No —respondió Jane Dockerill, y su negativa pareció sincera.

—La familia de Timothy Lavington... ¿ha visitado alguna vez el colegio desde la muerte de Barnabas Pandy? ¿Y desde el día en que usted miró debajo de la cama y no encontró ningún paquete pegado a los bajos?

—En efecto. Lenore, Annabel y la hermana de Timothy, Ivy, estuvieron en Turville hace unas dos semanas. Cualquiera de ellas podría haber pegado el paquete con el vestido mojado a los bajos de la cama durante esa visita.

—¿Cuándo fue la última vez que Norma Rule visitó el colegio? —preguntó Poirot.

—La semana pasada —contestó la señora Dockerill—. Con Mildred y su prometido, Eustace.

—Ha dicho que Freddie pertenece a la categoría de niños que nunca reciben reprimendas —intervine—. ¿Significa eso que Norma Rule es potencialmente tan temible como Lenore Lavington?

—Norma es insufrible —replicó Jane Dockerill—. Quizá debería explicarles que, tras todo este tiempo viviendo y trabajando en Turville, más o menos dos tercios de los padres me resultan insoportables, por diferentes motivos. En general, los padres y las madres son más difíciles de sobrellevar que los niños. Freddie Rule, el hijo de Norma, es un cielo. Debe de haber heredado de su padre el buen carácter.

—Tengo entendido que es un solitario —terció Poirot.

—Los otros niños no lo aprecian —comentó Jane Dockerill suspirando—. Es sensible, callado, complicado... No disfruta de una buena posición social y todas las cosas lo afectan profundamente. No podría ser más diferente de Timothy Lavington. A Timothy no le gustan los chicos como Freddie. Sus amigos son todos como él: ruidosos, confiados, engreídos... Ocupan el peldaño más alto de la escala social en Turville. Me partía el corazón ver que Freddie estaba solo todo el tiempo. Me dije que si esos chicos estúpidos no querían ser amigos suyos, yo sí lo sería. Y ahora soy su amiga. —Sonrió—. Ahora Freddie es mi pequeño ayudante en la casa. No sé qué haría sin él. En Turville ya lo saben todos: si se meten con Freddie, tendrán que vérselas conmigo.

—¿Se meten con él? —pregunté—. Supongo que no lo hará Timothy.

—No, Timothy nunca, pero los otros sí, y mucho. —De repente, Jane Dockerill pareció furiosa—. Es terriblemente injusto. Es como si Freddie estuviera manchado por la mala fama de su madre. Corren rumores, ¿saben? Dicen que se gana la vida..., ejem..., de una manera inmoral e ilícita, aunque yo no creo que haya ni sombra de verdad en esas historias escandalosas.

—Comprendo. Madame Dockerill, ¿podría preguntarle por el festival navideño celebrado el 7 de diciembre? Freddie Rule estaba presente, ¿verdad? Con su madre, su hermana y Eustace.

—Sí, todos ellos asistieron.

—También Timothy Lavington. ¿Y su marido y usted?

—Por supuesto. Pasé todo el día corriendo de aquí para allá como una loca.

—De las personas que he mencionado, ¿podría asegurar que todas estuvieron el día entero en el colegio, desde el comienzo hasta el final del festival?

—Ya se lo he dicho. Estaban todas las personas por las que ha preguntado —respondió Jane Dockerill.

—¿Tuvo ocasión de verlas con sus propios ojos, en cada instante, a lo largo de toda la jornada?

La mujer pareció sorprendida.

—No, claro que no. No podría haberlo hecho. Estaba tremendamente ocupada.

—Entonces perdone que vuelva a preguntárselo, madame, pero ¿podría asegurar que pasaron allí todo el día?

—Bueno, a la hora de la cena estaban todos. Y a lo largo del día los vi en diferentes momentos. ¿Adónde podrían haber...? —Se interrumpió bruscamente—. ¡Ah! Ya veo lo que quiere decir. Piensa que quizá uno de ellos se marchó sin que nadie lo notara, asesinó a Barnabas Pandy y después regresó.

—¿Es posible? —preguntó Poirot.

—Tal como lo presenta usted, supongo que... sí, es posible. Cualquiera de ellos podría haberse ausentado durante el tiempo preciso. Habría necesitado un medio de transporte para llegar a Combingham Hall, claro.

Tras eludir con éxito las preguntas de Jane Dockerill sobre los pasos que pensaba dar a continuación, Poirot le dio las gracias y la mujer se despidió.

—Tiene un apego poco saludable por ese chico, Rule —comentó Rowland McCrodden cuando se hubo marchado.

—No lo creo —objeté—. Yo diría más bien que está protegiendo a un niño solitario.

—Me sorprendería que no corrieran tantos rumores sobre la señora Dockerill y el pequeño Freddie como sobre Norma Rule y su oficio —dijo McCrodden.

—Catchpool, cuando visite el colegio Turville, intente escuchar todos los rumores que pueda —pidió Poirot.

—Es poco probable que los chicos digan algo inapropiado en presencia de un inspector de Scotland Yard —repliqué—. ¿O debo disfrazarme de magdalena en la tienda de dulces?

—Encontrará la manera, Catchpool.

Poirot repasó con los dedos la tela viscosa del vestido azul y después sacó un pañuelo del bolsillo para limpiarse la mano.

—El vestido de mademoiselle Treadway —murmuró—. ¿Qué significa? ¿Que las tres mujeres de Combingham Hall me han mentido, y también me ha mentido Kingsbury? ¿Que todos ellos saben que Annabel Treadway mató a monsieur Pandy e intentan ocultar la verdad? ¿O...?

Se volvió hacia mí.

—¿... o hay alguien que intenta incriminar a Annabel Treadway? —terminé yo su pregunta.

—*Exactement*. Si el propósito fuera proteger a mademoiselle Annabel, lo más sensato habría sido lavar y secar el vestido de inmediato.

—¿Y si los restos de aceite de oliva fueran detectables incluso después del lavado? —sugerí—. Tal vez fuera preciso hacer desaparecer el vestido para que nadie llegara a preguntar nunca: «¿Por qué hay restos de aceite de oliva en esta prenda?».

—*Mes amis* —dijo Poirot—, nosotros hemos visto a Jane Dockerill solamente una vez. Annabel Treadway la conoce y ha hablado con ella muchas veces en sus visitas al colegio de Timothy. Es muy probable que suponga que madame Dockerill inspecciona de manera minuciosa y periódica cada uno de sus dormitorios. Es lo que yo supondría tras hablar con ella sólo una vez. Si pensaba ocultar allí el vestido, ¿por qué no eligió la cama de cualquier otro niño, entre los cientos de camas que debe de haber en Turville?

—Entonces ¿usted considera que el ocultamiento del vestido debajo de la cama de Timothy tiene más probabilidades de ser un intento de incriminar a la señorita Treadway que una prueba en su contra? —preguntó McCrodden.

—Aún no sé lo suficiente... —empezó a decir Poirot con expresión pensativa—. Observen que el vestido está igual de húmedo por todas partes. La ropa de mademoiselle Annabel, en caso de que hubiera ahogado a su abuelo, no estaría uniformemente mojada. Las mangas habrían quedado empapadas. Pero la falda del vestido, la espalda... *Non*. ¡Habrían estado mucho menos mojadas, tal vez incluso secas del todo! Aun así, si en el momento de envolver el vestido en celofán las mangas estaban empapadas y las otras partes del vestido estaban secas, el agua pudo filtrarse a través de la tela y mojar toda la prenda.

—Podemos inventar todas las teorías que queramos, Poirot, pero no sabemos nada concreto —dijo McCrodden agobiado—. Hay demasiadas posibilidades. Por mucho que me cueste admitir la derrota...

—¿Cree que debemos darnos por vencidos? —inquirió Poirot—. No, amigo mío, nada de eso. Se equivoca. Es cierto que hay muchas posibilidades, pero estamos más cerca, ¡mucho más cerca de la verdad!

—¿Ah, sí? —intervine yo—. ¿Cómo? ¿Por qué lo dice?

—Ahora una cosa ha quedado clara. ¿No lo ve, Catchpool?

Yo no lo veía. Ni tampoco Rowland McCrodden.

Poirot se rio de nuestra ignorancia.

—Gracias a este vestido, confío en tener pronto todas las respuestas. Todavía no las tengo, pero las tendré. Creo que me lanzaré un reto y me fijaré un plazo. ¡Veamos si Hércules Poirot es capaz de derrotar al reloj!

—¿De qué está hablando? —le pregunté.

Volvió a reírse.

—Me sorprende que ninguno de los dos vea lo que yo estoy viendo. Es una pena, pero no importa. Pronto lo sabrán. *Alors, maintenant* ha llegado el momento de escribir cuatro cartas y enviarlas a Norma Rule, Annabel Treadway, John McCrodden y Hugo Dockerill. ¡Y esta vez las firmará el verdadero Hércules Poirot!

EL TERCER CUARTO

Capítulo 20

Llegan las cartas

Eustace Campbell-Brown estaba cómodamente sentado en el salón de la casa londinense de Mildred, su prometida, cuando la madre de la joven irrumpió en la habitación sujetando con la punta de los dedos una carta y un sobre abierto, como si el mero contacto con el papel pudiera contaminarla. Norma Rule reprimió una exclamación de disgusto al ver a su futuro yerno, aunque ya lo había encontrado muchas veces sentado en la misma posición, con un cigarrillo en una mano y un libro en la otra.

—Buenos días —dijo Eustace, seguro de que una frase tan simple no podía acarrearle ningún problema.

—¿Dónde está Mildred?

—Arriba, vistiéndose. Vamos a salir —respondió con una sonrisa.

Norma se lo quedó mirando un momento y al final inquirió:

—¿Cuánto quieres?

—¿Perdón?

—¿Cuánto pides a cambio de dejar en paz a Mildred

219

y desaparecer para siempre de nuestras vidas? Tiene que haber una suma que te resulte tentadora.

Eustace apoyó el cigarrillo en el cenicero, sobre la mesa que tenía a un costado, y cerró el libro. Por fin habían llegado a esa situación —pensó—, pese a sus denodados esfuerzos para ganarse la estima de su futura suegra.

Había llegado el momento de dejar de intentarlo, de renunciar a parecer cortés y amable, y decir de una vez lo que realmente pensaba.

—¡Por fin ha salido a relucir el señuelo del dinero! —dijo—. Me preguntaba cuánto tiempo tardarías en utilizarlo. ¿Te imaginas que me hubieras hecho una oferta hace un año? Ahora llevaría todo ese tiempo fuera de vuestras vidas.

—Entonces... ¿hay una suma...?

—No, Norma, no hay ninguna suma. Estaba bromeando. Mildred y yo nos queremos. Cuanto antes te acostumbres a esa realidad, mejor será para todos.

—¡Eres un hombre ruin y desagradable!

—No me considero una mala persona —repuso Eustace en tono razonable—. Tampoco Mildred lo cree. ¿Has considerado alguna vez, Norma, que quizá la mala persona eres tú? Después de todo, eres la asesina. Puede que Mildred no sepa la verdad, pero yo sí. No te preocupes. No tengo ninguna intención de inquietarla contándole lo que sé. Pero supongo que no hay ninguna probabilidad de que me dejes en paz por un tiempo, ¿o sí la hay? A cambio de guardar el secreto, quiero decir.

—¡Eres un mentiroso!

Norma Rule había empalidecido. Abatida, se dejó caer en un sillón.

—No, no lo soy —replicó Eustace—. Si no fuera cierto lo que digo, ahora mismo me estarías preguntando: «¿Qué estás diciendo? ¿De qué demonios me hablas?». Pero sabes perfectamente de qué hablo.

En ese momento, Mildred apareció en el salón con la expresión impenetrable que solía tener cuando estaba en compañía de su madre y su prometido. No preguntó por qué estaba tan abatida Norma, ni por qué razón Eustace parecía resplandecer con una energía que nunca hasta entonces le había notado. Supuso que probablemente había ocurrido algo importante en su ausencia y formuló en silencio el deseo de no tener que enterarse. Mildred había decidido hacía poco que era preferible no saber nada de lo que ocurría entre Norma y Eustace, y no tratar de averiguar las razones del odio de su madre hacia el hombre que ella amaba por encima de todas las cosas.

Observó que su madre tenía en las manos una carta y un sobre abierto.

—¿Qué es eso? —preguntó.

Si a su madre le preocupaba algo que no fuera Eustace, Mildred quería enterarse.

—Otra carta de Hércules Poirot —dijo Norma Rule.

—¿Te vuelve a acusar de asesinato? —preguntó Eustace con sorna.

Norma le pasó la carta a su hija.

—Léela en voz alta —pidió—. Te menciona a ti. Y a *él*.

—«Estimada señora —leyó Mildred—: Es de vital importancia que asista a una reunión que tendrá lugar en Combingham Hall, antiguo domicilio del difunto Barnabas Pandy, el 24 de febrero, a las dos de la tarde. Estaremos presentes el inspector Edward Catchpool, de

221

Scotland Yard, y yo mismo, así como varias personas más. El misterio de la muerte de Barnabas Pandy, que nos interesa a todos, quedará resuelto, y un asesino será desenmascarado. Le ruego que haga extensiva esta invitación a su hija Mildred y a Eustace, su prometido. También es importante la asistencia de ambos. Atentamente, Hércules Poirot.»

—Supongo que será imposible averiguar si esta vez se trata de una carta auténtica del verdadero Hércules Poirot —comentó Eustace.

—¿Qué hacemos? —preguntó Mildred—. ¿Vamos? ¿O hacemos caso omiso de la carta?

Esperaba que por una vez su madre y Eustace se pusieran de acuerdo sobre la reacción más adecuada. Si discrepaban, sabía que se le congelaría la capacidad de razonamiento y no podría decidir nada.

—No tengo intención de asistir —dijo Norma Rule.

—Tenemos que ir —replicó Eustace—. Los tres. ¿No quieres descubrir quién es el asesino, Norma? *Yo* sí.

John McCrodden le tocó el brazo a la mujer que dormía en su cama. No recordaba su nombre; podía ser Annie, o tal vez Aggie. Yacía de lado, de espaldas a él.

—¡Despierta! ¡Eh, despierta!

—Estoy despierta. —La mujer rodó hacia él mientras bostezaba—. Tienes suerte, porque no suelo reaccionar bien cuando me despiertan en mi día libre. Aunque tratándose de ti...

Sonrió y le acarició la cara a John, que le apartó la mano.

—No estoy de humor, lo siento. Mira, tengo cosas que hacer, así que será mejor que te vayas.

Había recibido una carta muy peculiar y quería releerla con más detenimiento. Sabía que no podría concentrarse mientras ella estuviera allí.

La mujer se sentó, cubriéndose con las sábanas.

—¡Qué desconsiderado has resultado ser! ¿Así es cómo tratas a todas las chicas?

—A decir verdad, sí. No les hago nada, pero todas acaban enfadadas conmigo. Supongo que tú también.

—Ahora me prometerás que muy pronto me llamarás, pero no volveré a saber nada de ti nunca más —dijo la mujer en tono amargo, con los ojos llenos de lágrimas.

—No, no te prometeré nada. Y no pienso llamarte. Lo pasé bien anoche, pero no ha sido nada más que eso: una noche. No volverás a verme, a menos que nos encontremos por casualidad. Puedes gritarme e insultarme al salir si con eso te sientes mejor.

Tras oír esas palabras, la mujer se marchó de la habitación en cuestión de segundos. Probablemente se había ido pensando que John era una persona cruel, pero se equivocaba. Más cruel habría sido dejar que se hiciera ilusiones. Cuando era mucho más joven, John había conocido a una mujer que desde el primer momento le había inspirado la certeza de que la amaría eternamente. Nunca había sentido lo mismo por nadie más, ni antes ni después. Tampoco había hablado con nadie de ese sentimiento, porque era demasiado poderoso para describirlo con palabras, y, en todo caso, alguien que no hubiera experimentado jamás un abismo similar de añoranza y anhelo no habría sido capaz de comprenderlo. El ser humano, por regla general, suele desconfiar empecinadamente de las experiencias que no ha vivido.

John se vistió y se llevó la extraña carta al sillón, junto

a la ventana. La leyó una vez más, intrigado. Era evidente que Hércules Poirot, en lugar de decidir que las cuatro cartas acusadoras enviadas en su nombre habían sido una simple broma de mal gusto y olvidar el asunto, se había arrogado la responsabilidad de encontrar al asesino.

¿Le habría pagado alguien para que resolviera el caso? John lo dudaba. Lo mismo que Annie, Aggie o como fuera que se llamara, Poirot había decidido complicarse la vida más de lo necesario. Había enviado invitaciones a John y sin duda a varias personas más, a una «reunión» sobre la muerte de Barnabas Pandy. Por si eso no fuera suficiente, la carta de John contenía una frase en particular irritante: «Habrá también otros invitados, entre ellos, su padre, Rowland McCrodden».

John no era tonto. Sabía desde hacía unos días que sus invectivas contra su padre y Hércules Poirot habían sido injustas. Había acabado por convencerse de que ninguno de los dos hombres era responsable de la carta que lo acusaba de ser el asesino de Barnabas Pandy. Sin duda les debía una disculpa, pero no había nada más desagradable para John que reconocer un error, sobre todo ante dos hombres que por sus trabajos podían determinar que una persona acabara en el cadalso, con la soga al cuello.

«Iré a la reunión de Poirot —pensó—. Será mi manera de disculparme. Y quizá averigüe quién me envió esa carta.»

Enseguida le escribió una breve nota al detective para confirmarle que asistiría a la reunión del 24 de febrero en Combingham Hall, como le pedía en su carta. Metió la nota en un sobre y, cuando estaba a punto de cerrarlo, se acordó de Catalina.

¡Ah, Catalina, su amiga española! Ella sí que era una mujer sensata y llena de recursos. Y, además, tan tan atractiva. Dejaba que John fuera y viniera a su gusto, sin presionarlo ni lloriquear por su conducta. Disfrutaba de su compañía, pero también era perfectamente feliz sin él, como le pasaba a John con ella. John conocía a muy pocas personas —hombres o mujeres— que considerara sus iguales, pero de hecho Catalina lo era: una mujer brillante y, en el caso que lo ocupaba, una coartada perfecta. ¡Bravo por Catalina!

Se dirigió a la cama y se agachó para sacar el paquete con sus cartas, que guardaba debajo. La mayoría hablaban del rey Alfonso XIII y de las maniobras del general Miguel Primo de Rivera para mantenerse en el poder. Catalina era una republicana convencida. John sonrió. No le interesaba la política. Siempre había observado que las opiniones defendidas por cada persona decían muy poco acerca de su verdadero carácter. Era como juzgar a alguien por sus gustos en materia de calcetines o de pañuelos.

Eligió la carta de Catalina fechada el 21 de diciembre de 1929 y la introdujo en el sobre que pensaba enviar a Poirot. Volvió a sacar la nota que acababa de escribir y, bajo su firma, añadió: «Adjunto información sobre mi paradero el día 7 de diciembre».

—¡Cielo santo! —exclamó Annabel Treadway—. ¿Qué crees que debo hacer, *Hoppy*? ¡Una reunión en esta casa! No dice a cuánta gente ha invitado. Lenore se pondrá furiosa. Tendremos que servir un refrigerio y ahora no tengo la cabeza para pensar en esas cosas. Ni siquiera me veo con fuerzas para hablar al respecto con Kingsbury o con la cocinera. Pero..., ¡cielos!, tendré que decírselo a Lenore, y... ¡Oh, mira!..., dice que un asesino será desenmascarado. ¡Cielo santo!

Hopscotch levantó la cabeza de la falda de Annabel y la miró con ojos interrogantes. Estaban en la sala de Combingham Hall que solían utilizar por las mañanas, tras pasar un buen rato jugando con la pelota en un prado. *Hopscotch* miraba a su ama con esperanza, tratando de determinar si su última exclamación podía significar que pronto estaría lista para salir a jugar un rato más.

—Tengo miedo —dijo Annabel—. Tengo mucho miedo. De todo, excepto de ti, mi querido *Hoppy*.

El perro se echó en el suelo panza arriba para que su ama le rascara la barriga.

—¿Y si Lenore prohíbe que Poirot celebre aquí esa reunión? —Mientras estaba formulando la pregunta, Annabel comprendió de repente algo que no había tenido en cuenta—. ¡Oh! —exclamó—. Aunque lo prohíba, se sabrá la verdad. Es imposible impedirlo, ahora que Hércules Poirot está interesado en el caso. ¡*Hoppy*, cariño, si no fuera por ti...!

Dejó la frase inconclusa, porque no quería alarmar al perro diciéndole lo que haría si no fuera porque no podía soportar la idea de dejarlo solo en el mundo. Lenore no le tenía ningún afecto a *Hoppy*. Ivy decía que sí, pero no lo quería como ella, que lo veía como lo que era: un miembro más de la familia. Como había sido *Skittle*. «Algún día —se dijo Annabel—, habrá en el mundo una civilización más avanzada y trataremos a los perros igual que a las personas. Oh, pero... ¡soy una hipócrita despreciable!» Estalló en llanto.

Hopscotch rodó para levantarse del suelo y le apoyó una pata en la mano para consolarla, pero ella siguió llorando.

—Mira esto, Jane. —Hugo Dockerill le tendió a su esposa la carta que acababa de abrir—. Ese embaucador ha vuelto a hacerse pasar por Poirot. Debería ir a contárselo, ¿no crees? A Poirot, quiero decir.

Jane depositó una pila de ropa recién lavada sobre el apoyabrazos de un sillón, en precario equilibrio, y le arrebató a su marido la carta de las manos. La leyó en voz alta:

—«Estimado señor: Es de vital importancia que asista en compañía de su esposa a una reunión que tendrá lugar en Combingham Hall...»

Leyó el resto de la carta en silencio, moviendo los labios, y al final levantó la vista y le dijo a Hugo:

—¿Por qué crees que no es del verdadero Poirot?

Su marido frunció el ceño.

—¿Tú crees que sí?

—Sí. Mira la firma. Es diferente de la que tenía la otra carta. *Muy* diferente. Ahora que he conocido a Poirot en persona, no me extrañaría que esta firma fuera la suya: pulcra y con un par de adornos elegantes.

—Córcholis —dijo Hugo—. Me pregunto por qué querrá que vayamos a Combingham Hall.

—¿Has leído la carta?

—Sí. Dos veces.

—Explica por qué quiere que vayamos.

—Entonces ¿crees que ha llegado al fondo del asunto? ¿A quién más habrá invitado?

—Imagino que a las otras tres personas que recibieron la primera carta —dijo Jane.

—Sí, tendría sentido. ¿Qué opinas, querida? ¿Debemos asistir?

—¿Qué opinas tú, Hugo? ¿Quieres ir?

—Bueno, yo... A decir verdad..., pensaba que tú tendrías una opinión sobre el asunto. De hecho..., es difícil decidir. ¿Tengo...? ¿Tenemos algo que hacer en esa fecha?

Jane se echó a reír y le enlazó cariñosamente un brazo.

—No te lo estaba preguntando en serio. Todos los días tenemos mucho que hacer, al menos yo, pero está claro que debemos ir. Quiero saber qué ha averiguado el gran Hércules Poirot y quién es el asesino. Ojalá no tuviéramos que esperar casi toda una semana. Me gustaría saber *ahora mismo* lo que piensa decirnos.

Capítulo 21

El día de las máquinas de escribir

El día de las máquinas de escribir —como siempre lo llamaré— resultó ser más interesante de lo que esperaba. Por un lado, sirvió para demostrar que Poirot estaba en lo cierto: de verdad es muy útil como prueba de carácter poner a varias personas exactamente en la misma situación y analizar sus diferentes reacciones. Hice una lista mientras hacía el trabajo, previendo con temor el momento en que se la enseñara a Poirot y tuviera que oír que la suya era superior a la mía en todos los aspectos. La mía rezaba como sigue:

Bufete de abogados Donaldson & McCrodden
Stanley Donaldson me permitió inspeccionar su máquina de escribir. Su letra «e» no presentaba ningún defecto. (Donaldson me confirmó, además, que Rowland *de la Soga* estuvo con él todo el día 7 de diciembre, primero en el club Ateneo y después en el teatro Palace.) Ninguna de las máquinas de escribir que hallé en las oficinas de la firma era la que buscamos. Las probé todas y al final la señorita Esmeralda Mason insistió en que volviera a inspeccionarlas, para asegurarnos.

Domicilio de Norma y Mildred Rule

En la casa había una sola máquina de escribir. La señora Rule me prohibió al principio la entrada y me recriminó que invadiera su intimidad y la acosara, siendo así que no había hecho nada malo; pero entonces su hija Mildred la convenció para que colaborara. Probé la máquina de escribir y la letra «e» resultó perfectamente normal.

Eustace Campbell-Brown

¡Por fin sabemos su nombre completo! Mildred me indicó dónde encontrarlo. Fui a verlo a su casa. Pareció alegrarse cuando me abrió la puerta y me permitió que inspeccionara su máquina de escribir. No era la que buscamos. Cuando ya me iba, el señor Campbell-Brown me dijo: «Si quisiera acusar por carta a una serie de personas y firmar con el nombre de Hércules Poirot, lo primero que haría sería comprobar que la máquina que utilizo para escribirlas no tiene ninguna irregularidad que pueda servir para identificarme». No sé muy bien qué pensar de su comentario.

John McCrodden

Fui a ver a John McCrodden y éste me contestó de mala manera que no tiene máquina de escribir. Su casera tenía una, pero ella misma me confirmó que McCrodden no la había utilizado nunca.

Peter Vout

El señor Vout tuvo la amabilidad de dejarme inspeccionar todas las máquinas de escribir de su bufete, y observé que todas estaban en perfecto estado.

Máquinas de escribir situadas fuera de Londres

Combingham Hall: Poirot intentó inspeccionarlas, pero no se lo permitieron.

Colegio Turville: pendientes de revisar. Iré mañana.

Vincent Lobb: ¿tendrá una máquina de escribir? Si es así, tendremos que verla. Aún no he podido localizar a Lobb.

Capítulo 22

El solitario cuadrado amarillo de la tarta

—Buenos días, monsieur McCrodden. Lo sorprende encontrarme aquí, *non*?

John McCrodden levantó la vista y vio a Hércules Poirot, que lo estaba observando. Él estaba sentado en el suelo, al lado de su puesto del mercado, con las piernas cruzadas y una bolsa de tela llena de monedas en el regazo. No se veía ningún cliente en los alrededores; el mercado acababa de abrir sus puertas.

—¿Qué quiere? —preguntó McCrodden—. ¿No ha recibido la carta que le envié?

—¿De una señorita llamada Catalina? Sí, la he recibido.

—Entonces también habrá recibido la nota en la que confirmo mi asistencia a Combingham Hall en la fecha indicada. Por eso le pregunto para qué ha venido.

—Quería verlo antes de nuestra reunión en Combingham Hall, en la que habrá más personas presentes. Necesito hablar a solas con usted.

—Tengo clientes que atender.

—Ahora no —le dijo Poirot con una sonrisa cortés—. Dígame, ¿quién es mademoiselle Catalina?

McCrodden hizo una mueca.

—¿Qué puede importarle? No la conoce. Si insinúa que me la he inventado para fabricarme una coartada, ¿por qué no va a España y habla en persona con ella? Su dirección figura en todas sus cartas, incluida la que le envié.

Poirot sacó la misiva del bolsillo.

—Es muy oportuna para usted, esta carta —dijo—. Está fechada el 21 de diciembre del año pasado y hace referencia a un hecho ocurrido «hace catorce días», cuando mademoiselle Catalina y usted estaban en... —Poirot echó un vistazo al papel que tenía en la mano—Riba-desella. Si el 7 de diciembre estaba en Ribadesella, no podía estar al mismo tiempo en Combingham Hall, ahogando a Barnabas Pandy.

—Me alegro de que coincida conmigo —replicó Mc-Crodden—. Y, puesto que estamos de acuerdo y los dos sabemos que yo no podría haber asesinado a Pandy, ¿le molestaría explicarme por qué me sigue investigando? ¿Por qué debo asistir a la reunión del 24 de febrero en Combingham Hall? ¿Y por qué, cuando ya le he dicho que asistiré, tiene que venir a importunarme a mi lugar de trabajo? Tal vez no es el tipo de trabajo que impresiona a la gente como usted o a mi padre, pero no deja de ser mi manera de ganarme la vida. No entiendo por qué viene a importunarme.

—Todavía no tiene ningún cliente —observó Poirot—. No estoy interrumpiendo nada.

McCrodden suspiró.

—Es una hora con poca actividad, pero ya vendrán —respondió—. Y, si no vienen, ya me buscaré otra cosa para ganarme el sustento. Mi padre no entiende que para mí no es importante la manera de ganar dinero. No es más que un trabajo, y la vida es más interesante si pruebas cosas diferentes. He intentado hacerle entender mi punto de vista, sin éxito. Tampoco debería importarle que cambie de empleo si nunca le gustan los trabajos que tengo, ¿no cree? No quería que trabajara de minero (no le gustaba que su hijo se ensuciara las manos cavando en la roca como un plebeyo), pero tampoco le gustó que me pasara al lado limpio del negocio. No le pareció bien que fabricara y vendiera baratijas, ni que trabajara en una granja. Y ahora no le gusta que atienda un puesto en el mercado. Pero si cambio de trabajo me critica, porque cree que las personas deben ser constantes y quedarse donde están.

—Monsieur, no he venido aquí a hablar de su padre.

—Dígame una cosa, Poirot —le espetó McCrodden mientras se ponía de pie de un salto—. ¿Usted aprueba esa forma de asesinato legal que tenemos en nuestro país? Porque, en lo que a mí respecta, quien está a favor de matar a los criminales, por muy terrible que hayan sido los crímenes cometidos, no es mucho mejor que un asesino.

El detective miró a su alrededor. El mercado empezaba a llenarse de gente y de ruido, pero nadie se acercaba aún al puesto de John McCrodden.

—Si respondo a su pregunta, ¿responderá usted a la mía? —dijo.

—Sí.

—Bien. Creo que la pérdida de una vida, por la razón que sea, es una tragedia. Sin embargo, cuando se ha perpetrado el más aborrecible de los crímenes, ¿no es apropiado que el culpable reciba el castigo más severo? ¿No lo exige la justicia?

McCrodden negó con la cabeza.

—Usted es como mi padre. Dice preocuparse por la justicia, pero no tiene la menor idea de lo que significa esa palabra.

—Ahora es mi turno de preguntar —repuso Poirot—. Le ruego que piense detenidamente antes de contestar. Me ha dicho que no conocía a Barnabas Pandy.

—Ni siquiera había oído su nombre antes de recibir su... esa carta.

—Escuche, por favor, estos nombres y dígame si alguno le resulta familiar: Lenore Lavington, Ivy Lavington, Timothy Lavington...

McCrodden negó con la cabeza.

—No conozco a ningún Lavington —replicó.

—Norma Rule, Freddie Rule, Mildred Rule...

—He oído el nombre de Norma Rule, pero sólo porque usted lo mencionó —dijo McCrodden—. O, mejor dicho, lo mencionó el hombre que trabaja a su servicio. ¿No lo recuerda? Le pidió que fuera al salón y que me explicara que la señora Rule también había recibido una carta supuestamente firmada por usted, que la acusaba de asesinato.

—*Oui, monsieur.* Lo recuerdo.

—Entonces ¿por qué me lo pregunta, si sabe que he oído ese nombre? ¿Para ponerme a prueba?

—¿Y ha oído hablar de Mildred Rule o Freddie Rule? —prosiguió Poirot.

—He aceptado contestar a una pregunta —le recordó McCrodden—. Ya ha agotado su crédito, jefe.

—Monsieur McCrodden, no lo entiendo. Condena a la justicia por quitarle la vida a un criminal, pero ¿no condena también a un asesino que le quita la vida a su víctima?

—Por supuesto que sí.

—Entonces créame cuando le digo que estoy intentando atrapar a uno de esos criminales: un asesino meticuloso y concienzudo que no ha obrado por apasionamiento, sino por cálculo. ¿Por qué no quiere colaborar conmigo?

—Habla como si supiera quién mató a ese Pandy. ¿Lo ha averiguado ya?

Poirot no lo había descubierto aún. Sólo sabía que el asesino existía y tenía que descubrirlo: una persona perversa a la que era preciso detener. Nunca hasta entonces había anunciado de antemano una fecha en la que se comprometía a revelar unos hechos *que todavía ignoraba*. ¿Por qué había decidido hacerlo en el caso de Barnabas Pandy? El detective no estaba seguro de conocer la respuesta. Se preguntaba si no sería una extraña manera de rezar por una solución, disfrazada de emocionante desafío.

Sin contestar a la pregunta de John McCrodden, replicó:

—Todavía estoy esperando una respuesta.

McCrodden maldijo entre dientes y después contestó:

—No, no he oído hablar de Mildred Rule ni de Freddie Rule.

—¿Annabel Treadway? ¿Hugo y Jane Dockerill? ¿Eustace Campbell-Brown?

—No. Ninguno de esos nombres me dice nada. ¿Deberían sonarme?

—No, no necesariamente. ¿Conoce el colegio Turville?

—Lo he oído mencionar, por supuesto.

—Pero ¿no tiene ninguna relación personal con esa institución?

—No. Mi padre me envió primero a Eton y después a Rugby. Me expulsaron de los dos.

—Gracias, monsieur McCrodden. Veo que es usted de verdad el solitario cuadrado amarillo de la tarta, apartado y aislado en el borde del plato. Pero *¿por qué?* Ésa es la pregunta: ¿por qué?

—¿La tarta? —preguntó John McCrodden con una mueca—. Nada de lo que pasa últimamente tiene sentido. Por eso ni siquiera me molestaré en preguntarle qué puedo tener yo que ver con un trozo de tarta. Estoy seguro de que no lo entendería aunque me lo explicara.

Capítulo 23

Con mala intención

Cuando salí para el colegio Turville dos días después, con la esperanza de hablar con Timothy Lavington e inspeccionar todas las máquinas de escribir disponibles, no podía evitar sentirme tratado injustamente. Poirot también estaba viajando, y me habría encantado estar en su lugar y que él estuviera en el mío. Mi amigo iba de camino a la localidad galesa de Llanidloes para hablar con una mujer llamada Deborah Dakin. Según habíamos sabido la víspera, gracias a uno de los misteriosos «ayudantes» de Poirot, Vincent Lobb había muerto trece años atrás, y la señora Dakin, viuda del hijo mayor de Lobb, era el único miembro vivo de la familia.

Me habría gustado ir con Poirot a hablar con ella. Sin embargo, como se nos estaba agotando el tiempo por culpa de la innecesaria fecha límite del 24 de febrero que él mismo se había autoimpuesto, me había tocado ir a Turville.

No me entusiasmaba la perspectiva de adentrarme en un internado para chicos. Yo mismo había asistido a uno de esos colegios y, pese a la buena educación recibida, no le deseo a nadie la experiencia.

Me sentí un poco más cómodo en cuanto entré en Coode House, la casa dirigida por Hugo y Jane Dockerill. Era un edificio grande, extendido a lo ancho, con las ventanas distribuidas simétricamente sobre la fachada plana, como una enorme casa de muñecas. El interior era pulcro, acogedor y en general ordenado, aunque, mientras esperaba a que me hicieran pasar al estudio de Hugo Dockerill, vi una pila de libros y otra de papeles abandonados en el suelo, cerca de la puerta de entrada. Observé que sobre las pilas había sendas notas: «Hugo, por favor, quita esto de aquí» y «Hugo, por favor, encuentra un lugar adecuado para esto», firmadas las dos con una «J».

Al cabo de un momento apareció un chico de baja estatura, con gafas. Era el tercero en dirigirse a mí desde que había llegado. Al igual que los dos anteriores, vestía el uniforme completo del colegio Turville: chaqueta marrón, pantalones gris oscuro y corbata de rayas marrones y amarillas.

—Venga conmigo. Lo acompañaré al estudio del señor Dockerill —indicó.

Le di las gracias y me dispuse a seguirlo más allá de la escalera, hacia un ancho pasillo. Doblamos varias esquinas antes de detenernos y llamar a una puerta.

—¡Adelante! —exclamó una voz masculina desde el interior.

Mi guía entró, masculló algo acerca de un visitante y salió corriendo, como si temiera represalias por haberme llevado hasta allí. El hombre, casi calvo del todo y con una amplia sonrisa en el rostro, vino a mi encuentro con la mano tendida.

—¡Inspector Catchpool! —dijo con gran cordialidad—. Soy Hugo Dockerill y ésta es mi esposa Jane, a quien creo que ya conoce. ¡Bienvenido a Coode House! Nos gusta pensar que es la mejor casa del colegio, pero me temo que no somos imparciales.

—Es la mejor —afirmó Jane, en tono de estar enunciando una verdad objetiva—. Buenos días, inspector Catchpool —añadió mientras iba a sentarse en un sillón de cuero, en una esquina de la habitación.

Los libros tapizaban todas las paredes hasta el techo y se amontonaban en varias pilas en el suelo. Presumiblemente era allí adonde debían trasladarse los dos montones que había visto junto a la entrada.

Sentado a la izquierda de Jane Dockerill, en un sofá de respaldo recto, aguardaba un chico moreno de grandes ojos castaños. Su aspecto resultaba extraño. Por la estatura, el cabello, los ojos y toda su estructura ósea, debería haber sido apuesto, pero la parte inferior del rostro daba la impresión de ser un torpe añadido al resto de sus facciones. Tenía la expresión de una criatura acorralada, como si esperara que alguien lo regañase o lo castigara.

—Buenos días, señora Dockerill —dije yo—. Encantado de conocerlo, señor Dockerill. Gracias por hacerme un hueco en su apretada agenda.

—¡Estamos encantados de recibirlo! ¡Encantados! —proclamó el director de la casa.

—Y éste es Timothy Lavington, bisnieto del difunto Barnabas Pandy —declaró su esposa.

—¿Es verdad que cree que el abuelo fue asesinado? —preguntó Timothy sin mirarme.

—Timothy...

El tono de Jane Dockerill era de advertencia. Como

era evidente, temía que la pregunta pudiera ser el preludio de alguna impertinencia por parte del chico.

—Está bien —le dije a ella—. Timothy, quiero que te sientas libre de hacerme todas las preguntas que quieras. Todo esto debe de ser horrible para ti.

—Más que horrible, yo diría que es frustrante —repuso el muchacho—. Si fue un asesinato y no un accidente, ¿no será demasiado tarde para descubrir al culpable?

—No.

—Bien —asintió Timothy.

—De todos modos, me parece poco probable que el señor Pandy haya sido asesinado. No debes preocuparte.

—No estoy preocupado. Y, a diferencia de usted, no creo que sea poco probable —replicó él.

—Timothy... —volvió a advertirle Jane Dockerill, convencida ya para entonces de que su impertinencia era inevitable.

El muchacho la señaló con un gesto, sin mirarla, y me dijo:

—Como ve, no puedo hablar libremente, porque la señora Dockerill se empeña en impedirme que diga el tipo de cosas que en opinión de las personas mayores no deberíamos decir los chicos de mi edad.

—¿Por qué te parece probable que tu bisabuelo fuera asesinado? —le pregunté.

—Por varias razones. Mi madre, la tía Annabel y mi hermana Ivy tenían previsto venir al festival de Navidad el día que murió Bubu, mi bisabuelo. Cancelaron su asistencia en el último momento y no dieron ninguna razón que a mí me resultara convincente. Debió de ocurrir algo en casa que decidieron no contarme. Fuera lo que fuese, seguro que es la causa de que una de ellas matara a Bubu. Cualquiera podría haberlo hundido en el agua y sujetarlo hasta que se ahogara, incluso una mujer muy débil. Físicamente, el abuelo era como una de esas arañas de patas largas.

—Continúa —dije.

—Muy bien. Alguien escondió debajo de mi cama un vestido de mi tía Annabel, un vestido *mojado*. Y Bubu murió en la bañera. Es muy sospechoso, ¿no cree, inspector?

—Sin duda es algo que requiere una explicación —contesté.

—¡Desde luego! ¿Y qué me dice de las cartas que acusan a cuatro personas de haber asesinado al abuelo? La tía Annabel recibió una.

—Quizá no deberíamos haberle revelado tantos detalles a Timothy —intervino Jane Dockerill con expresión contrita.

—Ivy me lo habría contado todo si no lo hubieran hecho ustedes —dijo Timothy—. Oh..., Ivy no pudo haber matado a Bubu, inspector. Puede tacharla de su lista. Y tampoco pudo ser Kingsbury. Seguro que no.

—¿Estás sugiriendo que podrían haber sido tu madre o tu tía? —pregunté.

—Supongo que fue una de ellas. Las dos han heredado muchísimo dinero ahora que Bubu ha muerto.

—¡Timothy! —exclamó Jane Dockerill.

—Señora Dockerill, seguramente el inspector querrá que conteste con la verdad a sus preguntas, ¿no es así, inspector? No me extrañaría que mi madre matara a alguien que la hubiera contrariado. Le gusta controlarlo todo. La tía Annabel tiene el carácter opuesto, pero es una mujer extraña. No sé de qué puede ser capaz.

—¿Extraña en qué sentido? —pregunté.

—Es difícil describirlo. Es como si... como si estuviera fingiendo, incluso en los momentos más felices. Como si... —Timothy asintió con la cabeza, aparentemente complacido por una idea que se le acababa de ocurrir—. ¿Se ha fijado en que algunas personas siempre tienen la piel fría, aunque estén sentadas delante de un gran fuego, en una habitación sofocante? Si sustituye la piel fría por los sentimientos, tendrá una descripción bastante exacta de la tía Annabel.

—Lo que dices no tiene sentido, Timothy —declaró Jane Dockerill.

—Creo que lo entiendo —le aseguré yo.

—Para Timothy, desde que murió su padre, inspector, estos años han sido muy difíciles.

—Es verdad lo que dice la señora Dockerill —intervino él—. Fue muy triste perder a mi padre. Pero eso no invalida mis pensamientos y mis observaciones sobre otros asuntos.

—¿También fue muy triste para ti perder a tu bisabuelo? —le pregunté.

—En teoría, sí.

—¿Qué quieres decir?

—Cualquier muerte es triste, ¿no? —respondió Timothy—. Recuerdo haber pensado que era una pena que Bubu hubiera muerto, pero era muy mayor y no estábamos muy unidos él y yo. No solía hablar mucho conmigo. De hecho, recuerdo una cosa curiosa. A veces, en casa, cuando me veía venir, fingía recordar algo y entonces daba media vuelta y se iba en sentido contrario.

—¿Por qué crees que te evitaba? —pregunté, con la sensación de saber la respuesta.

—Me consideraba un interlocutor duro de pelar. Tenía razón, lo soy. Él también lo era. Por eso prefería hablar con mi madre, con la tía Annabel, con Ivy o con Kingsbury. Ellos siempre le decían todo lo que quería oír.

—¿No te molestaba que demostrara preferencia por tu hermana?

—No, nada de eso. Mi madre me prefiere a mí, de modo que una cosa compensaba la otra. Para mi madre, soy su niño mimado y me cree incapaz de hacer nada malo. En mi familia, tenemos preferencias. El abuelito quería mucho menos a la tía Annabel que a mi madre, pero creo que *a mí* me gusta más la tía Annabel. Es mucho mejor.

—¿Qué dices, Lavington...? —fue el vago comentario de Hugo Dockerill.

—No podemos elegir los sentimientos que nos inspiran las distintas personas, señor Dockerill, ¿verdad, inspector?

No iba a ser yo quien le diera la razón o se la quitara, por lo que permanecí en silencio.

—Y no se escandalice tanto, señora Dockerill —prosiguió Timothy—. Usted prefiere a Freddie Rule entre todos los chicos de esta casa, y estoy seguro de que no puede hacer nada al respecto, del mismo modo que yo no puedo evitar sentir lo que siento.

—Eso no es cierto, Timothy —replicó ella—. Yo trataría a cualquier chico solitario exactamente de la misma manera que a Freddie. Y tú tienes que aprender la diferencia entre hablar con sinceridad y expresar cualquier idea que se te pase por la mente. La sinceridad es útil; lo otro, no. Creo que ya has hablado suficiente por hoy. Regresa a tu clase, por favor.

Cuando Timothy se hubo marchado, pregunté por las máquinas de escribir.

—Por supuesto, amigo mío —dijo Hugo Dockerill—. Puede inspeccionar la mía tanto como guste. Oh..., ahora que lo pienso, no sé dónde está. Jane, cariño, ¿por casualidad no la habrás visto?

—Me temo que no, Hugo. Hace semanas que no la veo. La última vez que la vi estaba en este despacho, pero ahora observo que no está.

Intenté comportarme como si la nueva información no fuera de particular interés o relevancia.

—¿Recuerda haber trasladado la máquina de escribir, señor Dockerill? —pregunté.

—No, no lo recuerdo. Juraría que no la he sacado de aquí. Y, sin embargo, no está. ¡Qué curioso!

—¿Para qué necesita nuestra máquina de escribir? —preguntó su esposa.

Le expliqué que las cuatro cartas presentaban una letra «e» defectuosa y añadí que, de hecho, me interesaba ver todas las máquinas de escribir del colegio Turville.

—Lo que sospechaba —dijo ella—. Ha dicho que no ha venido en misión oficial de la policía, ¿verdad?

—Así es.

—Entonces ¿Scotland Yard no ha abierto ninguna investigación sobre el envío de esas cuatro cartas?

—No, de momento no. Poirot y yo simplemente estamos haciendo unas cuantas indagaciones, con su amable permiso, para tratar de encontrar una explicación a este desconcertante asunto.

—Entiendo, inspector. Pero hay una diferencia entre una breve conversación como la que acabamos de tener y una inspección policial de todas nuestras máquinas de escribir. No sé qué pensarían al respecto los padres de los alumnos o el director del colegio. Creo que, si de verdad quiere proceder de esa manera, tendrá que traer una orden judicial.

La desaparecida máquina de escribir de Hugo Dockerill se estaba volviendo más interesante por momentos.

—¿Puedo hacerle una pregunta directa, señora Dockerill? ¿Está protegiendo a alguien?

Antes de contestar, me estudió detenidamente.

—¿A quién cree que querría proteger? Le aseguro que no he ocultado la máquina de escribir de Hugo en ningún lugar secreto. ¿Para qué iba a hacerlo? No podía prever que usted querría inspeccionarla.

—Aun así, ahora que se lo he pedido, quizá no le guste la idea de que la vea y la identifique tal vez como la máquina con la que se escribieron las cuatro cartas.

—Jane, querida mía, no imaginarás que he sido *yo* quien ha enviado esas cartas, ¿verdad?

Hugo Dockerill parecía alarmado.

—¿*Tú*? No seas ridículo, Hugo. Sólo le sugiero al inspector Catchpool que hable con el director del colegio, que es quien decide en Turville. Si se entera de que le permitimos husmear por todas partes y registrar las propiedades del colegio sin su permiso, nos lo recriminará durante años.

En favor de Jane Dockerill debo decir que hizo todo lo posible para convencer al director de que lo más sensato y correcto era cooperar conmigo. En un principio, el hombre pareció plegarse a sus argumentos, hasta que supo que Hércules Poirot estaba implicado. En ese momento, su actitud cambió de forma radical y se cerró a todos los razonamientos como un pueblo de montaña sepultado bajo la nieve. Antes de despedirse de nosotros, dejó perfectamente claro que, si bien había numerosas máquinas de escribir en el colegio Turville, nadie debía enseñarme ninguna.

Cuando ya me marchaba, mientras atravesaba el patio principal en dirección a la puerta de salida, una de esas máquinas de escribir ocupaba mis pensamientos más que cualquiera de las otras: la de Hugo Dockerill. Me preguntaba quién podría haberla escondido.

—¡Inspector Catchpool!

Me volví y vi que Timothy Lavington, con la mochila del colegio al hombro, venía corriendo hacia mí.

—¿Quería preguntarme algo más? —me dijo jadeando.

—De hecho, sí. Me gustaría preguntarte por el festival de Navidad.

—¿El día que murió mi bisabuelo?

—Sí, pero me interesa sobre todo el festival.

Timothy hizo una mueca.

—¿Por qué? Es una estúpida pérdida de tiempo, año tras año. Si fuera por mí, lo aboliría.

—¿Aquel día pasaste todo el rato en el colegio?

—Sí. ¿Por qué?

—¿Viste a Freddie Rule y a su madre? ¿Y al señor y a la señora Dockerill?

—Sí. ¿Por qué lo pregunta? ¡Ah, ya lo entiendo! Piensa que quizá uno de ellos podría haber matado a Bubu. No. Estaban todos aquí.

—¿Estás seguro de que pasaron aquí todo el día? ¿Lo

habrías notado si uno de ellos hubiese salido y regresado una o dos horas más tarde?

Timothy reflexionó unos segundos y al final contestó:

—No, supongo que no. En particular, la señora Rule podría haberse ido y regresado.

—¿Por qué lo dices? —pregunté.

—El día del festival vino al colegio al volante de su propio coche. Recuerdo que la vi llegar, porque Freddie salió corriendo a recibirla. Además, no puede decirse que sea una persona de moral intachable..., aunque la señora Dockerill diría «¡Timothy!», si me oyera comentarlo.

—¿Te refieres a los rumores que corren sobre Norma Rule?

Timothy agrandó los ojos por la sorpresa.

—¿Usted también lo sabe? ¿Quién se lo ha dicho?

—Es posible obtener mucha información con sólo recorrer los pasillos de un colegio grande —respondí, eligiendo con cuidado las palabras.

—Entonces... ¿sabe que se dedica a matar bebés? ¡Ah! Ya veo que *no* lo sabía.

La sorpresa se me debió de reflejar con claridad en el rostro. En su visita a Whitehaven Mansions, Jane Dockerill había dicho algo acerca de la forma de ganarse la vida de la señora Rule, que según los rumores era inmoral e ilícita. Poirot, Rowland McCrodden y yo habíamos dado por sentado que se refería a otro tipo de actividad al margen de la moral y de la ley.

—Es verdad lo que se cuenta —aseguró Timothy.

—Cuando dices que Norma Rule mata bebés...

—Acuden a ella mujeres que esperan un hijo y no quieren tenerlo, pero sólo las que tienen dinero para pagar la fortuna que les cobra. A la señora Rule no le importan esas mujeres, y mucho menos los bebés, como es obvio. Lo único que le preocupa es hacerse rica. Por eso creo que podría haber matado a Bubu. ¿No cree usted que el asesinato puede convertirse en hábito? Cuando ya has arrebatado una vida, ¿por qué no continuar? Mi bisabuelo habría sido la víctima ideal. Los viejos son como los bebés. No pueden defenderse.

La teoría de Timothy me pareció fantasiosa en exceso. ¿Qué motivo podía tener Norma Rule para asesinar a Barnabas Pandy?

—¿Podría haber sido la señora Rule quien ocultó el vestido en los bajos de tu cama? —pregunté.

—Fácilmente. Aunque no sé cómo debió de hacerse con él, porque es de mi tía Annabel.

Estaba a punto de preguntarle a Timothy si sabía dónde podía estar la máquina de escribir de su tutor, cuando dijo:

—Quiero enseñarle una cosa. Es algo relacionado con mi padre. Pero si se lo cuento tiene que prometerme que no se lo dirá a nadie, en especial a mi madre. No merece saberlo. Siempre fue muy fría con mi padre. Nunca le demostraba ningún afecto.

—No estoy seguro de poder prometerte que guardaré el secreto, Timothy. Si hubiera algo delictivo...

—No, nada de eso. Todo lo contrario.

Sacó un sobre de la mochila y me lo dio. La carta iba dirigida a él, pero la dirección no era la de Combingham Hall, sino la del colegio Turville.

—Ábrala —me pidió.

Extraje la carta del sobre, la abrí y empecé a leer:

le sus ventanas no se divisaba ninguna otra casa,
lo una densa cortina de árboles. Si Poirot no hu-
bido que un conductor lo estaba esperando en el
ás cercano en que había podido aparcar, a bordo
utomóvil que estaba a su disposición para lle-
o antes posible a la estación de trenes, no podría
vitado una sensación de intensa angustia.

la carta por segunda vez. Se la había enviado Bar-
andy a Vincent Lobb, a una dirección de Dollgel-
Gales, a finales del año anterior. Estaba fechada el
iembre, dos días antes de que Pandy muriera.

dy había escrito lo siguiente:

stimado Vincent:

*eguramente te sorprenderá que te escriba esta carta. A mí
o me asombra escribírtela. No puedo saber si después de
estos años te hará feliz recibirla, como te habría hecho hace
o, o si has decidido en algún momento del pasado expulsar-
e tus pensamientos y olvidarme para siempre. No estoy sede que este mensaje no vaya a hacer más mal que bien desde tantos años, cuando los dos somos viejos y no nos queda
o tiempo de vida. Pero ahora, al final del camino, he sentido
cesidad de intentar al menos reparar el daño causado hace
s años.*

*Quiero que sepas que te he perdonado. Entiendo la decisión
tomaste y sé que no habrías obrado de aquel modo si no hu-
s creído que te encontrabas en peligro mortal. No debería
rte culpado tan implacablemente por tu debilidad, sobre
cuando trataste de enmendar tu error contándome la ver-
sin ninguna necesidad de hacerlo. Te hizo falta mucho valor
actuar de esa manera.*

Ojalá me hubiera esforzado un poco más para ver la situación

Querido Timmy:

*Siento que haya pasado tanto tiempo antes de escribirte para
hacerte saber que, pese a todo lo que hayan podido decirte, no estoy muerto. Estoy vivo, gozo de buena salud y desempeño un
trabajo importante por encargo del gobierno de su majestad.
Nuestro país está en peligro, necesita protección y me ha tocado
a mí ser uno de sus protectores. Mi trabajo supone un riesgo para
mí y para otras personas, por lo que se ha tomado la decisión de
hacerme desaparecer. Me temo que no puedo contarte nada más
sin ponerte en peligro, que sería lo último que desearía hacer. De
hecho, no debería escribirte, y has de prometerme que nunca le
contarás a nadie que te he escrito. Es muy importante, Timmy.
No sé si volveré algún día a mi antigua vida, pero me comprome-
to a escribirte siempre que pueda. Éste será nuestro secreto. En
cuanto pueda, te enviaré una dirección a la que podrás escribir-
me, y entonces podremos intercambiar correspondencia. Estoy
inmensamente orgulloso de ti, Timmy, y pienso en ti cada día.*

Tu padre, que te quiere,

Cecil Lavington

La carta estaba fechada el 21 de junio de 1929, casi
ocho meses antes.

—Cielo santo —murmuré de repente consciente de
que se me había acelerado el pulso.

—No creo que a mi padre le importe que le enseñe la
carta —dijo Timothy—. A quien no puedo contárselo es
a mi madre, ni a Ivy, ni a la tía Annabel. No le parecerá
mal que se la enseñe a un policía. ¡Y me moría por contárselo a alguien! Fue muy difícil quedarme callado
mientras la señora Dockerill decía que yo debía de estar
muy triste por la muerte de mi padre. No sabe que está

tan vivo como usted y como yo. Seguro que debieron de enterrar un ataúd vacío. ¡Ja, ja! ¡Ojalá pudiera verse la cara! Sabía que la carta lo sorprendería.

—Y me ha sorprendido —dije en voz baja, sin poder quitar la vista de las palabras «Coode House, Colegio Turville», mecanografiadas en el sobre.

Cuatro letras «e», que eran otras tantas pruebas. Y había muchas más en el cuerpo de la carta.

La barra horizontal de cada «e» presentaba un hueco diminuto en el centro, por donde se veía el blanco del papel. Muchos meses antes de que nuestro falso Hércules Poirot decidiera acusar a cuatro personas de haber asesinado a Barnabas Pandy, el mismo remitente había enviado esa carta a Timothy Lavington.

La pregunta, como siempre, era: ¿por qué? ¿Y cómo encajaban entre sí todas las piezas?

Capítulo

Antiguas ener

En el corazón de Gales, Hércule
do a una vieja mesa de cocina llen
Deborah Dakin, una robusta muje
que, en el breve tiempo desde que
había dejado de hablar de su nece
pies y su imposibilidad de hacerlo.
sado casi veinte minutos el comien
para ir y venir por la cocina tratan
bandeja de galletas digna de la ate
de un detective de la talla de Poir
sentado y se había puesto a frotars
do muecas de dolor y hablando e
pies, mientras él leía la carta que ell
bre la mesa, junto a las galletas.

Encontrar a la señora Dakin no h
Su casa no estaba en la localidad
parecía indicar su dirección, sino en
que cercano, a más de dos millas po
y empinado, y a muchas millas más
mente podría haberse considerado

desde tu punto de vista. Ojalá hubiera reconocido hace mucho tiempo que, en tu lugar, yo también habría pensado sólo en salvar mi vida y la de mi familia, y no en la justicia ni en los aspectos morales de la situación. Por eso te escribo ahora, para rogarte más indulgencia de la que yo tuve contigo. Lo siento, Vincent, de verdad que lo siento. Me arrepiento de haberte condenado de manera tan inflexible. Mi falta de compasión hacia ti ha sido un pecado mucho mayor —ahora lo comprendo— que cualquiera que tú hayas podido cometer.

Te suplico que me perdones.

Barnabas

Poirot levantó la vista del papel.

—¿Recibió esta carta hace sólo tres semanas? —le preguntó a Deborah Dakin.

La mujer asintió.

—Como Vincent había muerto, se quedó sin abrir, hasta que alguien decidió averiguar si podía enviársela a algún pariente que tuviera en algún sitio. Antes de que me lo pregunte, le diré que no sé quién me la envió. Lo único que sé es que un día volví a casa y me encontré esta carta sobre el felpudo de la puerta. Podría haberse perdido y nadie la habría leído nunca. Ha sido una suerte que llegara hasta aquí, si es verdad que es importante, porque, aparte de eso, señor Prarrow, tengo que reconocer que habría preferido no recibirla. Si no fuera porque es importante y útil para usted..., bueno, habría sido mejor no tener que leerla.

—¿Qué quiere decir, madame?

—Solamente que derramé lágrimas de alegría cuando usted me dijo quién era y me preguntó si sabía algo de una carta que el señor Pandy le había enviado a Vincent. «Es verdad que los caminos del Señor son inescrutables», pensé. Justo cuando yo estaba deseando no haber abierto nunca esa maldita carta y que el señor Pandy no se hubiera molestado en escribirla, ¡me llama un detective famoso y me dice que puede resultarle útil para una importante investigación! No me importa haberme llevado un disgusto, si a usted le sirve de ayuda, señor Prarrow. No fingiré apenarme si finalmente resulta que es verdad que han matado al señor Pandy, porque no sería cierto. Por él no sentiré ninguna pena. Aun así, nadie debe matar a nadie, y estoy dispuesta a colaborar para que atrapen al asesino.

—Por lo que ha dicho, madame, debería preguntarle dónde estaba usted el día que murió monsieur Pandy. Habla como si lo hubiese odiado lo suficiente como para matarlo.

—¿Lo suficiente? —Deborah Dakin pareció perpleja—. Oh, sí, lo odiaba bastante, señor Prarrow. Pero no es cuestión de que mi odio haya sido «suficiente» o no. Jamás mataría a nadie. Es contrario a la ley, y yo nunca lo haría. Para eso están las leyes, ¿no le parece? Para decirnos lo que podemos hacer y lo que no. Pero, por favor, no vaya a pensar que no maté al señor Pandy porque no lo odiaba *lo suficiente*.

—¿Por qué lo odiaba?

—Por lo que le hizo a Vincent. Supongo que ya habrá oído la historia, en la versión del señor Pandy.

Poirot respondió que no la había oído.

—Ah. —La mujer pareció sorprendida—. Bueno, ocurrió en la época de la mina. Una mina de pizarra, cerca de Llanberis. El señor Pandy poseía unas cuantas mi-

256

nas y canteras. Así fue cómo amasó su fortuna. Debió de ser... hace unos cincuenta años. Yo ni siquiera había nacido.

Entonces ¿la mujer tenía menos de cincuenta años? A Poirot le había parecido mayor.

—El señor Pandy era el propietario de la mina donde Vincent trabajaba de capataz. Los dos hombres se hicieron muy amigos. Parecía una amistad para toda la vida, pero no duró mucho. Y la culpa fue del señor Pandy.

—¿Hizo algo que acabó con la amistad que había entre ambos? —preguntó Poirot.

—Hubo un gran robo de pizarra en la mina y culparon a un joven minero llamado William Evans. Hasta ese momento, el señor Pandy había tenido muy buena opinión de él. Pero lo metieron en la cárcel y el pobre Evans no tardó en quitarse la vida. Nada más entrar en prisión, se mató. Dejó una nota donde decía que no podía permitir que lo castigaran por un crimen que no había cometido. No tenía sentido, ¿no cree? Ahorcándose, se impuso a sí mismo un castigo mucho peor que la prisión. Y eso no fue lo peor. Su viuda, desesperada, siguió su ejemplo y también se quitó la vida, después de matar al hijo de ambos.

—*Bouleversant* —murmuró Poirot.

—Fue una tragedia terrible: tres vidas perdidas, por nada. Después se descubrió que Evans decía la verdad acerca de su inocencia. William Evans no había sido el culpable. Pero me estoy adelantando. Debo reconocer, señor Prarrow, que no tengo experiencia en hablar con detectives famosos en la cocina de mi casa.

—Por favor, madame, cuénteme la historia de la manera que considere oportuna.

—Es usted muy amable, señor Prarrow. Pues bien...,
el señor Pandy estaba muy afligido por la muerte de los
tres Evans. Mucho. No era el tipo de patrón que piensa
en sus beneficios y se olvida de los trabajadores. Es justo
que lo diga. Por mucho que odie al hombre, es la verdad.
O que lo odiara, ya que está muerto.

—El odio puede sobrevivir muchos años a la persona
que lo inspiró —comentó Poirot.

—¡No hace falta que me lo diga, señor Prarrow! En
eso soy experta.

—¿Se llegó a identificar alguna vez al culpable, al que
robó la pizarra?

—¡Sí, claro que sí! Tras la muerte de los Evans, Vincent ya no era el mismo. El señor Pandy lo notó extraño
y quiso saber por qué estaba tan abatido, ya que William
Evans y él no se llevaban particularmente bien. Temiendo que el señor Pandy hubiera descubierto la verdad,
Vincent le contó que desde el principio había sabido que
Evans no era el ladrón de la pizarra. El culpable era un
hombre horrible, una sucia bestia cuyo nombre Vincent
no había querido revelarnos para no involucrarnos. Vincent le dijo al señor Pandy que muchos mineros sabían
la verdad. Él no era el único. Pero todos habían callado,
porque el ladrón había amenazado con cortarle el cuello
al que hablara y a toda su familia.

—Un hombre perverso —comentó Poirot en voz baja.

—Sí, sin duda, señor Prarrow, así es. Pero eso no significa que Vincent fuera una mala persona por no hablar, ¿no cree? Tenía miedo. Temía que ese hombre lo
matara, y que matara a su mujer y a su hijo, mi difunto
marido, si le contaba la verdad al señor Pandy, ¿entiende? ¿Acaso usted o yo podríamos asegurar que el miedo

no nos impediría hablar? Además, al final Vincent dijo lo que sabía. Gracias a él, esa bestia recibió, en definitiva, su merecido.

—Pero el señor Pandy no lo perdonó. ¿Lo culpaba por la muerte de la familia Evans?

—Así es, señor Prarrow. También Vincent se sentía culpable. Y no niego que al principio fuera razonable que el señor Pandy estuviera furioso con él. Cualquiera lo habría estado. La impresión había sido muy fuerte para todos. Vincent comprendía perfectamente lo que sentía el señor Pandy. Ni siquiera él mismo podía perdonarse. Era lógico que el señor Pandy tampoco lo perdonara, pero lo trataba como si hubiera matado a William Evans y a su familia con sus propias manos. Incluso al cabo de veinte o treinta años, cuando Vincent intentó decirle cuánto lo lamentaba..., el señor Pandy se negó a recibirlo y a leer sus cartas. Se las devolvía sin abrir. Al final, Vincent dejó de intentarlo.

—Lo siento, madame.

—Y más que debería sentirlo —dijo Deborah Dakin, pero enseguida añadió—: Disculpe, señor Prarrow, no me refería a usted, sino al señor Pandy: él sí que debería sentirlo. Él sí que debería haberse arrepentido de la manera en que trató al pobre Vincent. Lo destrozó. A medida que fue envejeciendo y la vida se fue volviendo más difícil para él, sin oír nunca una palabra amable del señor Pandy, acabó por pensar que el juicio emitido por ese hombre que había sido su amigo era... una especie de condena.

—Una tragedia sobre otra —señaló Poirot.

—Dicho así, parce como si nadie hubiese tenido la culpa —repuso Deborah Dakin—. Pero la culpa fue del señor Pandy. Cuando Vincent murió, se sentía condenado. En los últimos años de su vida, casi no dijo una palabra.

—Entonces, madame, ¿por qué ha dicho usted «esa maldita carta»? ¿No se alegró al leerla? ¿No le pareció bien que después de tantos años el señor Pandy cediera y perdonara a su suegro?

—¡No, no me lo pareció! Esa carta lo *empeora* todo mucho más, ¿no se da cuenta? Durante todo este tiempo habíamos creído que, para el señor Pandy, el error de mi suegro era sencillamente imperdonable. Pero de repente, después de cincuenta años, decide que ya puede perdonarlo. Hizo sufrir a Vincent durante todo ese tiempo y cambió de idea cuando ya era demasiado tarde y sólo cuando a él le convino.

—Una opinión interesante, madame —replicó Poirot—, aunque quizá no del todo racional.

Deborah Dakin pareció ofendida.

—¿Qué quiere decir con eso? ¡Claro que es racional! Hacer lo correcto cuando ya es demasiado tarde es peor que no hacerlo nunca.

Poirot pensó que la misma lógica podía aplicarse a la conducta de Vincent Lobb, pero era evidente que su nuera no pensaba lo mismo. El detective prefirió no prolongar su visita más de lo necesario haciéndoselo notar.

Capítulo 25

Poirot regresa a Combingham Hall

Poirot esperaba que un chófer fuera a recogerlo a la estación. Lo sorprendió apearse del tren y encontrar a Lenore Lavington de pie en el andén, bajo un paraguas azul marino. La mujer no lo recibió con los habituales saludos y amabilidades, sino que le dijo:

—Espero no tener que lamentar haberle permitido que vuelva a visitarnos, señor Poirot.

—Yo también lo espero, madame.

Se dirigieron en silencio al automóvil, seguidos del mozo que cargaba las maletas de Poirot.

Unos minutos más tarde, mientras ponía en marcha el motor, Lenore Lavington señaló:

—No era necesario que enviara un telegrama tan críptico. ¿Debo entender que ha encontrado pruebas de que mi abuelo fue asesinado y tiene previsto desenmascarar al culpable durante su estancia en nuestra casa? ¿Sabe ya...?

Dejó la pregunta inconclusa.

—Debo reconocer, madame, que el panorama todavía no está completo. Sin embargo, dentro de tres días, espero poder explicarles toda la historia a usted y a los demás.

«Tres días.» Esas palabras ocupaban un gran espacio en los pensamientos de Poirot. Cuando había enviado las cartas con las invitaciones, el 24 de febrero todavía parecía razonablemente lejano. Desde entonces, había surgido información nueva muy interesante. Cualquiera de los nuevos datos podía ser la clave para resolver el misterio, pero se preguntaba cuándo podría resolverlo. Por su propia paz mental, esperaba que fuera pronto.

—Durante nuestra reunión se sabrá la verdad sobre la muerte de su abuelo —dijo, deseando fervientemente no equivocarse—. Uno de los invitados ya la conocerá, por supuesto.

—¿Se refiere al asesino de mi abuelo? —preguntó Lenore—. No estará entre nosotros. En casa estaremos sólo Annabel, Ivy, Kingsbury, usted y yo. Y ninguno de nosotros mató al abuelo.

—Me temo que se equivoca, madame. Seremos muchos más. Mañana llegarán el inspector Edward Catchpool, de Scotland Yard, Hugo y Jane Dockerill, y Freddie Rule con su madre, Norma. También vendrá la hermana de Freddie, Mildred, con su prometido, Eustace Campbell-Brown, así como John McCrodden y su padre, Rowland McCrodden. Y..., ¡tenga cuidado, por favor!

El automóvil dio un brusco bandazo, eludiendo por poco a otro vehículo que circulaba en dirección contraria. Tras detenerse a un lado de la carretera, Lenore Lavington apagó el motor.

—Y también su hijo Timothy —terminó de decir Poirot con voz temblorosa, mientras sacaba un pañuelo del bolsillo para enjugarse el sudor de la frente.

—¿Me está diciendo que ha invitado a una serie de desconocidos a mi casa sin mi permiso?

—Mi proceder ha sido un poco irregular, lo reconozco. En mi defensa le diré que era necesario, a menos que desee que un asesino escape a la acción de la justicia.

—Por supuesto que no lo deseo, pero... eso no quiere decir que pueda llenarme la casa de extraños y de gente que me cae mal sin consultarme siquiera.

—¿Gente que le cae mal? ¿Como Freddie Rule?

—No, no me refería a Freddie Rule.

—Aun así, el chico no es de su agrado, ¿verdad?

—Ya le he dicho que no me refería a Freddie —repuso Lenore Lavington en tono de cansancio.

—Si embargo, cuando nos vimos la última vez, me dijo que le había aconsejado a su hijo Timothy que se apartara de él.

—Sólo porque es raro. Si le interesa saberlo, me refería a los Dockerill.

—¿Qué tiene contra Hugo y Jane Dockerill?

—Son injustos con mi hijo. Lo castigan por faltas mínimas, mientras que los otros chicos parecen angelitos, pero en realidad pueden...

Lenore Lavington se interrumpió con brusquedad.

—¿Matar sin que les pase nada? —sugirió Poirot.

—Tengo que preparar un montón de dormitorios —replicó la mujer, cambiando de tema—. ¿Cuánto tiempo tiene previsto que se quede toda esa gente en mi casa? ¿Y por qué ha invitado a tantos?

«Porque cualquiera de ellos podría ser el asesino de Barnabas Pandy, pero todavía no sé cuál.»

Poirot se guardó para sí la verdadera respuesta y, en su lugar, contestó:

—Prefiero esperar a que las últimas piezas del puzle encajen en su sitio antes de decir nada más.

Lenore Lavington suspiró, volvió a poner en marcha el motor y al cabo de unos segundos estuvieron otra vez en camino, por estrechas carreteras secundarias, entre hileras de hayas y abedules plateados.

—Me resulta sencillamente imposible creer que uno de sus invitados entrara en casa el día que murió el abuelo sin que ninguno de nosotros lo notáramos —dijo—. Aun así..., si está seguro y si es verdad que un inspector de Scotland Yard se molestará en asistir a la reunión, puede contar con la plena cooperación de mi familia.

—*Merci mille fois, madame.*

—En cuanto lleguemos a casa, podrá inspeccionar la máquina de escribir, si así lo desea.

—Me resultaría útil.

—Tenemos una nueva, desde la última vez que estuvo aquí. La anterior estaba casi inservible.

Poirot pareció alarmado.

—¿Todavía conserva la otra?

—Sí. Le he pedido a Kingsbury que saque las dos máquinas de escribir para que usted pueda revisarlas. La nueva todavía estaba en la fábrica cuando esas cartas horribles fueron escritas, pero si no la presento a la inspección, pensará que le estoy ocultando algo.

—Hemos de ser siempre exhaustivos y comprobarlo todo —repuso Poirot—. Justo por eso, me gustaría hacerle unas preguntas sobre el día que monsieur Pandy murió.

—¿Va a preguntarme sobre la conversación que tuvimos Ivy y yo mientras el abuelo se bañaba? Adelante. Ya se lo he dicho: estoy dispuesta a cooperar, si de esa forma podemos poner fin a esta situación tan desagradable y llena de incertidumbre.

—Más que una conversación, Kingsbury dijo que había sido una discusión —observó Poirot.

—Fue una disputa terrible, empeorada por los chillidos constantes de Annabel para que parásemos —replicó Lenore—. No puede soportar ningún tipo de conflicto. A nadie le gustan las peleas, por supuesto, pero la mayoría de las personas aceptan que no todas las conversaciones pueden ser agradables. Estoy segura de que Ivy y yo habríamos resuelto mucho antes nuestras diferencias si Annabel no se hubiera empeñado en gritarnos todo el tiempo que no discutiéramos. Con sus chillidos, lo único que consiguió fue darme motivos para discutir *con ella*, según puedo recordar. Se había puesto de parte de Ivy, como siempre, pero también hacía lo posible para congraciarse conmigo.

—Le agradezco su franqueza, madame, pero me sería más útil si pudiera explicarme la causa del *contretemps* entre su hija y usted.

—Sí, es verdad. Estoy siendo franca con usted. —Lenore Lavington parecía sorprendida de sí misma—. Hacía mucho que no le hablaba a nadie con tanta franqueza. Me da un poco de vértigo y todo.

Pero también parecía preocupada, pensó Poirot.

—Las duras palabras que intercambiamos Ivy y yo en su dormitorio, aquel día, no fueron el origen del problema. Unos días antes había habido una cena familiar que acabó en desastre, y varios meses antes, una excursión a la playa con resultados igualmente nefastos. Fue entonces cuando empezó todo. La culpa fue mía. Si hubiera sabido controlarme, no habría pasado nada.

—Cuéntemelo desde el principio —pidió Poirot.

—Lo haré, pero con una condición —dijo Lenore Lavington—. Tiene que prometerme que no hablará de esto con Ivy. No le importará que se lo cuente, pero me temo que sería terriblemente incómodo para ella que usted sacara el tema en su presencia.

Como respuesta, Poirot profirió un gruñido calibrado con cuidado para que fuera interpretado como un asentimiento. Las siguientes palabras lo sorprendieron.

—Hice un comentario desafortunado sobre las piernas de Ivy cuando estábamos juntas en la playa.

—¿Sobre sus piernas, madame?

—Sí. Lo lamentaré toda mi vida, pero una vez hecho un comentario, es imposible retirarlo y hacer como si nadie hubiera dicho nada. Por mucho que uno se disculpe, sigue vivo en la memoria de la persona que se sintió herida al oírlo.

—¿Fue un comentario ofensivo? —preguntó Poirot.

—No era mi intención que lo fuera. Seguro que habrá notado que Ivy tiene unas cicatrices muy feas en la cara. Por supuesto que lo ha notado; sería imposible no verlo. Como soy su madre, me preocupa que a causa de ese defecto le resulte difícil o incluso imposible encontrar marido. Me gustaría verla casada... y con hijos. No puedo decir que mi matrimonio haya sido un éxito, pero estoy segura de que Ivy sabrá elegir mejor que yo. Es más realista que yo a su edad. Ojalá pudiera hacerle entender que para el matrimonio es tan importante elegir como lograr que te elijan.

Lenore hizo un gesto de impaciencia.

—Es imposible contar esta historia sin decir cosas que quizá a usted le parezcan imperdonables, señor Poirot

—prosiguió—. Pero me temo que no puedo evitar sentir lo que siento. Ivy tiene suerte de conservar intacta la mayor parte de la cara. Podría disimular con facilidad las cicatrices si se arreglara bien el pelo, pero se niega de una manera perversa a peinarse del modo adecuado. Podría ocultar ese defecto, si ella quisiera, por supuesto. Nunca he pensado que sus cicatrices sean un impedimento para que un hombre se interese por ella. Ivy es una chica atractiva y llena de vida.

—Muy atractiva —convino Poirot.

—Pero no debería agravar la situación comiendo sin mesura. ¿Qué hombre querría por esposa a una mujer con cicatrices en la cara que, además, no pasa por la puerta de lo gorda que está? Si parezco enfadada, señor Poirot, es sólo porque nunca le he dicho a Ivy nada de esto, aunque lo pienso a menudo. Nada es más importante para mí que la felicidad de mis hijos. *Por ellos* fui una esposa devota y cariñosa con su padre, mi difunto marido, hasta el día de su muerte. *Por ellos* permito que mi hermana Annabel esté todo el tiempo alborotando por su causa e interfiriendo en sus asuntos como si fuera su madre. Se lo permito porque sé cuánto la quieren mis hijos y siempre he puesto sus necesidades y sus deseos por delante de los míos. Para no herir los sentimientos de Ivy, me he mordido la lengua noche tras noche durante la cena, viéndola llenarse el plato de comida. No he dicho *nada*, ni una palabra, aunque me resultaba insufrible ver cómo comía. De pequeña era una niña más bien regordeta, y siempre será grande y robusta como Cecil, su padre. Lo ha heredado de él. Aun así, no soporto verla comer de esa manera. ¿En qué puede estar pensando? No parece preocuparse por su figura. No lo entiendo.

Lenore Lavington dejó escapar un sonoro suspiro.

—Ya está. Ya lo he dicho. Ésos son mis verdaderos sentimientos. ¿Me considera una madre fría y cruel, señor Poirot?

—No, madame, nada de eso. Pero... ¿me permite hacerle una observación?

—Por favor.

—Mademoiselle Ivy es una joven atractiva, de dimensiones físicas bastante normales. En mi opinión, se preocupa usted sin necesidad. Es cierto que no tiene la estructura ósea excepcionalmente delicada de su hermana y de usted, pero lo mismo podría decirse de la mayoría de las mujeres. ¡Mire a su alrededor cuando salga de casa! No sólo las mujeres con una cintura que podría abarcarse formando un aro con el índice y el pulgar se enamoran, se casan y son felices en su matrimonio.

Lenore Lavington negaba vigorosamente con la cabeza mientras Poirot hablaba y, cuando terminó, dijo:

—Si Ivy sigue apilando patatas en su plato al ritmo actual, dentro de poco dejará de tener cintura. Eso fue lo que precipitó el desastre aquella vez, durante la cena. Se sirvió una patata, después otra, a continuación otra más y, al final, ya no pude contenerme.

—¿Y qué hizo?

—Lo único que le dije fue: «Ivy, dos patatas son suficientes, ¿no te parece?». Elegí con cuidado las palabras para no ofenderla, pero se puso furiosa y empezó a recitar todos los agravios, incluida la historia completa de todo lo que había pasado en la playa. El abuelo y Annabel estaban perplejos y disgustados, y *yo* también lo estaba, porque Ivy me estaba presentando como la mala de la película, aunque supongo que lo era... ¡y eso empeoraba todavía más las cosas!

—Cuénteme qué sucedió en la playa —dijo Poirot.

—Fue el verano pasado —comenzó Lenore—. Hacía un calor sofocante. Annabel tenía la gripe y ni siquiera podía levantarse para jugar con *Hopscotch* en el jardín. El animal no dejaba de aullar y de gemir a los pies de su cama, causándole gran aflicción, por lo que mi hermana nos pidió que lo lleváramos a pasar el día fuera de Combingham Hall. A mí no me entusiasmaba el proyecto; me temo que no soy una gran aficionada a los perros. Pero Ivy dijo que Annabel tardaría menos en recuperarse si no tenía que preocuparse por *Hopscotch*, de modo que yo acepté.

»Fuimos a la playa. No sé si sabrá que Ivy estuvo a punto de ahogarse cuando era pequeña. De ahí le vienen las cicatrices. Se puso a rodar por una pendiente y cayó al río. El perro que entonces tenía Annabel, *Skittle*, intentó impedir que cayera, pero lo único que consiguió fue hacerle jirones la cara con las uñas. No fue culpa suya, por supuesto.

—Mademoiselle Annabel le salvó la vida a su hija, ¿verdad? —preguntó Poirot.

—Así es. De no haber sido por mi hermana, Ivy se habría ahogado. De hecho, las dos estuvieron a punto de ahogarse. La fuerza de la corriente era suficiente para arrastrarlas a las dos, pero de algún modo Annabel logró sacar a Ivy del agua y salvarla, y salvarse ella misma, claro. Tuvieron suerte. Ni siquiera me atrevo a pensar en lo que podría haber sucedido. Desde entonces, Annabel tiene una fuerte aversión al agua.

—Al agua —murmuró Poirot—. Fascinante.

—También Ivy le tuvo miedo al agua durante mucho tiempo, pero a los catorce años se fijó el objetivo de superar ese temor y no tardó en convertirse en una entusiasta nadadora. Ahora coge el coche siempre que puede para darse un chapuzón en la playa, la misma playa a la que llevamos a *Hopscotch* el día que Annabel se quedó en casa, enferma.

—Una encomiable actitud de superación.

—Sí. Pero con tanta natación, ahora tiene los brazos y las piernas muy musculosos. Y no me diga, señor Poirot, que muchas mujeres con las piernas y los brazos de un atleta masculino tienen matrimonios felices. No lo dudo. Simplemente quiero que mi hija sea lo más atractiva que sea posible.

Poirot guardó silencio.

—Yo no suelo ir a nadar —continuó Lenore—. Hacía mucho tiempo que no veía a mi hija en traje de baño, hasta el día que llevamos a *Hopscotch* a la playa. Ivy estuvo nadando una media hora y después vino a sentarse a mi lado. El perro jugaba con las olas en la orilla, mientras nosotras descansábamos sentadas bajo los árboles. Al cabo de un rato, mi hija sacó la merienda. En cuanto el animal notó que había algo de comer, vino trotando hacia nosotras, y entonces sucedió algo muy extraño: Ivy se puso muy pálida y se echó a temblar. Se quedó mirando a *Hopscotch* con la boca abierta, como si estuviera a punto de desmayarse.

»Le pregunté qué le pasaba, pero no podía hablar. Le había vuelto un recuerdo, ¿comprende?, un recuerdo del día en que estuvo a punto de ahogarse. No consiguió decírmelo hasta más tarde, en el coche, en el camino de vuelta. Llevaba muchos años sin poder recordar prácticamente ningún detalle de aquel día, pero de repente se acordó de haber estado bajo el agua, incapaz de respirar ni de liberarse de lo que fuera que la retenía allá abajo. De repente, lo recordó todo de manera vívida. Recordó los árboles de la ribera, parecidos a los que había cerca de la playa, allí donde estábamos sentadas, y recordó haber visto las patas de *Skittle*... ¿Cuánto sabe usted de perros, señor Poirot?

—He conocido a varios a lo largo mi vida, madame. ¿Por qué lo pregunta?

—¿Alguna vez ha tenido cerca un perro como *Hopscotch*, con un pelaje tan rizado y denso, como si fuera de alambre?

Él reflexionó un momento y dijo que no.

—*Hopscotch* es un airedale terrier —explicó Lenore—. Seguro que habrá notado que el pelaje de sus cuatro patas es espeso y voluminoso, casi como si llevara puestos unos pantalones.

—*Oui*. Es una buena descripción.

—*Skittle*, el perro que intentó salvar a Ivy, era un airedale, lo mismo que *Hopscotch*. Cuando están secos, los airedale terrier parece que tengan las patas mucho más gruesas de lo que son, porque el pelo se les ahueca, en lugar de aplastarse contra la piel. Cuando *Hopscotch* corrió hacia Ivy aquel día en la playa, con la esperanza de compartir su merienda, tenía las patas mojadas después de jugar en la orilla, por lo que parecían mucho más delgadas que de costumbre, como dos palos. Al verlo, Ivy revivió el día en que estuvo a punto de morir ahogada.

»Recordó haber visto las patas de *Skittle*, ¿comprende?, y haber pensado durante unos segundos que parecían troncos. Me dijo que al verlas tan delgadas imaginó que el perro estaría lejos y que eso significaba que ella estaba atrapada a mucha distancia de la orilla, sin ninguna esperanza de salvación. Probablemente estaría delirando de miedo.

»Unos instantes después, Annabel la alcanzó y de pronto volvió a haber esperanza. Ivy observó que había un tronco grueso al lado de los otros más finos, y en ese momento comprendió que los más delgados no eran troncos de árbol ni mucho menos. Notó que se movían adelante y atrás, y que estaban unidos al perro. Entonces todo volvió a tener sentido.

La respiración de Lenore Lavington tenía un punto de agitación.

—No imagina la angustia que me produjo oír todo eso, señor Poirot. Volví a experimentar el terrible impacto de saber que había estado a punto de perder a mi hija. Si aquel día no hubiéramos llevado a *Hopscotch* a la playa y si el perro no se hubiera mojado las patas en el mar, es posible que aquellos recuerdos no hubieran regresado a la superficie. ¡Ojalá no hubieran vuelto y yo no hubiese dicho nunca lo que dije después! Pero no podemos cambiar el pasado, ¿verdad?

—¿Estamos llegando ya al desafortunado comentario sobre las piernas de Ivy? —inquirió Poirot, que ya comenzaba a preguntarse si le contaría alguna vez esa parte de la historia.

—Estábamos en el coche, en el camino de vuelta. Después de oír lo que Ivy me había contado, yo estaba fuera de mí. Intentaba concentrarme en la conducción y en llegar a casa sin estrellarnos. Deseaba desesperadamente que ella dejara de hablar, para tranquilizarme..., ¡y entonces las palabras me salieron sin querer! No fue *una decisión* mía decir lo que dije.

—¿Cuáles fueron esas palabras, madame?

—Dije que, si las patas de *Skittle* parecían troncos, había algunas piernas que no se quedaban atrás. Y le aconsejé a Ivy que empezara a nadar un poco menos, porque cuanto más musculosa se ponía, más se parecían sus piernas a un par de troncos. Me arrepentí de haberlo dicho en el momento mismo de decirlo. Aun así, mi comentario tuvo un aspecto positivo: ella se puso de inmediato furiosa conmigo y se le borraron de la mente los horribles recuerdos del día en que estuvo a punto de morir ahogada. Sólo podía pensar en lo mucho que aborrecía a su despiadada madre. No lo había dicho para herirla. De hecho, ni siquiera pensaba que sus piernas *de verdad* parecieran troncos. Solamente quería que pensara en otra cosa, y no en aquellos recuerdos que tanto la afligían. Quería que centrara su atención en el futuro y no en el pasado. Debí de pasar horas pidiéndole disculpas. Llegué a pensar que lo habíamos superado y dejado atrás, pero entonces, varios *meses* después, en aquella cena... Bueno, ya se lo he contado.

—¿Les contó mademoiselle Ivy a su hermana y a su abuelo lo sucedido en la playa y lo que usted le había dicho en aquella ocasión?

—Sí.

—¿Cómo reaccionaron?

—Annabel estaba desconsolada, como era de esperar —dijo Lenore en tono de cansancio—. Por cada lágrima que derrama cualquier otra persona, ella produce una catarata.

—¿Y monsieur Pandy?

273

—No dijo nada, pero pareció entristecerse muchísimo. No creo que le preocuparan tanto mis comentarios como la idea del miedo que debió de pasar Ivy cuando creyó que estaba a punto de morir. Habría sido mejor que mi hija no le contara al abuelo los recuerdos que acababa de recuperar. Es la influencia de Annabel. Ivy no solía tener esos estallidos emocionales. Pero arruinar la cena no fue suficiente para ella. El día que murió el abuelo, cuando llegué al rellano, oí que estaba llorando como para que todo el mundo la oyera. Es posible llorar en silencio, ¿no le parece, señor Poirot?

—Así es, madame.

—Me temo que en ese momento decidí que ya no toleraría aquel despliegue de autocompasión. Mi hija solía ser una chica fuerte y sensata. Se lo dije y ella me respondió a gritos: «¡¿Cómo crees que debo sentirme, cuando mi propia madre ha comparado mis piernas con dos troncos de árbol?!». Entonces Annabel, como siempre, subió corriendo la escalera para venir a meterse donde nadie la había llamado, con la excusa de restablecer la paz, y poco después el abuelo gritó desde el baño que el alboroto era insoportable y que, por favor, nos calláramos. Si Annabel se hubiera mantenido al margen y me hubiera dejado hablar a solas con mi hija, no habría habido tanto griterío, porque Ivy y yo teníamos que levantar la voz para hacernos oír por encima de los incesantes chillidos de mi hermana. El abuelo no era tonto y lo sabía tan bien como yo. En realidad, cuando levantó la voz para hacernos callar, le estaba gritando a Annabel. Para entonces ya había tomado la decisión de...

Poirot se volvió para ver por qué se había interrumpido Lenore Lavington, y notó que a la mujer le habían aparecido en la cara unas antiestéticas manchas de rubor. Conducía mirando fijamente la carretera.

—Continúe, por favor —dijo él.

—Si lo hago, tiene que prometerme que no se lo contará a nadie. Es algo que no sabe nadie aparte de mí, ahora que el abuelo ha muerto.

—Creo que ahora me dirá que monsieur Pandy había decidido modificar su testamento, ¿no es así?

El coche dio un fuerte bandazo.

—*Sacré tonnerre!* —exclamó Poirot—. Entiendo que la sorprenda descubrir que Hércules Poirot sabe más de lo que usted pensaba, pero no es una razón para matarnos a los dos.

—¿Cómo es posible que sepa lo del testamento? A menos que... Debe de habérselo contado Peter. Peter Vout. Es curioso. El abuelo me había dicho que yo era la única persona que lo sabía. Tal vez quiso decir que era la única de la familia. Annabel no debe descubrirlo nunca, señor Poirot. ¡Tiene que prometérmelo! Se hundiría. Ya sé que he dicho algunas cosas de ella que no son por entero elogiosas, pero aun así...

—Aun así, es su hermana. Y salvó la vida de su hija.

—Así es —dijo Lenore—. A la muerte del abuelo, me alegré sólo de una cosa: de que no hubiera tenido tiempo de modificar su testamento, porque así Annabel no tendría que enterarse nunca de su decisión. Yo habría cuidado de ella, por supuesto, pero eso no es lo importante. Quedar fuera del testamento de manera tan brutal... Creo que jamás se habría recuperado.

—¿Intentó usted convencer a monsieur Pandy de que cambiara de idea, cuando le anunció lo que pensaba hacer?

—No. No habría hecho más que reforzar su determinación. Tratar de persuadir a alguien de que renuncie a un sentimiento... —se interrumpió y negó con firmeza con la cabeza— es el paradigma de la futilidad. No funciona nunca, ni siquiera con uno mismo. El abuelo no solía reconocer sus errores. En muy raras ocasiones admitía que se había equivocado, pero nunca cuando se lo hacía ver otra persona.

—Comprendo —dijo Poirot.

Se preguntaba cuál era el elemento que no encajaba. Algo de lo que había oído le rechinaba dentro de la historia, y tenía la sensación de que debía de ser una de las cosas que le había contado Lenore Lavington en el coche. Pero *¿qué era?*

—Tal vez piense que mi hermana tenía el motivo perfecto para cometer un asesinato —dijo Lenore—. Y es cierto que el motivo existía, pero ella *no lo sabía*. Por tanto, no tenía ninguno.

—Además, mademoiselle Annabel tiene una coartada, que su hija y usted han confirmado —le recordó Poirot.

—Lo dice como si mintiéramos. No mentimos, señor Poirot. Ivy y yo estuvimos con Annabel cada segundo de aquel día. Y, cuando entramos juntas en el baño, respondiendo al grito de Kingsbury, el vestido de Annabel estaba completamente seco. Es imposible que ella matara al abuelo.

—Dígame, madame, ¿la ha perdonado ya mademoiselle Ivy? —preguntó Poirot—. ¿O sigue enfadada con usted?

—No lo sé. No pensaba volver a hablar del tema, pero tengo la impresión de que ella quiere hacerme notar algo. El otro día, por primera vez, llevaba puesta una pulsera que yo le regalé. Creo que puedo interpretarlo como una oferta de paz. Se la di cuando murió el abuelo, ¿sabe? En aquel momento tuve la certeza de que aún no me había perdonado. Dijo que prefería estar muerta antes que ponérsela y me la arrojó a la cara, a través de la habitación. Es una pulsera preciosa, de azabache tallado a mano, que siempre me ha encantado. Pensé que regalársela podía ser una prueba de mi amor. Ella sabía que para mí era muy valiosa: un recuerdo de unas vacaciones junto al mar con mi difunto marido Cecil. Sin embargo, cuando se la regalé, decidió interpretar mi gesto de la peor manera posible.

—¿De qué manera lo interpretó?

La verja de Combingham Hall ya se divisaba a lo lejos.

—Me acusó de regalarle solamente cosas que ya eran mías, en lugar de comprarle regalos sobre todo para ella. Fue a su habitación y empezó a abrir los cajones buscando un abanico que yo le había regalado. ¡Más pruebas en mi contra! El abanico también había sido una valiosa posesión mía. Tenía un dibujo de una preciosa joven bailando, con un talle *diminuto*, por supuesto. Ivy no había olvidado que en el momento de regalarle el abanico yo le había dicho: «La joven que baila se parece a ti, cariño», ¡porque era verdad, con su pelo negro y su tez pálida! Le había encantado el abanico cuando se lo regalé y había interpretado la comparación como el cumplido que pretendía ser. Sin embargo, de repente, a raíz de los desafortunados sucesos que acabo de describirle, cambió de idea y se convenció de que yo sólo había sido sarcástica, para hacerle notar la diferencia entre la figura esbelta de la joven del dibujo y su robusta constitución.

—Las relaciones humanas son en extremo complicadas —comentó Poirot.

—La gente las complica más de lo necesario —repuso Lenore en tono amargo—. Pero, como acabo de decirle, he visto que últimamente Ivy se pone la pulsera que le regalé. Además, hace lo posible para que yo lo note. Debe de ser su manera de hacerme ver que me ha perdonado. ¿Qué otra cosa podría querer decir?

Capítulo 26

El experimento de la máquina de escribir

Cuando Lenore Lavington y Poirot llegaron a Combingham Hall, encontraron a Kingsbury montando guardia junto a una pequeña mesa, en la amplia sala que hacía las veces de vestíbulo. Sobre la mesa había dos máquinas de escribir, una al lado de la otra.

—He preparado las dos máquinas para el señor Porrott, como usted ha indicado, señora Lavington —dijo.

—Gracias, Kingsbury. Es todo por ahora.

El sirviente hizo una leve reverencia y se marchó. Nadie se ocupó de ir a cerrar la puerta principal.

Poirot consiguió reprimir el impulso de preguntar por qué en una casa de las dimensiones de Combingham Hall, con tantas habitaciones presumiblemente vacías y sin función alguna, había ciertas actividades, como las comidas familiares o la revisión de las máquinas de escribir, que se llevaban a cabo en el extenso vestíbulo. ¡No tenía sentido! Si él hubiera sido el propietario de la mansión, habría puesto un piano de cola en el lugar donde se encontraba la pequeña mesa. Era lo único que habría quedado bien en ese sitio en particular.

—¿Algún problema, señor Poirot? —preguntó Lenore Lavington.

—Ninguno, madame.

El detective concentró toda su atención en las dos máquinas que tenía delante. Una era nueva y reluciente, mientras que la otra presentaba una grieta en un costado y una rascada en la parte frontal. Al lado de las dos máquinas de escribir, Kingsbury había dispuesto los folios y el papel carbón que Poirot necesitaría más tarde para realizar su experimento.

Tras instalarse en el dormitorio que le habían asignado y tomar un refrigerio ligero, se sentó a la mesa del vestíbulo y probó primero una máquina de escribir y después la otra. Las letras «e» de las dos eran idénticas, sin ningún hueco en la tinta. No era necesario buscar más diferencias, pero Poirot lo hizo de todas maneras. Cuando uno decide no mirar, se priva de la oportunidad de descubrir detalles imprevistos que pueden revestir cierta importancia.

En su lengua materna, el francés, Poirot dio las gracias al ser supremo cuando observó justo uno de esos detalles. Estaba ocupado comparando dos folios en los que había mecanografiado exactamente las mismas palabras cuando oyó a *Hopscotch* y a continuación lo vio. El perro bajó la escalera, atravesó corriendo el vestíbulo y saltó sobre él para darle la bienvenida. Annabel Treadway venía corriendo detrás.

—¡*Hoppy*, abajo! ¡Abajo, muchacho! Seguro que al señor Poirot no le gusta que le laman la cara.

Annabel no se equivocaba. El detective le acarició la cabeza al perro, con la esperanza de que el animal aceptara su gesto como una concesión razonable, en lugar de los lametazos.

—¿Ha visto cómo se alegra de verlo, señor Poirot? ¿Verdad que es un perrito cariñoso y encantador? —Lo dijo en tono melancólico, como si nadie aparte de ella fuera capaz de apreciar la buena índole del perro.

Al cabo de un momento, *Hopscotch* recordó que iba de camino al jardín cuando había descubierto a Poirot y salió trotando por la puerta.

Al ver los dos folios que él tenía en la mano, Annabel señaló:

—Veo que ya ha empezado a revisar las máquinas de escribir. No quiero interrumpirlo. Lenore me ha dado órdenes estrictas de no molestarlo, para que pueda realizar su trabajo de detective.

—Ya he terminado el experimento, mademoiselle. ¿Le gustaría ver los resultados? Dígame, ¿qué diferencias observa? —preguntó enseñándole los dos folios.

Ella los estudió de forma detenida antes de levantar la vista y mirar a Poirot.

—No veo ninguna —respondió—. Nada digno de mención. La letra «e» aparece completa y sin defectos en las dos hojas.

—Así es. Pero hay algo más que observar, aparte de las numerosas letras «e».

—En las dos hojas ha escrito usted las mismas palabras: «Yo, Hércules Poirot, he llegado a Combingham Hall y no me marcharé antes de haber resuelto el misterio de la muerte de Barnabas Pandy». Las dos versiones son idénticas en todos los aspectos. ¿Hay algo que no veo?

—Si le dijera la respuesta, mademoiselle, la privaría de la oportunidad de descubrirla por sí misma.

—No pretendo descubrir nada. Solamente quiero que

me diga si nos amenaza un asesino, para poder protegernos. Aparte de eso, ¡lo único que quiero es olvidar!

—¿Qué desea olvidar?

—Todo. El asesinato del abuelo, el motivo que pudiera tener el asesino y esa carta horrible que no puedo quitarme de la cabeza, ni siquiera después de quemarla.

—¿Y un vestido azul mojado con dibujos de flores blancas y amarillas? —preguntó Poirot.

La mujer lo miró con los ojos muy abiertos, aparentemente sin comprender.

—¿De qué está hablando? —replicó—. Yo *tengo* un vestido azul con flores blancas y amarillas. Pero no está mojado.

—¿Dónde está?

—En mi armario.

—¿Está segura?

—¿Dónde más podría estar? Lo llevaba puesto el día que murió Bubu y desde entonces no he querido volver a ponérmelo.

Eso significaba que no había buscado el vestido y, por tanto, no lo había echado de menos. «Suponiendo que diga la verdad», pensó Poirot.

—Mademoiselle, ¿sabía usted que, antes de morir, su abuelo había decidido cambiar su testamento? Al final no lo hizo. La muerte se lo impidió. Pero tenía intención de cambiar de forma sustancial las disposiciones testamentarias.

—No, no lo sabía. Pero Peter Vout, su abogado, vino a casa, y recuerdo que los dos se encerraron en el salón para hablar a solas, por lo que quizá...

De repente, Annabel sofocó una exclamación y retrocedió unos pasos. Poirot fue con rapidez hacia ella, para sujetarla en caso de que se desmayara.

La ayudó a llegar a una silla y sentarse.

—¿Qué ocurre, mademoiselle?

—Era a mí, ¿verdad? —dijo ella en un murmullo—. Quería desheredarme. Por eso había llamado a Peter Vout. En cuanto lo supo, no pudo perdonarme, aunque le había salvado la vida a Ivy. Ahora comprendo que no merezco ser perdonada —añadió con firmeza—. Si Bubu iba a cambiar su testamento para castigarme, es que no merezco nada. Solamente sufrir. Mi abuelo era un hombre justo. Nunca pensé que pudiera llegar a quererme como a Lenore, pero *él siempre era justo.*

—Mademoiselle, explíquese, por favor. ¿Por qué causa no podía perdonarla su abuelo?

—¡No! Respetaré sus deseos. Tendrá lo que quería. Pero jamás se lo contaré a nadie. ¡Jamás!

Estalló en llanto y subió corriendo la escalera.

Poirot se la quedó mirando intrigado. Después contempló la puerta principal de la casa, que seguía abierta, y pensó que le resultaría muy fácil marcharse a Londres, a su apartamento de las Whitehaven Mansions, y no regresar nunca. Oficialmente, no se había cometido ningún crimen, por lo que nadie podía acusarlo de fracasar en la resolución de un caso de asesinato.

Pero, por supuesto, no iba a marcharse. ¡Era Hércules Poirot!

«Tres días —se dijo—. Solamente tres días.»

Capítulo 27

La pulsera y el abanico

A la mañana siguiente, Poirot se dirigía a tomar el desayuno cuando Ivy Lavington lo abordó en el vestíbulo. *Hopscotch* estaba con ella, pero esta vez no intentó lamerle la cara. De hecho, parecía bastante apagado.

—¿Dónde está la tía Annabel? —preguntó Ivy—. ¿Qué le ha hecho?

—¿No está aquí en la casa? —replicó él.

—No. Ha cogido uno de los coches y se ha marchado a algún sitio sin llevarse a *Hoppy*, que es algo que no suele hacer nunca. Y menos aún sin avisarnos a mi madre o a mí. ¿Le ha dicho algo que haya podido alterarla?

—*Oui, c'est possible* —respondió Poirot apesadumbrado—. A veces, cuando hay que salvar vidas, es preciso formular preguntas desagradables.

—¿De qué vidas habla? —inquirió Ivy—. ¿Está insinuando que el asesino del abuelo podría matar de nuevo?

—No me cabe ninguna duda de que se ha planeado un asesinato.

—¿Un asesinato? Entonces ¿sólo una vida está en peligro? ¿O más de una? Ha dicho «vidas».

—*Mademoiselle! Sacré tonnerre!*

—¿Qué pasa? ¡Tiene cara de haber visto un fantasma!

Poirot abrió la boca, pero no pudo articular ninguna palabra. Estaba pensando con tanta rapidez que no podía hablar.

—¿Se siente bien, señor Poirot? —Ivy parecía preocupada—. ¿He dicho algo que lo ha asustado?

—¡Mademoiselle, ha dicho algo que me ha ayudado enormemente! Le suplico que ahora no hable durante unos instantes. Necesito seguir la lógica de la teoría que se está formando en mi mente, para ver si estoy en lo cierto. ¡Tiene que ser así!

Ivy se quedó con los brazos cruzados, observándolo, mientras el detective ataba cabos. *Hopscotch*, todavía a su lado, también lo miraba con curiosidad.

—Gracias —dijo al final él.

—¿Y bien? —repuso la chica—. ¿Todo en orden?

—Creo que sí.

—¡Cielos! Estoy deseando escuchar su teoría. Yo no he sido capaz de formular ninguna.

—Ni siquiera lo intente —le aconsejó Poirot—. Sus especulaciones se basarían en una premisa falsa por completo, por lo que estarían condenadas al fracaso.

—¿Una premisa falsa? ¿A qué se refiere?

—Todo a su tiempo, mademoiselle. Todo a su tiempo.

Ivy le hizo una mueca, mezcla de fastidio y admiración.

—Supongo que mi madre le habrá contado la pelea que tuvimos el día que murió el abuelo, ¿no? —Sonrió con tristeza—. Ya habrá oído hablar de mis piernas, que parecen troncos. Y seguro que mi madre le habrá pedido que no me diga ni una palabra al respecto, para no volver a disgustarme.

—Mademoiselle, si me permite que se lo diga, es usted una joven de facciones agradables, y no hay nada malo en la forma ni en las dimensiones de su cuerpo.

—Bueno, tengo mis cicatrices —repuso Ivy señalándose la cara—. Pero, aparte de eso, le doy la razón. Soy una persona normal y saludable, y con eso tengo suficiente. Mi madre cree que debería aspirar a estar delgada como un palo, pero ella está obsesionada con la comida. No se alimenta adecuadamente. Nunca lo ha hecho. ¿Se fijó en ella anoche, durante la cena?

—Me temo que no le presté atención —dijo Poirot, que había estado demasiado concentrado en los deliciosos platos.

—De vez en cuando se lleva un trozo de algo a la boca y lo traga a disgusto, como si fuera una medicina de sabor repulsivo, pero pasa la mayor parte del tiempo diseccionando las cosas con el tenedor, como si sospechara que conspiran contra ella. Cree que me puse furiosa con ella porque no podía soportar que me dijera la verdad sobre mis piernas horribles. ¡Qué tontería! Estoy perfectamente satisfecha con mis piernas. Lo que me fastidia es saber que mi madre me mira y lo único que ve en mí es un conjunto de defectos físicos. Y su deshonestidad..., eso también me enfurece.

—¿Su madre no es honesta? —preguntó Poirot.

—¡Oh, no soporta la verdad! Puede decirse que le tiene alergia. Haría *cualquier cosa* por vernos felices a Timmy y a mí (creo que lo considera su deber de madre), pero de vez en cuando se le escapa un retazo de la verdad y entonces hace lo imposible para negar lo evidente. *Nunca* la creeré cuando dice que me considera bonita. Sé que miente. Sería mucho mejor si reconociera que le gustaría verme pasar hambre para estar delgada. Pero, en lugar de eso, me engaña y se engaña a sí misma diciendo que me quiere tal como soy y que sólo desea verme feliz.

Ivy hablaba de manera reflexiva y analítica, sin el menor rastro de resentimiento en la voz. En opinión de Poirot, era una persona más serena y equilibrada que su madre o su tía.

—Pero cuando uno intenta negar la realidad —prosiguió la joven—, la verdad termina por abrirse paso de alguna otra forma. No sé si mi madre le habrá contado que una vez me regaló un abanico. —Ivy se echó a reír—. Tenía una mujer morena dibujada, y mi madre me dijo: «¿Verdad que se parece a ti, Ivy? Tiene el pelo del mismo color y también un vestido como el tuyo». Era cierto, ¡pero la mujer del abanico tenía el talle más diminuto que hubiera visto en mi vida! Y casualmente yo me disponía a asistir a un baile, ataviada con un vestido rojo y negro bastante llamativo, que es probable que no me sentase bien y habría sido más adecuado para alguien de figura más esbelta. Pero a mí no me importaba. El vestido me gustaba y había decidido ponérmelo. A mi madre le parecía horrible porque acentuaba mi corpulencia. Entonces me hizo un regalo que en realidad era una crítica disfrazada. Quizá esperaba que yo echara un vistazo a la mujer del abanico, notara el contraste y decidiera de inmediato cambiarme de ropa y ponerme un vestido que disimulara mis defectos y me hiciera parecer más delgada.

—Su madre me contó que también le había regalado una pulsera —dijo Poirot.

Ivy asintió.

—Fue después de la muerte del abuelito. Cuando la vi, pensé que no conseguiría pasar la mano por ella ni aunque estuviera un millón de años intentándolo. Era de mi madre y debía de sentarle a la perfección, por lo que supuse que a mí me sería imposible ponérmela. Después descubrí que en realidad no era así. Me la podía poner, pero con bastante esfuerzo. Hace poco me la puse, pero creo que será la última vez que lo haga. Quería que mi madre me viera con la pulsera por lo menos un día. Sé que todavía le preocupa haberme traumatizado irreparablemente por hacerme ver que me querría más si fuera más delgada, y yo quería demostrarle que la he perdonado. No puede evitar ser como es. Y yo, en mi indignación, he sido terriblemente injusta con ella. La pulsera y el abanico son dos cosas que apreciaba mucho y de las que jamás se habría desprendido si no me las hubiera dado a mí, pero yo la acusé de darme sólo regalos de segunda mano y de no querer gastar su dinero en mí.

Ivy sonrió con tristeza.

—Mi madre no es perfecta, pero yo tampoco lo soy, señor Poirot —prosiguió—. Me parece importante reconocer que las personas que más queremos *no son* perfectas. Si no podemos aceptar esa realidad..., bueno, es el camino a la locura.

Él estaba de acuerdo en que ninguna persona podía ser perfecta. En cambio, los enigmas y sus soluciones, cuando no quedaba ningún cabo suelto...

—¿Sabía usted, mademoiselle, que su abuelo tenía intención de modificar su testamento y que no lo hizo porque la muerte se lo impidió?

—No. —La mirada de Ivy se volvió más aguda—. ¿En qué sentido pensaba modificarlo?

—Tanto su abogado como su madre me han dicho que quería dejar fuera a mademoiselle Annabel. Que pensaba desheredarla.

—¿Por qué iba a hacer algo semejante? —replicó la chica—. La tía Annabel es una persona buena, amable y generosa. No hay muchas como ella. Yo no siempre soy amable. ¿Y usted, señor Poirot?

—Lo intento, mademoiselle. Es importante intentarlo.

—Pero... no tiene sentido —masculló Ivy—. No puede ser verdad. El abuelo siempre prefirió a mi madre, pero jamás habría demostrado su preferencia de una manera tan descarnada. Sabía tan bien como yo que la tía Annabel nunca le haría daño a nadie. Siempre pensé que el abuelo se sentía culpable por encontrarla tan insufrible, porque sabía que ella no había hecho nada para merecerlo.

—Debo hacerle una pregunta más, mademoiselle —dijo Poirot—. Es un poco extraña, y le pido disculpas de antemano si le causa aflicción.

—¿Es sobre los troncos? —repuso Ivy.

—No. Tiene que ver con su difunto padre.

—Pobre papá.

—¿Por qué lo dice?

—No lo sé. No creo que mi madre le tuviera mucho cariño. Es cierto que desempeñaba a la perfección el papel de buena esposa, pero no ponía el corazón. Tal vez podría haberlo querido un poco más si desde el principio hubiera sido más honesta con él. Pero su relación siguió la pauta habitual en ella: intentaba hacer y decir siempre lo que a su entender podía hacer feliz a mi padre y, como resultado, ninguno de los dos era feliz.

—¿Lo engañaba sobre algo en particular? —preguntó Poirot.

—No, era peor que eso —dijo Ivy—. Era poco sincera con él en la vida cotidiana, día tras día. Mi madre es terriblemente lista, ¿sabe? Bien organizada, ingeniosa, capaz... Suele suponer que las cosas acabarán saliendo siempre como ella quiere. Con esa actitud consigue a menudo que los obstáculos desaparezcan de su camino. O, mejor dicho, lo consigue ahora, desde que murió papá. Mi padre solía preocuparse muchísimo por nimiedades, y nunca quería intentar nada nuevo porque estaba convencido de fracasar. Una de las cosas que no quiso intentar fue marcharse de Combingham Hall y tener casa propia. Mi madre quería hacerlo, pero mi padre no, y entonces ella fingía estar de acuerdo con él. Seguro que debió de sufrir mucho, sabiendo que habría sido capaz de hacer funcionar a las mil maravillas una casa propia. Debería haberle dicho a mi padre que dejara de ser tan timorato, en lugar de plegarse a su manera de ver la vida. Supongo que su muerte debió de ser un alivio para ella.

—¿Expresó alivio?

—¡No, cielo santo, no! Habría preferido morir antes que reconocerlo. Es una persona muy inteligente. Le gusta mucho hacerse cargo de todo y se alegra de poder tomar todas las decisiones desde que mi padre murió, pero jamás diría «¡Qué alivio! ¡Cómo me gusta la libertad!», como habrían dicho otras mujeres en su lugar. Mi madre nunca hablaría con tanta franqueza.

Ivy sonrió.

—Pero me parece que lo estoy cansando con tanta cháchara —dijo—. ¿Qué quería preguntarme sobre mi padre?

—Desde la muerte de su padre, ¿ha recibido usted cartas supuestamente escritas por él?

—¿Cartas escritas por mi padre muerto? No, claro que no. ¿Por qué lo pregunta?

Poirot negó con la cabeza.

—Por nada importante. Gracias por dedicarme su tiempo, mademoiselle. Nuestra conversación ha sido muy esclarecedora.

—¿Por nada importante? Permítame que no lo crea —dijo ella cuando el detective ya se dirigía al comedor, donde lo esperaba el desayuno—. Primero oímos hablar de unas cartas suyas, que en realidad no ha escrito usted, y ahora me menciona unas cartas de mi padre, que tampoco podría haber escrito... Espero que nos explique todo esto, señor Poirot. Quiero conocer todos los pormenores de este asunto.

—Yo también, mademoiselle —replicó el detective mientras se sentaba a la mesa—. Le aseguro que yo también.

Capítulo 28

Una confesión poco convincente

Me encontraba en mi despacho de Scotland Yard, inmerso en la resolución de un crucigrama particularmente difícil, cuando el jefe llamó a la puerta.

—Siento interrumpirlo, Catchpool —dijo con una sonrisa irónica—. Aquí fuera está la señorita Annabel Treadway, que quiere hablar con usted.

Desde que tenía la certeza de que Rowland *de la Soga* ya no culpaba a Poirot ni a Scotland Yard de haber acusado a su hijo de asesinato, el jefe había vuelto a convertirse en el paradigma de la moderación y el discurso razonable.

—La recibiré ahora mismo —respondí.

Él la hizo pasar a mi pequeña oficina y se marchó. Nada más mirar a la mujer que tenía delante, me pregunté qué podía haber en ella que me hacía verla como la encarnación de un destino trágico. Era como si la habitación se hubiera vuelto más sombría con su llegada. Pero ¿por qué? No estaba llorando, ni llevaba luto. Era un enigma.

—Buenas tardes, señorita Treadway.

—¿Es usted el inspector Edward Catchpool?

—Así es. Esperaba verla mañana en Combingham Hall. No había previsto que viniera a verme antes a Londres.

—Tengo que hacer una confesión —anunció.

—Entiendo.

Me senté y la invité a que ella también lo hiciera, pero permaneció de pie.

—Yo maté a mi abuelo. Actué sola.

—¿Ah, sí?

—Sí. —Levantó la barbilla y pareció casi orgullosa—. Otras tres personas recibieron cartas que las acusan de asesinato, pero son inocentes. Lo maté yo.

—¿Me está diciendo que usted mató a Barnabas Pandy?

—Sí.

—¿Cómo?

La mujer frunció el ceño.

—No entiendo la pregunta.

—Es muy sencillo. Usted ha dicho que mató al señor Pandy y yo le he preguntado cómo lo hizo.

—Pensé que ya lo sabía. Se ahogó en la bañera.

—¿Quiere decir que *usted* lo ahogó en la bañera?

—Eh..., sí, eso mismo. Yo lo ahogué.

—Esta versión es diferente de la que le contó a Hércules Poirot —repuse.

Annabel Treadway bajó la vista.

—Lo siento.

—¿Qué es lo que siente? ¿Haber matado a su abuelo? ¿Mentirle a Poirot? ¿Mentirme a mí? ¿Las tres cosas?

—Por favor, inspector, no haga que esto sea todavía más difícil para mí.

—Acaba de confesar un asesinato, señorita Treadway. ¿Qué esperaba? ¿Una taza de chocolate caliente y una palmadita en la espalda? Su hermana y su sobrina le han asegurado a Poirot que es imposible que usted matara al señor Pandy. Las dos han declarado que estuvo con ellas desde el momento en que lo oyeron quejarse por el ruido que estaban haciendo hasta que Kingsbury lo encontró muerto, unos treinta minutos más tarde.

—Se equivocan. Estábamos juntas en el dormitorio de Ivy, pero yo salí unos minutos de la habitación. Lo habrán olvidado. Es difícil recordar con claridad unos hechos cuando han pasado muchas semanas.

—Entiendo. ¿Recuerda qué ropa llevaba puesta cuando mató a su abuelo?

—¿Ropa?

—Sí. Su hermana Lenore ha descrito el vestido que llevaba puesto usted aquel día.

—Llevaba... un vestido azul con dibujos de flores blancas y amarillas.

Al menos, en eso coincidía con la versión de su hermana.

—¿Dónde está ahora ese vestido? —pregunté.

—En casa. ¿Por qué todo el mundo se empeña en preguntarme por él? ¿Qué importancia puede tener? No me lo he vuelto a poner desde el día en que murió Bubu.

—¿Se le mojó cuando le hundió la cabeza a su abuelo bajo el agua de la bañera? —proseguí.

Pareció a punto de desmayarse.

—Sí —respondió.

—Sin embargo, su hermana Lenore le dijo a Poirot que su vestido estaba completamente seco.

—Es... es posible que no se fijara.

—¿Y si le dijera que Jane Dockerill encontró su vestido azul, envuelto en celofán cuando aún estaba húmedo, pegado con cinta adhesiva a la parte inferior de la cama de Timothy Lavington, en el colegio?

La conmoción fue evidente en la expresión de Annabel Treadway.

—¡Se lo está inventando para confundirme! —exclamó—. ¡Lo hace adrede!

—¿Para desviarla de su historia cuidadosamente ensayada con un par de detalles inconvenientes?

—¡Está tergiversando mis palabras! ¿Por qué no acepta simplemente mi confesión?

—Todavía no. ¿Está segura de que no fue usted quien pegó el vestido a los bajos de la cama de su sobrino? ¿Le preocupaba quizá que alguien notara que estaba mojado y que aún olía a aceite de oliva? ¿Tuvo la brillante idea de esconderlo en algún lugar lejos de su casa?

Con voz temblorosa, la mujer respondió:

—De acuerdo, sí, fui yo.

—Sin embargo, cuando le he pedido que confirmara que había escondido el vestido bajo la cama de Timothy me ha dicho que lo tenía guardado en casa. ¿Por qué ha mentido sobre ese detalle, cuando acababa de confesar un asesinato? No tiene sentido.

—Lo único importante, inspector, es que yo maté a mi abuelo. Estoy dispuesta a declararlo ante un tribunal bajo juramento. Puede arrestarme ahora mismo y hacer todo lo que hacen ustedes con los criminales. Pero ¿me prometerá una cosa, a cambio de mi confesión? No quiero que *Hoppy* se quede en Combingham Hall cuando yo ya no esté. No lo atenderían como necesita. Prométame que encontrará a alguien que lo quiera y lo cuide como merece.

—*Usted misma* lo seguirá cuidando —le dije con una sonrisa—. Es bastante evidente que no ha matado a nadie.

—Al contrario. Lo hice yo. Si me trae una Biblia, se lo juraré sobre las Sagradas Escrituras.

—¿Las Sagradas Escrituras, eh? ¿También está dispuesta a jurarlo por la vida de su perro *Hopscotch*?

Annabel Treadway apretó los labios. Se le llenaron los ojos de lágrimas, pero no dijo nada.

—Muy bien, señorita Treadway, dígame una cosa: ¿*por qué* ahogó a su abuelo?

—Eso se lo puedo responder fácilmente. —Había un alivio evidente en su voz y en sus ojos. Tuve la sensación de que iba a decir al menos una parte de la verdad—. Bubu descubrió una cosa acerca de mí y estaba a punto de desheredarme.

—¿Qué descubrió?

—No se lo diré *nunca* —replicó Annabel Treadway—, y no puede obligarme a revelárselo.

—Tiene razón. No puedo.

—¿Va a detenerme por asesinato?

—¿Yo? No. Tengo que consultarlo con el señor Poirot y, a continuación, tal vez, ponerme en contacto con la sección correspondiente de la policía.

—Pero... ¿qué hago yo ahora? No pensaba tener que volver a casa.

—Bueno, me temo que tendrá que regresar, a menos que disponga de otro sitio adonde ir. Vuelva a su casa, lleve a pasear a su perro y espere. Quizá se presente alguien a arrestarla por asesinato. Me parece poco probable, pero nunca se sabe. Puede que tenga suerte.

Capítulo 29

Un percebe inesperado

Cuando doblé la esquina de mi calle esa misma tarde, vi que la puerta de la casa donde vivo estaba abierta y que mi casera, la señora Blanche Unsworth, montaba guardia en el portal. En cuanto me vio, pareció dispuesta a saltarme encima.

—Oh, no —murmuré.

Se balanceaba de un pie a otro y agitaba los brazos, como si alguien le hubiera pedido que representara a un árbol agitado por la tormenta. ¿Pensaría que yo aún no la había visto?

Compuse mi mejor sonrisa y la saludé desde cierta distancia:

—¡Hola, señora Unsworth! Una tarde muy agradable, ¿verdad?

—¡Cuánto me alegro de que haya vuelto! —exclamó. En cuanto me tuvo a su alcance, me hizo entrar en la casa poco menos que a empujones—. Vino un caballero mientras usted estaba fuera. No me gustó mucho su aspecto. No parecía trigo limpio. He conocido a todo tipo de gente, pero a nadie como él.

—Ah —reaccioné yo.

Lo mejor de la señora Unsworth es que nunca me hace falta preguntarle nada. A los pocos minutos de encontrarme con ella, ya me ha proporcionado una lista completa de cada pensamiento que le ha pasado por la mente y cada suceso en el que ha participado o del que ha sido testigo desde la última vez que nos vimos.

—Parecía una figura de porcelana, ¡como si lo hubieran fabricado en un horno de cerámica! Casi no movía la cara cuando hablaba, y se comportaba con mucha cortesía, quizá demasiada, como si estuviera fingiendo.

—Ah —volví a reaccionar.

—Tuve una sensación extraña desde el instante en que lo vi. «No seas tonta, Blanche», me dije. «¿De qué tienes miedo? El caballero es amable, cortés y educado. Un poco reservado quizá, pero eso no debe preocuparte. ¡Ojalá todos los hombres que llaman a tu puerta fueran tan gentiles!» Entonces me dio un paquete para usted. Dijo que era para el inspector Edward Catchpool y va dirigido a su nombre, de modo que ni siquiera lo he tocado. Está envuelto y supongo que no puede contener nada *demasiado* desagradable. Pero nunca se sabe, ¿no? Es bastante grande y con bultos.

—¿Dónde está? —pregunté.

—Tengo que reconocer que el paquete me ha gustado tan poco como el caballero que lo trajo —prosiguió la señora Unsworth—. No sé si conviene que lo abra. Yo en su lugar no lo haría.

—No se preocupe por mí, señora Unsworth.

—¿Cómo no voy a preocuparme? ¡Claro que me preocupo!

—¿Dónde está el paquete?

—En el comedor, pero... ¡Espere! —Se interpuso en mi camino para que no pudiera acceder al vestíbulo—. No puedo permitir que lo abra sin advertírselo. Lo que vino después me alarmó todavía más. Tiene que oír toda la historia.

¿De verdad tenía que oírla? Hice un esfuerzo para aparentar paciencia.

—Le pregunté al caballero su nombre, pero no me contestó, como si ni siquiera me hubiera oído. Es lo que quiero decirle: intentaba parecer cortés y educado, pero ¿qué verdadero caballero ignoraría de esa manera una pregunta razonable de una señora? Ya le digo que no era trigo limpio. Tenía un brillo ladino en los ojos.

—Entiendo.

—Y una sonrisa rara. No era una sonrisa como las que se ven a diario. Entonces abrió la boca y dijo... Le aseguro que no lo olvidaré mientras viva. Es una de las cosas más raras que me han pasado desde que tengo memoria. Dijo: «Dígale al inspector Catchpool que el percebe crece y reverdece».

—¿Qué?

Blanche Unsworth repitió obedientemente la frase.

—¿«El percebe crece y reverdece»? —pregunté.

—¡Ésas fueron sus palabras exactas! Entonces me dije que no tenía sentido tratar de ser amable con un hombre que se estaba burlando de mí. «Dígame su nombre, por favor», le exigí, y seguramente notó que le estaba hablando en serio y no estaba dispuesta a aguantar tonterías, pero no le importó. Lo único que hizo fue volver a repetir las mismas palabras: «El percebe crece y reverdece».

—Tengo que ver ese paquete.

Esta vez, por fortuna, mi casera se apartó para dejarme pasar.

Me detuve en seco cuando vi el paquete sobre la mesa del comedor. Nada más verlo, supe qué contenía.

—¡«El percebe crece y reverdece»! ¡Ja, ja, ja!

—¿De qué se ríe? ¿Sabe qué significa? —preguntó la señora Unsworth.

—Me parece que sí.

Mi casera se mantuvo a cierta distancia, cubriéndose la boca con la mano, y noté que sofocaba una exclamación cuando abrí el envoltorio. En cuanto el objeto quedó a la vista, dijo en tono reverente:

—Es... una máquina de escribir.

—Necesito papel —le dije—. Se lo explicaré todo en su momento, pero ahora tengo que probar esta máquina para ver si estoy en lo cierto.

—¿Papel? Bueno, seguro que... No será ningún problema, pero...

—Tráigame unas hojas, por favor. Lo antes posible.

Poco después, con la señora Unsworth delante, inserté un folio en el carro de la máquina de escribir. Mecanografié: «El percebe crece y reverdece». Parecía el primer verso de una canción satírica. El segundo podría haber sido: «Ni perece ni envejece». Lo escribí también.

—¿Qué percebe es ése? —interrogó la señora Unsworth—. ¿Y por qué le pasan esas cosas?

Retiré el papel de la máquina y examiné de cerca los resultados de mi creatividad.

—¡Lo que pensaba! —exclamé.

—Si no me explica qué está pasando, no podré pegar ojo en toda la noche —me advirtió la señora Unsworth.

—Poirot y yo llevamos unos días buscando una máquina de escribir en concreto. Y resulta que es ésta. Tiene la letra «e» defectuosa. Véalo usted misma.

Le di la hoja para que lo comprobara.

—Pero... ¿qué tiene que ver todo eso con un percebe? —preguntó.

—La persona que ha traído el paquete, fuera quien fuese, como es obvio quería que yo probara la máquina, escribiendo una frase con muchas letras «e». Eso es todo. No importa el percebe, ni si crece o envejece. El percebe no existe. Lo que importa es averiguar quién era ese hombre que trajo el paquete y a quién pertenece esta máquina de escribir.

Estaba imaginando lo mucho que se alegraría Poirot cuando le contara la novedad; pero en realidad —como yo mismo podría haber apreciado de inmediato si no hubiera sido un tonto con muy poca vista— lo que acababa de suceder no nos acercaba en absoluto a la solución.

—El hombre que trajo el paquete debía de ser un recadero y no el verdadero remitente —le dije a Blanche Unsworth—. No necesitamos saber su nombre, sino la identidad de la persona que lo envió.

Tras despedirme de mi casera, subí a mi habitación y me tumbé en la cama, sintiéndome mucho menos lozano que nuestro amigo el percebe. Alguien se estaba burlando de mí y se había tomado el trabajo de señalar mi ignorancia: «Aquí está la máquina de escribir que buscabas. Ahora sólo tienes que averiguar de dónde ha salido, pero no puedes, ¿verdad? Y nunca conseguirás averiguarlo, porque yo soy más listo que tú». Casi podía oír sus palabras y su tono despectivo.

—Puede que seas más listo que yo —dije en voz alta, aunque la persona a la que me estaba dirigiendo no tenía ninguna posibilidad de oírme—, pero no creo que superes en ingenio a Hércules Poirot.

Capítulo 30

El misterio
de los tres cuartos

Al día siguiente, desafiando al mal tiempo, me desplacé a Combingham Hall en compañía de Rowland McCrodden. No fue un viaje agradable. Pasé la mayor parte del tiempo preguntándome por qué sería que las conversaciones entre Poirot, McCrodden y yo fluían con facilidad, mientras que McCrodden y yo, en ausencia de mi amigo belga, parecíamos incapaces de hablar de una manera que no pareciera forzada y (al menos por su parte) malhumorada.

Combingham Hall tenía una fachada insípida e institucional. Aunque era evidente que se trataba de un edificio antiguo, tenía un curioso aire de provisionalidad, sin ningún arraigo en el paisaje. Me resultaba extraño pensar que al día siguiente todas las personas implicadas en el peculiar enigma de la muerte de Barnabas Pandy se reunirían en la mansión, por orden de Poirot.

Rowland McCrodden y yo encontramos la puerta principal abierta de par en par, a pesar de la lluvia torrencial. Como era de esperar, toda la parte frontal del suelo de baldosas estaba encharcada y se había formado un poco de barro. De inmediato pensé en los pobres zapatos de Poirot y en el sufrimiento que mi amigo debía de haber experimentado. Observé varias huellas de patas de perro enfangadas, que debían de ser un recuerdo de *Hopscotch*.

Nadie salió a recibirnos. McCrodden se volvió hacia mí con expresión disgustada y parecía a punto de quejarse cuando oímos un ruido de pasos. Al final del pasillo de techos abovedados apareció un anciano, que venía despacio hacia nosotros arrastrando los pies.

—Veo que han encontrado la entrada, caballeros —dijo—. Mi nombre es Kingsbury. Si quieren entregarme sus abrigos y sombreros, les enseñaré sus habitaciones. Ambos tienen asignados dos bonitos dormitorios, muy bien orientados... ¡Ah! Y el señor Porrott me ha dicho que los invite a reunirse con él en el estudio del señor Pandy.

Cuando estuvo más cerca, observé que estaba temblando. Aun así, no hizo el menor ademán de cerrar la puerta principal, antes de indicarnos que lo siguiéramos al piso de arriba.

El dormitorio que me habían asignado era enorme, austero, incómodo y frío. La cama tenía un colchón lleno de bultos y una almohada igual de irregular, lo que constituía una combinación particularmente descorazonadora. La vista tenía el potencial de ser espléndida, en cuanto la lluvia dejara de fustigar las ventanas.

Kingsbury nos había indicado cómo encontrar la estancia que todavía denominaba «el estudio del señor Pandy» y, en cuanto estuve listo para bajar, llamé a la puerta de la habitación de McCrodden, que estaba al lado de la mía. Cuando le pregunté si el dormitorio era de su agrado, me contestó con frialdad:

—Contiene una cama y una jofaina para asearme. Es todo lo que necesito.

Su respuesta implicaba con claridad que sólo un joven consentido y depravado podría haber aspirado a algo más.

Encontramos a Poirot instalado en el estudio, sentado en un sillón de cuero de respaldo alto, con una manta naranja, marrón y negra echada sobre los hombros. Estaba bebiendo una infusión. Nada más entrar en la habitación, percibí su aroma y noté el vapor que desprendía.

—¡Catchpool! —exclamó en tono angustiado—. No entiendo qué pasa con ustedes los ingleses. ¡Aquí hace tanto frío como fuera!

—Es verdad. Esta casa es un glaciar con paredes y techo —respondí.

—Dejen de quejarse, por favor —nos reprendió Rowland McCrodden—. ¿Qué es eso, Poirot? —añadió señalando un folio apoyado boca abajo sobre la mesa que Kingsbury seguramente seguiría llamando «el escritorio del señor Pandy».

—¡Ah, sí! —dijo Poirot—. Todo a su tiempo, *mon ami*. Todo a su tiempo.

—¿Y qué hay en esa bolsa de papel?

—Responderé a todas sus preguntas *bientôt*. Pero antes..., lo siento mucho, estimado amigo, pero tengo el deber de comunicarle una trágica noticia. Siéntese, por favor.

—¿Trágica? —Las facciones del rostro de McCrodden parecieron derrumbarse—. ¿Le ha ocurrido algo a John?

—*Non, non*. John está bien.

—¿Qué ha pasado, entonces? ¡Dígalo ya!

—*La pauvre mademoiselle Mason*. Esmeralda Mason.

—¿Qué pasa con ella? No la habrá invitado también... Porque, si lo ha hecho, Poirot, le aseguro que...

—Por favor, *mon ami*. —Poirot se llevó un dedo a los labios—. Le ruego que guarde silencio.

—¡Pero dígalo de una vez, por el amor de Dios! —exclamó McCrodden—. ¿Qué ha hecho ahora la señorita Mason?

—Ha sufrido un infortunado accidente de automóvil. La señorita Mason viajaba en un vehículo cuando... un caballo les salió de forma inesperada al paso.

—¿Un caballo? —pregunté.

—Sí, Catchpool, un caballo. Por favor, no me interrumpa. Nadie más resultó herido, pero la pobre mademoiselle Mason... ¡Oh! *C'est vraiment dommage!*

—¿Me está diciendo que Esmeralda Mason ha muerto? —preguntó McCrodden.

—No, amigo mío, aunque tal vez sería mejor para ella. Una joven con toda la vida por delante...

—Poirot, exijo que me diga ahora mismo... —empezó McCrodden, con la cara roja como una remolacha.

—Desde luego, amigo mío. Se lo diré. Ha perdido las dos piernas.

—¡¿Qué?! —exclamó McCrodden.

—¡Dios mío! —dije yo—. ¡Qué horror!

—En este momento se las está amputando un cirujano. Era imposible salvarlas. Los daños han sido demasiado extensos.

McCrodden sacó un pañuelo del bolsillo y empezó a enjugarse la frente. No dijo nada, pero no dejaba de negar con la cabeza.

—Es... es algo... No tengo palabras... No lo puedo creer. ¿*Las dos* piernas?

—Sí, las dos piernas.

—Tenemos que... Nuestro bufete le proporcionará todo lo que necesite. Y flores... y una cesta de fruta. ¡Y dinero, maldición! Todo el dinero que haga falta, y la mejor atención médica que podamos ofrecerle. Tiene que haber especialistas que traten a las personas que han sufrido accidentes como ése para que puedan... —McCrodden frunció los labios. El color le había desaparecido de las mejillas y la piel se le había vuelto casi transparente—. ¿Podrá volver a trabajar en la oficina? Se morirá si no puede trabajar. ¡Estoy seguro! Le encanta su trabajo.

—Lo siento mucho, monsieur McCrodden —dijo Poirot—. Ya sé que no le tiene simpatía a su joven empleada, pero, aun así, esto debe de haber sido una conmoción tremenda para usted.

Rowland McCrodden se desplazó despacio hasta la silla más cercana, se sentó y se cubrió la cara con las dos manos. En ese mismo instante, Poirot se volvió hacia mí y me hizo un guiño.

Lo miré con expresión interrogante y entonces me hizo otro guiño. Una poderosa sensación de incredulidad se apoderó de mí. ¿Cómo era posible que se comportara de esa forma?

Lo volví a mirar, con expresión aún más severa e inquisitiva que antes. ¿Estaría intentando comunicarme que le había contado una mentira a McCrodden? ¿Seguiría Esmeralda Mason tan sana como la última vez que la había visto, con las dos piernas en su sitio y en perfecto funcionamiento, y sin ningún médico dispuesto a amputárselas? Pero, en ese caso, ¿qué diablos se proponía Poirot?

Me pregunté si debía hablar. Consideré la posibilidad de decirle a Rowland McCrodden: «Poirot me ha guiñado el ojo dos veces; me parece que le está tomando el pelo». Pero no quería meter la pata, aunque, dadas las circunstancias, hablar de patas, piernas o cualquier otra extremidad no parecía lo más adecuado.

—*Mon ami*, ¿prefiere retirarse a su habitación? —le preguntó Poirot—. Catchpool y yo podemos ocuparnos de todo, si usted no se siente con fuerzas para continuar.

—¿Continuar qué? Discúlpeme, pero... esta noticia tan horrenda me ha descentrado.

—Ya lo veo —asintió Poirot.

—Le ruego que me perdone, Catchpool —dijo McCrodden con un hilo de voz.

—¿Por qué? —le pregunté.

—Hoy he sido una pésima compañía para usted. Ha tenido conmigo la paciencia de un santo. Lo he tratado de una manera inaceptable, sin que usted hubiera hecho nada para merecerlo. Le ruego que acepte mis más sinceras disculpas.

—Por supuesto —respondí—. Ya lo he olvidado.

—Caballeros, tenemos mucho de que hablar —anunció Poirot—. Antes me ha preguntado por esa hoja, monsieur McCrodden. Ahora puede verla, si quiere. Usted también, Catchpool, si nuestro amigo está demasiado consternado.

—Yo lo veo bastante consternado —dije en un tono cargado de intención—. ¿No se lo parece a usted también?

Poirot sonrió. En ese momento tuve la certeza de que las piernas de Esmeralda Mason no corrían ningún riesgo de amputación. Me enfadé conmigo mismo. Nada me impedía revelarle a McCrodden que Poirot lo estaba engañando. ¿Por qué no se lo decía? Pero, en lugar de hablar, guardé silencio, depositando toda mi confianza en el grandioso plan de Poirot, como si mi amigo fuera una especie de dios.

Me dirigí a la mesa de escritorio, cogí el folio y le di la vuelta. Tenía cinco palabras mecanografiadas: «El percebe crece y reverdece».

—¿Qué demonios...? —mascullé.

Poirot se echó a reír.

—¡*Usted* me envió la máquina describir! —dije.

—¡Ah *oui, c'était* Poirot! Le pedí a Georges que se la llevara y le di instrucciones sobre lo que debía decir. Desempeñó su papel a la perfección. Le transmitió a la señora Unsworth el mensaje sobre el percebe.

—Basta de juegos, Poirot. ¿Por qué no me dijo simplemente que había localizado la máquina de escribir?

—Le pido mil disculpas, *mon cher*. De vez en cuando Poirot siente el impulso de hacer una travesura.

—¿Dónde la encontró?

—¿Dónde localicé al percebe que crece y reverdece? Aquí, en Combingham Hall. Pero, por favor, Catchpool, no diga ni una palabra. Nadie sabe que ha desaparecido una máquina de escribir.

—Entonces... ¿alguien mecanografió en esta casa las cuatro cartas firmadas con su nombre?

—Las cartas fueron escritas aquí, en efecto.

—¿Quién lo hizo?

—¡Ésa es la pregunta! Tengo una sospecha, pero nada más. No lo puedo demostrar. La certeza... —Suspiró—. Después de tanto trabajo, aún me falta la certeza.

—¿No ha prometido revelar toda la verdad mañana a las dos en punto? —le recordé.

—Sí. El tiempo empieza a agotarse para Poirot. —Sonrió, como si le gustara la idea—. ¿Se resignará a quedar como un tonto? ¡No, imposible! ¡Tiene que pensar en su reputación! Debe cuidar su buen nombre, ¡el excelente y prestigioso nombre de Hércules Poirot! *Alors*, solamente hay una salida. Hay que resolver este misterio antes de las dos de la tarde del día de mañana. Estoy muy cerca, amigos míos..., muy cerca. Lo siento aquí —se señaló la cabeza—. Las pequeñas células grises están trabajando. Cuando un plazo está a punto de agotarse..., resulta muy tonificante, Catchpool. ¡Inspirador! No se preocupe. Todo saldrá bien.

—No estoy preocupado —le dije—. Yo no le he prometido a nadie una solución. Sólo le recordaba que *usted* debería empezar a preocuparse.

—Muy divertido, Catchpool.

—¿Qué hay en la bolsa de papel? —pregunté.

—Ah, sí, la bolsa marrón —dijo Poirot—. La abriremos ahora. Pero antes debo confesar una cosa. Veo que sigue sin poder hablar, monsieur McCrodden, de modo que le ruego que me preste atención. La historia que le he contado acerca de la señorita Mason y la amputación de sus dos piernas... es falsa.

McCrodden lo miró boquiabierto.

—¿Falsa?

—Del todo. Hasta donde yo sé, la joven no ha sufrido ningún accidente, y conserva las dos piernas en excelentes condiciones.

—Pero usted... usted ha dicho... *¿Por qué*, Poirot?

Me pareció extraño que McCrodden no se pusiera furioso. Parecía haber caído en una especie de trance. Tenía los ojos vidriosos.

—Eso, *mon ami*, junto con otras muchas cosas, lo explicaré en nuestra reunión de mañana. Siento haberle causado tanta aflicción con mi pequeña historia. En mi defensa sólo puedo decir que era absolutamente necesario. Usted todavía no lo sabe, pero me ha sido de gran ayuda.

McCrodden hizo un vago gesto de asentimiento.

Poirot se dirigió a la mesa. Oí el crujido de la bolsa de papel marrón mientras sacaba algo de su interior. Entonces se apartó, para que viera de qué se trataba.

—¿Es...? —empecé a decir.

McCrodden soltó una carcajada.

Era un plato pequeño de porcelana con dibujos blancos y azules, y, encima, un trozo de la famosa tarta vidriera.

—Sí, en efecto. Es la tarta de mademoiselle Fee. Solamente una porción. ¡No necesitaré nada más! —declaró Poirot.

—¿Para matar el gusanillo hasta la hora de la cena? —sugirió McCrodden antes de estallar en otra ruidosa carcajada.

Era evidente que había experimentado algún tipo de transformación y que Poirot era el responsable, pero era difícil determinar si el efecto era accidental o deliberado.

—No es para el estómago, sino para las pequeñas células grises —replicó Poirot—. Aquí, amigos míos, en este pequeño trozo de tarta, *tenemos la solución al enigma de quién mató a Barnabas Pandy.*

—¡Cielo santo, qué casa tan horrenda! —comentó Eustace Campbell-Brown mientras se apeaba con Norma Rule y Mildred del coche que los había llevado a Combingham Hall. Se quedó mirando la fachada del edificio—. ¿De verdad alguien puede vivir aquí? ¡Mirad qué horror! ¡Cuando pienso que podrían vender este caserón por una fortuna y comprar por el mismo dinero varios pisos cómodos y elegantes en Londres, París, Nueva York...!

—A mí no me parece tan horrible —señaló Mildred.

—A mí tampoco —intervino Norma Rule—. Tienes razón, Mildred. Es una construcción hermosa. Eustace no sabe de qué habla. No hace más que demostrar su ignorancia.

Mildred miró primero a su madre, después a su prometido y, a continuación, sin decir ni una palabra, se encaminó hacia la casa. Norma y Eustace la vieron entrar por la puerta principal, que estaba abierta.

—¿Puedo sugerir una tregua? —propuso Eustace—. Al menos hasta que volvamos a Londres.

Norma desvió la vista.

—¿Por qué no puedo decir que una casa es bonita, si es lo que pienso? —preguntó.

—¿No te preocupa haber conseguido una vez más que Mildred se aparte de nosotros? ¿No te importa ser tan insufrible? —Eustace se interrumpió y levantó una mano—. De acuerdo. No debería haber dicho eso último. Prometo no volver a hacer comentarios hostiles si tú también lo prometes. ¿Qué dices? No te propongo que lo hagamos por nosotros, sino por Mildred. A ambos nos divierten nuestras pequeñas escaramuzas, pero ella no las soporta.

—Me llamaste asesina —le recordó Norma.

—No debería haberlo dicho. Te pido disculpas.

—¿Lo crees de verdad? Contesta con sinceridad.

—Te he pedido disculpas.

—¡Pero no estás siendo sincero! No eres capaz de comprender el sufrimiento de los demás..., de mujeres como yo. Eres un demonio.

—Ahora que te has desahogado, ¿qué me dices de la tregua? —insistió Eustace.

—Muy bien. Mientras estemos en Combingham Hall, haré lo posible para no discutir contigo.

—Gracias. Yo también me esforzaré.

Entraron juntos en la casa y encontraron a Mildred, sola en el vestíbulo. La joven hizo una mueca al verlos. A continuación levantó la vista al techo y empezó a cantar en voz baja una de sus canciones favoritas, *El hombre que amo está en la galería*, con los brazos extendidos a cada lado. Parecía como si quisiera levantar el vuelo.

«Tengo que alejarla de la influencia de Norma —pensó Eustace— o acabaremos enloqueciendo los dos.»

Mildred cantaba con voz temblorosa:

Si fuera una duquesa y tuviera dinero,
todo se lo daría al hombre que quiero.
Pero nada poseo, sólo tengo sus besos,
y soy muy feliz justamente por eso.
El hombre que amo está allá arriba, en la galería...

—¿Oyen cantar? —preguntó Rowland McCrodden—. Hay alguien cantando, estoy seguro.

—Poirot —dije yo—, ¿cómo puede ser que una porción de tarta sea la solución de un caso de asesinato?

—Porque es una porción intacta. Sus cuatro cuartos permanecen unidos. ¡Es la solución de lo que considero desde hace cierto tiempo como el «misterio de los tres cuartos»! A menos que...

Poirot se acercó a la tarta y, tras sacar del bolsillo una pequeña navaja, cortó el cuadrado amarillo de la esquina superior izquierda y lo empujó hacia el borde del plato, separándolo del resto.

—A menos que la realidad sea *ésta* —dijo—. Pero no lo creo. No, no me convence en absoluto.

Devolvió el cuadrado amarillo a su posición original, en contacto con los otros tres.

—¿Está sugiriendo que uno de los cuadrados no está separado, sino conectado con los otros tres? —pregunté—. ¿Significa eso... que las cuatro personas que recibieron las cartas acusadoras se conocen entre sí?

—*Non, mon ami.* Nada de eso.

—John no conoce a ninguno de los demás —intervino Rowland McCrodden—. Me lo ha dicho y yo lo creo.

—Entonces ¿qué quiere decir Poirot cuando afirma que el trozo de tarta intacto y sin cortar es la solución?

Ambos lo miramos y él nos sonrió de manera enigmática.

Entonces McCrodden exclamó:

—¡Un momento! Me parece que ya sé lo que quiere decir...

—¡Pero yo no sé dónde puede estar! —exclamó Hugo Dockerill alarmado—. ¡Podría estar en cualquier parte!

¡Solamente sé que aquí no está y que ya se nos ha hecho terriblemente tarde! Dios mío...

—Hugo —dijo su esposa en voz baja—, tranquilízate. A nadie en Combingham Hall le preocupa que nos presentemos a mediodía o a medianoche. Lo único importante es que lleguemos a tiempo a la reunión de mañana.

—Gracias por intentar que me sienta mejor, mi querida Jane. Sé que estás mucho más molesta por nuestro retraso de lo que aparentas.

—No estoy molesta, Hugo. —Lo cogió de la mano—. Solamente me gustaría poder ponerme en tu lugar para entenderte: saber lo que sientes, cómo piensas y... cómo te las arreglas para cumplir con tus obligaciones pese a todo. Me cuesta imaginarme en la situación de tener que hacer tres viajes al correo para enviar una carta porque en los dos primeros viajes me he dejado la carta en casa. A mí no me pasaría nunca. Por eso me resulta tan difícil entender que a ti te pase.

—Bueno, al final la envié. El problema no es la carta, ¡sino mi maldito sombrero! ¿Dónde estará el condenado?

—¿Por qué no te pones otro?

—Quería ponerme éste, o, mejor dicho, *ése*, ¡el que no puedo encontrar por ninguna parte!

—Has dicho que hace un momento lo tenías en la mano.

—Sí, estoy seguro.

—Muy bien. ¿Adónde has ido cuando has salido de la habitación hace un rato?

—Al cuarto de estar.

—Entonces ¿no podría estar el sombrero en el cuarto de estar?

Hugo volvió a fruncir el ceño. Después, una expresión de supremo deleite le iluminó la cara.

—¡Sí, es posible! Iré a ver.

Regresó unos segundos más tarde, con el sombrero en la mano.

—Tu método ha funcionado. ¡Mi queridísima Jane, eres maravillosa! Muy bien, ¿nos vamos?

Jane Dockerill suspiró.

—Deberíamos ponernos en camino, sí, pero ¿no hay algo más que deberíamos recoger, además de tu sombrero y de todas las cosas que esperan junto a la puerta?

—No; tengo todo lo necesario para pasar una noche en Combingham Hall. Está todo en la maleta. ¿Qué más necesitamos llevar?

—¡A Timothy Lavington y a Freddie Rule! —dijo Jane sonriendo—. ¿Quieres que vaya a buscarlos?

—Sí, por favor, cariño. Seguro que tú los encuentras antes que yo.

—Yo también lo creo. ¿Hugo...?

—¿Sí, querida mía?

—No sueltes ese sombrero hasta que yo regrese, ¿de acuerdo? No quiero que vuelvas a perderlo.

—Descuida. No lo perderé de vista.

—Si no me equivoco, Poirot —dijo Rowland McCrodden—, usted no piensa que los cuatro destinatarios de las cartas acusadoras se conozcan entre sí, ni que todos hayan conocido a Barnabas Pandy, sino que todos conocen a la persona que escribió las cartas.

—Correcto —asintió Poirot.

McCrodden pareció asombrado.

—¿De verdad? —dijo—. No lo esperaba. Era sólo una suposición.

—Una buena suposición —replicó Poirot—. O, al menos..., estoy casi seguro de que es buena. Todavía queda una pregunta importante que hacer, pero para eso tendré que viajar a Londres.

—¿A Londres? ¡Pero si todos vienen aquí! —exclamé—. ¡*Usted* los ha invitado!

—Y aquí deben quedarse hasta mi regreso. No se inquiete, *mon cher* Catchpool. Volveré a tiempo para nuestro compromiso de mañana a las dos en punto.

—Pero ¿adónde va?

—A ver a... ¿Peter Vout? —preguntó Rowland McCrodden.

—¡Otra ingeniosa suposición! —exclamó Poirot, aplaudiendo entusiasmado.

—Una deducción obligada —dijo McCrodden—. Vout debe de ser la única persona relacionada con el caso que no está ya en Combingham Hall o no viene de camino.

—Estoy seguro de que sabe la respuesta a la pregunta que pienso formularle mañana por la mañana —repuso Poirot—. ¡Es imposible que no la sepa! Después de eso, espero que todo se aclare... y, además, justo a tiempo.

John McCrodden encontró la puerta principal abierta de par en par cuando llegó a Combingham Hall. Al entrar, observó que el suelo del extenso vestíbulo estaba mojado y enfangado. Había varias maletas abandonadas al pie de una escalera tres veces más grande que cualquiera de las que había visto hasta entonces.

—¡Hola! —llamó—. ¡Hola! ¿Hay alguien en casa?

Nadie le respondió ni salió a recibirlo. Nada le habría gustado más a John que comprobar que realmente estaba solo en esa mansión enorme, fría como una tumba, donde podría encender un buen fuego en uno de los salones y pasar una tarde apacible sin que nadie lo molestara. Pero sabía que eso no era más que una fantasía. Estaba seguro de que en cualquier momento aparecería un grupo de personas de la buena sociedad, estiradas y afectadas, como las que tanto aborrecía.

Iba por la mitad del vestíbulo, dispuesto a localizar la cocina, buscar comida y prepararse tal vez una taza de té caliente, cuando se abrió una puerta a su derecha y finalmente apareció alguien.

—Soy John McCrodd... —empezó a decir mientras se volvía. Pero se quedó sin aliento cuando aún no había acabado de decir su nombre completo.

No. No podía ser verdad. No podía pensar con claridad, mientras el corazón le palpitaba con tanta violencia.

Era imposible. Y, sin embargo, ahí estaba.

—Hola, John.

—Eres... eres *tú*.

Fue lo único que consiguió decir.

EL CUARTO CUARTO

Capítulo 31

Una nota para
el señor Porrott

Freddie Rule había aprendido mucho desde su llegada a Combingham Hall el día anterior. Mucho más, de hecho, que todo lo que había aprendido en el colegio. Los profesores hacían lo que podían para inculcarle información útil y él la asimilaba con razonable facilidad, pero estudiar lo que había ocurrido en el pasado remoto o lo que había escrito un tipo que llevaba siglos muerto no era lo mismo que descubrir directamente las cosas. Cuando sucedía esto último —y no en el interior de un aula sofocante y casi silenciosa, sino en la vida diaria—, lo aprendido dejaba una huella mucho más profunda. Freddie estaba seguro de que nunca olvidaría las dos lecciones que había aprendido hasta ese momento en casa de Timothy Lavington (ya que así la consideraba él): la primera era que nadie necesitaba más de un amigo.

Milagrosamente, Timothy había decidido que Freddie le caía bien. Se habían divertido mucho jugando al escondite en el jardín, robando comida de la cocina cuando la cocinera no miraba e imitando al viejo *Pocas*

Luces Dockerill y a otras personas que pululaban por la casa, como el fósil del mayordomo, que parecía a punto de desintegrarse como una momia polvorienta si daba un paso más; el invitado belga, que, según Timothy y Freddie, parecía un huevo con bigote, y un hombre semejante a un busto de museo, con una mata de pelo gris rizado y la frente más ancha del mundo.

—La gente es bastante grotesca, ¿no crees, Freddie? —le había dicho Timothy esa mañana—. Sobre todo cuando muchas personas se reúnen en un mismo lugar, como ahora (que es cuando de verdad lo noto) o en la escuela. Nuestra especie en su conjunto no me merece muy buena opinión. Tú estás bien, Freddie. Yo también, como es obvio. Y también me gustan mi tía Annabel, Ivy, mi padre...

En ese momento, Timothy se había interrumpido con expresión contrariada, como si le molestara pensar en su padre.

—¿Y qué me dices de tu madre y de tus amigos de Turville?

—Intento ver el lado bueno de mi madre —había respondido Timothy con un suspiro—. En cuanto a mis amigos de Turville, los aborrezco a todos. Son lerdos e insufribles.

—Pero ¿entonces...?

—¿Por qué sigo siendo amigo suyo? ¿Por qué paso todo el tiempo con ellos? Supervivencia. No hay otra razón. El colegio es una jungla, Freddie, ¿no crees?

—No... no estoy seguro —había tartamudeado él, bajando la vista—. Mi colegio anterior era mucho más salvaje. Me fracturaron la clavícula y me rompieron una muñeca.

—Llevas poco tiempo en Turville para notar su salvajismo, mucho más sutil. Allí no rompen huesos; sólo quiebran espíritus. Cuando llegué al colegio observé de inmediato que esa pandilla (la misma de la que ahora soy el jefe) era la que mejor podía garantizarme la supervivencia. Creo que elegí bien. Desde el primer momento sabía que no tenía suficiente fuerza para sobrevivir solo. Es lo que admiro en ti, Freddie.

Freddie se había asombrado tanto al oírlo que no había dicho nada.

—Tú no sientes necesidad de hacer las repugnantes concesiones que he hecho yo para que todos me acepten. Pasas casi todo el tiempo con la mujer de *Pocas Luces* Dockerill, que después de todo no es mala persona. Eres su protegido, ¿eh?

—Es amable conmigo, sí.

A Freddie le había costado concentrarse, por la sorpresa que le producía lo que Timothy le estaba diciendo. Apenas había podido responder a la pregunta. De hecho, habría estado dispuesto a hacer docenas de repugnantes concesiones a cambio de ser tan popular como Timothy, pero nunca se le había presentado la oportunidad.

—Si no te gustan tus amigos —dijo—, yo podría ser tu amigo en la escuela. Pero no hace falta que me dirijas la palabra delante de todos. Podríamos ser amigos en secreto. Sólo si... —En ese momento, Freddie había perdido los nervios y había empezado a tartamudear—. Era una idea solamente. Entiendo a la perfección que tú no quieras.

—O también podríamos ser amigos de la manera normal, a la vista de todos, ¡y al que no le guste que se vaya al infierno! —había exclamado Timothy, desafiante.

—No, eso no te convendría. No puedes dejar que te vean conmigo. Te volverías un apestado como yo.

—No creo —había respondido Timothy con expresión pensativa—. He conseguido ser tan popular desde que llegué al colegio que estoy bastante seguro de que todos aceptarán a cualquiera que sea mi amigo. Vaya con quien vaya, la popularidad va conmigo. Ya veremos. Como es natural, tendremos que hacer algunos cambios importantes... o, mejor dicho, tendremos que *hacerte* algunos cambios importantes, Freddie. Tu actitud, tu forma de comportarte en el colegio...

—Por supuesto —se había apresurado a decir él—. Lo que a ti te parezca mejor.

—Tu ropa es un poco... ¿Cómo explicártelo? Hay maneras y maneras de llevar el uniforme, Freddie.

—Ya te entiendo. Sí, claro.

—Pero no es necesario que nos preocupemos ahora por los detalles. Es curioso, ¿sabes? Siempre te he tenido envidia. Los rumores que corren acerca de tu madre... Espero que no te importe que los mencione.

—No, no me importa —había dicho Freddie, aunque le importaba, y mucho.

—Es que todos piensan que tu madre es una asesina de bebés y un monstruo, y lo dicen, pero creen que *la mía* es una señora respetable. Y es verdad que lo es. Pero eso significa que nadie dice nunca lo horrible que es, lo que significa que yo no puedo darles la razón y decir: «Sí, yo también pienso que es horrenda. Fue ella quien echó a mi padre de casa con su frialdad». Me gustaría decirlo en voz alta y delante de mucha gente. No sabes cuánto me gustaría. Pero los defectos de *mi* madre no están reconocidos oficialmente. Y, si intentara explicar lo que siento, nadie me entendería ni sentiría pena por mí.

—Los rumores acerca de mi madre son falsos por completo —se apresuró a decir Freddie en voz baja.

No podría haberse perdonado a sí mismo si no hubiera dicho nada.

—También lo es la ausencia de rumores acerca de la mía —dijo Timothy.

—¿Cómo puede ser falsa *la ausencia* de rumores?

—Te lo tomas todo demasiado al pie de la letra, Freddie —replicó Timothy, sonriendo—. ¡Ven, vamos a ver si encontramos algún resto sabroso en la cocina! ¡Me muero de hambre!

Y, de ese modo —aun temiendo que su nuevo estado de euforia no fuera a durar más allá del tiempo que Timothy y él pasaran juntos en Combingham Hall, sin otros chicos de su edad a la vista—, la vida de Freddie había dado un giro radical, hasta volverse irreconocible en apenas unos minutos. ¡Tenía un amigo! La señora Dockerill era muy amable, pero no podía ser su amiga. Solamente era una persona mayor que sentía pena por él y lo protegía. No obstante, nada de eso importaba ya, porque Freddie tenía a Timothy.

Eso le había enseñado que nadie necesitaba más de un amigo. Él tenía uno solo y había resultado ser el número perfecto. No sentía ninguna necesidad de nadie más.

La segunda lección que Freddie había aprendido en Combingham Hall era que las definiciones de tamaño, como «grande» o «pequeño», eran relativas. Hasta su llegada a la mansión, el chico pensaba que su casa en Londres era grande. Pero sabía que nunca más podría pensar lo mismo, porque había visto la casa de Timothy, que era el tipo de caserón donde sólo puede vivir un aristócrata o una persona de la realeza y que estaba rodeada de parques más extensos que los del colegio Turville. La casa era tan enorme que estar dentro era casi como estar fuera, sólo que bajo techo. Era posible correr por los pasillos y dejar atrás tantas puertas como las que había en una calle corriente, y aun así encontrar nuevas esquinas que doblar y nuevas escaleras que subir.

Freddie llevaba un buen rato corriendo, tratando de encontrar a Timothy en su último juego del escondite. Después de asomarse a docenas de dormitorios vacíos y de registrar cada rincón, había pasado a la fase de correr simplemente por los pasillos, llamando a gritos a su amigo:

—¡Timothy! ¡Timothy!

Al doblar una esquina más, casi se dio de bruces con el viejo fósil.

—¡Cuidado, muchacho! —exclamó el anciano. ¿Cómo se llamaba? ¿Kingswood? ¿Kingsmead?—. ¡Has estado a punto de derribarme!

—Lo siento, señor —dijo Freddie.

¡Kingsbury! Así se llamaba.

—No me extraña que lo sientas. Dime, ¿has visto por casualidad al señor Porrott?

—¿A quién?

—Al caballero francés.

Freddie comprendió que el fósil se refería al huevo con bigote.

—No es francés. Es belga.

—Es francés. Desde que llegó lo he oído decir muchas cosas en un idioma que parece francés.

—Sí, pero...

—¿Lo has visto?

En ese momento, Timothy Lavington llegó corriendo por detrás del fósil y gritó:

—¡Freddie! ¡Te he encontrado!

El anciano se tambaleó un poco hacia atrás y tuvo que apoyarse en la pared para no caer. Se llevó una mano al pecho.

—Vais a llevarme a la tumba antes de tiempo —se quejó.

Freddie tuvo que reprimir la risa al oír ese «antes de tiempo». El viejo debía de tener por lo menos ochenta años.

—¿Por qué tenéis que correr por los pasillos como dos salvajes? ¿Es necesario que saltéis el uno sobre el otro como un mono arrojándose desde un árbol?

—Lo siento, Kingsbury —dijo Timothy con una sonrisa—. No volverá a ocurrir. Te lo prometo.

—Volverá a ocurrir, Timothy. Sé que volverá a ocurrir.

—Puede que tengas razón.

—¿No habíamos quedado en que yo te buscaba a ti? —preguntó Freddie.

—Y yo estoy buscando al señor Porrott, el caballero francés —dijo Kingsbury—. He mirado por todas partes.

—¡Es belga! Y su nombre no se pronuncia *Porrot*, Kingsbury, sino *Puaggó*. Está en el salón —replicó Timothy—, que es donde deberíamos estar todos. Son las dos y diez. Se me había olvidado por completo que teníamos que reunirnos en el salón a las dos en punto. Poirot me envió para arrearos a todos hacia allí. ¡Consideraos arreados!

Al igual que Timothy, Freddie había olvidado la reunión de las dos en punto. Parecía que también la había olvidado el viejo fósil, quien asintió y dijo:

—Es verdad que no he buscado al señor Porrott en el salón desde que dieron las dos. Estuve allí hace casi una hora, pero no he vuelto a mirar desde entonces. De hecho, me había resignado a no encontrarlo y le había escrito una nota. Si lo hubiera recordado... ¡Sí, es cierto que había dicho a las dos en punto! ¿Debería llevarle la nota? No sé qué hacer.

—Yo en tu lugar iría directamente al salón —le aconsejó Timothy—. Nos está esperando a todos. ¿No estás ansioso por oír lo que va a decirnos? ¡Yo sí! Vamos a averiguar quién mató a Bubu.

—¿Tú crees *de verdad* que lo mataron? —preguntó Freddie—. Mi madre dice que su muerte fue accidental y que alguien está hablando de asesinato solamente para causar problemas.

—Bueno, espero que no —dijo Timothy—. Lo echo de menos, por supuesto, pero... si tienes que morir, es mucho mejor un asesinato que un accidente. ¡Mucho más interesante!

—¡No digas eso, Timothy! —exclamó Kingsbury—. ¡Es horrible lo que estás diciendo!

—No, no lo es —repuso el chico—. ¿Sabes una cosa, Freddie? Cada vez que digo la verdad, alguien se enfada y me regaña. A veces pienso que quieren que sea un mentiroso.

Capítulo 32

¿Dónde está Kingsbury?

Finalmente, todas las sillas del salón de Combingham Hall estuvieron ocupadas, excepto dos. Puesto que habían sido dispuestas (por mí, a costa de mi espalda) para que correspondieran con exactitud con el número de personas que debían estar presentes en la reunión convocada por Poirot, era indudable que la falta de ocupación de una de esas dos sillas constituía un problema. La otra silla vacía correspondía al propio Poirot, que iba y venía por la habitación, incapaz de permanecer sentado a causa de su creciente impaciencia. Cada pocos segundos echaba una mirada a la puerta, después a la silla vacía frente a la suya y, a continuación, al reloj junto a la ventana que daba al jardín.

—¡Pronto darán las tres! —exclamó contrariado, para sobresalto de todos los presentes—. ¿Por qué no entiende la gente de esta casa la importancia de la puntualidad? Yo he viajado a Londres, he vuelto y, aun así, he llegado a tiempo.

—No es necesario que esperemos a Kingsbury, señor Poirot —dijo Lenore Lavington—. Él no ha matado a nadie, ni ha podido enviar esas cartas horribles. ¿No podemos empezar sin él? ¿Qué le parece si nos explica por qué nos ha reunido?

Las personas presentes en el salón, aparte de Poirot y yo, eran Rowland McCrodden, John McCrodden, Norma Rule, Mildred Rule, Eustace Campbell-Brown, Lenore Lavington, Ivy Lavington, Annabel Treadway, Hugo Dockerill, Jane Dockerill, Timothy Lavington y Freddie Rule. También nos acompañaba el perro *Hopscotch*, que se había echado en la alfombra, a los pies de Annabel.

—*Non* —replicó Poirot con sombría determinación—. Esperaremos. ¡Yo he convocado esta reunión y no empezará hasta que yo lo diga! Es esencial que todos estemos presentes.

—Lo siento mucho, señor Poirot —dijo Ivy Lavington—. Ha sido muy descortés por nuestra parte hacerlo esperar. Normalmente soy puntual. También Kingsbury lo es. Esta tardanza es impropia de él.

—Usted, mademoiselle, fue la primera en llegar... veinte minutos después de la hora acordada. ¿Puedo preguntarle el motivo de la demora?

—Estaba... pensando —respondió Ivy—. Debí de sumirme en mis pensamientos más profundamente de lo que me pareció.

—Entiendo. ¿Y los demás? —Los ojos de Poirot pasaron poco a poco de una persona a otra—. ¿Por qué estaban todos ustedes en otro sitio a las dos en punto, cuando su lugar era éste?

—Timothy y yo estábamos jugando al escondite. Se nos pasó el tiempo —aclaró Freddie.

—Yo estaba ayudando a Hugo a buscar un par de zapatos, que al final resultó que se había dejado en casa —explicó Jane Dockerill.

—Habría jurado que los había guardado en la maleta, cariño. No entiendo cómo he podido cometer un error tan tonto.

—Yo estaba cuidando a Mildred —explicó Norma Rule—. Le sucedió algo muy extraño. Empezó a cantar y no podía parar.

—¿No podía parar de cantar, madame? —preguntó Poirot.

—¡Mamá, por favor! —murmuró Mildred.

—Sí, de cantar —confirmó Norma Rule—. Cuando Eustace y yo conseguimos finalmente que parara, la pobre estaba un poco alterada y tuvo que echarse un momento.

—Yo estaba con Mildred —le contó Eustace a Poirot—. Estoy ansioso por oír lo que tiene que decirnos, señor Poirot. Me habría presentado aquí a las dos en punto, de no haber sido porque durante unos instantes Mildred parecía incapaz de moverse o de hablar, y yo no podía pensar en otra cosa. Esta pequeña reunión se me pasó por completo. Y se me habría olvidado del todo si Timothy no hubiera venido corriendo a decírnoslo.

—Bien hecho por recordarlo, Timmy —le dijo Ivy a su hermano con una sonrisa.

—Yo tampoco lo recordé —replicó él—. Estaba jugando al escondite con Freddie. Vine a buscarlo al salón, aunque ya había mirado antes. Pero no encontré a Freddie, sino a...

—Me encontró a mí —lo interrumpió Poirot—. Eran más de las dos y *nadie se había presentado* en el salón. Solamente Catchpool y yo. Envié a Timothy a buscarlos a todos, no sólo a Freddie.

—Yo había ido a buscar a John —intervino Rowland McCrodden—. En realidad, salí de mi cuarto con la intención de venir directo aquí, pero cuando me dirigía a la escalera pensé que estaría bien hablar con mi hijo a solas antes de unirnos al grupo.

—¿Por qué? —preguntó John.

—No lo sé. —Rowland McCrodden bajó la vista.

—¿Había algo en particular que quisieras decirme?

—No.

—Debías de tener alguna razón —insistió John.

—¿Esperaba tal vez que usted y monsieur John pudieran venir juntos a la reunión, monsieur McCrodden? —dijo Poirot.

—Sí, así es.

—¿Por qué? —volvió a preguntar John.

—¡Porque eres mi hijo! —gritó Rowland McCrodden.

Cuando el desconcierto causado por su estallido se hubo disipado, John se dirigió a Poirot:

—Si va a preguntarme por qué he llegado tarde, le diré que en el último minuto me dije que tal vez sería mejor no atender a su invitación y volver simplemente a casa, sin escucharlo.

—¿Ha hecho todo el viaje desde Londres sólo para volver a casa, monsieur?

—No he vuelto, como puede ver. Consideré la posibilidad de regresar, pero decidí quedarme.

—¿Y qué me dice usted, mademoiselle Treadway? ¿Y usted, madame Lavington? ¿Por qué han llegado tarde?

—Yo estaba en el jardín con *Hoppy* —dijo Annabel Treadway—, jugando con la pelota. Se estaba divirtiendo tanto que no quise contrariarlo regresando tan pronto. Usted había dicho que nos reuniríamos a las dos, pero yo supuse que sería «más o menos a las dos». Me retrasé un poco, nada más.

—Un retraso de veinticinco minutos, mademoiselle.

—Yo había salido a buscar a Annabel —explicó Lenore Lavington—. Sabía que había cierto riesgo de que olvidara la hora. Tiene demasiado consentido a *Hopscotch* y el animal puede pasar horas enteras jugando con la pelota. Siempre lo hace.

—Entonces, para que su hermana no se retrasara, usted también se retrasó.

—De hecho, cuando oí que el reloj daba las dos, miré por esa ventana... —La señaló—. Pero vi todas las sillas vacías. Solamente estaban el inspector Catchpool y usted en el salón. Entonces pensé: «Es evidente que la reunión no empezará con puntualidad». Y así fue. No me he perdido nada. Pero ahora, por favor, ¿podemos oír ya lo que piensa contarnos esta tarde, señor Poirot? Es probable que Kingsbury se haya quedado dormido. Muchas veces se retira a su casa a dormir la siesta. Es mayor y se cansa con facilidad. Annabel y yo le transmitiremos toda la información.

—No está en su casa, ni tampoco está durmiendo —dijo Timothy—. Freddie y yo nos lo encontramos abajo. ¿Verdad que hablamos con él, Freddie? Le dije que Poirot lo estaba buscando y contestó que se le había olvidado por completo la reunión. Pero cuando se la recordé, dijo que vendría.

—Así es —confirmó Freddie Rule—. Estaba preocupado por haber olvidado la reunión y retrasarse, y se dirigió rápidamente a la escalera. Estoy seguro de que venía hacia aquí. También dijo...

—Espera, Freddie. No sigas —indicó Timothy de repente, poniéndose de pie—. Señor Poirot, ¿podría hablar un momento a solas con usted?

—*Oui, bien sûr* —respondió el detective.

Los dos abandonaron juntos el salón y cerraron la puerta al salir.

En ausencia de Poirot, todos se volvieron hacia mí, como si esperaran que yo presidiera la reunión. Como no sabía qué decir, hice un comentario amable sobre el fuego y la necesidad de mantenerlo encendido en un día frío como el que estábamos padeciendo.

—¡Espero que haya suficiente leña en Combingham Hall para alimentarlo! —dije.

Nadie respondió.

Por fortuna, al cabo de unos instantes, Poirot y Timothy Lavington regresaron. La expresión de mi amigo era grave.

—Catchpool —dijo—, revise lo antes posible *todas las habitaciones de la casa*, por favor. Los demás esperaremos aquí.

—¿Qué debo buscar? —pregunté tras ponerme de pie.

—En mi habitación, busque... ¿Sabe dónde está mi habitación?

Asentí.

—Busque allí una nota que probablemente me ha dejado Kingsbury.

En ese momento oí una exclamación de sorpresa, a duras penas sofocada. Me pareció que la había proferido una mujer —sí, era decididamente femenina—, pero no podía saber cuál de las presentes. Quizá si en ese momento hubiera estado mirando a las personas reunidas en el salón..., pero toda mi atención estaba concentrada en Poirot.

—Busque también al propio Kingsbury, en mi habitación y en el resto de las estancias de la casa —pidió Poirot—. ¡Dese prisa, amigo mío! ¡No hay tiempo que perder!

Annabel Treadway se puso de pie.

—Me está asustando —le dijo a Poirot—. Habla como si Kingsbury estuviera en peligro.

—Así es, mademoiselle. Corre un grave peligro. ¡Por favor, Catchpool, dese prisa!

—¡Pero entonces deberíamos ir a buscarlo *todos*! —exclamó Annabel.

—¡No! —replicó Poirot, golpeando el suelo con un pie—. ¡Lo prohíbo! Sólo Catchpool. *Nadie más debe abandonar esta sala.*

No sé cuántas habitaciones hay en Combingham Hall, y no creo que pueda confiar en el recuerdo de mi atropellado recorrido por la mansión aquella tarde, pero no me sorprendería si me dijeran que son treinta los dormitorios de la casa, o incluso cuarenta. Fui corriendo de una habitación a otra, de un piso a otro, con la sensación de recorrer una siniestra ciudad abandonada, y no un domicilio familiar. Recuerdo con claridad una planta completa de dormitorios abandonados, con los colchones a la vista en algunos casos y con las camas reducidas a una simple estructura de madera en otros.

Descubrí que en realidad no sabía dónde estaba el cuarto de Poirot. Tardé muchísimo en encontrarlo, pero supe que era el suyo en cuanto entré y vi, dispuesta con geométrica pulcritud junto a un libro y una cigarrera, la redecilla que utiliza para protegerse los bigotes mientras duerme.

Había un sobre en el suelo, entre la cama y la puerta. Estaba cerrado y alguien —presumiblemente Kingsbury— había escrito un nombre con florida caligrafía: «*Herkul Porrott*». Me guardé el sobre en el bolsillo del pantalón y seguí buscando.

—¡Kingsbury! —lo iba llamando mientras corría por una sucesión de largos pasillos, abriendo un serie interminable de puertas—. ¿Está ahí? ¡Kingsbury!

No obtuve respuesta. Solamente oía el eco de mi voz.

Al final, al cabo de un tiempo que me parecieron horas, abrí una puerta y encontré una habitación que me resultó familiar. Era el cuarto de baño donde Barnabas Pandy se había ahogado. Poirot había insistido en enseñármelo la víspera.

Fue un alivio encontrar la bañera vacía: no estaba llena de agua, ni había en su interior ningún cadáver. Precisamente estaba pensando que había sido absurdo imaginar que encontraría a Kingsbury ahogado en la misma bañera donde había muerto Pandy, cuando noté algo en el suelo. Estaba junto a mis pies, cerca de la puerta. Era una toalla, con manchas rojas de diferentes formas y tamaños.

De inmediato supe que eran manchas de sangre.

Me agaché para examinar de cerca la toalla y descubrí, entre las patas de la bañera, un bulto oscuro que yacía detrás. La bañera me había impedido verlo al entrar. Enseguida adiviné lo que podía ser, aunque pensé que ojalá me hubiera equivocado mientras la rodeaba para comprobarlo.

Era Kingsbury. Yacía de lado, con los ojos abiertos. Debajo y alrededor de la cabeza había un charco rojo que formaba un círculo casi perfecto. Parecía una especie de halo o de corona, dos elementos que no resultaban particularmente adecuados para el pobre Kingsbury. Un solo vistazo a su cara me bastó para saber que estaba muerto.

Capítulo 33

Las marcas en la toalla

Al día siguiente volvimos a reunirnos en el salón de Combingham Hall. La hora acordada volvía a ser las dos en punto, pero, a diferencia del día anterior, todos llegamos puntuales. Poirot me confió más adelante que se había sentido ofendido por la puntualidad general, porque era la prueba de que todos eran capaces de llegar a la hora cuando el asunto les interesaba.

La segunda reunión había sido convocada no sólo por él, sino por un inspector de la policía local, de nombre Hubert Thrubwell.

—Estamos tratando la muerte del señor Kingsbury como un asesinato por una razón muy simple —nos dijo el inspector a todos—. Había una toalla en el suelo del baño donde yacía el cadáver. Sin embargo, el inspector Catchpool encontró la toalla lejos del cuerpo del señor Kingsbury. ¿Es así, inspector?

—Así es —confirmé yo—. La toalla estaba cerca de la puerta, al otro lado de la habitación. Casi me tropecé con ella al entrar.

Thrubwell me dio las gracias y continuó.

—Cuando el médico forense analizó la toalla, encontró dos tipos diferentes de sangre.

—No puede referirse a dos *tipos* diferentes de sangre, *mon ami* —lo corrigió Poirot—. Toda la sangre, si era de Kingsbury, tenía que ser forzosamente del mismo tipo. Usted se refiere a las marcas dejadas por la sangre en la toalla, *n'est-ce pas?*

—En efecto —dijo Thrubwell—. A eso me refiero exactamente. —Parecía agradecido por la corrección—. El médico forense ha establecido que la muerte del señor Kingsbury se produjo como resultado de un violento traumatismo en la cabeza. O bien lo empujaron, o bien se cayó hacia atrás y se golpeó con fuerza la cabeza contra la esquina del único armario que hay en la habitación. Sin la prueba de la toalla hallada por el inspector Catchpool habría sido imposible determinar si cayó o lo empujaron. Gracias a la toalla, creo que podemos afirmar con bastante seguridad que lo empujaron, y, aun cuando no hubiera sido así, es evidente que alguien lo dejó desangrarse hasta morir, porque esa persona deseaba su muerte. Y eso, a mi entender, se llama asesinato.

Thrubwell miró a Poirot, que asintió con expresión aprobadora.

—No lo entiendo —intervino Lenore Lavington—. ¿Cómo puede ser esa toalla una prueba?

—Por los dos tipos de marcas que dejó la sangre del señor Kingsbury —dijo Thrubwell—. En un lado de la toalla había una mancha grande, de sangre densa y oscura, en la parte que Kingsbury debió de apoyarse contra la herida para tratar de detener la hemorragia y salvar de ese modo la vida. Pero, si era ésa su intención, ¿por qué acabó la toalla en el extremo opuesto de la estancia, al otro lado de la bañera? No creo que el señor Kingsbury tuviera fuerza para arrojarla tan lejos. El cuarto de baño es una habitación grande y él se encontraba muy debilitado. Ni siquiera era particularmente fuerte antes de sufrir el traumatismo. Además, están las otras marcas. Aparte de la mancha grande de sangre oscura, hay cinco rayas en una parte diferente de la toalla. Son de color más claro que la mancha más grande y una de ellas es más corta y se encuentra más abajo que las otras cuatro.

—¿Rayas? —inquirió Ivy Lavington.

Estaba pálida y su expresión era muy seria. Annabel Treadway, en la silla vecina a la suya, lloraba en silencio. *Hopscotch* estaba a su lado, con una pata apoyada sobre su regazo, y de vez en cuando gemía y le lamía una mejilla. El resto de los presentes parecían en su mayoría conmocionados.

—Sí, rayas —dijo el inspector Thrubwell—. El señor Poirot, aquí presente, no necesitó mucho tiempo para deducir que debían de ser marcas de dedos. La más corta, situada en una posición más baja, correspondía al pulgar.

—¿El pulgar de la persona que dejó desangrarse al señor Kingsbury? —preguntó Jane Dockerill.

—No, señora —respondió Thrubwell—. Esa persona debió de cuidarse mucho de no tocar la sangre. Las marcas de dedos corresponden también a la víctima: el señor Kingsbury.

—Les diré lo que creo que pasó —intervino Hércules Poirot—. Puede que el asesino empujara a Kingsbury, que cayó y se golpeó la cabeza, o bien que la caída fuera accidental. Digamos que fue un accidente, para conceder el beneficio de la duda a nuestro asesino, al menos en este aspecto. Tras la caída, Kingsbury sangra profusamente. Es un anciano, está débil y ha sufrido hace poco la trágica pérdida de su querido patrón, el señor Pandy.

»El asesino observa que Kingsbury está demasiado flojo para pedir auxilio y que probablemente morirá si no hace nada para salvarlo. Eso es justo lo que quiere. Pero hay un solo problema: al caer, Kingsbury ha atinado a coger la toalla que debía de estar doblada junto a la bañera y ahora la tiene apoyada contra la herida. El asesino piensa que la toalla podría detener la hemorragia y salvar la vida del anciano. Por tanto, considera necesario arrancársela a Kingsbury, que de repente se ve privado del instrumento para contener la sangre. El anciano intenta detener la hemorragia con la mano y se le manchan los dedos de sangre. El asesino está de pie a su lado, quizá burlándose de él, y entonces Kingsbury tiende la mano para tratar de arrebatarle la toalla. No tiene la menor esperanza de arrancarla de las garras de su verdugo, mucho más fuerte y saludable que él, pero por un momento consigue tocarla, antes de que el asesino se la vuelva a arrancar y la deje caer junto a la puerta al salir del cuarto de baño *para dejar morir a Kingsbury*.

—Está suponiendo demasiado, ¿no? —dijo John McCrodden—. Quizá Kingsbury tenía los dedos ensangrentados cuando cogió la toalla por primera vez. Tal vez logró arrojarla al otro lado de la habitación. A veces la inminencia de la muerte confiere a las personas una fuerza extraordinaria.

—No pudo arrojar la toalla hasta el lugar donde la encontró el inspector Catchpool —replicó Thrubwell—. Habría sido casi imposible, incluso para un hombre fuerte y sin una herida en la cabeza.

—Puede que fuera imposible y puede que no —dijo Poirot—. Reconozco que sin ninguna otra prueba es difícil asegurarlo con certeza. Pero no debe olvidar, monsieur McCrodden, que *yo sé que en este momento hay un asesino entre nosotros*. Tengo la prueba, una prueba que me ha proporcionado el propio Kingsbury.

—¡Córcholis! —exclamó Hugo Dockerill.

—Sé quién es el asesino y por qué esa persona quería la muerte de Kingsbury —prosiguió Poirot—. Por eso he podido decirle al inspector Thrubwell que por fortuna le he ahorrado mucho trabajo. Ya había resuelto el asesinato de Kingsbury antes de que el inspector llegara a Combingham Hall.

—Y yo le estoy muy agradecido, señor Poirot —replicó Thrubwell.

—¿Qué prueba le ha proporcionado Kingsbury? —preguntó Rowland McCrodden—. ¿Cómo ha podido darle información acerca de su propio asesinato cuando aún estaba vivo? ¿O se refiere al asesinato de Barnabas Pandy?

—Buena pregunta —observó Poirot—. Como ustedes saben, antes de morir, Kingsbury me estaba buscando. Tenía algo importante que decirme. Como no pudo encontrarme, dejó una nota en mi habitación. La nota, cuando la leí, me trajo a la memoria ciertos hechos que ya conocía. Por eso, cuando me enteré de la muerte de Kingsbury y del detalle de la toalla y pude reunir todos los datos..., me di cuenta de que sabía quién era la persona que dejó morir con tanta crueldad a Kingsbury. Lo sabía (lo *sé*) más allá de toda duda. Se trata de alguien que por su propia naturaleza es capaz de matar a sangre fría, haya empujado a Kingsbury o no. ¿Qué otra cosa podemos pensar de alguien que deja morir a un hombre cuando podría haberlo salvado?

—Y, presumiblemente, la misma persona mató también a Barnabas Pandy —dijo Jane Dockerill—. No irá a decirme ahora que estoy sentada en una habitación con dos asesinos, ¿verdad, Poirot? Me costaría creerlo.

—No, madame. No son dos. —Poirot sacó un papel del bolsillo—. Ésta no es la nota que me escribió Kingsbury, pero es una copia exacta. En ella, pese a los errores ortográficos y gramaticales, se las arregla para expresar con claridad lo que pretende decir. Dentro de un momento, todos ustedes podrán examinar la copia de su mensaje. Verán que Kingsbury me comunica que acaba de oír por casualidad una conversación entre Ivy Lavington y otra persona, cuya identidad desconoce. El mayordomo oyó llorar a esa otra persona, pero no la oyó hablar. No podía decir con certeza si se trataba de un hombre o de una mujer. No era fácil distinguirlo, porque el llanto era particularmente descontrolado y lleno de angustia.

»La conversación que oyó Kingsbury, en su mayor parte unidireccional, se desarrolló en el dormitorio de mademoiselle Ivy, con la puerta entornada, pero no cerrada del todo. Kingsbury oyó que mademoiselle Ivy decía...

Poirot se interrumpió y me entregó la copia de la nota.

—Catchpool, ¿me haría el favor de leer el fragmento que he rodeado con un círculo? Me resulta difícil no hacer las correcciones necesarias. Soy demasiado perfeccionista.

Cogí la nota que me tendía mi amigo y empecé a leer el pasaje indicado.

Dijo algo así como que no puedes comportarte como si no conocie-
ras la ley porque eso no te servirá de defensa. Que hay cosas que
puedes hacer y cosas que no, y fingir que no la conoces es una de
esas cosas que no puedes hacer, porque no es excusa. Nadie te
creerá porque eres la única persona entre todos nosotros que co-
noce a ese John Modden...

En ese punto dejé de leer y le pregunté a Poirot si pensaba que Kingsbury se refería a John McCrodden.

—*Oui, bien sûr.* Mire a su alrededor, Catchpool. ¿Acaso hay algún John Modden en la sala?

Seguí leyendo:

... porque eres la única persona entre todos nosotros que conoce a
ese John Modden, y deberías contarle la verdad al señor Porrott
como me la has contado a mí. Él lo entenderá. Después de todo,
¿qué mal puede haber en decir ahora toda la verdad? En cambio,
si no la dices, lo hará él.

—Gracias, Catchpool. *Mesdames et messieurs,* supongo
que habrán comprendido ustedes que gran parte de lo que
acaban de oír es la transcripción hecha por Kingsbury de
las palabras de Ivy Lavington. El difunto Kingsbury
no escribía con particular elegancia ni cuidaba los detalles. Pero, en esencia, si atendemos a la sustancia de lo
que oyó, podemos considerar exacta la información.
Nos enteramos, por tanto, de que Kingsbury oyó a Ivy
Lavington hablar con alguien (no sabemos con quién) y
hacerle una advertencia: «No puedes comportarte como
si no conocieras la ley porque eso no te servirá de defensa». A continuación le dijo que nadie creería en ese des-
conocimiento de la ley, porque la persona con la que ha-

blaba Ivy Lavington era «la única que conocía a John McCrodden», y añadió que si no me contaba toda la verdad a mí, Hércules Poirot, era probable que John McCrodden lo hiciera.

»Todo esto parece sugerir que Ivy Lavington estaba hablando con el asesino o la asesina de Barnabas Pandy, ¿no lo creen ustedes? O, al menos, con la persona que escribió las cuatro cartas firmadas con mi nombre, ¿no es así?

—Lo que a mí me sugiere es que Ivy debía de estar hablando con Rowland McCrodden —dijo Jane Dockerill—. Si es verdad que sólo uno de nosotros conoce a John McCrodden, forzosamente tiene que ser él.

—Sí, me parece razonable la suposición —intervino Eustace Campbell-Brown.

—Pero no es correcta —repuso Ivy Lavington—. No pienso decirles con quién estaba hablando, pero puedo asegurarles que no era Rowland McCrodden. Como es obvio, él conoce a su hijo, pero lo que yo quise decir es que la persona con la que estaba hablando era la única entre nosotros que supuestamente no conocía a John McCrodden, aunque en realidad sí lo conocía. No sabía que Kingsbury estaba escuchando al otro lado de la puerta, de modo que no me preocupé demasiado por expresarme con precisión. Y, a propósito, la nota de Kingsbury no es exacta. Entendió mal muchas cosas. Lo que escribió... no son mis palabras. Eso no fue lo que dije.

Poirot la miró con expresión dichosa.

—*Eh bien, mademoiselle!* Me alegro de oírselo decir. Es verdad. Kingsbury entendió mal algunos detalles. ¡Aun así, gracias a él, Hércules Poirot ha podido entenderlo todo correctamente!

»En su nota, Kingsbury me indicó también que, mien-

346

tras escuchaba junto a la puerta de mademoiselle Lavington, un movimiento suyo hizo que las tablas del suelo crujieran de manera audible. Se marchó de forma apresurada por temor a ser descubierto, y entonces oyó que la puerta se abría con brusquedad tras él y golpeaba contra la pared, o al menos así interpretó el ruido que oyó a sus espaldas. Pensó que lo habían visto, y yo también lo creo. Kingsbury fue asesinado (o, si lo prefieren, fue abandonado para que muriera) por lo que había oído. Unos minutos después de hablar con Timothy Lavington y Freddie Rule en el piso de arriba, alguien lo obligó a entrar en el baño o lo siguió hasta allí y lo mató o lo dejó morir.

»Pero la persona causante de su muerte no sabía que, antes de morir, Kingsbury le había dejado a Poirot esta nota tan útil. Señoras y señores, puedo anunciarles que quien mató a Kingsbury es... la persona con la que mademoiselle Ivy mantuvo esa conversación secreta.

—¿Y quién es esa persona? —preguntó John McCrodden.

—¿Qué significa esto, Ivy? —le dijo Timothy Lavington a su hermana—. ¿Está diciendo el señor Poirot que tú estabas implicada en una conspiración para matar a Bubu y que después tu cómplice mató a Kingsbury?

—*Pas du tout*, Timothy —replicó el detective—. Pronto comprenderás por qué no es cierto lo que dices. Mademoiselle Ivy, por favor, díganoslo a todos: ¿con quién estaba hablando en su habitación poco antes de las dos de la tarde de ayer?

—No pienso decirlo, y no me importa que me castiguen por guardar silencio —replicó Ivy Lavington—. Señor Poirot, si usted ha descubierto quién mató a Kingsbury, o quién lo dejó morir, entonces sabe que no fui yo. Y, si lo sabe todo, como afirma, entonces no me necesita para nada.

Annabel Treadway intervino, entre lágrimas:

—*Yo* maté a Bubu. Ya se lo dije al inspector Catchpool. ¿Por qué nadie me cree?

—Porque no es verdad —respondí.

Poirot prosiguió:

—A las dos y cuarenta, todos estábamos reunidos en esta habitación. Todos, menos Kingsbury. Catchpool y yo llegamos a las dos en punto, pero éramos los únicos presentes. Después de enviar a Timothy Lavington a buscar a los demás, más o menos a las dos y cinco, el orden de llegada fue el siguiente: primero vino Ivy Lavington, a las dos y veinte. Enseguida llegaron Jane y Hugo Dockerill. A continuación, a las dos y veinticinco, se presentaron Annabel Treadway, Freddie Rule y Timothy Lavington; poco después, John McCrodden, y, al cabo de unos segundos, su padre, Rowland McCrodden. Los últimos en llegar fueron Mildred Rule, Eustace Campbell-Brown, Norma Rule y Lenore Lavington. Me temo que cualquiera de las personas que acabo de mencionar pudo haber sido quien arrancó la toalla de las manos de Kingsbury y lo dejó desangrarse. Solamente podemos eliminar de la lista de sospechosos a cuatro de las personas presentes en esta habitación: el inspector Thrubwell, Catchpool, yo mismo... y una cuarta persona: John McCrodden, como es natural.

—No veo por qué hemos de eliminar al señor McCrodden —dijo Norma Rule—. A mí me parece que tuvo tiempo más que suficiente para herir a Kingsbury y dejar que se desangrara en el cuarto de baño antes de venir al salón.

—Ah, pero piense una cosa, madame —repuso Poirot—. Si quien mató a Kingsbury es la persona a quien

348

Ivy Lavington dijo que era la única de todos nosotros que conocía a John McCrodden...

—Ah, ya veo —asintió Jane Dockerill—. Si es esa persona, entonces no puede ser el propio señor McCrodden.

—Me alegro —terció el aludido—. Ya no soy sospechoso de asesinato.

—Nada de eso —replicó su padre—. No eres sospechoso de matar a Kingsbury, pero todavía está pendiente el asesinato de Barnabas Pandy.

—De hecho, *mon ami*, no está pendiente —aclaró Poirot.

Los demás lo miraron atónitos.

—La muerte de Barnabas Pandy fue accidental —dijo el detective—. Se ahogó en el agua de la bañera, como todos creyeron correctamente desde el principio. Ha habido un solo asesinato: el del pobre Kingsbury, el fiel servidor de monsieur Pandy. También se ha producido un segundo asesinato en grado de tentativa, que por fortuna no pasará de intento. O quizá debería considerar que el asesinato de Kingsbury fue el «*segundo*» y el intento de asesinato, el primero, ya que tuvo lugar mucho antes de la muerte de Kingsbury.

—¿Un intento de asesinato? —preguntó Lenore Lavington—. ¿A quién pretendían matar?

—A su hermana —respondió Poirot—. Ya lo ve, madame. El autor o la autora de las cuatro cartas falsamente firmadas con mi nombre hizo todo cuanto estuvo a su alcance para asegurarse de que *Annabel Treadway fuera condenada a morir en la horca por el asesinato de Barnabas Pandy*, aunque, como acabo de decir, la muerte de monsieur Pandy fue accidental.

Capítulo 34

Rebecca Grace

— ¿Puedo hacerle una pregunta, señor Poirot? —dijo Annabel Treadway.

—*Oui, mademoiselle.* ¿Cuál?

—La persona que mató a Kingsbury, la que escribió esas cuatro cartas y la que quería enviarme a la horca por matar al abuelo, ¿son tres individuos diferentes?

—No. Una sola persona es la responsable de todo.

—Entonces... yo he ayudado a esa persona sin proponérmelo —señaló Annabel, que había dejado de llorar—. He sido cómplice del intento de acabar con mi propia vida al acudir a Scotland Yard y confesar que había ahogado al abuelo en el agua de la bañera.

—Permítame que se lo pregunte ahora: ¿mató usted a su abuelo, Barnabas Pandy?

—No, no lo maté.

—Bien. Ahora dice la verdad. *Excellent!* Por fin ha llegado el momento de la sinceridad. Mademoiselle Ivy, usted cree firmemente en el poder de la verdad, ¿no es así?

—Así es —dijo Ivy—. Tía Annabel, ¿es verdad que

confesaste un crimen que no habías cometido? ¿Un asesinato que ni siquiera había sido un asesinato? ¿Cómo pudiste hacer algo tan tonto?

Poirot miró a la chica.

—Ayer, la persona que mató a Kingsbury le reveló la verdad acerca de su intento de culpar a Annabel Treadway, su tía, del asesinato de su bisabuelo. Ahora usted se niega a revelar el nombre de esa persona. Está protegiendo a alguien capaz de matar sin el menor remordimiento. ¿Por qué? ¡Por el poder de la verdad que le ha revelado!

—¿Por qué supone que la persona en cuestión carece de remordimientos? —replicó Ivy.

—Una persona arrepentida lo confesaría todo aquí y ahora —aseguró Poirot mientras recorría el salón con la mirada, observando todos los rostros.

Todos callaron, hasta que Eustace Campbell-Brown tomó la palabra:

—¿No es curioso que en circunstancias como ésta todos sintamos una tentación irreprimible de confesar? Yo soy inocente, pero no puedo soportar el silencio. Siento el impulso de gritar a los cuatro vientos que fui *yo* quien mató a Kingsbury. Aunque no fui yo, por supuesto.

—Entonces cállese, por favor —le pidió Poirot.

—¿Y si, en lugar de tratarse de una persona sin remordimientos, fuera simplemente alguien con mucho miedo, más miedo del que ha sentido nunca? —le preguntó Ivy Lavington al detective.

—Es gratificante para mí que intente defender al asesino o asesina de Kingsbury, mademoiselle. Me confirma que he acertado en todos los aspectos. La verdad que le contó esa persona, mientras Kingsbury escuchaba al otro lado de la puerta..., le llegó al corazón, ¿verdad? Pese a los actos inexcusables que sabe que perpetró, la sigue defendiendo y no puede endurecer su corazón contra ella.

Ivy Lavington desvió la mirada.

—Como le he dicho antes, usted ya lo sabe todo, señor Poirot. No me necesita para confirmar nada.

El detective se volvió hacia Norma Rule.

—Madame, aparte de su hija y de su futuro yerno, ¿había visto antes a alguna de las caras que está viendo ahora en esta sala?

—Por supuesto que sí —replicó ella—. Había visto *su cara*, señor Poirot.

—¡Debería haber añadido «y aparte de Hércules Poirot»! ¿Reconoce a alguien más?

Norma Rule bajó la vista hacia sus manos, que tenía entrelazadas sobre el regazo. Al cabo de unos segundos, respondió:

—Sí. Había visto en otra ocasión a la señora Lavington, a Lenore Lavington, pero no la conocía por su verdadero nombre. Fue hace trece años. Me dijo que se llamaba Rebecca... Rebecca Gray o... Rebecca Grace, sí, eso es.

—¿Por qué cree que madame Lavington consideró necesario presentarse con un nombre falso? Por favor, no intente ocultar la verdad. Poirot lo sabe todo.

—La señora Lavington se había quedado en estado y no quería seguir adelante —explicó Norma Rule—. Cuando yo era más joven... ayudaba a mujeres en ese tipo de apuros. Era muy eficaz. Ofrecía un servicio seguro y discreto. La mayoría de las señoras que recurrían a mí lo hacían con un nombre falso. Nunca me revelaban el auténtico.

—¿Madame? —preguntó Poirot, volviéndose hacia Lenore Lavington.

—Es cierto —admitió ella—. Cecil y yo no éramos felices juntos, y pensé que otro bebé no haría más que empeorar la situación entre nosotros. Pero al final no fui capaz de someterme a la intervención. En nuestro primer encuentro, la señora Rule me confesó que ella también esperaba un bebé. Me dijo que ella quería al suyo, pero podía entender la angustia de esperar un hijo no deseado. Cuando oí esas palabras («un hijo no deseado»), me excusé y me marché. No regresé nunca. Comprendí que no era verdad que mi pequeño no fuera deseado. No podría haberme deshecho de él.

Lenore Lavington lanzó una mirada despreciativa en dirección a Norma Rule y prosiguió:

—Cuando se dio cuenta de que había cambiado de idea, la señora Rule intentó presionarme para que lo hiciera de todos modos. ¡Estaba desesperada por no perder ninguna clienta!

Timothy Lavington se puso de pie con dificultad. Tenía lágrimas en los ojos.

—Ese bebé que estabas esperando era yo, ¿verdad, mamá? —dijo.

—Se echó atrás, Timmy. No hizo lo que pensaba hacer —intervino Ivy.

—Sabía que te querría. Sabía que te adoraría en cuanto te tuviera en mis brazos, Timmy —repuso Lenore—. Y, de hecho, así fue.

—¿Le contaste a papá que pensabas deshacerte de mí de esa manera tan salvaje? —preguntó Timothy con disgusto.

—No. No se lo conté a nadie.

—En efecto —terció Poirot—. No se lo contó a nadie. Eso es muy importante.

Me hizo un gesto, que era mi señal. Salí de la habitación y regresé unos instantes después cargado con una mesa pequeña que coloqué en medio del salón, donde todos pudieran verla. Estaba cubierta con una sábana blanca. Poirot se había negado a revelarme qué había debajo, pero yo estaba bastante seguro de saber qué se proponía. También Rowland McCrodden debía de saberlo, a juzgar por su expresión. Tal como esperaba, cuando Poirot levantó la sábana, dejó al descubierto otra porción de tarta vidriera en un plato pequeño de porcelana. Junto al plato había un cuchillo. ¿Cuántos trozos de esa condenada tarta habría llevado a Combingham Hall?, me pregunté. Fee Spring debía de estar encantada con el volumen de las ventas.

—¿Es ésta su manera de decir que ha resuelto el misterio, Poirot? ¿Celebrándolo con un trozo de tarta? —preguntó Hugo Dockerill—. ¡Qué ocurrente es usted! —añadió entre risas, pero enseguida su mujer le llamó la atención y él guardó silencio con expresión contrita.

—¡Ahora les demostraré, señoras y señores, que, una vez resuelto el misterio de los tres cuartos, estaremos mucho más cerca de resolver el enigma!

—¿Qué es el misterio de los tres cuartos, señor Poirot? —preguntó el inspector Thrubwell.

—Se lo explicaré, inspector. Aquí puede ver, como vemos todos, que este trozo de tarta se divide en cuatro cuartos. En la fila superior, si me permite que la llame así, tenemos un cuadrado amarillo y uno rosa, y en la fila inferior, uno rosa y otro amarillo. Sin embargo, puesto que aún no hemos usado el cuchillo, también tenemos la porción intacta y sin cortar.

Con movimientos histriónicos, Poirot la cortó en dos mitades, que empujó hacia los bordes opuestos del plato.

—Al principio pensé que las cuatro personas que habían recibido las cartas de alguien que se hacía pasar por mí y los acusaba de haber asesinado a Barnabas Pandy podían ordenarse en dos parejas: por un lado, Annabel Treadway y Hugo Dockerill, que tenían una vinculación conocida con monsieur Pandy, y, por otro, Norma Rule y John McCrodden, que a primera vista no parecían relacionados con el difunto. Estos dos últimos me habían asegurado que ni siquiera habían oído hablar de Barnabas Pandy. Después, en una conversación con Hugo Dockerill, descubrí que Freddie, el hijo de madame Rule, era alumno del colegio Turville, el mismo al que asiste Timothy Lavington. Por tanto, la situación se le presentó a Poirot de este modo...

El detective empuñó el cuchillo y cortó en dos una de las mitades del trozo de tarta. A continuación, corrigió la disposición de los cuadrados rosas y amarillos en el plato: colocó tres juntos y uno aparte, lejos de los demás.

—¡Esto, *mes amis*, es lo que denomino «el misterio de los tres cuartos»! ¿Por qué es monsieur John McCrodden la excepción? ¿Por qué este hombre sin ninguna relación aparente con Barnabas Pandy, y al que ni siquiera había oído mencionar, fue elegido como destinatario de una de las cartas, cuando los otros tres tenían vínculos evidentes con monsieur Pandy o con su familia? ¿Por qué la persona que envió esas cartas fraudulentas eligió a estos tres y también a este otro?

»Me pregunté si el autor o la autora de esas cartas lo había hecho con el propósito de que yo prestara *particular atención* a John McCrodden. Entonces ocurrió algo que me desconcertó. Estando yo presente, mademoiselle Ivy mencionó el nombre de Freddie Rule delante de su madre. Observé que Lenore Lavington se transfiguraba. Parecía horrorizada, casi paralizada por el desconcierto. Me pregunté entonces por qué reaccionaría de manera tan intensa al oír el nombre de un compañero de colegio de su hijo.

Supongo que Poirot pensaba contestar él mismo a la pregunta, pero no pude contenerme y dije en voz alta la respuesta que se me ocurrió en ese momento:

—Porque no sabía que Freddie Rule estaba en el colegio Turville hasta que usted lo mencionó. No imaginaba que el hijo de Norma Rule estudiaba en el mismo colegio que el suyo.

—*Précisément!* Sabía que había un chico llamado Freddie, que ella misma describió como «raro» y «solitario», pero no sabía su apellido. Hacía solamente unos meses que había llegado a Turville. Lenore Lavington ignoraba que la misma madame Rule que había conocido trece años atrás fuera la madre de ese Freddie tan raro y solitario, hasta que su hija se lo dijo. Entonces, para no darme pistas, improvisó un fuerte rechazo a Freddie y mintió diciendo que le había aconsejado a Timothy que no se le acercara. No quería que yo sospechara que no había sido Freddie, sino su madre, quien le había inspirado una reacción tan violenta. Más adelante pareció olvidar por completo que me había hablado del rechazo que le inspiraba Freddie. Cuando se lo mencioné por segunda vez, no expresó ninguna animadversión ni pareció dispuesta a criticarlo. Tampoco se ha opuesto a que su hijo pase todo el tiempo jugando con él aquí, en Combingham Hall.

»He de reconocer, señoras y señores, que sólo cuando me convencí de que la autora de las cuatro cartas era Lenore Lavington logré al final que encajara esta pieza del rompecabezas.

—Un momento —intervino John McCrodden—. Si dice que la misma persona mató a Kingsbury e intentó que condenaran a la horca a la señorita Treadway..., ¿está acusando también a la señora Lavington de ambas cosas?

—De momento sólo diré que la señora Lavington escribió las cartas que acusaban de asesinato a cuatro personas (entre ellas, usted, monsieur McCrodden) y las firmó con el nombre de Hércules Poirot. El nombre de Freddie Rule le produjo tanta conmoción, madame Lavington, porque hasta ese momento estaba segura de que nadie adivinaría nunca su vinculación con Norma Rule. Usted había acudido a ella trece años atrás para que le practicara una intervención médica ilegal. En interés de ambas, era lógico que ninguna de las dos se lo hubiera contado a nadie. Pero entonces, de la manera más casual y fortuita, su hija la informó de que el hijo de la señora Rule, Freddie, estudiaba en el mismo colegio que Timothy. De repente había una relación entre Norma Rule y Barnabas Pandy que todos podíamos descubrir.

»Eso, para usted, fue una catástrofe. Quería que la porción de tarta pareciera pulcramente cortada en dos mitades, ¿verdad? Pretendía que dos de los destinatarios de sus cartas tuvieran una relación evidente con su abuelo y los otros dos, ninguna en absoluto. De ese modo, ninguno de ellos destacaría sobre los otros tres. En esas circunstancias, habría sido casi imposible deducir qué propósito había podido tener la persona que había escrito las cartas. Sin embargo, por la casualidad de que Freddie Rule estudiara en Turville, usted comprendió, para su gran consternación, que, sin proponérselo, había dirigido la atención hacia John McCrodden, señalándolo así como el especial, *el diferente*. Yo sabía que había solamente dos posibilidades: o bien John McCrodden era el único que no encajaba, o bien encajaban todos y la porción de tarta estaba intacta y sin cortar.

Poirot recompuso el trozo de tarta, de manera que los cuatro cuadrados volvieron a estar juntos.

—Cuando hablo de la porción de tarta intacta me refiero a la posibilidad de que la persona que escribió las cartas tuviera una vinculación personal *con los cuatro destinatarios*, incluido John McCrodden.

»Cuando escribió las cartas, madame Lavington, decidió firmarlas con mi nombre. ¿Por qué? Usted sabía que soy un experto en la resolución de misterios, *n'est-ce pas?* ¡En eso no me supera nadie! Y necesitaba mi atención. Quería que Hércules Poirot, tras estudiar el caso, se dirigiera a la policía llevando bajo el brazo un vestido mohoso envuelto en celofán y dijera que su hermana Annabel era la asesina de su abuelo. ¿Quién habría tenido tanta autoridad como yo para afirmar lo que usted quería que dijera? ¡Y creyó que podía manipularme! Madame, nunca nadie me había halagado y subestimado tanto al mismo tiempo. ¿Cómo ha podido pensar que Hércules Poirot se dejaría embaucar por un vestido empapado en agua perfumada con aceite de oliva?

En ese momento intervino el inspector Thrubwell.

—Señor Poirot, todo esto es un poco confuso. ¿Intenta decirnos que la señora Lavington *no quería* señalar al señor John McCrodden como el único diferente?

—*Oui, monsieur*. No quería que yo me preguntara cuál era su lugar en el conjunto del misterio, ni que me dijera: «Si Norma Rule está relacionada con la familia de Barnabas Pandy, ¿no sucederá lo mismo con John McCrodden?». Porque, amigos míos, *Lenore Lavington es la única persona presente en esta habitación vinculada con los cuatro destinatarios de las cartas*. Cometió un grave error cuando urdió este plan. Si quería acusar a dos desconocidos, podría haberlos elegido al azar en la guía telefónica. En lugar de eso, eligió a dos personas con las que había tenido en el pasado una relación lo bastante secreta como para considerarla segura. Esperaba que Poirot determinara enseguida que Norma Rule y John McCrodden no podían haber asesinado a Barnabas Pandy porque no tenían ninguna relación con él ni con su familia, *ni estaban en Combingham Hall ni en sus alrededores* el día de su muerte. No habían tenido motivo ni oportunidad para matarlo. La señora Lavington supuso, por tanto, que los nombres de Rule y McCrodden quedarían descartados de inmediato de la lista de sospechosos.

»¡Pero en eso también se equivocó! Muy pronto me resultó evidente que tanto madame Rule como monsieur McCrodden *podrían haber venido a esta casa* el día de la muerte de Barnabas Pandy. Y lo mismo puedo decir de Hugo Dockerill. Cualquiera de los tres podría haberse colado mientras los habitantes de la casa discutían o deshacían una maleta, como Kingsbury. Podrían haber entrado por la puerta principal, que siempre queda abierta, matar a monsieur Pandy y huir sin que nadie los viera. Ninguno de los tres tenía una coartada particularmente firme: un festival navideño del que habría sido fácil marcharse durante una hora o dos sin que nadie lo notara, y una carta de una española que lo más probable es que estuviera dispuesta a afirmar cualquier cosa que su amigo le pidiera.

Poirot miró a John McCrodden, como si esperara que hablara.

Al cabo de unos instantes, McCrodden dijo en voz baja:

—No supe su verdadero nombre hasta que llegué a esta casa. Me dijo que se llamaba Rebecca Grace, lo mismo que a la señora Rule. Lenore. —La buscó con la vista—. Es un nombre poco corriente. Me alegro de saber cómo te llamas, Lenore.

—Monsieur McCrodden, para información de todos los presentes, ¿podría aclarar la naturaleza de su relación con Lenore Lavington? —pidió Poirot—. Eran amantes, ¿verdad?

—Sí. Tuvimos una relación fugaz. Demasiado fugaz. Yo sabía que estaba casada. ¡Cómo maldije al destino por permitirme conocerla cuando ya era demasiado tarde y le pertenecía a otro! —Le temblaba la voz—. La quise con toda mi alma —dijo—. Todavía la quiero.

Capítulo 35

Lealtad familiar

—No me da vergüenza —declaró John McCrodden—. Rara vez me avergüenzo de nada, como seguramente podrá confirmarle mi padre. Rebecca..., Lenore... es la única mujer que he amado, aunque sólo estuvimos juntos tres días. Desde entonces he pasado todas las horas de cada uno de mis días deseando que nuestra relación hubiera durado mucho más...

—John, por favor, no sigas —dijo Lenore—. ¿Qué sentido tiene ahora?

—... pero ella insistió en regresar con su marido, que, por lo que sé, era un sujeto muy poco interesante. Tenía que cumplir con su deber.

—¿Cómo se atreve a hablar así de mi padre? —protestó Timothy Lavington, antes de decirle con frialdad a su madre—: ¿Le dijiste a este hombre que papá era poco interesante? ¿Qué más mentiras le contaste?

Ivy le tocó un brazo a su madre:

—Díselo, mamá. Tienes que decírselo.

—Tu padre está muerto, Timmy —replicó Lenore—. Esa carta que recibiste... la escribí yo. Fui yo quien la envió.

—¿Qué carta? —preguntó Jane Dockerill.

—Lenore Lavington envió una quinta carta —terció Poirot—, cuya existencia ignora la mayoría de ustedes. La mecanografió en la misma máquina que usó para las otras cuatro: la que tiene una letra «e» defectuosa. Sin embargo, esa quinta carta no era una acusación de asesinato y en ella madame Lavington no fingía ser Hércules Poirot, sino su difunto marido, Cecil Lavington. El objeto de la carta era revelarle a su hijo, Timothy, que su padre no estaba muerto, como creía todo el mundo, sino desempeñando una misión secreta encargada por el gobierno.

—¿Cómo pudiste mentir sobre algo así, mamá? —inquirió Timothy—. ¡Yo creí que estaba vivo!

Lenore Lavington desvió la vista. Ivy le apoyó una mano sobre el brazo mientras le dirigía a Timothy una mirada severa para que no siguiera haciéndole reproches.

Poirot continuó:

—Cuando Timothy Lavington le enseñó a Catchpool, aquí presente, la carta que se suponía enviada por su padre, el inspector observó enseguida que todas las «e» tenían un diminuto espacio en blanco en la barra horizontal. Entonces supo que la misma persona había enviado las cuatro cartas firmadas con el nombre de Hércules Poirot y que todas habían sido escritas en la misma máquina. Ahora entenderán mejor por qué nos parecía tan importante localizarla.

»La primera vez que vine a Combingham Hall, le pregunté a madame Lavington si podía probar su máquina de escribir. Se negó. Como no había indicios de que se hubiera cometido un crimen, no tenía ninguna obligación de enseñarme nada. Pero cuando vine por segunda vez descubrí que madame Lavington había cambiado de idea y estaba dispuesta a cooperar.

—Todos queríamos ayudarlo, señor Poirot, pero usted nos engañó —intervino Annabel Treadway—. Nos hizo creer que tenía pruebas que demostraban que el abuelo había sido asesinado. Pero ahora nos dice que su muerte fue accidental, como siempre habíamos creído.

—Mademoiselle, me he cuidado mucho de no decir ni una sola palabra que no fuera verdadera, en todas las fases de esta investigación. Únicamente les he dicho que había un asesino o asesina, una persona culpable, y que, mientras no la descubriéramos, el peligro era enorme. Me refería al peligro *para usted*, mademoiselle. Su hermana quería enviarla a la horca por el asesinato de su abuelo. Cuando se lo confesó a mademoiselle Ivy, en la conversación que oyó Kingsbury, todavía no había matado a nadie. ¿Quizá no habría seguido adelante con el plan de culparla a usted? No lo sé. Pero estoy seguro de una cosa: unos instantes después, creyéndose en peligro de ser descubierta, *dejó morir a Kingsbury*. Madame Lavington, yo no he mentido ni he manipulado la verdad cuando la he descrito como una asesina, porque serlo es cuestión de *carácter*. Usted se convirtió en asesina en el momento en que comenzó a planear la muerte de su hermana.

Lenore Lavington miró al detective con cara inexpresiva. No dijo nada.

—¿Por qué quería Lenore que ahorcaran a su hermana? —preguntó John McCrodden.

—¿Y las otras tres cartas? —dijo Annabel Treadway—. Fueran cuales fuesen las intenciones de Lenore hacia mí, ¿por qué envió la misma carta al señor Dockerill, a la señora Rule y al señor McCrodden?

—Mademoiselle, monsieur, por favor... Todavía no he terminado la explicación. Y, como es imposible terminar sin empezar por algún sitio, permítanme que empiece por la máquina de escribir. Lenore Lavington desplegó todo su ingenio para tratar de engañar a Poirot, pero no lo consiguió. Sí, fue muy ingeniosa. La máquina de escribir que me prohibió inspeccionar la primera vez que vine... era la que yo estaba buscando, la de la letra «e» defectuosa.

»Entre mi primera visita a Combingham Hall y la segunda, Lenore Lavington pensó que sería más conveniente para ella presentarse como una persona dispuesta a colaborar de todas las maneras posibles. Cuando llegué, me dijo que podía inspeccionar la máquina de escribir, aunque se trataba de una máquina nueva, adquirida hacía poco. La anterior, según Lenore Lavington, estaba casi inservible. Aun así, para mostrarse servicial, me dijo que la había conservado, *porque debía de ser la que yo quería examinar*. Naturalmente, la máquina de escribir nueva, que aún estaba en la tienda cuando se escribieron las cuatro cartas, no podía ser la que yo buscaba. Madame Lavington me dijo entonces que le había pedido a Kingsbury que me enseñara las dos, la nueva y la antigua, para que yo las probara. Fue muy ingeniosa, sí. Pero no lo suficiente.

»Una de las máquinas parece nueva. La otra también lo parece, a excepción de unos cuantos golpes y rascadas, que son fáciles de causar. *Alors*, Poirot examina las dos máquinas y observa algo bastante desconcertante. La letra "e" está en perfecto estado en las dos, por lo que ambas quedan fuera de toda sospecha. Pero no sólo la "e" está intacta en ambos casos, sino *todo lo demás*. No había ninguna diferencia de calidad entre las dos máquinas. Aparte de las rascadas que presentaba una de ellas, *las dos* podrían haber salido nuevas de la tienda esa misma mañana. Entonces me pregunté: ¿por qué me había engañado Lenore Lavington y, en lugar de una máquina de escribir nueva y otra vieja, me había enseñado dos máquinas nuevas? ¿Por qué razón había podido hacer algo así?

—Para que usted no inspeccionara la *verdadera* máquina de escribir antigua —dijo Timothy Lavington—. Y si no quería que usted la viera era porque la habría incriminado.

—¡Timmy, por favor! —le reprochó Ivy—. No deberías decirlo tú.

—La lealtad familiar es lo que menos me preocupa en este momento —le respondió su hermano—. He acertado, ¿verdad, señor Poirot?

—Así es, Timmy. Es correcto lo que dices. Tu madre no tuvo suficiente cuidado. Pensó que bastaría con decirme que la máquina de escribir antigua no funcionaba bien. No temió que yo probara las dos y que observara que ambas se encontraban en perfecto estado, porque se había ocupado de que una de ellas pareciera bastante maltrecha, al menos por fuera.

»¡Y estuvo a punto de engañarme! Pensé que quizá la máquina vieja estaba en excelentes condiciones, pero por alguna causa se atascaba o dejaba de funcionar a veces. Me estaba haciendo esa pregunta cuando vino Annabel Treadway y me dijo: "Veo que ya ha empezado a revisar las máquinas de escribir. No quiero interrumpirlo. Lenore me ha dado órdenes estrictas de no molestarlo, para que pueda realizar su trabajo de detective".

»¿Cómo es posible que mademoiselle Annabel viera *dos máquinas de escribir* y *dos hojas con frases mecanografiadas* y llegara a la conclusión de que yo solamente había *empezado* a inspeccionar las máquinas, en lugar de pensar que había terminado la inspección? Sólo se me ocurrió una razón: mademoiselle Annabel debía de saber que en la casa había *tres máquinas de escribir*: las dos nuevas y la que Lenore Lavington había escondido.

—Por eso la señora Lavington le ordenó a la señorita Treadway que no lo molestara —dijo Eustace Campbell-Brown—. Si Annabel Treadway sabía que acababan de comprar dos máquinas de escribir, podía revelar ese detalle.

—*Exactement*. Y, recuerde, Lenore Lavington no podía pedirle a su hermana que mintiera. De haberlo hecho, mademoiselle Annabel habría sospechado enseguida de ella como la autora de las cuatro cartas.

—Y... —dijo Annabel Treadway, vacilante— cuando usted me pidió que observara detenidamente los dos folios y no noté ninguna diferencia...

—¡Tenía toda la razón! Le dije que había descubierto algo interesante, ¿verdad? *Era la ausencia de diferencias*. Muchas veces, lo más importante es la ausencia de algo que debería estar presente. Esperé hasta asegurarme de que madame Lavington estuviera en la planta baja, y no en su habitación, y subí a su dormitorio. Como esperaba, allí encontré la vieja máquina de escribir. Estaba en una bolsa, debajo de su cama. Una rápida comprobación me bastó para saber que era la máquina con la letra «e» defectuosa.

Timothy miraba a su madre con expresión de furia.

—Ibas a matarme antes de que naciera —dijo—. Le fuiste infiel a papá. Mataste a Kingsbury y habrías enviado a la tía Annabel a la horca si el señor Poirot no te lo hubiera impedido. ¡Eres un monstruo!

—¡Ya basta! —lo interpeló John McCrodden. Y, volviéndose hacia Poirot, añadió—: Más allá de los crímenes que sospeche que Lenore haya podido cometer, no puede permitir que un chico le hable de esa manera a su madre delante de desconocidos.

—No *sospecho*, monsieur. *Sé*. Dígame, ya que usted no es un desconocido para Lenore Lavington, ¿qué hizo para ganarse su ira?

McCrodden pareció sorprendido.

—¿Su ira? ¿Cómo ha...?

—¿Cómo lo sé? Muy simple —respondió Poirot. Era lo que siempre decía, refiriéndose a cosas que no eran simples para nadie, excepto para él—. Lenore Lavington quería mandar a la horca a Annabel Treadway, pero necesitaba disimular su verdadero propósito. Para ello, envió la misma carta acusadora a otras tres personas. Una de ellas fue usted, monsieur McCrodden. Tratándose de una carta que nadie habría querido recibir, madame Lavington eligió a tres personas que en su opinión merecían sufrir un poco. No pretendía que las condenaran a la horca, como a su hermana Annabel, pero esperaba que se alarmaran al saberse sospechosas de un crimen que no habían cometido. Por eso, volveré a preguntárselo: ¿qué hizo para merecer la animadversión de Rebecca Grace, cuyo verdadero nombre es Lenore Lavington?

John McCrodden respondió, mirando a Lenore.

—Nos conocimos en la costa de Whitby. Rebec... Lenore estaba pasando allí unas vacaciones con su marido. Ella..., me temo que no hay ninguna manera amable de decirlo. Cuando me conoció, dejó abandonado a su marido para pasar tres días conmigo. No sé qué le habrá contado. No lo recuerdo, después de tantos años. Creo que se excusó diciendo que tenía que ocuparse de un asunto urgente en algún otro sitio. ¿Recuerdas qué era, Lenore?

Ella no respondió. Llevaba cierto tiempo sin expresar ninguna emoción ni hacer nada, aparte de mirar fijamente hacia delante.

—Al final de los tres días, yo me resistía a dejarla marchar —prosiguió John McCrodden—. Le supliqué que se separara de su marido y que viniera a vivir conmigo. Me dijo que no podía dejarlo, pero que vendría a verme a Whitby siempre que pudiera. Quería que nuestra aventura amorosa continuara, pero a mí esa perspectiva me pareció intolerable. ¿Cómo podía permanecer al lado de un hombre al que no amaba ni deseaba? No era correcto. Además, yo no estaba dispuesto a compartirla con nadie.

—En cambio, retozar con una mujer casada era correcto —masculló Norma Rule.

—Cállese —le espetó John McCrodden—. ¿Qué sabe usted de lo que es correcto o no lo es? No sabe nada, ni le importa.

—¿Puso a madame Lavington ante la disyuntiva de elegir entre los dos? —le preguntó Poirot.

—Así es. Él o yo. Lo eligió a él, pero me culpó a mí. Desde su punto de vista, yo había matado una relación que podría haber perdurado y que ella deseaba fervientemente que continuara.

—Y no pudo perdonarlo —dijo Poirot—, como tampoco pudo perdonar a Norma Rule por tratar de convencerla para que se deshiciera del bebé que había decidido tener. Y tampoco perdonaba a Hugo Dockerill por castigar de vez en cuando a Timothy por su mal comportamiento. Por esa causa, monsieur Dockerill fue uno de los elegidos para recibir una de las cuatro cartas.

—¿Cómo descubrió que Lenore y yo habíamos tenido una relación amorosa? —preguntó John McCrodden—. Nunca se lo dije a nadie, y estoy seguro de que ella tampoco. Es imposible que usted lo supiera.

—¡Ah, monsieur, no fue difícil averiguarlo! Me lo dijeron madame Lavington y usted mismo, con una pequeña ayuda de mademoiselle Ivy.

—No puede ser verdad —intervino Ivy—. Yo solamente lo supe ayer por la tarde, cuando el señor McCrodden entró en la casa y mamá lo vio. Estaba tan alterada que me lo contó todo. Antes de eso, el nombre de John McCrodden no significaba nada para mí, y usted y yo casi no hemos hablado desde entonces, señor Poirot.

—C'est vrai. Aun así, mademoiselle, usted me ayudó a descubrir el secreto, sin saberlo. Combiné algunas cosas que había dicho usted con otras que habían mencionado su madre y monsieur McCrodden, y...

—¿Qué cosas? —preguntó John McCrodden—. Todavía no estoy seguro de que debamos creer ni una sola palabra de lo que dice.

—Me dijo, como probablemente recordará, que su padre siempre reprobaba su elección en materia de empleo. Mencionó que había trabajado de minero en algún lugar del norte de Inglaterra, en la costa, o cerca de la costa. A su padre no le parecía bien que usted se ensuciara las manos trabajando; pero tampoco le gustó, según me dijo usted, que se pasara «*al lado limpio del negocio*», que consistía en fabricar y vender «*baratijas*». En aquel momento no supe muy bien a qué se refería, pero no le presté mayor atención, porque no me pareció especialmente importante.

»Tampoco supe al principio de qué "baratijas" estaba hablando. Había oído la palabra muy poco tiempo atrás..., en boca de su padre, de hecho. La usó para referirse a los adornos de Navidad, creo. Pero la misma palabra se puede emplear para hablar despectivamente de unas joyas. En cuanto al "lado limpio del negocio", supuse que se referiría usted al lado limpio de *la minería*, ya que ése era el tema de nuestra conversación. Lo que me estaba diciendo usted, monsieur McCrodden, era que había pasado de trabajar en la mina (el lado sucio) al trabajo más limpio de fabricar joyas o bisutería a partir del material que antes extraía de la mina. El material en cuestión era el azabache de Whitby, ¿verdad?

»Lenore Lavington me contó que había tenido una pulsera de azabache, que después le regaló a su hija, mademoiselle Ivy. Se refirió a la pulsera como una valiosa posesión, un regalo que había recibido durante unas vacaciones junto al mar con Cecil, su difunto marido. Por Ivy Lavington supe que el matrimonio de Cecil y Lenore no era feliz, al menos desde el punto de vista de madame Lavington. Me pregunté entonces por qué causa apreciaría ella particularmente un regalo que le había hecho un hombre con el que no había sido feliz. Y era cierto que no habría apreciado un regalo que le hubiera hecho su marido. La pulsera de azabache de Whitby no era un obsequio de su marido, sino de un hombre al que amaba con pasión: John McCrodden, su amante durante aquellas vacaciones.

»Hubo un segundo regalo que Lenore Lavington le hizo a su hija, según tuve ocasión de saber: un abanico, otro objeto que ella misma describió como una posesión muy preciada. En el abanico se veía la figura de una bailarina con el mismo color de pelo que mademoiselle Ivy y un vestido *rojo y negro*. ¿Cabellera morena y vestido rojo y negro? Me pareció la descripción de una *bailaora española*. He visto ese tipo de dibujos en abanicos comprados como recuerdo de un viaje al continente. Sabía, gracias a Rowland McCrodden, que su hijo poseía una casa en España y que tenía predilección por ese país y lo visitaba a menudo. ¿Quizá John McCrodden le había regalado el abanico a Lenore Lavington durante los tres días que pasaron juntos? Llegué a la conclusión de que no sólo era posible, sino probable. ¿De qué otra manera se habría convertido un abanico corriente en una "valiosa posesión"? Lenore Lavington no había perdonado a John McCrodden, como sabemos, pero aun así seguía atesorando sus regalos. ¡Es la complejidad del amor!

—Es cierto que es un asunto complejo —convino el inspector Hubert Thrubwell—. Ninguno de nosotros lo negará, señor Poirot.

—La pulsera de azabache, el abanico con el dibujo de la bailarina española... —prosiguió el detective—. Todo podía ser una mera coincidencia, desde luego. Ninguno de esos detalles probaba que John McCrodden y Lenore Lavington se conocieran. Entonces pensé: es posible vincular a Lenore Lavington con Norma Rule a través de Freddie; con Annabel, por ser su hermana, y con Hugo Dockerill, por ser el tutor de la casa de su hijo en el colegio. ¿No sería posible relacionarla también con McCrodden? En lugar de que hubiera un cuadrado solitario de tarta, apartado de los demás, me pareció muy probable que la porción siguiera intacta... —Poirot señaló el plato con gesto teatral— y sin ningún cuadrado aislado. *Lenore Lavington los conocía a todos.*

—¿Tiene algo que decir al respecto, señora Lavington? —le preguntó el inspector Thrubwell.

Ella no movió un músculo. Permaneció imperturbable, sin decir nada.

Entonces John McCrodden intervino con fervorosa determinación:

—¡No permitiré que envíen a la horca a la mujer que amo, por muchos crímenes que haya cometido! Lenore, no me importa que sigas enfadada conmigo después de todos estos años. Te sigo queriendo como el primer día. ¡Di algo, por el amor de Dios!

—Poirot, sigo sin entender la necesidad de enviar cuatro cartas —terció Rowland McCrodden—. Si la señora Lavington esperaba que la señorita Treadway fuera condenada por la muerte de su abuelo, ¿por qué no envió solamente una carta: la de su hermana?

—Porque quería ocultar el hecho de que ella era la acusadora, amigo mío. ¡No quería que se supiera que era quien alimentaba las sospechas! Lenore Lavington no tenía ninguna garantía de que su plan fuera a funcionar, ni de que mademoiselle Annabel fuera a acabar en el patíbulo. Si su plan no daba el resultado previsto, quería tener las manos libres para intentar algo diferente, quizá otra forma de venganza. Y estaría en mejor posición para intentarlo si mademoiselle Annabel no sabía que era su enemiga y no la temía. Cuando alguien tiene miedo, toma precauciones. Lenore Lavington no quería que su hermana se defendiera. Quería sorprenderla *desprevenida*.

»Si Annabel Treadway hubiera sido la única acusada de asesinato, se habría preguntado: "¿Quién puede haberme hecho esto y por qué?". Por otro lado, si se entera por Hércules Poirot de que *cuatro* personas han sido acusadas del asesinato de Barnabas Pandy, pensará que el acusador puede ser una persona cualquiera, alguien de quien ni siquiera ha oído hablar. Y seguramente no le pasará por la imaginación que haya podido ser su hermana, porque madame Lavington *sabía* que ella no había matado al abuelo de ambas, ya que las dos estaban juntas en otra habitación cuando se produjo el deceso. *Eh bien*, Lenore Lavington se protegió de esa manera de la sospecha de ser la acusadora y no perdió la confianza de su víctima, que, por tanto, siguió siendo vulnerable a sus ataques, tal como ella deseaba.

—Un momento —dijo John McCrodden—. ¿Lenore y Annabel estaban juntas en otra habitación cuando murió su abuelo? ¿Eso fue lo que le dijo Lenore?

Parecía entusiasmado, pero yo no comprendía por qué.

—*Oui, monsieur* —respondió Poirot—. Las tres mujeres me dijeron lo mismo, y fue así cómo sucedió.

—Entonces Lenore le proporcionó a Annabel una coartada —añadió McCrodden—. ¿Por qué iba a hacerlo, si quería que la condenaran a muerte, como usted dice?

Poirot miró a Rowland McCrodden.

—Estoy seguro de que usted podrá iluminar a su hijo en ese aspecto, *mon ami*.

—Los culpables suelen aparentar que hacen lo con-

trario de lo que *en realidad* están haciendo —explicó
Rowland McCrodden—. Si la señora Lavington esperaba que condenaran a su hermana por asesinato, ¿qué
mejor manera de aparentar inocencia que defender vigorosamente a la señorita Treadway y proporcionarle
una coartada?

—¿Nadie piensa hacer la pregunta más importante?
—dijo Jane Dockerill con impaciencia.

—La haré yo —replicó Timothy Lavington—. ¿Por
qué demonios quería mi madre vengarse de la tía Annabel, señor Poirot? ¿Qué mal le había hecho?

Capítulo 36

El verdadero culpable

Poirot se volvió hacia Annabel Treadway.

—Mademoiselle —dijo—, usted conoce de sobra la respuesta a la pregunta de su sobrino.

—Así es —contestó ella—. Es algo que nunca podré olvidar.

—En efecto. Es un secreto que ha guardado durante muchos años y que ha proyectado una sombra sobre toda su vida, una sombra terrible de culpa y arrepentimiento.

—No, de arrepentimiento no —replicó Annabel—. Porque no fue una decisión mía, sino algo que simplemente *sucedió*. Sí, ya sé que ocurrió por mi causa, pero ¿cómo voy a arrepentirme, si no recuerdo haber tomado ninguna decisión?

—¿Quizá se siente culpable porque no sabe si actuaría de otra manera, si volviera a encontrarse ahora en una situación similar? —sugirió Poirot.

—¿Podría alguien explicar de qué están hablando, por favor? —intervino Jane Dockerill.

—Sí, hágalo de una vez, señor Poirot —dijo Ivy Lavington—. Para algunos de nosotros, esto no es una experiencia agradable. Reconozco que es necesario; pero, por favor, intente ir directo al grano y no dar rodeos superfluos.

—Muy bien, mademoiselle. Les contaré a todos el secreto que su madre le reveló ayer, antes de que Kingsbury se acercara a la puerta para escuchar lo que decían.

»Poco antes de la muerte de Barnabas Pandy, señoras y señores, hubo una cena en esta casa. A la mesa estaban sentados monsieur Pandy, Lenore Lavington, su hija Ivy y Annabel Treadway. Madame Lavington regañó a mademoiselle Ivy por comer demasiado. Unos meses antes, durante una excursión a la playa, había comparado sus piernas con dos troncos de árbol, de modo que Ivy Lavington, sintiéndose doblemente ofendida por su madre, contó aquel incidente. La cena acabó en catástrofe: las tres mujeres se levantaron de la mesa, alteradas y afligidas, y Barnabas Pandy también se sintió desolado. El difunto Kingsbury me contó que encontró a monsieur Pandy sentado a la mesa del comedor solo, llorando.

»Ahora debo retroceder al día en que Ivy Lavington, siendo una niña pequeña, fue a pasear junto al río con su tía Annabel Treadway —prosiguió Poirot—. El perro *Skittle* iba con ellas. En un determinado momento, mademoiselle Ivy pensó que sería divertido tumbarse en la hierba y rodar por la pendiente que bajaba al río. Al comprender el peligro, *Skittle* bajó corriendo la cuesta para rescatarla, pero no logró detener su caída, que la llevaba directamente al agua. En lugar de salvarla, le arañó la cara y le causó las cicatrices que aún podemos ver. Poco después, mademoiselle Ivy quedó atrapada bajo el agua y estuvo a punto de ahogarse. Annabel

Treadway tuvo que sumergirse en esas mortíferas aguas para rescatarla. La corriente era muy fuerte. Mademoiselle Annabel arriesgó la vida para salvar a su sobrina.

»Ahora, *mes amis*, tenemos que dar un salto hacia delante en el tiempo, hasta aquella excursión a la playa que les he mencionado. Lenore Lavington y mademoiselle Ivy llevaron al perro *Hopscotch* a la playa, porque Annabel Treadway estaba en cama, aquejada de gripe. Ivy Lavington es una entusiasta de los baños de mar. El accidente que estuvo a punto de costarle la vida no le ha hecho temer el agua.

—¿*Hopscotch*? —preguntó Eustace Campbell-Brown—. ¿No se llamaba *Skittle* el perro?

—Son dos perros diferentes, monsieur. *Skittle* ya no está entre nosotros. *Hopscotch*, un perro de la misma raza, lo ha reemplazado.

—¿Reemplazarlo? —replicó Annabel Treadway con lágrimas en los ojos—. Ningún perro podría reemplazar a *Skittle*, del mismo modo que ninguno podrá reemplazar a *Hopscotch* cuando... cuando... ¡Oh!

Se cubrió la cara con las manos.

—Acepte mis disculpas, mademoiselle. He hablado sin pensar.

—Muy bien, eran dos perros diferentes —dijo Rowland McCrodden—. Pero no creo que sea el momento de hablar de perros.

—Al contrario —repuso Poirot—. Los perros (o, para ser exactos, un perro, el difunto *Skittle*) deberían ocupar el centro de nuestra atención.

—¿Por qué?, si me permite que se lo pregunte

—Ahora mismo se lo explicaré. El día de la excursión a la playa, Ivy y Lenore Lavington estaban sentadas bajo unos árboles. *Hopscotch* fue corriendo hacia ellas, después de pasar un rato jugando con las olas en la orilla. Al ver las patas del perro mojadas, mucho más delgadas en apariencia que cuando están secas, mademoiselle Ivy recuperó de forma repentina la memoria del día en que casi se ahoga. Los recuerdos inundaron su mente, recuerdos de los que no había sido consciente hasta ese momento. Le contó a su madre que se había debatido bajo el agua en estado de pánico y que había confundido las patas mojadas del perro con los troncos de la ribera, aunque sabía que era imposible que lo fueran, porque eran demasiado delgadas para ser troncos de árbol y además se movían. Entonces Annabel Treadway la había rescatado y mademoiselle Ivy había visto los *verdaderos* troncos: gruesos e inmóviles. Comprendió en ese momento que lo que había visto antes tenían que ser las patas de *Skittle* y no los troncos de ningún árbol.

»El recuerdo de aquellas experiencias la asaltó de la manera más vívida aquel día en la playa, muchos años después del suceso, al ver las patas mojadas de *Hopscotch*. Le contó la historia a su madre y, mientras escuchaba, Lenore Lavington tuvo una revelación. Era algo que la propia mademoiselle Ivy ignoraba... y que siguió ignorando hasta ayer, cuando su madre se lo confesó todo, en la conversación que Kingsbury oyó detrás de la puerta.

—¿Qué revelación tuvo la señora Lavington? —preguntó Rowland McCrodden, que para entonces ya no podía ocultar su desesperación ante la imposibilidad de encontrarle un sentido al relato de Poirot.

He de confesar que yo sentía la misma desesperación.

—¿No es evidente? —dijo Poirot—. Las patas de *Skit-*

tle sólo podían estar en la orilla, para que mademoiselle Ivy pudiera observarlas, si antes de salvar a su sobrina Annabel Treadway hubiera rescatado a su perro del agua. No hay otra conclusión lógica que extraer. *Tuvo que haber salvado primero a su perro y, sólo a continuación, a mademoiselle Ivy.*

En cuanto Poirot lo dijo, lo comprendí todo.

—Si *Skittle* intentó frenar a Ivy Lavington en su caída hacia el agua y no lo consiguió, es poco probable que se diera por vencido y esperara en la ribera —dije—. Un perro fiel no lo haría. Seguramente saltaría al agua, sin renunciar a salvar a ningún miembro de la familia que estuviera en peligro.

—Exacto, *mon ami* —confirmó Poirot. Parecía bastante orgulloso de mí, y yo apreciaba su reconocimiento, aunque los dos sabíamos que jamás lo habría deducido solo—. Y una vez que su ama, mademoiselle Annabel, saltó también al agua, *Skittle* debió de estar aún más ansioso por rescatarlas a las dos. No creo que saliera del río por su propia voluntad, cuando dos de las personas que amaba estaban en peligro. Sin embargo, si se hubiera quedado en el agua, también su vida habría peligrado, porque la corriente era rápida e impetuosa. Podrían haber muerto los tres.

—Si Ivy Lavington vio a *Skittle* en la orilla con las patas mojadas, fue porque en algún momento el animal se había metido en el agua —intervino Rowland McCrodden—. Tiene razón, Poirot. Ningún perro decidiría volver a la ribera y salvar solamente su vida en esa situación. Alguien debió de arrastrarlo fuera del río... y atarlo.

—*Oui.* Annabel Treadway lo ató, para impedir que volviera a saltar al río y arriesgara una vez más su vida.

Sólo después de atarlo, regresó al agua para salvar a mademoiselle Ivy. Usted no comprendió la importancia de su recuerdo cuando se lo describió a su madre, mademoiselle, pero ella lo supo enseguida. Lo vio al instante. Imaginó las patas mojadas de *Skittle* en la orilla mientras el animal se debatía para liberarse de las ataduras que su ama le había impuesto, y comprendió con exactitud lo que significaba. Pero he aquí el dilema...

»¿Debió de plantearse Lenore Lavington la posibilidad de que su hermana se ocupara primero de *Skittle* solamente porque la agitación del animal estaba interfiriendo en su intento de rescatar a su sobrina? De haber sido así, ¿no lo habría contado la propia mademoiselle Annabel? Es probable que sí, por lo que los hechos debieron de ocurrir de otra manera. Annabel Treadway debía de apreciar la vida de su perro más que la de su sobrina y, en consecuencia, salvó en primer lugar a *Skittle*, lo que supuso un riesgo enorme para la vida de mademoiselle Ivy. La niña podría haberse ahogado en el tiempo necesario para rescatar a *Skittle* y atarlo en un lugar seguro de la orilla.

Para entonces, Annabel Treadway estaba llorando. Ni siquiera procuró negar lo que acababa de oír.

Poirot se dirigió a ella en voz baja.

—La primera vez que nos vimos, mademoiselle, me dijo que nadie se preocupa cuando muere una persona mayor, mientras que, cuando muere una criatura, todos están de acuerdo en que es la peor de las tragedias. El sentimiento de culpa hablaba por su boca. Le dolía pensar que había arriesgado la vida de una niña pequeña, con un gran potencial y toda una existencia por delante. Sabía que la sociedad la juzgaría con dureza. Es una extraña coincidencia... La nuera de Vincent Lobb, el hombre con quien su abuelo intentó reconciliarse poco antes de morir después de muchos años de enemistad, me dijo que no hay nada peor que «*hacer lo correcto demasiado tarde*». Es lo que hizo usted, mademoiselle: salvó la vida de su sobrina, pero lo hizo demasiado tarde.

—Y no he dejado de sufrir desde entonces —sollozó Annabel.

—Me dijo en nuestra primera conversación que había «salvado vidas». Enseguida se corrigió, o al menos eso pareció, y dijo que en realidad había salvado solamente una: la de mademoiselle Ivy. Pensé que no quería exagerar y prefería atenerse de forma escrupulosa a la verdad, sin reclamar más reconocimiento que el que merecía. Sólo mucho después se me ocurrió otra posibilidad, igual de verosímil: *que hubiera salvado más de una vida, pero prefiriera ocultarlo*. Su afirmación inicial («vidas», en plural) era la verdadera.

»Lo comprendí durante una conversación con mademoiselle Ivy. Como sabía que alguien había urdido un plan para enviar al patíbulo a Annabel Treadway, me referí a la necesidad de salvar vidas. Ivy Lavington me preguntó entonces si había más de una vida en peligro y yo reconocí que sólo una estaba amenazada. En ese momento no sabía, como es evidente, que Kingsbury sería asesinado. La conversación con mademoiselle Ivy me trajo a la mente un recuerdo vago que al principio no pude localizar con exactitud. Me concentré para recuperarlo y, a partir de ese momento, tardé solamente unos segundos en resolver el misterio. Lo que había recordado era mi primer encuentro con Annabel Treadway y nuestra conversación sobre salvar más de una vida o una sola. De repente, a la luz de mis deducciones sobre el día en que mademoiselle Ivy había estado a punto de ahogarse, las palabras de mademoiselle Annabel cobraron sentido.

No pude menos que maravillarme, una vez más, ante el funcionamiento del cerebro de Poirot. El resto de los presentes también parecían impresionados. Por sus expresiones, se veía que todos seguían fascinados las explicaciones.

—La primera vez que nos vimos, cuando acababa de recibir una carta que se suponía que le había enviado yo para acusarla de la muerte de monsieur Pandy, Annabel Treadway me dijo algo que me llamó la atención. Dijo: «Usted no puede saber...», y se interrumpió antes de completar la frase. Era como si sintiera que moralmente merecía recibir una carta que la acusara de asesinato, aunque nunca había matado a nadie. De hecho, mademoiselle Ivy no se había ahogado en el río. Lo que había querido decir era que yo, Hércules Poirot, *no podía saber* que era culpable. Era imposible que lo supiera.

»Nunca dejará de considerarse culpable, señoras y señores. Ha intentado por todos los medios expiar su culpa. Usted me ha dicho, monsieur Dockerill, que rechazó su proposición de matrimonio. Le dijo que se veía incapaz de velar por los niños, y que por esa causa no quería casarse, ni tener hijos. Al mismo tiempo, centró toda su atención en los hijos de su hermana y les dio todo su cariño para compensar el error secreto cometido años atrás.

—Debe de haber un componente considerable de miedo, además de culpabilidad —apuntó Rowland McCrodden—. La señorita Lavington podía recordar en cualquier momento lo sucedido aquel día en el río.

—Así es —convino Poirot—. Y Annabel Treadway tenía pánico de que eso ocurriera. Entonces, después de muchos años, sus peores temores se confirmaron. Durante aquella cena catastrófica, mademoiselle Ivy se refirió al comentario sobre los troncos de árbol, y Annabel Treadway supo por la expresión de su hermana que ésta sabía la verdad y que la había sabido desde el día de la excursión a la playa. Monsieur Pandy también comprendió enseguida el significado del recuerdo que acababa de recuperar mademoiselle Ivy, y Annabel Treadway lo notó igualmente.

Poirot se volvió hacia Ivy Lavington.

—Usted, mademoiselle, era la única persona sentada a aquella mesa que creía estar hablando únicamente de patas de perro, porciones de patatas y la opinión de su madre sobre su constitución física. Sólo usted creía que no había ningún otro motivo para la tragedia que se desató. Los otros tres comensales estaban pensando en algo por completo diferente.

—Es cierto —asintió Ivy—. No tenía ni la menor idea. Tía Annabel, deberías haberme contado la verdad en cuanto tuve edad para comprenderla. Te habría perdonado. De hecho, *te perdono*. Por favor, no sigas sintiéndote culpable; no podría soportarlo. Sería una pérdida de tiempo y tú ya has sufrido bastante. Sé que lo sientes y que me quieres. Lo demás no importa.

—Me temo que no será tan fácil eliminar el sentimiento de culpa de su tía —le dijo Poirot—. Creo que, sin la culpabilidad, se sentiría perdida. Le costaría reconocerse, y eso es una perspectiva que para mucha gente es demasiado temible.

—Puede que tú me perdones, Ivy, pero Lenore no me

perdonará nunca —repuso Annabel—. Y Bubu... tampoco pudo perdonarme. Iba a borrarme de su testamento. Me iba a desheredar.

—Eso fue la gota que colmó el vaso, ¿verdad, mademoiselle? En ese momento decidió ir a Scotland Yard y confesar el asesinato de monsieur Pandy, aun sabiendo que era inocente.

Annabel asintió con la cabeza.

—Pensé: «Si Bubu había decidido tratarme así, si todo mi amor y mi devoción de los últimos años no han servido para nada..., entonces que me ejecuten por asesina, porque puede que lo merezca». Pero Ivy, mi querida niña, quiero que sepas una cosa: aquel día, en el río, yo estaba trastornada. Solamente comprendí que había tomado una *decisión* después de atar a *Skittle* a un poste con la correa. Fue como despertar de un sueño. ¡De una pesadilla! Y tú seguías debatiéndote en el agua. *Después* te salvé, claro, pero... No recuerdo haber *decidido* en ningún momento que no te salvaría a ti primero. Te juro que no lo recuerdo.

—¿Cuántos años tenía entonces *Skittle*? —preguntó Lenore Lavington.

Noté que varios de los presentes sofocaban una exclamación de sorpresa. Hacía mucho rato que la señora Lavington no decía nada.

—Tenía cinco años, ¿verdad? —prosiguió—. Como mucho, podría haber vivido siete u ocho más. De hecho, creo que murió a los diez años. Arriesgaste la vida de mi hija, ¡la vida de tu sobrina!, para salvar a un perro que solamente iba a vivir cinco años más.

—Lo siento mucho —dijo Annabel en voz baja—. Pero... no deberías comportarte como si no supieras lo que significa «*el amor*», Lenore, y lo que puede hacer una persona cuando ama. Después de todo, acabamos de oír cuánto significó para ti el señor McCrodden, y sólo pasaste tres días con él. Sin embargo, lo querías con pasión, ¿verdad? De hecho, aunque nadie más se dé cuenta, yo te conozco mejor que nadie y noto que *todavía* lo quieres. Yo quería mucho a *Skittle*. Sentía amor por ese animal, por muy breve que fuera a ser su vida.

»¡El amor! —Annabel se volvió hacia Poirot—. El amor es el verdadero culpable, señor Poirot. ¿Por qué urdió mi hermana un plan para enviarme a la horca por asesina? Por su deseo de vengar mi mala acción hacia su hija. ¡El *amor* por su hija la impulsó a vengarse! ¡Cuántos pecados y crímenes se cometen por amor!

—Puede que así sea —dijo Rowland McCrodden—, pero ¿podemos dejar para más adelante el debate sobre los aspectos emocionales y centrarnos en los hechos? En la nota que le dejó Kingsbury, le escribió que había oído a la señorita Lavington decir a la otra persona (ahora sabemos que se trataba de su madre, la señora Lavington) que la ignorancia de la ley no le serviría de defensa. ¿Qué relación puede tener esa afirmación con lo que acabamos de oír? ¿En qué momento y en referencia a qué asunto podía alegar ignorancia de la ley la señora Lavington? Si la pregunta ha podido parecer pedante, les ruego a todos que acepten mis disculpas.

—¡Ah, amigo mío! —le contestó Poirot sonriendo—. Hércules Poirot debe de ser el mayor pedante de todos. En aquella nota, Kingsbury escribió que había oído a mademoiselle Ivy diciendo «*algo así como que*» la ignorancia de la ley no es aceptable como defensa. Eso significa que la misma idea había podido expresarse con otras palabras, ¿verdad? *Palabras que significaban lo mismo.* Como recordarán, Kingsbury escribió «John Modden», en lugar de «John McCrodden». No era el tipo de persona que se preocupa por la precisión en el lenguaje o por la nomenclatura.

—Sin duda —replicó Rowland McCrodden—, pero, con independencia de las palabras exactas que utilizara, la señorita Lavington debía de saber que su madre, como cualquier persona de este país, tenía que ser consciente de que acusar falsamente a alguien de asesinato y fabricar pruebas incriminatorias es ilegal. No son acciones para las que pueda resultar verosímil decir: «Lo siento, señoría. No tenía ni idea de que mi comportamiento no estuviera permitido, ni de que todo el mundo lo considerara reprobable».

—Pero ¿no fue eso precisamente lo que la señorita Lavington le dijo a su madre? —intervino Jane Dockerill—. ¿No le dijo, según Kingsbury, que la ignorancia de la ley no sería aceptada por ningún tribunal como defensa válida?

—Entiendo su pregunta, madame Dockerill, y aprecio la juiciosa observación que acaba de hacer monsieur McCrodden. Sin embargo, su debate no es relevante, porque Lenore Lavington y su hija Ivy no estaban hablando de la ignorancia de la ley, ni de la posibilidad de que fuera una excusa legítima en este caso concreto. ¡Ni siquiera tocaron el tema!

—¿Por qué dice que no tocaron el tema, señor Poirot? —preguntó el inspector Thrubwell—. El señor Kingsbury escribió en su nota que había oído...

—Sí, sí. Déjenme que les explique lo que oyó Kingsbury. Es asombrosamente simple: oyó a mademoiselle

Ivy diciéndole a su madre que no tardarían en descubrirla, porque era la única persona presente en la casa que tenía una vinculación con los cuatro destinatarios de las cartas. Es probable que dijera: «Pronto descubrirán que John McCrodden y tú os conocíais, y todos saben que Freddie, el hijo de Norma Rule, está en el colegio con Timothy, *de modo que no te servirá de nada alegar que no conocías a Norma*. No lo podrás usar como defensa. Nadie te creerá». —Poirot se interrumpió y se encogió de hombros—. ¿Es tan difícil imaginar que Kingsbury entendiera: «no te servirá de nada alegar que no conocías las normas», en lugar de «que no conocías a Norma»? Y así lo recogió en el mensaje tan útil que me escribió, donde, además, especificó que no había oído con exactitud esas palabras, sino *«algo así como»*...

—Norma... Las normas... —dije yo en un susurro—. Ivy no se refería a la ley, sino a la señora Rule...

—Entiendo —asintió Rowland McCrodden—. Gracias por la explicación, Poirot.

—De nada, amigo mío. Ahora queda solamente un detalle por aclarar. Madame Lavington, hay algo que debo decirle. Creo que será de gran interés para usted. Lleva un buen rato escuchando con paciencia mientras explico a los demás cosas que usted ya sabía demasiado bien. Pero ahora tengo una sorpresa para usted...

Capítulo 37

El testamento

—Oigamos lo que tiene que decir, Poirot —intervino John McCrodden—. ¿Cuál es esa revelación final?

Hablaba en tono desafiante, como si todo lo que Poirot había dicho hasta ese momento hubiese podido ser mentira.

—Barnabas Pandy no tenía intención de dejar fuera de su testamento a mademoiselle Annabel. ¡En absoluto! La nieta a la que pensaba desheredar era Lenore Lavington.

—No puede ser —repuso Annabel—. Bubu adoraba a Lenore.

—He hecho un pequeño experimento —replicó Poirot—, pero esta vez no ha sido con las máquinas de escribir. En esta ocasión he utilizado seres humanos. Hay una señorita que trabaja en la oficina de Rowland McCrodden, una persona a la que el señor McCrodden detesta desde hace tiempo, en apariencia sin demasiados motivos.

—No creo que resulte muy fácil trabajar con ella —me vi obligado a observar.

—Se llama Esmeralda Mason —continuó Poirot—. Para poner a prueba mi teoría sobre la actitud de Barnabas Pandy hacia Annabel Treadway y cómo pudo haber afectado a su comportamiento respecto a su antiguo enemigo, Vincent Lobb, le proporcioné a monsieur McCrodden una información falsa. Le dije que Esmeralda Mason había sido víctima de un terrible accidente de tráfico, como consecuencia del cual había perdido las dos piernas. Como ya he señalado, no era cierto, y al poco tiempo le revelé a monsieur McCrodden que se trataba de un engaño. Antes de saber la verdad, sin embargo, Rowland McCrodden se disculpó con Catchpool por su actitud malhumorada durante el trayecto desde Londres. Tras varias horas de conducta hosca y distante, sufrió una inmediata transformación al conocer la tragedia de las piernas de mademoiselle Esmeralda y pasó a ser un hombre humilde y contrito, capaz de reconocer el mal comportamiento que lo había caracterizado hasta ese momento.

»¿Por qué se obró esa metamorfosis? Porque Rowland McCrodden se sentía terriblemente culpable. Comprendió que había tratado con desproporcionada severidad a una persona bastante inofensiva, a la que el destino había castigado de manera tremenda. Se sintió casi responsable de la tragedia, como si la culpa hubiera sido suya. Eso lo llevó a pensar en otras personas a las que quizá había tratado de forma inmerecida. Recordó el viaje con Catchpool y enseguida se disculpó con él, algo que jamás habría hecho si yo no me hubiera inventado la historia de las piernas de mademoiselle Esmeralda Mason.

—¡Piernas otra vez! ¡O patas! —exclamó Hugo Dockerill—. ¡Córcholis con las extremidades inferiores!

—Interesante observación, monsieur —sonrió Poirot—. Mi subconsciente debió de influir. En cualquier caso, cuando oí que Rowland McCrodden le pedía disculpas a Catchpool, supe con certeza la razón del repentino cambio observado en Barnabas Pandy por su abogado, Peter Vout. Descubrí que su transformación debió de producirse cuando al final fue capaz de entender el dolor de esa nieta tímida y triste, que durante tanto tiempo le había parecido incomprensible. De repente, supo por qué había sufrido durante tantos años y lamentó profundamente su severidad hacia ella. Entonces sintió que se desvanecía su antipatía hacia Vincent Lobb. Podía perdonar la debilidad de Annabel Treadway y también la de Lobb. Lo que no podía tolerar era la implacable reprobación que percibía en la mirada y en la voz de su otra nieta, Lenore Lavington, porque le recordaba la actitud que él mismo había mantenido hasta que fue demasiado tarde. *Eh bien*, decidió que Lenore Lavington no debía beneficiarse de su muerte, y que, por el contrario, era justo compensar a Annabel Treadway por la preferencia que durante tantos años le había demostrado a su hermana, algo que era muy probable que hubiese aumentado en gran medida su sufrimiento.

—¿De qué está hablando? —replicó Lenore Lavington—. Todo lo que dice es absurdo.

—Estoy explicando, madame, que la nieta que iba a ser desheredada, de haber sobrevivido su abuelo, era usted.

—Eso... no puede ser verdad —dijo Annabel Treadway, con una inmensa perplejidad.

—Esta mañana me desplacé a Londres —prosiguió Poirot—. Fui a ver a monsieur Peter Vout y le pregunté si monsieur Pandy había dicho de forma explícita que se proponía desheredar a mademoiselle Annabel. La respuesta, como esperaba, fue negativa. No le había especificado a cuál de sus nietas se refería. De hecho, monsieur Vout me contó que monsieur Pandy le había hablado del nuevo testamento de manera indirecta y dando muchos rodeos, algo poco acostumbrado en él. El abogado había supuesto que mademoiselle Annabel era la nieta destinada a quedarse sin un solo penique, porque era la que siempre había estado relegada a un segundo plano. También lo supuso Lenore Lavington, cuando me referí a las intenciones de su abuelo sin mencionar nombres.

—¿Por qué se comportaría el señor Pandy de una manera tan deliberadamente ambigua y con tanto secretismo? —preguntó Jane Dockerill—. Sólo actuaría así una persona que quisiera castigar a alguien después de su muerte y causarle una enorme conmoción.

—*Précisément, madame.* Por supuesto, Lenore Lavington no tenía la menor duda de que acabaría el doble de rica de lo previsto como resultado del nuevo testamento. En su opinión, no podía ser de otra manera. ¿Acaso monsieur Pandy no se había enterado unos días antes de que Annabel Treadway había dejado a su nieta ahogándose en el río para salvar a un perro? En efecto, así había sido. Y su abuelo la había llamado en secreto solamente a ella, Lenore Lavington, para revelarle su propósito de modificar el testamento. Supongo que debió de decirle, usando una vez más la expresión de Kingsbury, «*algo así como que*» todos recibirían lo que merecían cuando él hubiera muerto: «Quienes no merezcan nada no recibirán nada».

—Se equivoca —replicó Lenore Lavington—. Aunque hubiera perdonado a Annabel y a Vincent Lobb, el abuelo no tenía ningún motivo para desheredarme.

—En cambio, yo opino que sí —objetó Poirot—. Aquella velada tan desagradable, durante la cena, es probable que percibiera un brillo cruel e implacable en sus ojos, cuando usted notó que él había comprendido la verdad acerca del accidente de mademoiselle Ivy. Vio que usted lo miraba fijamente, a la espera de que ese descubrimiento erradicara de forma definitiva cualquier sentimiento de afecto o de lealtad que aún pudiera albergar hacia su hermana. En sus ojos sólo vio un odio implacable en estado puro. Y verlo fue un duro golpe para él. Le resultó intolerable. ¿Sabe por qué? ¡Porque se veía reflejado en usted! De repente, comprendió hasta qué punto había sido cruel y despiadado con su antiguo amigo Vincent Lobb. Se dio cuenta de que el peor de los pecados es la incapacidad de perdonar los pecados ajenos. Por eso, madame Lavington, decidió que usted no merecía nada.

—Todo lo que acaba de exponer son desvergonzadas invenciones suyas, Poirot —dijo John McCrodden.

—Son deducciones basadas en los hechos que conozco, monsieur. —Y, volviéndose hacia Lenore Lavington, Poirot añadió—: Tras el desastre de la cena, su abuelo decidió ponerla a prueba. Quería averiguar si usted, sabiendo que mademoiselle Annabel estaba consumida por la culpa y que adoraba a mademoiselle Ivy, le suplicaría que reconsiderara su decisión y perdonara a su nieta. Por eso le reveló el plan de modificar el testamento. No podía tener otra razón. Si usted le hubiera dicho: «Por favor, no castigues más a Annabel, que ya ha sufrido bastante», su abuelo se habría dado por satisfecho y habría dejado el testamento tal como estaba. Pero usted reaccionó de una manera muy distinta. Le hizo ver que la perspectiva de condenar a su hermana a una vida de pobreza le parecía espléndida. Le demostró a su abuelo que no tenía compasión.

—Señor Poirot, si lo he entendido bien, está diciendo que en realidad mi madre tenía un motivo de peso para asesinar al abuelo —intervino Timothy Lavington—. Sin embargo, su muerte fue accidental y, además, mi madre *no sabía* que tuviera un motivo para matarlo. Creía que la tía Annabel saldría perdiendo con la modificación del testamento, y no ella.

—Exacto —dijo Poirot—. Barnabas Pandy no fue asesinado, pero su muerte accidental fue el desencadenante del asesinato del pobre Kingsbury y del intento de enviar a la horca a mademoiselle Annabel. No creo que Lenore Lavington hubiera conspirado para que su hermana fuera condenada por asesina si no hubiera muerto monsieur Pandy, ya que éste habría modificado su testamento y madame Lavington suponía que la modificación la favorecía a ella y perjudicaba a su hermana. Con eso se habría conformado. Le habría parecido suficiente castigo para mademoiselle Annabel quedar por completo al margen de la fortuna familiar, al menos hasta que monsieur Pandy muriera y ella averiguara la verdad sobre el nuevo testamento.

»Pero, en lugar de eso, su abuelo murió *antes* de efectuar la modificación prometida y madame Lavington no pudo soportarlo. ¡La pobreza ya no sería el castigo de mademoiselle Annabel! En ese momento, señoras y señores, Lenore Lavington decidió hacer todo lo posible para que condenaran a su hermana a morir por un crimen que no había cometido. Esta última parte de mi explicación es una mera suposición, como es evidente. No puedo demostrarla.

—Como todo lo que nos ha contado —replicó John McCrodden con frialdad—. ¿Dónde está la prueba de que el señor Pandy pensaba desheredar a Lenore, si usted mismo dice que era su nieta favorita? Su estúpido experimento no demuestra nada.

—¿Eso cree, monsieur? Discrepo. Creo que cualquiera que no esté enamorado de Lenore Lavington será capaz de ver la lógica de lo que acabo de explicar. Pero le diré algo más, que tal vez lo convenza: Kingsbury me contó que la noche de aquella desgraciada cena había visto a monsieur Pandy sentado solo a la mesa, llorando, tras la marcha de su bisnieta y sus dos nietas. «Una sola lágrima solitaria», dijo Kingsbury. ¿Nos indica acaso esa lágrima que Barnabas Pandy estaba furioso con mademoiselle Annabel? *Non, mes amis.* Es posible llorar de ira, pero en esos casos el llanto es irreprimible y apasionado, no una lágrima solitaria. Barnabas Pandy no estaba furioso con mademoiselle Annabel. Sentía compasión por ella. Estaba triste. Triste y lleno de remordimiento. Cuando ignoraba la terrible culpa que la atormentaba cada día, la trataba con impaciencia y sin contemplaciones. Pero de repente podía entender a su nieta, que hasta entonces había sido incomprensible para él. Entendía la permanente atmósfera de tragedia que la rodeaba y su negativa a casarse y tener hijos.

»No es difícil imaginar que esos pensamientos, con un cambio tan radical de perspectiva, pudieran impulsarlo a reflexionar sobre la otra persona a la que había tratado con inmerecida severidad: su enemigo Vincent

Lobb. La analogía, en cuanto la consideré, me pareció sumamente sólida, y enseguida me convencí de que estaba en lo cierto. Vincent Lobb, lo mismo que Annabel Treadway, era culpable de cobardía. Temeroso de las posibles consecuencias de obrar de forma correcta, había tomado una decisión incorrecta desde el punto de vista moral. Y tuvo que cargar con la culpa el resto de su vida, como Annabel Treadway. Lobb cometió un error muy grave, lo mismo que mademoiselle Annabel, y los dos sufrieron mucho por ello. Ambos fueron incapaces de disfrutar de la vida y de vivirla con plenitud. Aquella noche, sentado a la mesa, Barnabas Pandy decidió que debía perdonarlos. Tomó una buena decisión.

—Es fácil hablar sobre arrepentimiento y perdón, Poirot, cuando usted personalmente no tiene nada que perdonar —replicó John McCrodden—. No tiene hijos, ¿verdad? Yo tampoco, pero tengo imaginación. ¿Se considera capaz de perdonar a una persona que hubiera dejado a su niña de cuatro años ahogándose en un río para ocuparse de salvar a *un perro*? ¡Puedo asegurarle que yo no!

—Lo que yo sé, monsieur, es que jamás colocaría un vestido mojado debajo de una cama con la esperanza de que Hércules Poirot lo encontrase para que la persona a quien no puedo perdonar fuese condenada injustamente a la horca. Eso sí lo sé.

»Usted, madame, cometió un grave error de cálculo —prosiguió Poirot, dirigiéndose a Lenore Lavington—. El hallazgo del vestido me proporcionó una pista de vital importancia. O bien su hermana había matado a monsieur Pandy, o bien alguien necesitaba que yo creyera que había sido así. En ese momento supe que había un asesino o asesina, y que se trataba de una persona que tal vez había matado ya, que deseaba la muerte de Annabel Treadway o quizá ambas cosas. Sin el vestido mojado, es posible que yo no hubiera persistido en la investigación y que el mundo no hubiera descubierto nunca su culpa, madame.

Annabel Treadway se puso de pie. *Hopscotch* dejó escapar un gemido mientras se incorporaba también para situarse a su lado. Era como si supiera que su ama tenía algo importante que decir.

—Mi hermana no puede ser culpable de asesinato, señor Poirot. Estaba conmigo cuando Kingsbury murió, ¿no es así, Lenore? Estuvimos juntas todo el tiempo, desde las dos en punto hasta que vinimos al salón. Así que ya lo ve, señor Poirot. No pudo haber sido ella.

—Entiendo que quiera seguir el ejemplo de su abuelo y ser compasiva, mademoiselle. Ha decidido perdonar el intento de su hermana de acabar con su vida, *n'est-ce pas*? Pero a Hércules Poirot no puede engañarlo. Si madame Lavington y usted hubieran estado juntas desde las dos de la tarde hasta el momento en que llegaron a esta sala, lo habría dicho mucho antes.

—No, no es cierto —replicó Annabel—. Díselo, Lenore. Estábamos juntas, ¿recuerdas?

Lenore Lavington ni siquiera miró a su hermana. Se volvió hacia Poirot y dijo:

—Soy una madre que quiere a sus hijos. Nada más.

—Lenore. —John McCrodden se arrodilló a su lado y le cogió una mano—. Tienes que ser fuerte. Yo te quiero, amor mío. Poirot no puede demostrar nada de lo que dice, y lo sabe.

Una lágrima comenzó a rodar despacio por la mejilla

de Lenore, una lágrima exactamente igual que la que había derramado Barnabas Pandy, tal como Kingsbury le había contado a Poirot.

—Te quiero, John —dijo—. Nunca he dejado de quererte.

—Resulta que sí que es capaz de perdonar después de todo, madame —declaró Poirot—. Eso es bueno. Más allá de todo lo que pueda haber sucedido o vaya a suceder, eso siempre es bueno.

Capítulo 38

Rowland *sin la Soga*

—La visita que esperaba acaba de llegar, señor —le anunció George a Poirot un martes por la tarde.

Habían pasado casi dos semanas desde que el detective se había marchado de Combingham Hall para regresar a Londres.

—¿Monsieur Rowland McCrodden?

—Sí, señor. ¿Lo hago pasar?

—Sí, por favor, Georges.

Rowland McCrodden entró en el salón poco después, en actitud desafiante, aunque enseguida pareció doblegarse un poco al ver que el belga lo recibía con cordialidad.

—No se avergüence —dijo Poirot—. Ya sé lo que viene a contarme. Me lo esperaba. Es bastante natural.

—Entonces ¿se ha enterado? —replicó McCrodden.

—No me he enterado. Nadie me ha dicho nada. Sin embargo, lo sé.

—Es imposible.

—Ha venido a decirme que colaborará con la defensa de Lenore Lavington, ¿no es eso? La acusada se declarará inocente de los cargos de asesinato e intento de homicidio.

—Alguien *tiene* que habérselo dicho. ¡Debe de haber hablado con John!

—Amigo mío, no he hablado con nadie. Pero *usted* sí que ha pasado mucho tiempo hablando con John desde nuestra breve estancia en Combingham Hall, ¿verdad? La hostilidad entre ustedes dos ha quedado atrás, ¿no es así?

—Bueno, sí. Pero no entiendo cómo puede...

—Dígame, ¿es posible que ahora John siga sus pasos en la carrera jurídica, como usted siempre había deseado?

—Eh..., sí, de hecho, sí... Pero hasta ayer no había expresado su intención de hacerlo. —Rowland McCrodden miró a Poirot con suspicacia—. ¿Por qué no me dice la verdad? Sencillamente es imposible que alguien acierte tanto en todas sus suposiciones. Ni siquiera usted.

—No son suposiciones, *mon ami*. Es conocimiento de la naturaleza humana —le explicó Poirot—. Monsieur John desearía poder defender ante la justicia a la mujer que ama y le agradece a usted su interés y los esfuerzos que hace por el bien de los dos. Para mostrarle su aprecio, decide que no sería tan malo, después de todo, entrar en la carrera jurídica, sobre todo ahora que su padre ha cambiado de idea respecto al destino que corresponde a los que han perpetrado un asesinato.

—Habla de mis opiniones y de sus cambios como si supiera más que yo mismo al respecto —observó McCrodden.

—Más, no; lo mismo que usted —repuso Poirot—.

Siempre sé lo que tiene más probabilidades de ser cierto. Y en este caso era fácil de prever. Su hijo ama a Lenore Lavington y usted, *mon ami*, ama a su hijo como buen padre que es. Por tanto, aunque opina que Poirot está en lo cierto y madame Lavington es culpable, colaborará con su defensa. Sabe que, si la condenan a muerte por asesinato, su hijo morirá de dolor. Todas sus esperanzas de felicidad futura se desvanecerían. Y usted haría cualquier cosa por impedirlo, ¿verdad? Tras haberlo perdido una vez, durante mucho tiempo y de manera en apariencia irrecuperable, no piensa arriesgarse a perderlo de nuevo, ni por un desacuerdo sobre las leyes y sus aspectos morales ni por verlo sumido en la pena y la desesperación. Por eso ayuda a Lenore Lavington y por eso está dispuesto a cambiar sus puntos de vista acerca de ciertas cuestiones de la ley y la justicia. Supongo que ahora pensará que ningún asesino debería ser condenado a muerte por el crimen que ha cometido. ¿Cómo lo llamarán ahora? ¿Rowland *sin la Soga*?

—No he venido a hablar de eso, Poirot.

—¿O seguirá siendo un defensor acérrimo de la pena de muerte en todos los casos, excepto en éste?

—Si lo hiciera, sería un hipócrita —dijo McCrodden con un suspiro—. Pero ¿no hay otra posibilidad? ¿No puedo creer que Lenore Lavington sea inocente?

—No, usted no cree en su inocencia.

Los dos hombres permanecieron un momento en silencio, y después McCrodden añadió:

—He venido porque quería anunciarle en persona que voy a colaborar con la defensa de Lenore. También quiero darle las gracias. Cuando me enteré de que John había recibido esa carta odiosa...

403

—¿Se refiere a la carta que le envió *Lenore Lavington*, la mujer a quien usted piensa ayudar?

—Estoy intentando darle las gracias, Poirot. Le agradezco que haya exonerado a mi hijo de toda culpa.

—Su hijo no es un asesino.

—Como probablemente sabrá, la señorita Treadway se reafirma en su versión de los hechos —repuso McCrodden.

—¿Se refiere a que sigue insistiendo en que estaba con su hermana cuando Kingsbury murió? También lo esperaba. El sentimiento de culpa habla por ella y la pone al servicio de una injusticia. Madame Lavington tiene suerte de que mademoiselle Annabel esté de su parte, y de que también la ayuden su hijo y usted. Menos afortunadas serán sus potenciales víctimas si consiguen ustedes su propósito. Seguro que es consciente, amigo mío, de que, si una persona ha quitado una vida, no le resultará difícil volver a hacerlo. Por eso espero que el resultado del juicio les sea adverso. Confío en que el jurado me crea, no por mi reputación, sino *porque diré la verdad*.

—Todos los indicios contra Lenore son circunstanciales —replicó McCrodden—. Usted no tiene ninguna prueba concreta, Poirot. Ningún hecho irrebatible.

—No discutamos los méritos de nuestras respectivas versiones, *mon ami*. Esto no es un juicio. Pronto nos encontraremos en la sala del tribunal y entonces veremos a quién cree el jurado.

McCrodden asintió secamente.

—No le guardo rencor, Poirot —declaró mientras se dirigía a la puerta—. Todo lo contrario.

—*Merci*. En cuanto a mí... —El detective tardó un instante en decidir cómo proseguir, pero al final dijo—: Me complace saber que las relaciones entre usted y su hijo han mejorado. La familia es muy importante. Me alegro por usted de que el precio de la reconciliación no le parezca demasiado elevado. Sólo le pediré un pequeño favor: piense en Poirot y pregúntese cada día si de verdad quiere seguir por ese camino y si es el camino *correcto*.

—Kingsbury no tenía parientes vivos —replicó McCrodden—. Y Annabel Treadway no irá al patíbulo por un crimen que no ha cometido.

—Por tanto, ¿no perjudicará a nadie que Lenore Lavington quede impune? Permítame que discrepe. Cuando se niega y se distorsiona la justicia, eso ya es un daño en sí mismo. Es posible que ni usted, ni su hijo, ni Lenore Lavington... tengan que pagar en esta vida por lo que están haciendo, ni tampoco Annabel Treadway por sus mentiras. Más allá de eso, no le corresponde a Hércules Poirot especular.

—Adiós, Poirot. Gracias por todo lo que ha hecho por John.

Y, con esas palabras, Rowland McCrodden se despidió y se marchó.

Capítulo 39

Una máquina
de escribir nueva

Escribo esta sección final de mi narración del «misterio de los tres cuartos» seis meses después de los sucesos expuestos en el capítulo anterior, y lo hago en una flamante máquina de escribir nueva. Por tanto, todas las letras «e» de este capítulo son perfectas. Nuestro amigo el percebe ya no necesita crecer ni reverdecer.

Es curioso. Había desarrollado una intensa aversión hacia esas «e» defectuosas mientras escribía la historia, pero ahora que han desaparecido las echo de menos.

Esta nueva máquina de escribir es un regalo de Poirot. Unas semanas después de la finalización del juicio de Lenore Lavington, al ver que no le enviaba nuevos capítulos para leer, mi amigo se presentó en Scotland Yard con una caja envuelta de la manera más elegante que hubiera visto en mi vida y me dijo:

—¿Ha dejado de escribir?

Respondí con un gruñido neutro.

—Toda historia necesita un final, *mon ami*. Aunque no nos guste el desenlace, es necesario terminar lo que hemos empezado. Hay que atar los cabos sueltos.

—¿Por qué es tan importante? —pregunté—. Lo más probable es que nadie lea nunca mis escritos.

—Yo, Hércules Poirot, los leeré.

Cuando se marchó de mi oficina, abrí el paquete y encontré esta reluciente máquina de escribir. Me conmovió que Poirot hubiera tenido la deferencia de comprarla para mí y, como siempre, me maravilló su ingenio. Después de un gesto como el suyo, era evidente que me sentiría obligado a terminar la historia. De modo que aquí estoy, terminándola. Y eso significa que tengo el deber de dejar constancia de que el juicio de Lenore Lavington no concluyó como yo esperaba. La hallaron culpable del asesinato de Kingsbury y del intento de homicidio de Annabel Treadway, pero, gracias a la colaboración de Rowland McCrodden con la defensa, no le aplicaron la pena máxima. He sabido por casualidad —aunque preferiría no saberlo— que actualmente recibe visitas regulares en la cárcel de un devoto John McCrodden, mientras el pobre Kingsbury, su leal mayordomo, yace en la tumba.

—¿Cree que se ha hecho justicia? —le pregunté a Poirot cuando supimos que la señora Lavington no pagaría con su vida por los crímenes cometidos.

—Un jurado la ha hallado culpable, *mon ami* —dijo—. Pasará el resto de su vida entre rejas.

—Usted sabe tan bien como yo que la habrían condenado a muerte de no haber sido por el esfuerzo que Rowland McCrodden hizo a su favor, por razones muy poco relacionadas con la justicia. Todos los jueces del país lo conocen como el más acérrimo defensor de la pena de muerte, ¿y de pronto se decanta por la compasión hacia una mujer que se supone destrozada, que no hizo más que cometer un terrible error en un momento de debilidad? El poderoso discurso del abogado defensor de Lenore Lavington fue obra de McCrodden, y el juez lo sabía. ¡Lo escribió el mismo Rowland *de la Soga* que había enviado al patíbulo a docenas de reos menos afortunados, sin pararse a pensar ni por un momento cómo quedarían sus seres queridos, solamente porque ninguna de esas personas tenía una relación con su hijo! No es justo, Poirot. Eso no es justicia.

Mi amigo me sonrió.

—No se atormente, Catchpool. A mí sólo me preocupa sacar a la luz los hechos y asegurarme de que la justicia condene al culpable. La pena impuesta no me concierne. Dejo esa consideración a una autoridad superior. La verdad ha quedado establecida ante un tribunal y eso es lo que importa.

Guardamos silencio un momento y al final él añadió:

—Quizá no sepa que alguien ha anunciado su intención de comportarse como si Lenore Lavington *estuviera* muerta. Ha prometido no escribirle nunca y quemar todas sus cartas.

—¿Quién?

—Su hijo Timothy. Creo que su actitud será un castigo adicional para ella. El desprecio de un hijo, cualquiera que sea el error cometido, es algo terrible.

No sé si Poirot quería indicarme, con esa observación, que no debía juzgar a Rowland McCrodden con excesiva dureza. Pensé que, si tal era su intención, era preferible no prolongar nuestra conversación, por lo que no lo contradije.

Y ahora, al llegar al final de este relato, reconozco que Poirot estaba en lo cierto: dejar constancia de un desenlace insatisfactorio es, de alguna manera, bastante más satisfactorio que no llegar a ninguna conclusión.

Así pues, éste es el final del «misterio de los tres cuartos».

EDWARD (¡con una «E» perfecta!) CATCHPOOL

Agradecimientos

Tengo una enorme deuda de gratitud con las siguientes personas:

James Prichard, Mathew Prichard y todos los integrantes de Agatha Christie Limited; David Brawn, Kate Elton y todo el equipo de Harper Collins UK; mi agente Peter Straus y su equipo en Rogers, Coleridge & White; mis fantásticos editores, William Morrow en Nueva York, y el resto de mis editores de Poirot en todo el mundo, que me han ayudado a dar una amplísima difusión a estos libros; Chris Gribble, que leyó y expresó su entusiasmo en una fase crucialmente temprana; Emily Winslow, cuyas sugerencias de revisión fueron meticulosas e invalorables, como siempre; Jamie Bernthal-Hooker, que hizo un millón de cosas útiles, desde la corrección tipográfica hasta la investigación, pasando por dar ideas para el título; Faith Tilleray, que diseñó mi increíble nueva web y se convirtió después en mi gurú del marketing; mi familia: Dan, Phoebe, Guy... y *Brewster*, en particular en esta ocasión, ¡por razones que resultarán obvias a cualquiera que lea el libro!

Gracias a los ganadores del concurso, Melanie Vout e Ian Manson, que aportaron los nombres de Peter Vout y Hubert Thrubwell, respectivamente. Son dos nombres fantásticos. También estoy muy agradecida a todos los lectores que han disfrutado con *Los crímenes del monograma*, *Ataúd cerrado* y mis otros libros, y me han escrito, tuiteado o enviado un mensaje para contármelo. Vuestro entusiasmo hace que todo valga la pena.

Sumario